如歌岁月

杨治功 著

陕西新华出版传媒集团
太白文艺出版社

图书在版编目（CIP）数据

如歌岁月 / 杨治功著. —— 西安：太白文艺出版社，2017.1 (2022.3重印)
ISBN 978-7-5513-1060-4

Ⅰ. ①如… Ⅱ. ①杨… Ⅲ. ①长篇小说—中国—当代 Ⅳ. ①I247.5

中国版本图书馆CIP数据核字（2016）第280840号

如歌岁月
RUGE SUIYUE

作　　者	杨治功
责任编辑	史　婷　汤　阳
封面设计	汇丰印务
出版发行	陕西新华出版传媒集团
	太 白 文 艺 出 版 社
经　　销	新华书店
印　　刷	三河市腾飞印务有限公司
开　　本	787mm×1092mm　1/16
字　　数	328千字
印　　张	20.25
版　　次	2017年1月第1版
印　　次	2022年3月第3次印刷
书　　号	ISBN 978-7-5513-1060-4
定　　价	68.00元

版权所有　翻印必究
如有印装质量问题，可寄出版社印制部调换
联系电话：029-81206800
出版社地址：西安市曲江新区登高路1388号（邮编：710061）
营销中心电话：029-87277748

歲月

火红年代如花岁月 苦甜人生更美丽 晚霞

丙申夏 袁寅章 题

中国美术家协会会员、东方美术学院博士生导师、本书作者的初中老师袁寅章先生题字

治功先生正

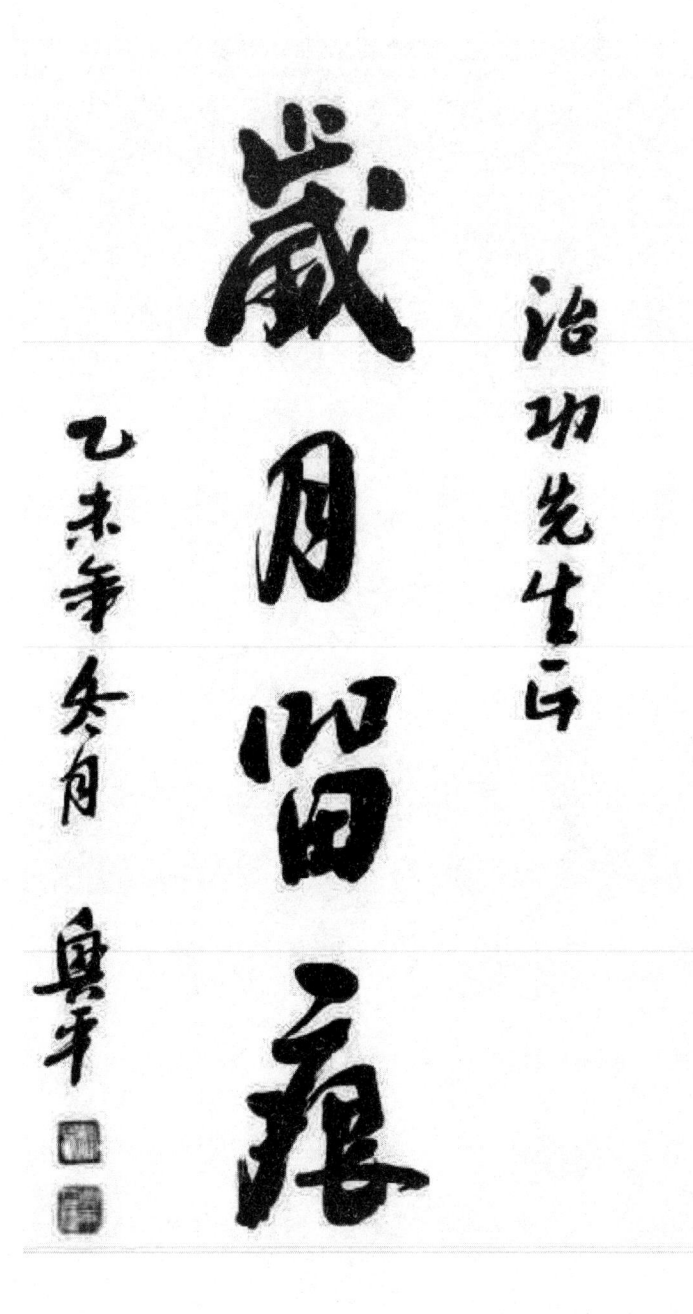

歲月留痕

乙未年冬月 奠平

自 序
——写书难，写好书更难

　　写书，说大一点是文学创作，对我来说，是一件极难的事，因为我读书只读到高中一年级，更没有经过专业写作的学习，但我又老是想写。因为我总想把我的内心世界，或者说是人生的千姿百态，世事的世态炎凉和一些情感表达出来。像我于二〇一三年出版的长篇小说《初秋的晚霞》，就是想把一位五四运动爆发时期出生在贫苦农民家庭的、淳朴善良的农村母亲的坎坷一生，以及发生在她身边的可歌可泣的人物和事件表达出来。描述新民主主义革命以后的一代农村妇女，在各个历史时期的不同遭遇和命运，从而折射出主人公梁秀女与命运抗争，为生活、为儿女不懈拼搏的不屈精神。赞扬、讴歌中国传统质朴的母爱及其深刻的影响力。与现实生活中的一些重物质、贪图享受、一味溺爱的现象形成明显的反差和对比，给人以思考。本部作品讲述了"老三届"知青回乡后，在农村苦苦煎熬，而后在不同的环境，不同的岗位上默默无闻，辛勤劳动和工作，特别是——能折腾的刘来福，踏着时代的鼓点，与时代的脉搏一起律动，从农村一步步走来，逐步发展成企业家；李正生在农村苦熬了一辈子，带领农民改变了农村面貌，勤劳致富；刘润泽兢兢业业为党的教育事业辛勤耕耘，成为全国模范教师；马建国自修获得大学文凭，在县级机关干了一辈子干部工作，退休的时候还是工人编制，比别人少拿几百元退休金，也很满足；高常礼在农村磨炼了十年，恢复高考后终于抓住最后一次机会，进入大学的门槛，最后成为教授、学者、名人……一个个活灵活现的人物，一件件感人至深的事迹和他们淳朴善良、乐观面对、清廉简朴的精神风范感染了我，总觉得不把这些历史的印痕，岁月的沧桑给后人留下不甘心。我拿起笔就放不下了。我苦于学业未成，才疏学浅，尽管耗费了比人家多几倍的精力，写出来的东西，总感觉到比起别人的作品相差甚远，和大作家更不敢相比。

　　记得小时候父母亲忍饥挨饿，苦苦挣扎，拉扯我们姐弟几个，说他们"砸锅

1

卖铁"也要供我们念书！我常常为之默默流泪,虽然衣衫褴褛,饥饿难忍,也只有珍惜每一寸光阴加倍地努力学习,回到家里尽量多帮父母干一些上山拔苦菜、砍柴,下沟和姐妹们抬(长大了就自己挑)水,到炭窑上拉炭等力所能及的活,为父母亲减轻一些负担。我也没有辜负父母亲的期望,初中、高中都考上了。然而,高中只上了一年课就毕业回家了,不要说,大家都知道,我们遇上了"文化大革命",学业未满就"毕业"了。也许自己穷家薄业,眼光短浅;或许是自己条件太差,为生活所迫,一回家就帮父亲撑起这个家,不遗余力地投入了生产劳动,为了多换回一点糊口的粮食,拼命地在炭窑上绞把,放弃了学习,恢复高考的时候连名都没有去报,从此也就和大学无缘了。不管从宿命论还是从自己的主客观因素来讲,没上大学都是我一生的遗憾! 国家停止了十年高考,我在农村磨炼了十年,后来有幸当了一名国家煤矿工人,还是"文化大革命"前学下的那点知识起了作用,才在自己的努力下,得到了学习锻炼的机会,拿起了笔杆子,写一些总结汇报材料,通讯报道,为写作打了点基础,也才能拿出这些拙作来。就此,也作了不少难。写作、构思的过程就不必说了,单为这本书稿的命名,就费了不少心思。

耗费了一年多时间,书稿终于形成,起先打算以《岁月风尘》来命名,但书稿形成后,自觉此命名有些平淡、低沉,后改为《燃烧的岁月》。在一次和退休的老工人,也是一位好舞文弄墨的友人闲聊时,又听他说此命题太俗,这方面的题目太普遍,没有新意,我当场拍案叫好说:"你这个提议太好了,我立马改。"又改成《岁月留痕》,我当时为这个命题感到十分满意,一位县局的局长还给我题写了书名,略阳县政府印刷定点单位森彩商务公司经理,得知我写出了长篇小说,高兴之余当即把书稿拷贝带走,给我印刷装订出样书。我高高兴兴地将样书送到给我编辑出版第一本书的太白文艺出版社,没想到,编辑说我这个书名和别人的书名重了,又得改名。我的阅历和文化视野实在是太有限了,为此我又翻来覆去地把书中的内容回想归纳了若干遍,也想不出来个满意的书名。最后,还是觉得作品中那个时代的那些人所经历的那些坎坷岁月,和他们那一桩桩可歌可泣的故事,不就是一曲曲凄凉的歌、悲壮的歌、铿锵的歌、欢乐的歌吗? 就以《如歌岁月》命名吧。

对于人物的描写,我自认为"金无足赤,人无完人",再好的玉也不可能没有一点瑕疵,我觉得过于完美反而是一种不完美,没有了性格,没有了活力,甚至可以说是一具僵尸。所以也没有力求完美,只寻求了他们身上的某个闪光点呈现给读者。这也可以说是我的创作理念,不知能否得到读者的认可。

写书难,写好书更难。曾记得,铜川矿务局办的《铜川矿工报》上连载的作家路遥的弟弟王天乐写的中篇《早晨从中午开始》中,记叙了路遥在写《平凡的

世界》过程中的艰难历程,常常是别人休闲娱乐,进入梦乡之时,他把自己一个人关在冷清的屋子里,把思绪带进了双水村、田家圪崂、金家湾,带进了那个时代的那些人的平凡而并不宁静的世界,开始了他的艰辛笔耕。当朝阳冉冉升起,天地阴阳交替,阳气上升,人们又迎着朝阳投入工作的时候,他却不得不随便补充一下一晚上辛劳的饥渴,躺下休息,午后起来又要进入思考,为夜晚的写作做准备。我后来才知道,他在写第一部小说《人生》的时候,半夜半夜地在院子里转,人家把他当神经病;在写完《平凡的世界》第二部时,身体彻底垮了,连坐都坐不起了,侧着身子写,趴在地上整理稿子。在作品即将完成时,右手痉挛连笔都捏不住了。我们不敢说,路遥为创作耗尽了心血而英年早逝,但他毕竟在他的巨著《平凡的世界》问世不久就倒在了文坛上,正值年富力强的旺盛时期和我们永别了,给人留下了不尽的遗憾和惋惜。

我们不能说作家都是因创作而逝,但我们毕竟由此看出创作一部好的作品所付出的艰辛!当然作为我们这些作者来说,根本不敢与这样的大作家相比,只能说我们的能力欠缺,在写作上达到能让读者看下去的这样一个水平,也就够难的了。

我虽然老之将至,但一拿起笔,一谈论起文学创作,就忘了自己的年龄。我愿把文学创作当作一个兴趣爱好,与读者共勉,向专家学习,老有所好,老有所乐,老有所为,仅此而已。

引 子

如歌岁月
——献给老去了的知青和他们的老师们

人生如梦,岁月沧桑。当历史的车轮辗转到二十一世纪初叶的时候,新中国及她的同龄人亦已步入或即将步入花甲之年。在这春花秋月、繁花似锦的时代,让人不由得想到二十世纪六七十年代处在风华正茂时期的那一代人。他们出生和经历的特殊年代,铸就了他们吃苦耐劳、坚韧不拔的韧性和甘苦自乐、自强不息的乐观心态。他们可以说是全世界最不寻常、最折腾,也是最乐观的一代人:他们经历了各种磨难,参与了各种运动,他们推动了时代的剧变,也被时代所改变。他们将生命黄金的几十年,化成了国家及儿女发展所需要的土壤。他们当中有成了农村的领头人的,有成了农民企业家的,更有跨入大学或自学成才,报效国家、服务社会和人民的……

让我们通过一些历史的镜头,看看那一代人究竟经历了些什么,又是怎样面对岁月亏欠他们的。看看逝去的岁月留给我们的印痕。

他们这一代人从小就挨饿

新中国成立初期和三年困难时期,正是他们的童年、幼年时代。长身体的时候,他们却被饥饿困扰着,能吃上一顿白馍或肉菜,就说这是过年哩。正如一位老校友在母校建校五十周年的庆典仪式上,朗诵自己送给母校的一首诗里写的那样:

我中学时期最深的痛苦——
饥饿,

如歌岁月

如幽灵，
曾在这里游荡。
我们不幸赶上了，
这个"困难时期"。
一日三餐，
掺着糠菜的稀饭，
还有定量。
我忘不了，那一张张，
泛着菜黄色仍然憨笑着的脸庞；
我忘不了，汗水涔涔，
却决不肯为自己多盛半勺饭的
值日班长。
得到一团薄薄的饭皮，
就是最大的奢望，
至于吃饱，
连想也不敢去想。

他们的青春岁月，在特殊的年代度过

初中、高中最重要的长知识时期，赶上了"文化大革命"，他们被迫中断了学业，停止了高考，这一停就是十年。

最需求知识长才干的青春岁月，到了农村，扛起铁锹和锄头，接受贫

下中农再教育。但也是下乡的经历,让这批有着"知青"这一共同名字的一代人,成为中国最能担当、最能吃苦耐劳、最有奉献精神和广阔胸襟的一代。现在的党和国家领导人中有不少人就是从当年的知青队伍中走出来的。

  看着这一张张照片,那单调的、清一色的、在那个年代还算时尚的服装;那淳朴善良、憨厚可掬中透露出的青春气息;那简陋的土窑洞,那一道山沟里平展展的人造坝田;那荒凉的山山峁峁,沟沟岔岔;那一路歌声,一身汗水,那一幕幕战天斗地的场景,无不使从那个年代过来的人心潮澎湃,荡气回肠。

  上山下乡,欢呼歌唱,浩浩荡荡,奔向四面八方。

背、挑、推、拉，耕种收割，劈柴烧火，洗衣做饭，和农民没有两样。酷暑严寒，风吹雨打，饥渴劳累，袭击瘦小的身躯。

然而，他们始终有一颗火热的心！怀着美好的憧憬和梦想，忍耐、挣扎、守望……

看着那一张张淳朴稚嫩的脸庞，触景生情，浮想联翩，不由得使人产生一种可亲可爱可敬而又颇感心酸的心情。

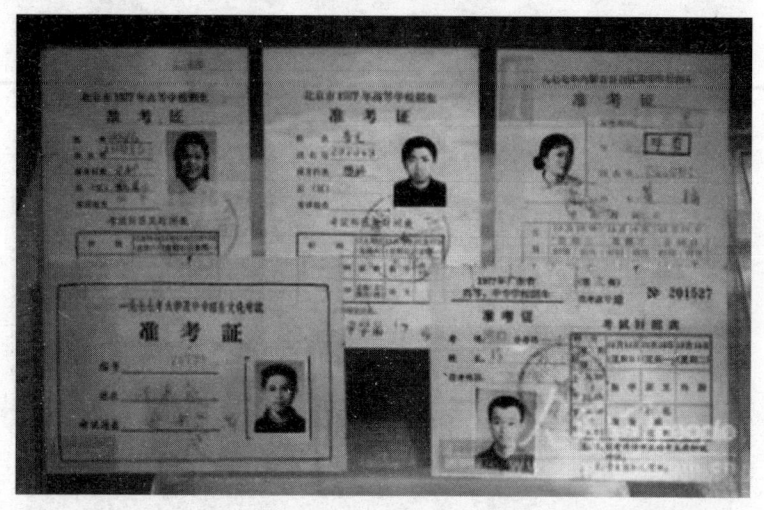

中断了十年的高考终于恢复了，知青和应届毕业生一齐拥上了高考那座独木桥。他们有的学业未满就停课，高中基础太差；有的农村青年已成家有了孩子，把文化知识忘得差不多了，已经放弃了升学；有的已超龄或是因家庭社会背景等原因，连考学的资格也给剥夺了，所以这些人中几乎没有在恢复高考中报考或考上的。

五〇后的这一代人到生育年龄了又赶上了计划生育，一对夫妻只能生

一个小孩，这是国策，接受也得接受，不接受也得接受。

没有参加工作的青年只好在农村苦苦挣扎，这是他们和农民一起修梯田、打坝造田的劳动场面。

上山下乡到农村，一耽搁就是几年或十年，有不少人是而立之年才考入大学或参加工作的。在农村盼星星盼月亮，努力表现，好不容易被推荐进工厂当上了工人，工作了没几年又赶上企业改制，二十世纪八九十年代大批国有企业的员工下岗，不得不进行再就业或者回农村再创业。还有大

多数的人一直在农村艰苦奋斗，挣扎煎熬。

他们进入老年也乐观向上，补回青春的岁月

即使经历那么多磨难，他们仍然是中国最乐观、最坚强的一代。他们年轻的时候虽然粗茶淡饭，忍饥挨饿，但从现在来看，他们大都身体健康，精力充沛，无论生理还是心理，他们似乎还不是真正意义上的老年人。正因为经历了那么多的磨难，才使他们容易满足，感到了社会的发展进步，生活的幸福美好；正因为他们经历了那么多的考验，才使他们积淀了深厚的文化底蕴和精神素养，玩也能玩出名堂来。

他们骄傲，他们自豪，他们自信，他们洒脱，他们终于赶上了好时代，成为中国几千年来最"潇洒"的新老年一族。

这一代人也都能歌善舞，他们把扭秧歌跳广场舞，当作一种娱乐活动，既锻炼了身体，又调节了生活情趣。这是让世界刮目相看的一种中国新老

年风尚。

他们用手机发信息玩微信,在电脑上查资料写文章,手机电脑对他们来说,不仅仅是用来通讯、消遣,而且也是一种交流学习运用的工具。

摄影照相学起来,虽然不专业,但是它成为他们的一种兴趣爱好,互相切磋,取长补短,丰富生活。

如歌岁月

去看更多的地方，去看更美的风景，去看中国五千年文明历史的名胜古迹，去领略国外的风情，补回青春日子里的一个个空白。

引 子

青春年华一分手，年逾花甲喜相逢。纵然两鬓已染霜，仍是精神饱满意气风发。这是子洲中学高六八届同学在二〇〇四年庆祝母校建校五十周年时的合影。

这是子洲中学高六八届的同学们二〇〇九年聚会合影，这是步入花甲之年他们的一次盛会。

9

搞业余创作也成为一些人的一种兴趣爱好，这是随便找了些他们这一代人写的长篇著作和发表在其他刊物上的中、短篇文章。

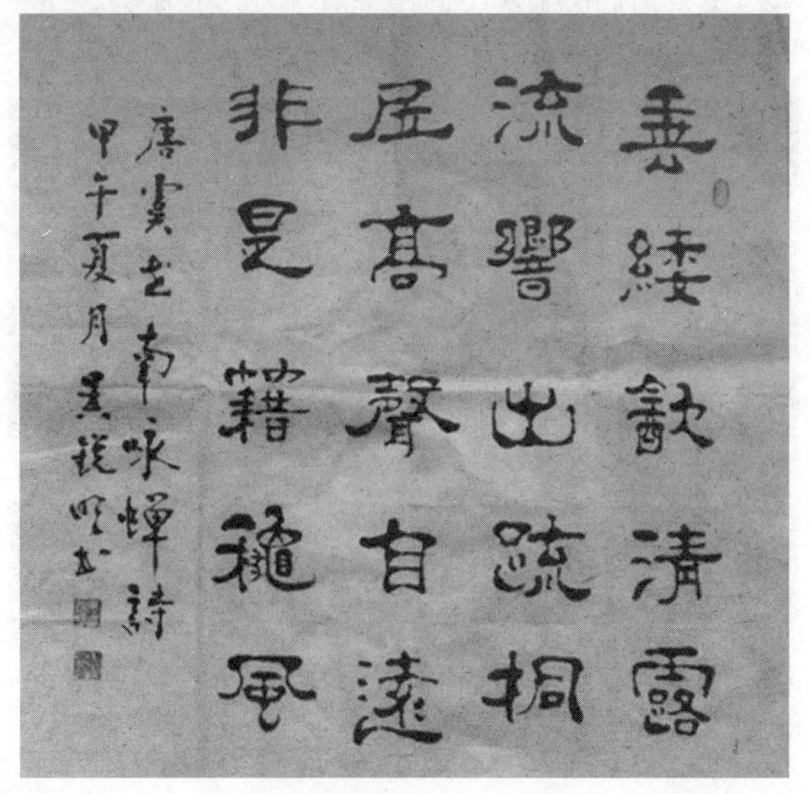

书法绘画练起来。这幅书法作品,是陕北子洲中学高六八届吴锐明的业余之作。冰冻三尺,非一日之寒,一招一式,一撇一捺,入格地道,洒脱自如,有大家风范之味道。

这两幅工笔画,是陕北子洲中学高六八届马海龙退休以后在老年书画大学的习作。左面的《琴棋书画》是陕西省电力系统绘画大赛获奖作品,右面的《幸福和谐》是陕西省总工会绘画比赛中的获奖作品。工笔重彩,描绘细腻,出神入化,栩栩如生,给人美的享受,你能看出这是一个业余爱好者画的吗?

他们有的人现在仍在搞文学、艺术创作,参加各种书画、摄影比赛、展览以及社会活动。他们要把他们的经历和感受,时代的变迁和发展记载下来,留给子孙后代;把他们的才学、情感表达出来,奉献给社会,体现他们的人生价值!同时也当作一种生活情趣,一种兴趣爱好,一种精神享受,回味人生,享受生活。

他们在苦难中欢乐,在困苦中奋斗,在奋斗中走向成熟。他们胸中始终装着一团火,在岁月的风雨和时代的变迁中燃烧!

步入老年后,他们的怀旧之心、同学之情,又把他们凝聚在一起。他们胸中的那团火永不熄灭,仍保留着一颗不老的童心,以时尚健康的生活

方式，寻求着快乐，体味着幸福，甚至还服务于社会。

孟子曰："天将降大任于斯人也，必先苦其心志，劳其筋骨，饿其体肤，空乏其身，行拂乱其所为。"他们不就是这样的一代人吗？真可谓"先天下之忧而忧，后天下之乐而乐"矣！

目 录

第一编

情绵绵兮　悠悠岁月

"老三届"　知青回乡 …………………………………………（ 2 ）

情绵绵　难舍难分 ……………………………………………（ 18 ）

意悠悠　亲情之旅 ……………………………………………（ 27 ）

悲戚戚　同学被捕 ……………………………………………（ 39 ）

凄惨惨　常军出山 ……………………………………………（ 47 ）

心切切　爱舍亲离 ……………………………………………（ 56 ）

第二编

路漫漫兮　苦苦求索

刘来福　会场发急 ……………………………………………（ 66 ）

骑单车　倒卖化肥 ……………………………………………（ 83 ）

学大寨　改天造地 ……………………………………………（ 90 ）

杨诚智　而立进矿 ……………………………………………（114）

高常礼　二跳"龙门" …………………………………………（124）

改革潮　正生担当 ……………………………………………（137）

小饭馆　尚加话别 ……………………………………………（145）

抓机遇　兴办企业 ……………………………………………（151）

教学楼　润泽拒贿	（160）
贺寿辰　校长清贫	（167）
建"危楼"　央视亮相	（176）
企业垮　倾家荡产	（181）
同学助　起死回生	（185）

第三编

泪涟涟兮　难忘情怀

贺校庆　师生叙情	（192）
吴忠义　瘫痪感恩	（198）
曹世荣　感慨人生	（209）
会古城　年逾花甲	（214）
泪涟涟　看望同学	（238）
念刘君　"巨星"陨落	（243）
与学文　再话沧桑	（250）

第四编

乐融融兮　补回青春

心未老　补回青春	（256）
尽情游　呼伦贝尔	（262）
回故里　赠书会友	（273）
访同学　山村奇遇	（279）
酒席宴　来福落泪	（293）
后　记	（296）

第一编

情绵绵兮　悠悠岁月

"老三届" 知青回乡

五月的骄阳烤得川道里、黄土山梁上青烟缭绕，路上厚厚的黄土烫得脚板都不敢着地，沟里流出的无名小河细得像一条线，时隐时现，无精打采地流淌着。稀稀拉拉的庄稼蔫头耷脑，就靠那深扎土壤的根系维持着尚存的那一息生命。在这庄稼最需要雨的时候，老天爷卡住已经一个多月没下一场像样的雨。看这天象，青天白日，风尘不动，天上连一丝云彩也没有，还不会有雨的。这干旱的天气还不知道要持续多久，再这样晒下去，今年的这一料庄稼又要荒了。在这北方的干旱山区，靠天吃饭的庄稼人，眼巴巴地盼着老天爷能下一场饱墒雨。

  羊嘞肚子手巾哟，三道道蓝，
  咱们见嘞面面容易啊呀拉话话的难。
  一个在那山上哟，一个在那沟，
  啊呀拉不上个话话就招一招手。
  瞭嘞见个村村哟，瞭不见个人，
  我泪圪蛋蛋抛在个沙蒿蒿林，我泪圪蛋蛋抛在个沙蒿蒿林……

山上传来"受苦人"（下苦力的、农民）那婉转而又略带忧伤的信天游。

尽管天这么旱，但锄地还不能停，锄头自带三分雨，锄一遍就给庄稼疏松一次土壤，破除一次板结干硬的地表，帮助庄稼在夜间吸收一点可怜的潮气，多扎点根系。不管地里的杂草多不多，好的务庄农，庄稼一年至少要锄三遍。只有那些懒汉二流子，才不给庄稼施肥、锄草，草比庄稼都长得高。即就是风调雨顺，也不会长出好庄稼的，这叫人哄地，地哄人。牛羊牲畜更是庄稼人生活的重要组成部分，不管天年好坏，都要像人一样想办法喂养。虽然沟沟洼洼上长得本来就不旺的青草，被羊踩踏得稀稀拉拉，但放羊的也只能在这些被踩踏得稀稀拉拉的所谓的草地上来回放。有些年轻的放羊小子多爬几架山，多翻几道沟，企图想找到一片别人没去过的草地，能让他的羊美美吃上一顿。可是这些想法大都是徒劳，往往是多

跑了路，反而消耗了羊的脂肪，包括他自己的体力。

人啊，越是苦闷、寂寞、忧伤的时候越想吼上两嗓子或哼上几句，来释放内心的压抑，解解心焦。一会儿，这边沟里又有人唱道：

> 六月的日头腊月的风，老祖先留下个人爱人。
> 三月的桃花满山山红，世上的男人就爱女人。
> 天上的星星呀配对对，人人呀都有那干妹妹。
> 骑上那骆驼峰头头高，人里头就数咱两人好。
> ……

在这火烧火燎的，让人口干舌燥的大中午，这饥渴的男人唱着那首悠长的曲子，给这个干旱而荒凉的黄土高原又增添了几分凄凉。

就在这凄凉的歌声中和火辣辣的太阳下，有一个一米七开外，略显敦实，剃了光头的后生。他宽大的额头下，一双黑溜溜的眼睛不大却闪闪发光，高挺的鼻梁下咧着一张大嘴巴，穿着他妈给他手工缝的白洋布坎肩褂子，和他妈给他一针一线纳的布底鞋。他光着晒得黢黑的膀子，背着半口袋粮食，顾不了，也没心思欣赏这动情的歌声，佝偻着背，深弯着腰，吃力地"爬行"在烫得脚板都不敢着地的盘山黄土路上。汗水像断了线的珠子，一滴一滴滴在路上的黄土里，溅起一丝丝细微的黄尘。

这个背着半口袋粮食的后生，一看他的外表，就知道是个地地道道的受苦人。可他并不是一个普通的农民，他肚子里还装了不少墨水呢！按道理，我们应该叫他"知青"才对。

一九六八年深秋，陕北黄土高原毛乌素沙漠南部边缘，大理河畔新洲县的一所县办中学熙熙攘攘，人数渐渐多了起来。这是这个县唯一一所开设初、高中班的中学。初中每年级四个班，共设十二个班，高中每年级两个班，共设六个班，学生近千名，教职工七十多人。学校建在县城东郊的大理河川道北面的山坡下面，坐北向南，东边是县办农场，西边是县气象站。一出校门就是一条由东向西，通往县城的沙石铺成的公路，这是县城东往山西，西去宁夏的一条交通要道，也可以说是全县最大的一条通车公路。一九六一年困难时期，东北的拉粮汽车队就是通过这条沙石公路，昼夜不停地将东北的高粱运往本县的。据说这些黑壳子高粱，就是当时返销或救济给农民的，那时候叫救济粮。

通常情况下，学校上课或自习时间，每间教室里都是坐得满满当当。

3

课间活动或开饭的时候，校园里人声鼎沸，熙熙攘攘。特别是开饭的时候，下了课的学生都夹着碗筷，匆匆地拥向校园大礼堂前面的学生食堂，排队等待着值日生给他们打饭。早就饿得肚子咕咕叫的学生们，在这时候显得异常兴奋，偌大的院场里一片说笑声，嘈杂声。在大多时候，学生灶的饭都是掺了高粱糁糁的稀饭。学生打饭很简单，有定量。灶房门前砌了一排小石台，每一块小石台上放一个盛饭的大盆，在开饭前，炊事员就用饭桶，将掺了高粱糁糁的稀饭，按各班的人数定量倒到大盆中，各班的值日生用长把铁勺，给同学们一个一个分别打到饭碗里。上课、下课、活动、吃饭、休息，这一切都是那样的平静、自然，杂乱而有序。

可是，一九六六年上半年快放暑假时，一篇《横扫一切牛鬼蛇神》的社论打破了按部就班的学习秩序，迎来的是无序的斗争批判，唇枪舌剑，红卫兵串联、造反，派别大战，文攻武卫，学校停课、社会大乱。直到一九六八年秋，省、市、县、公社（镇）、大队，才逐级成立了"革命委员会"，企事业单位也同样成立了"革命委员会"。社会趋于稳定，党中央一声令下：学生"复课闹革命"。分裂成两大派、轰轰烈烈稀里糊涂地闹了两年多"革命"的学生老师们，才陆续从四面八方回到了学校，使七零八落、冷冷清清的校园又有了些许热气。但是，一九六六、一九六七、一九六八三届初高中学生都已超过或达到毕业年龄和时间了，他们人是回来了，课是复不了了。学生自己组织讨论，给自己做评语，写鉴定，也没有进行毕业考试，就领了毕业证，统统上山下乡，这就是中国历史上史无前例、声势浩大的"知识青年上山下乡，接受贫下中农再教育"运动。而这三届的初高中毕业生被称为"老三届"。

这个光头后生叫刘来福，他就是这被称为"老三届"的初高中毕业生中的一员，他回到自己的家乡成为一个知识青年，那时候统称"知青"。

刘来福他妈一共生了三个孩子，说养活了三个孩子更确切，因为她们那个年代，婴儿成活率很低，特别是穷人家。三个孩子中大的和小的是两个女子，就他一个儿子，他爸他妈把他当作命根子，盼望他将来长大成人，给他们顶门立户，传宗接代。更期望他能有点儿出息，不要一辈子受苦，就请先生给他起了个名字叫刘来福。他们几辈人都没读过书，一心一意地供他念书，想让他将来能进入公门或干一番事业，光宗耀祖，改换门庭，给他们带来福气。至于有没有出息，能不能给他们刘家带来福气，那就看他的造化了，用老人们的话说就是，看老先人坟上长没长那棵"蒿子"。用现在的话说就是，看他有没有政治经济头脑和敢打敢拼的奋斗精神。从他

顶着烈日翻山越岭，汗水淋淋地背着这半口袋粮食的吃苦精神，可以看出，他还真没辜负他爸给他起这个名字的期望。

世故人说"有本事的吃本事，没本事的吃苦头"。念书没成就，当官是没指望了，回到农村当个农民，只要能吃下苦也行。虽说土疙瘩里刨不出个金娃娃，发不了大财，但用陕北人的话来说——有苦（就是能干能吃下苦）最起码跌不下大空。这大概就是老百姓对人生的定论。不过，话又说回来，现在是集体农业，贫富都一样，饿不死也发不了，再能吃苦，再有本事，不可能也不会有某一个人富了。能吃个饱肚子，就是最大的幸福了。

刘来福原是这所县办中学高六八届二班的一名学生，学校开完"上山下乡"动员大会后，他们这批所谓的毕业生，无论城镇还是农村的，就都要离开学校了。离校那天，他看着他们班的同学们，当然，还有其他班的同学，一个个背上捆好的铺盖卷，提着装有脸盆、饭碗、茶缸和笔墨纸砚的网兜，离开了学校。他自己也一手拿着卷成筒状的毕业证，一手提着学校发的铁锨脑（头）子，胳肢窝夹了一摞子书，像霜打了的茄子一样，心里一片茫然地出了教室准备回家。他家就在紧靠学校后面的山坡上，叫刘家峪，学校也由此得名叫刘家峪中学。离学校这么近，没有住校，因此离校时就不需要背那么多行囊，也不急着走，直等到班里的同学基本上走完了，他才一步三回头地出了校门。他在这个学校从初中到高中已经整整六年了，一下子要离开，还真有些留恋，更何况是这样离开的。

出了校门，向左一拐，就是学校与农场之间给他们村留下的那条官道，也就是公路和下地干活的通道。拐进这个通道，校长樊立荣在"上山下乡"动员会上引用毛主席"'农村是一个广阔的天地，到那里是可以大有作为的''知识青年到农村去，接受贫下中农的再教育，很有必要'"的号召，又在耳际响起。心里想，我们天天在农村，天天接受贫下中农的教育，能有什么作为？有这个必要吗？噢，也许对于那些大城市里四体不勤、五谷不分的知青来说，到农村锻炼一下，体验一下贫下中农的生活，还是应该的，可能对以后的发展还能起到一些作用。毛主席是伟人，人家想得远看得大，说不定只要能坚持下去，还真的有作为呢。可眼下这农村的条件，他们大城市的知青能坚持下来吗？是不是锻炼一下还叫我们考大学呢？

他埋头走路，胡思乱想，不知不觉就上了坡，回到了家。

"怎么把书都拿回来了，再不去了？还拿个铁锨脑子做甚哩？"他妈看见他回来这阵势，快快不不快地问他。

"毕业了。"

本来就心事烦乱，一路上胡思乱想，脑子像一团乱麻的他，看着正在烧火做饭的母亲那布满皱纹的消瘦的脸庞，不知道说什么好，要给母亲解释他们为什么就这样回来了，又一下解释不清，要说暂时回来锻炼一下，中央又没有明确说锻炼多长时间，更没有说以后怎么办。樊校长在动员会上也只字没提这些事。他怕说得重了，让母亲伤心，想来想去没办法答复母亲，只好不冷不热地笼统地说："毕业了。"至于回来了今后怎么办，考不考学，他也不知道，估计所有知青没有人会知道，他们将来的路将如何走，也没法给他们的爸爸妈妈说清楚这些问题的。

幸好他妈也没问以后怎么办，只是悻悻地说："不去也罢，成天打打闹闹的能学个什么，回来还少操些心。"妈妈一番话给他解了围。他也就索性不考虑这些事情了，其实，考虑也是无用的，从这一天起，他就成了一个农民了。

城镇户口的学生到农村是插队知识青年，但农村户口的知识青年回到自己的村里参加农业生产劳动，那就自然而然成了农民，从来也没人叫他们知青，也没人把他们当知青看待。即就是后来参加了工作的，也把城镇户口的知青插队时间算了工龄，而农村出身的知青回乡时间就不给算工龄，这是后话。

他们这些农村出身的青年学生，回到农村是自己的家，不需要像插队知青一样，让生产队给他们安排吃住的地方，也不需要报到，扛上镢头或铁锨参加队里的劳动，就是队里的一员了。当然，上高中时迁出的户口必须要迁回来。刘来福他爸已经五十出头了，年轻时下了苦，腰腿已经不利索了，他姐已经嫁到离他们五里路的王坪镇上，他妹妹刚上初中。他回去刚好接替上他爸，成为一名精壮劳力。但他这时候体力上和农活技术上还达不到真正意义上的精壮劳力。在生产队里上山种地，给他记九分工，就算不错了。

"兄弟，回来了？也不考学，上面也没个安排，就这样回来受苦啦？"

从学校回去，已经进入冬季，人们都穿上了棉衣。棉衣外面并不套外衣，女人姑娘们穿的花棉袄也裸露着，显得臃肿。只有村子东头神经不正常的孤身老头子刘二老汉，一辈子也没成家，东一家西一家给凑些破旧衣裤，长一片短一扇地套在身上，脚上仍然穿着一双脚趾都露在外面的黄胶鞋，缩着膀子到处乱串。冬天，农活做不成，全大队男女老少都在川里整地或在沟里打坝，就是搞农田基本建设，用农村的话说，就是做基建工。刘来福从学校回来，就给学校发的那个铁锨脑子安了根长木把。吃过早饭，

他扛着那把铁锨从硷畔出来，准备去川道里整地的工地上工，隔壁的堂哥刘根治也扛着铁锨出了门，向他打招呼。

又是这样的问题，他不考虑也不行。他只好又是笼统地回答他堂哥："安排什么哩，你没听到广播里天天喊着'知识青年上山下乡，接受贫下中农再教育'吗？"他一边回答他堂哥，一边和他堂哥走在一起，往川里河沿上平整土地的工地走去。

西硷上比他小一两岁的远方兄弟狗蛋、臭娃拉着架子车也都跟过来了。狗蛋说："哥，你回来咱们在一起干，我推车子你装车。"狗蛋拉的架子车是大队的，让他早上拉出去，晚上拉回来保管，他感到很自豪。他看他哥刚从学校回来，显得格外亲切，好像有了伴似的，就让他哥跟他一起干，也是招呼他哥哩。他也上过初中，他和臭娃都是一九六三年、一九六四年先后退学的，是因为他考上初中那年，他妈因病去世，家里再没个劳力，队里就分不下粮，只好回去，十几岁就参加了劳动。臭娃学习本来很好，但他后妈硬逼着要他回来参加劳动挣工分，他只好退了学。

刘来福知道，狗蛋是个可怜娃娃，从小就撑起一个家。臭娃也从小离开了亲娘，烂衣寡裳，没人心疼。他在狗蛋头上摸了一把、肩膀上拍了两下，拉着臭娃的手，亲切地说："好兄弟，咱们一起干。"说着，眼泪差点儿掉下来。

刘来福所在的村，在县城东的蛇砭延伸下来的一道石畔上，山的东边是北山丛中出来的一条沟口，使山坡形成了崀峪，而村子的老根基是刘氏家族，顾名思义叫刘家峪。由于人口的繁衍增长，住户的窑洞院落，从石畔上方开始，顺着山坡一层一层往上扩展，自然形成了三个台阶。村子前面的石畔上长满了荆棘，形成了一道自然屏障。村口有一棵老榆树，加上院落台阶之间栽的树木，从川道过来远远望去，一排排窑洞院落掩隐在荆棘树木丛中，层次分明，错落有致，郁郁葱葱。从村子的坡里下来，顺着学校和农场之间留有一条大路，大路出去，不足二百米就是学校面前的那条公路，也就是大理河川道。村子依山傍水，川道地大约占了三分之一，距县城也只有五里路，交通便利，条件比较优越，庄舍也大，全村有六百多口人。村里有刘、张、高三大姓，这刘家据家谱记载，他们的祖先是山西洪洞的老槐树下过来的，到本村已经过五服了。所以，刘姓居多，占全大队的一半以上。他堂哥刘根治是他大伯家的长子，狗蛋和臭娃的爷爷和他爷爷是亲弟兄，所以，他们就成了叔伯弟兄。

他们弟兄几个说着就下了川，来到了大理河石子河畔的工地。半道川

畔的河沿上男人、女人，人喊马叫，叽叽喳喳，好不热闹。那劳动的场面也是铁锹飞舞，车轮滚滚，铁锤叮当，十分壮观。

刘来福是全村唯一的回乡青年，因为村里有几个初中生都在中途退学了，只有他一个，由于老人坚决不让他退学，才坚持下来了。刚来到这喧闹的工地上没个伴，显得有些不自在。他就站在狗蛋拉的架子车旁，一锹一锹地往车子上装土。有几个推着车子在工地上来回跑的大姑娘，不时地投来好奇的目光，好像说："哟！白面书生也受这罪来了。"又好像说："看我们干得多欢，你能行吗？"刘来福觉得好像满工地上的人都在看他，只怕人家说他耍奸偷懒哩，低着头，猫着腰，一锹接一锹地铲土往车子上撂，可是，这河沿上的土里尽是石子，三下两下都铲不起一锹土，没装两车土就汗津津的，手也被锹把磨得生疼。他哥刘根治见状对他说："兄弟，你慢慢干，不要急，这天长日久，从早到晚，天天就这样，有你干的哩。"说话间，他感到右手无名指和手掌间，像针扎一样疼，偷偷一看，已经磨起两个血泡，他羞得不敢吭声，只好咬紧牙关，对付着继续铲土装车，但这时候已经身不由己地放慢了装土的频率。只感到腰也疼得直不起……

陕北的冬天，寒风刺骨，地冻三尺。土冻得一挖一个黑印子，为了将冻土快速地挖下来，只有放庵，就是先顺着土坎没有冻实的底部水平方向挖一道深槽，然后再竖着在两头挖两道深槽（有时候也不用挖槽），形成一个悬空的大土块，让它自然落下来。这叫"放庵"，要比他们一镢一镢地往下挖快得多。在这个年月，人们吃糠咽菜，破衣烂裳，但农业学大寨的浪潮一浪高过一浪，农田基建工地上，依然红旗招展，车水马龙，如火如荼。基建队长还利用休息的间隙，给社员们念报纸学文件，教唱革命歌曲，看起来人们还都精神饱满。特别是青年男女更活跃，他们某些程度上，已经把工地当作互相交流接触的平台，甚至互相比赛推车子，小伙子们想显示给姑娘们看，姑娘们也毫不示弱地展现给小伙子们看。这时候，他们已经把饥饿和寒冷都抛到九霄云外去了。但刚出校门，没受过风寒，细皮嫩肉的刘来福却不然，没干几天，两个脸蛋冻得像茄子一样，两手血泡虽然放了瘀血，但还没有恢复，虎口、手指头又裂开一道道血口子。以后的日子长着哩，不能没干几天就退下阵来，让人家笑话，他硬咬着牙坚持着。

就要熬过严冬了，打过春，基建工地上只留下了老弱病残和妇女们，精壮男劳力就离开了基建工地，开始备耕。刘来福和狗蛋、臭娃、他堂哥是一个生产小队的，他们被调回了小队，开始往山上担粪，或用架子车拉着往川道里送粪。他的手也磨炼出来了，身子骨也打熬得硬朗了许多，就

8

和几个年轻人上山下川,干起了农活。

这北方的初春,乍暖还寒,天气变化反复无常,有时候春寒料峭,雨雪交加;有时候黄风漫天,风沙蔽日,冷热交替,早晚温差大,用老百姓的话说就是"早穿皮袄午穿纱"。看来,这个季节并不像刘来福想象的那样好熬。

春播开始以后,刘来福就和社员们一起上山下川,犁地播种,加入到了农耕生产之中。尽管身子骨已经锻炼出来了,拿轻背重他也不怕了,但这恶劣的气候和繁杂的农活,又给他带来了新的考验。早上出工冻得打哆嗦,到中午,虽然天气不热,但太阳已不像冬天那样懒洋洋暖融融的了,晒在人身上有一种干热灼烤的感觉,加上干活出力,脸上掺杂着黄尘的汗水流下来,面颊上挂满了一道道泥土的印痕,每天收了工回到家,洗几遍都洗不净。到农历的二月二,"抹农壳"的时候,娃娃大人都剃头,他索性让村里的义务剃头匠给他剃成个光头。犁地下种,他扶不了犁把,下不了籽种,只有干一些挥着老镢头掏地、打土疙瘩或拿粪等重体力活。打土疙瘩就是将犁地时翻起的土疙瘩,用镢头帽打碎。拿粪就是脖子上挂个用柳条编的长条形粪斗,跟在牛屁股后面,顺着犁沟走一步,抓一把粪土,准确地撂到犁沟里。早饭送来,两只沾满了粪土的手,在地上抓一把黄土搓几下,拍打拍打,就端起饭罐吃饭。说是饭也不过只是一罐子稀糁糁饭,间或有几块洋芋,也煮成面糊了,口对着罐沿上三下五除二就喝下去了,不需要用筷子夹着吃,不用担心手上残留的粪土掉进饭里。

农村的生活习惯是,男人家早上起来先上地里去干活,女人在家做饭,饭做好后盛在一个小瓷罐里,由专门留下的人到每家每户将饭罐集中起来,再担到地里给干活的人吃,节省了来回跑路的时间。

多么漫长的一个冬天和寒春,终于熬过去了。这对刘来福来说,好像比一年的时间还要长。到了夏天更难熬了,在阳坡上锄地的时候,火盆似的太阳扣在头顶上,烤得他眼冒金星头皮发麻,直想往地里钻。脸上、胳臂上死皮蜕了一层又一层,火辣辣的疼。农活重,太阳烤,只要有口好吃喝也还罢了,人家农村人一茬又一茬的不是都这样过着吗?可是家里一冬一春将分下的粮食已经消耗得所剩无几了,连酸白菜也没有了,好在山上的苦菜、甜苣、黄花菜等野菜慢慢露头了,他妈和他妹妹上山挖点野菜凑合,吃得人瘦肠寡肚的,把他妈心疼得不止一次撩起腰裙擦眼泪。供他上学,满指望他能出人头地,撂开这镢头把,可是已经念书念到这份儿上了,都不让念了,回来受这罪。但是,心疼归心疼,农村人都是这样的,她有

什么办法？再说，城里娃娃、干部子女都插队到农村和农民一样受苦，何况自己农民的娃娃呢……

陕北这块古老而贫瘠的土地，历史上曾是土地肥沃、水草丰美的好地方。黄河在这里环绕，黄土地在这里延伸，缕缕炊烟飘出土窑洞的烟囱，山梁上走出了零星的羊群，土地上趴着头扎白羊肚子手巾的农民。但由于地理位置特殊和自然环境的优美，是历代兵家必争的军事要冲，也是农业定居民族与游牧民族相互争夺的要地。

这里留下了大禹凿山成渠的壮烈之歌；这里掀起过轩辕征战蚩尤的悲壮场面；春秋时，晋公子重耳沦为丧家之犬，在这里一住十二年，得以东山再起；秦时，狼烟四起，战火连绵，绥德出生的蒙恬戍守边疆；公元五世纪初，匈奴单于赫连勃勃从蒙古草原狂风般挥师南下，夸下海口"我们的马吃草吃到哪里，哪里就是我们的地盘"。公元四八一年一举攻克长安，在这里兴建都城，命名"统万"，国号"大夏"；公元一〇三八年，陕北米脂出世的党项族李元昊再次崛起，建"大夏"（后称西夏）；宋时神木出生的杨继业，在这里驰骋沙场，保家卫国；明末，李元昊的后代李自成，马踏幽燕，定鼎北京，浓墨重彩上演了陕北历史上一幕惊天动地的悲喜剧。

"一代霸业成过去，千载白骨埋荒丘""可怜无定河边骨，犹是春闺梦里人"。岁月悠悠，沧桑巨变，从秦统一六国到清宣统退位，两千多年的历史，在人类自私与贪婪掀起的烽烟征战中，数千年前森林郁郁葱葱、黄河清清流淌，金鸡滩、古今滩盆地孕育起的春绿秋黄，"水草肥美，牛羊衔尾，群羊塞道"的陕北，抵不住烽火狼烟与西北猛风带来的毛乌素沙漠的袭击，逐渐变成土地贫瘠，干旱风沙的荒凉世界。

新中国成立以后，战争虽然平息了，但生态的破坏，沟壑纵横，水土流失的荒凉面貌难以改变。辛辛苦苦的农民干上一年，天年和顺了还能多打两颗粮食，如果遇上干旱雨涝，风霜冰雹，天年不好，就遭了灾荒。苦难的农民说："不是爬山就上坡，黄风卷着黄沙走。十年九旱草不生，天旱雨涝没收成。"农业社又没有什么经济来源，农民只干活不挣钱，就指望广种薄收打那点儿粮食。灾荒遭得大了，就靠政府调拨来的返销粮救命。特别是一九五八年"大跃进"以及"浮夸风"，一九五九到一九六一年三年困难时期，给全国都带来了深重的灾难，陕北就更不用说了。学生退学，干部返乡（精减或自动离职），饥饿浮肿甚至死亡者屡见不鲜。一九六二年，虽然经过国家的国民经济调整，个别地区实行包产到户，农民可以开荒种地，耕种拾边地，实际上就是实行"三自一包"，即指"自留地、自由市场、自负盈亏"。"三自"是刘少奇在"大跃进"失败后，主持经济调整工作，恢复了"大跃进"前的农村经济政策。"一包"指包产到户，是农民自发搞起来的，当时，地方政府也没有过于干预。还有"四大自由"，即雇工、贸易、借贷、租地不加限制，农村经济稍有好转。但"文化大革命"把"三自一包""四大自由"定为罪状，遭到扼杀。饥饿的状况依然困扰着人们。

刘来福毕竟还喝了几天墨水，他在学校时就不是一个安分之人，"文化大革命"中，曾因策划给工作组写了一张大字报，被打成"反革命"。回农村后，磨炼了不到一年，就受不了了，吃苦受累他不怕，他现在已经锻炼出来了，他是不甘心过这吞糠咽菜的日子，天天想挣钱的门路。但上面的政策，不让人口外流，不让搞小本生意，就连编个筐子、筛子，做个锄、犁、镢、杖，都不让交易，农民搞点农副产品，都要以很低的价格交到供销社，如果自由交易就要"割资本主义尾巴"受批判。要是做倒驴、卖马、贩牛的大买卖，就给扣个"投机倒把"的帽子受管制处罚。粮食是国家统购统销，更不能上市，一经发现，就全部没收，血本无归。

这是刘来福回乡后的第一个夏季，干旱无雨的夏季，豌豆已经晒得发黄，吊几个秕角角，几乎没什么收成了。正在扬花灌浆的麦子，也被晒得叶子黄到半秆子上了，不会有好收成。这一天，他在和社员们一起锄地的时候，骄阳烤灼得他眼冒金星，口干舌燥，饥肠辘辘。他实在按捺不住压抑的心情，心想：这样的日子何时是个头，与其这样活受罪，不妨冒个险，出去偷着贩一回粮食，看能否给生活补贴一点儿。

收工的时候，他对生产小队长说："叔（生产小队长是他本家的叔），我们亲戚家有个婚事，我爸年龄大了，不想跑路了，叫我去行个门户。我明天请一天假。"

生产队长满口答应说："行嘛，行个门户有什么不行的，一天两天你只管去，农业社多一个人少一个人就这么回事，只要不投机倒把，你愿干什么都行。"他心想，你算说对了，我就是"投机倒把"去哩。

晚上回去，喝了两碗高粱糁糁烩苦菜稀饭，饭碗一撂下，他就出了门来到他堂哥刘根治家。刘根治是他大伯的儿子，比他大五岁，小学毕业以后再没念书，一直在农村务农。已经有三个娃娃了，大的五岁，是个儿子，两个小的是闺女，一个三岁，一个才一岁多。上有老下有小，一大家老小七八口人，正在泪水坡上。不过，他爸虽然比刘来福他爸年龄大两岁，但他爸小时在街道上给人家当店小二、赶牲灵，做生意，没干过重活，身体

比刘来福他爸好得多，腰不疼，腿不痛，还能上山干活，他妈做家务照看小孩，他妹妹和他婆姨都参加队里的劳动，他也能吃苦，虽然年轻，但庄稼行里已经是一把好手了。每年下来小队搞结算，不但不要出粮钱，还多少能分一点儿红，加上他也在他爸的影响下爱倒腾，手头还经常有点儿零花钱，生活过得光光堂堂。

"大哥，在家吗？"刘来福来到他堂哥刘根治的院子喊了一声。

他嫂子在家里应声："担水去啦，你找他有什么事哩？"

"没什么事，嫂子，我吃完饭没事过来转转。"

正说着，他哥挑着两桶水进了院子，见他来到院子，问："吃了？"

"吃了。"他应声。

他哥担着水进了家，将水倒进大水缸，出来把担子立在门口，就和他坐到院子里的磨盘上，三寸厚的石磨盘一天也被太阳晒透了，坐上去热乎乎的。

坐下以后，他轻声缓气地向他哥说："大哥，这日子我实在熬不下去了，我想贩点儿粮，看能不能长补两个，你看行不行？"

他大哥说："反正不好做，也挣不下两个，担惊受怕的，我这几年都没好好做。你想做，也可以试试，可千万要小心，一定要避开干部的眼。"并说南川那边的粮好买，价钱低，还给他指点哪里有小路，能避开干部。又聊了一会儿，说这年头不知什么时候才能有个朝转……

弟兄两个东沟上西沟下地瞎扯了一阵，看时间不早了，他就对他哥说："大哥，那你有钱没，我想借点儿钱。"

"得多少？"

"有二十块就够了，先少弄点儿试试。"

"行。"他哥就回屋里给他拿来二十块钱，递给他。

他接了钱说："那我先走了，大哥。"就告辞了他哥回了家。

第二天鸡叫头遍，大概就是凌晨两三点钟，他就起来夹了一条线口袋，一截背东西用的粗麻绳，出了门。他顺着川道里的沙石公路下去，绕过王坪镇，摸黑过了大理河上用木椽和秸秆搭的土桥，进了对面的王岔沟，向南川，也就是由大理河对面沟里进去，再从南山翻过去的淮宁河川进发。天黑得只能隐约看到发白的土路，他只能放慢脚步。进了沟走了好大一会儿工夫，东方露出鱼肚白的时候才爬上了一座山。上了山转过几道弯，天际间露出了一缕曙光，铁板一样漆黑的天空变得蒙蒙发亮，远处的山峦露出了模糊的轮廓，地上的路也看得清了。一会儿，那一缕曙光射出万道霞

光，一轮红日冉冉升起，露出了血红的碾盘似的大圆脸，无所顾忌地冲破云层，天际间顿时变得五彩斑斓。这曙光，这刺破云层的万丈霞光，也打破了刘来福压抑郁闷的心情，心里也好像升起一团火！他多么希望他这一趟生意，说远一点就是今后的生意，就像这冲破云层放出万丈光芒的朝霞一样，无所羁绊，顺顺利利，有所收获，给他今后的生活带来些许希望，哪怕能缓解一下眼下这穷困饿肚子的局面也行。

他有些激愤，迎着朝霞，疾步如风地下了一道山弯，出了沟。四五十里的行程，赶吃早饭时分就来到了一个叫佳水湾的小镇。

今天这里逢集，一些公私联营的小店和食堂早早地就开了门，正在把一些日用杂货往门口摆。他进得一家小联营食堂，掌柜的见他进来，热情地向他打招呼："兄弟请坐，想吃点儿什么，我们这里有粉汤丸子、杂烩菜，两面馍馍，酥油饼，还有豆腐烩饼，猪头肉夹饼。看你想吃什么，马上给你上。"

掌柜的看他风尘仆仆，裤腿上沾满了走路带起的黄土，拿下肩上搭的手帕拍拍打打，边抹桌子，边在凳子上拍打了几下招呼说："兄弟远路来的？这么早，来想办点儿什么货？"

他正想了解一下黑市的情况，打问一下粮食的行情，就顺势坐下，说："西川来的，那就给我来一碗粉汤两个油饼。"和店掌柜的搭闲攀谈起来，他问："掌柜的，你们这里集会上人多不多，市上粮多少哩，谁家卖粮食哩，这里的风声紧不紧？"

掌柜的边给他下锅烧粉汤，边给他回答，说了些粮食的价格，哪个小巷里，谁家卖粮的情况，还说："我们这里山高皇帝远，山区小镇，人也不多，没人管。不过，还是小心点儿为好。"他话一出口又怕说得绝对了，万一出了事害了人家，就补充了一句，让他还是注意点儿。

刘来福很理解这个店掌柜的心意，顺口说："多谢大叔（出门三倍小，他看掌柜的年龄也在五十开外，就尊称他大叔）的指点，都是生意人，我理解你的意思。"说话的工夫，一碗热腾腾的三鲜丸子粉汤，刚出炉的两个酥油饼端到他面前。

早上客人不多，掌柜的又和他聊了些大理河的情况，说："你们是县城跟前的，消息灵通，见识广，现在这年头什么也做不成，把人圈在一搭往死里受哩……"

刘来福边吃边搭茬："都一样，整天和土疙瘩打交道，有什么信息，有什么见识哩。"他头天晚上只喝了两老碗高粱糁糁稀饭，已经走了四五个小

时的路程，肚子早就叽里咕噜地叫开了，边和店掌柜的搭闲说话，边吃，三下五除二就吃完了粉汤酥油饼，吃完后用手在嘴上抹了一把，站起身来，开了饭钱，跟店掌柜的道了别，心里也有了底，就径直向店掌柜指点的街巷走去。他来这里并不是赶红火凑热闹，集市上的人还稀稀拉拉的时候，他就背着用仅有的钱量的二斗七升麦子，离开了集市。这不，正当亮红晌午，他背着二斗七升麦子，已爬上了这座大山。

爬上山后，几乎把全身的水分都让汗水流干了，只觉得嗓子直冒烟，背上的半口袋粮食压得他两腿发软，太阳晒得头晕眼花，他害怕碰见熟人，避开大路，找了一处阴凉的地方，放下了那半口袋麦子，一屁股坐在地上，浑身像散了架一样软成一团，一动都动不了了。他感到两个肩胛阵阵疼痛，扭头一看，被绳子勒出了两道血淋淋的印子。他低头看见地上一群群蚂蚁在忙碌地寻找或搬运食物，一只大蚂蚁嘴里夹着半截子蚂蚱腿，拼着命往前面跑，后面跟了一群大小不等的蚂蚁追逐着。他一抬头又看见旁边的树杈上挂了一张编织得一丝不苟的蜘蛛网，一只灰蜘蛛正趴在网的拉线一端，守株待兔，等待着捕食飞来落网的蚊虫、苍蝇和飞蛾这些小飞虫。心想人和动物虫蚁有什么两样，都不是为了喂饱肚子奔忙，为生计，用各自的方式而奋争、奔波吗？弱肉强食，世态炎凉，人情淡如水，挣不下只有饿肚子……想着想着头一耷拉，迷迷糊糊睡着了。

他晕晕乎乎感到一会儿和同学们在一起贴大字报，一会儿班里开批斗会，批判他是写"反革命"大字报的主谋，要他交出黑后台。他要申诉他的理由，却被同学们一阵斥责，压制住不让他说话，剥夺了他的发言权，他感到一肚子的冤屈没处说，他想狂喊，但嗓子沙哑得怎喊都喊不出来……

"文化大革命"开始，县上给学校派来工作组，指导运动的开展。有一天，高六六级的同学贴出了一张"赶出工作组"的大字报，意思是工作组进校"压制了革命""充当了当权派的保护伞"云云。看了的同学都感到很惊讶！工作组是县委派来的，赶出工作组，不就等于赶出党的领导吗？但是文章写得措辞严谨，观点鲜明，逻辑性很强，指出"工作组组长是地主阶级出身，他能把革命引向何处？请同学们深思！"班上的几个同学看了后觉得这张大字报写得有水平，有见地，迎合学生的心理。说是上课其实就是学文件，学毛主席语录和念报纸，根本不学课本知识。在课间活动期间，他和刘润泽、郭水旺、高常军、郭有权、杨诚智等几个同学在校园的活动

场地玩杠子，闲聊时，刘润泽说："你们看了高六六级那张大字报了没有？"大家都说看了。

刘润泽就说："我看这张大字报非同一般。提的问题尖锐，观点鲜明，是目前最有水平的一张大字报。你们觉得工作组进校以来究竟起了些什么作用？我看这张大字报一针见血，有胆有识，反映了现状，道出了群众的心声。我觉得，我们也应该有所反应，支持这一革命行动。"

几个同学你一言我一语地说："就是的，无产阶级'文化大革命'怎能让地主阶级领导，再说了，运动已经开始一个多月了，学校还是死气沉沉，没有一点儿生气，就抓住两个死老虎批来斗去的，能触及什么灵魂！"他也说："我看，我们是不是应该写一张有分量的大字报，支持一下？"

杨诚智听了一会儿大家的议论说："你们说的倒是有道理，但工作组毕竟是县委派来的，先等等再看吧，有好些事，我们还吃不准。"

上课铃响了，大家还在议论着这张大字报，一边议论一边走进教室。下午本来是自习时间，就是上课时间，老师也不来上课，自习时间就更没人管了，教室里闹哄哄的。进了教室，他们几个就商量着写一份大字报支持高六六级的"革命行动"。于是就凑到一起，由刘润泽执笔起草，他和其他几位同学策划拟订条款，草稿打好后，他说高常礼毛笔字写得好，就叫来高常礼抄写了这份大字报。大字报抄写好后，他和刘润泽首先在大字报落款处签了名，紧接着郭水旺、郭有权、崔丁旺、张永有、高常礼等同学也签了名，就这样一下自习就由郭水旺、郭有权和刘润泽几个同学将大字报贴了出去。

一石激起千层浪，两张大字报触怒了工作组，把这两张大字报定性为反"革命"大字报，在全校展开了大批判，并要揪出主谋及其后台！最后揪出高六六级一班的王汉山是第一张"反革命"大字报的主谋，在全校大会上进行批判。他被定为第二张"反革命"大字报的主谋，抄写大字报的高常礼是地主成分，定为黑后台，刘润泽、郭水旺定为急先锋，首先在班里利用晚自习开批斗会，对他们进行批判。批判会气氛异常紧张激烈，大有山雨欲来风满楼之势。批判推理：工作组是县委派来的，赶出工作组就等于赶出党的领导；反对工作组，就是反党，反党就是反革命。有的同学还把高常礼在周家街中学上初中时候的一件糗事揭发了出来。那是一天晚上，打了熄灯铃后，一个同学放了一个声音出奇大的屁，他惊讶地说："哎呀！我以为是中国的第二颗原子弹爆炸了。"于是，批判他是地主阶级立场不改，污蔑中国的原子弹是屁。当时中国的第一颗原子弹爆炸成功不久。

还揭发他在一次下冰雹时说"只要我们那里不下就好了"。批判他"只顾自己，不顾贫下中农死活"。把他和高常礼打成"反革命"。他和刘润泽、高常礼、郭水旺几个同学在批判会上申辩理由，说他们是狡辩，被压制住不让他们说话。

这是破解刘来福梦中缘由的一段插话，暂且不提。

单说刘来福正觉得嗓子沙哑想喊又喊不出来的时候，又觉得他背着买的麦子，怕别人发现，不敢走前门，蹑手蹑脚地从卖主的后院往出走，刚出了后院，看见老远有两个干部模样的人，他赶紧往前跑，那两个人就追上来了，他拼命地往前面跑，但是背上的口袋把他压得怎么也跑不动，一下就被那两个人从后面追上来，一把抓住了他的口袋，怎么也挣不开，他想这下完了！吓得他打了个寒噤突然醒了。醒来一看，他的麦子口袋还在他背上靠着，嗓子干得像粘到一起一样，疼得难受。有一碗凉水多好啊！他想。可是在这干山上连点儿湿土都见不到，不用说水了。他咽了口唾沫，清了一下嗓，才觉得好受了些，这才知道他是在做梦，把他吓出了一身冷汗！这真是日有所思，夜有所梦。唉！他叹了口气，清醒了一下，站起身来伸了个懒腰，打了个哈欠，撒了泡尿。看太阳已偏西了，估计等他下山出了沟，公社干部就下班了，就赶紧背起麦子往回赶。这时候走起来就没有上午那么有劲了，他感到两条腿像灌了铅似的，越走越沉，肩胛上绳子勒下的两道血印子疼得挨也不敢挨，只有不停地调整背绳的位置，实在不行了，就找个台阶放下歇一会儿。天已经黑了，他还在艰难地行走着，只不过路已经平了，没有爬山下山的时候那么吃力了。他好像觉得越走越远，天已经黑了好久，才出了沟岔，过了大理河上用木头和秸秆搭的便桥，摸黑进了王坪镇。街道上没有一个行人，"大概人家都进入梦乡了，刚好，正怕碰见熟人怕碰见干部。"他想着，紧走了几步，穿过街道进了他姐家住的小巷里。

刘来福他大姐收拾完家什又把娃娃安抚得睡着。刚睡下，突然听见有人轻轻地敲了几下门，又叫了声大姐，就听出是自家兄弟，心里一怔，这时候黑天半夜的不知出什么事了，应了一声就急忙战战兢兢地摸到火柴，点着了煤油灯，赶紧穿了衣服起来给他开了门。她一边开门一边急切地问："深更半夜跑来，出什么事了？"打开门一看，只见她弟汗津津的，背了那么重的东西，赶紧把口袋接下，出口就问："你到哪里去了，背了些什么，把你累成这样？"

"去佳水湾量了些麦子。"他回答他姐。

他姐这才松了一口气，帮他接下口袋。他姐夫听到动静也起来了，看他疲惫不堪的样子，也说："快放下歇歇，几十里路背这么重的脚程，有二斗多吧？"

他说："二斗七升。"

说着，将那半口袋麦子放到门口的小炕上，走到水瓮跟前舀了半马勺凉水一饮而尽，顿时感到轻松了一大截子，脱鞋上了炕，这才给他姐说："姐，我想贩粮，今天从南川量了点儿，先试试看。"

他姐一听，吓得吸了口凉气，惊恐地说："我的憨兄弟呀！你怎么敢做犯法的事呀！万一叫人家逮住了不是丢人打家什不说，连本都丢了。"

他说："姐，我想吃个饱肚子，咱爸妈那么大的年纪了，吞糠咽菜受那罪，我看了难受。"

他姐夫接住他的话茬对他姐说："来福说的也是，人总是要生活的，他有这个头脑，有这分心计，也不一定是坏事。"他姐夫又掉过头对他说："兄弟，这可是又苦又累又担心的事！先试试看，小心点儿，能做成的话多少总能贴补两个。"

他姐含着泪给他做饭。又好像对他又好像在自言自语地说："好我的兄弟哩，现在谁家不是这样，有什么办法哩，人家都不敢做，你就敢做，捅下乱子咋办呀？"

川里人多地少，他姐家也光景不好，要给她兄弟吃点儿好的也拿不出手，要是在白天，她还可以在别人家借一碗白面，给她弟做吃的，可这深更半夜的怎么能敲人家的门？只好给他擀了一碗黑面圪节子，拿出半块羊油，在一个小铁勺里刮了点儿羊油，炒了点儿干摘茉花，顿时满窑洞香气四溢，说话间就给他端上炕。他自从早上吃了那碗丸子粉汤两个油饼，一天还水米没沾牙哩，端起碗狼吞虎咽地就吃开了。他一口气吃了两大碗黑面圪节子，放下碗往嘴上抹了一把，顿感热流涌动，浑身轻松了许多。心想，一天能吃上这么一顿黑面圪节子也就可以了。吃过饭，稍事歇了一下，他就要走，对他姐说："麦子先放到你们这儿，等到下个集上，我让咱爸下来看着粜脱了去。"他姐和姐夫说这么晚了，明天再回去，他说，明天还要出工哩，只请了一天假，这事还不敢叫庄里的人知道。就出门走了。姐把他送出门，看着小兄弟消失在黑夜中，不由得又流下了酸楚的眼泪。她心疼弟弟念了回书，没念成，回来担惊受怕受这份罪，更心疼两个老人五十多岁了，没口好吃喝还要为一家人的生活操劳……

17

回去已经夜深人静了,他悄没声息地进了家就睡了。第二天一大早,照常出了工,一切风平浪静,谁也不知道他昨天吃的那些苦,当然也没看出来他的诡秘。

等到王坪逢集这一天,刘来福给他爸说:"爸,我去南川量了些麦子,在我姐那里放着,今天遇集,你去把麦子粜脱了。"说完自己照常出工去了。他爸也是个老农民,一辈子没做过生意,况且还是偷偷摸摸的事,感到很为难。但是,儿子为了一家人的生活,费了那么大的劲,几十里路辛辛苦苦把粮食背回来,把事做到这份儿上了,再为难也得帮儿子给粜脱出去呀!他吃过早饭就不吭不哈地出了门。顺着川道里的那条大马路,也就是学校面前的那条沙石公路下去,过了一道石砭,五里路的路程,不大一会儿就来到王坪镇女儿家。她女儿知道,她爸是来粜脱她兄弟那麦子来了,但粮食又不敢上市摆到街上去卖,只有到街上偷偷地把买粮的人叫到家里来。看到自己的老人这么大年纪了,瘦弱佝偻的身体,再怎么说也不能让他上街去奔波,只好自己去集市上打听买主。她住在街道里,也能知道些行情,就在集市上慢慢地将麦子给粜出去了。晚上回来,他爸把卖麦子的钱给他,他一算,出乎意料地赚了七块二毛钱,他高兴得差点儿跳起来,兴奋得半晚上没睡着。

就这样,刘来福隔三岔五找个借口跑一趟。第二趟就有了点儿经验了,挣了十二块钱,两趟下来就把借他堂哥的那二十块钱还清了。终于有一天,他用挣下的钱给家里背回了三十斤小米,这些足以让全家人能吃两个月稠饭。但是,这毕竟不是长久之计啊,要改变这样的贫困状况,前面的路还不知道有多远呢……

情绵绵　难舍难分

同学之情,是建立在不为金钱利益,不分贫富贵贱,没有名利地位之争的基础上的一种单纯的友情。这种友情往往胜过亲兄弟姊妹之情,特别是共同经历了那个特殊年代的同学们,更是有一种深厚的特殊的感情。

刚回乡的学生那一颗颗火热的心,还一下子凉不下来,总想找机会和同学们在一块儿聚聚。

农历十月十五,周家街有一次盛大的贸易集会。秋收也结束了,粮食

也入仓了,猪羊也喂了一年,该出槽的要出槽了,农民也终于闲下来了。老百姓辛苦了一年,都攒到这个会上卖脱自己的猪羊或粮食(粮食当然是黑市交易),置办过冬用品和年货。刘来福的同班同学杨诚智也按捺不住心里的寂寞,和村里赶会的人一起步行二十多里,翻了一架山,来到他曾经读过三年初中的周家街镇集会上。他既不买又不卖,也不是赶热闹,而是想在这次大的集会上见见同学们。

中午时分,就和他们一个公社的同班同学高常礼碰到了一起。他俩互相打了招呼后,就走到一起,一边聊,一边溜达。不一会儿就看见比他们高一级的周家街同学、已进入县革委会工作的刘学文和周家街下川里的同班同学王忠友、杜国爱、刘润泽站在桥头边拉话,他俩在拥挤的人浪中挤过去也凑到了一起。虽然才从学校分开一个来月,但一见面犹如久别重逢,都显得兴奋不已,大家一个个踌躇满志,有说不完的感慨和激愤。窄狭的老街道,人头攒动,拥挤不堪,哪容得下他们这么一堆人站在街道上说话。实际上,人浪像潮水一般涌来,已经使得他们根本站不住了,他们只好顺着人流往街道口走,走着又和上川里的马长国、马腾、张广东等同学相遇。他们也凑到一起,还没来得及拉话,就被拥挤的人流,涌出了街道口。

现在,他们不约而同地离开了集市,边走边聊,转悠到他们就读过的母校——周家街中学操场上。这所学校的操场是敞开的,没有围墙,设在校园东大门外的坡下一块开阔地带。他们离开了喧闹拥挤的街道,来到操场,没有嘈杂,又不受拥挤,就尽情地聊开了。大家议论的主要议题是不知道什么时候能恢复高考,但更多的还都是说:

这一回去都扛了老䦆头了,谁还有心思复习,也没有条件复习,即使恢复高考,也不可能考上,况且我们六八届的,只上了一年课,怎么能考上大学?

高常礼说:"听天由命吧,你们最起码还有说话的自由,有当兵当工人的机会。"

杨诚智接住话茬说:"我们这农村户口的回乡知青这么多,当兵招工能走几个,还都不是就这样了?有什么指望。"

下川里的刘润泽消息灵通,说:"人家何光贵、姚平安、薛长福、丁世平、王子锐都当兵走了。"

刘学文是老大哥,又有见识,他说:"我们算什么,你们高一的物理老师吴老师还在董家渠下放劳动着哩,一个人又要劳动,又要自己做饭,孤苦伶仃。"

"那他婆姨呢？"有人问。

"婆姨又要教学还要照顾两个娃娃呢。"刘学文回答他们。

同学们知道，吴老师是上海人，和周家街完小的一位小学教师结婚成的家。他们听了都哭丧着脸，显出无可奈何的表情。又议论说应该看看吴老师去……正说着，突然王忠友他兄弟手里拿着封信，急乎乎跑来，低着头递给他说："咱书记满街道找你找不上，让我给你。"王忠友看他弟神色不对，心里一怔，接过信一看，是公安局发来的，打开信封，里面是公安局发的一张传票，要求他在五日内到县公安局接受调查。根据传票上的日期一算，时间只剩下两天了。他顿时脸色煞白，战战兢兢，低头不语。大家都傻眼了，他们心里都明白是因为武斗中的人命案，不是好兆头。当时，心血来潮，忘乎所以，这时候哭都来不及了。大家都露出同情而无奈的神色，不知所措。刚刚还谈论热烈的场面，一下子变得鸦雀无声。

最后还是比他们高一级的、一直是他们头目的刘学文，像一位老大哥一样，安慰王忠友："你先不要急，他们只不过是调查，不管怎样，又不是你一个人的事，你不要害怕。"

同学们也都你一言他一语地劝慰着：

"事情已经出了，怕也怕不下，只有面对了。"

"你也不要过于紧张，那都是运动中打乱仗造成的事，又不是个人恩怨造成的。"

……

就在同学们劝慰王忠友的时候，刘学文已从老师那里借来了一辆崭新的飞鸽牌自行车，对杨诚智和王忠友说："你们把之前一直骑用的县银行的那辆旧永久牌自行车也骑上，去县城看看情况，顺便把那辆旧自行车给银行还了，万一王忠友回不来，好带个信回来。"老大哥就是老大哥，他怕王忠友一个人骑自行车，思想有负担，路上再出个啥事，他知道，杨诚智和王忠友从初中到高中一直要好，形影不离，就安排杨诚智陪他去。杨诚智也不放心他一个人去，就爽快地应允了刘学文的安排。

就这样，他们两人在大家的宽慰中，杨诚智骑着刘学文借来的那辆崭新的飞鸽牌自行车，王忠友骑着那辆破旧的永久牌自行车，离开了这喧闹的集市和依依不舍的同学们，奔赴县城去了。

周家街镇离县城顺着大理河一道川下去，只有六十里的路程，骑自行车不耽搁的话有两个小时就到了。一路上，杨诚智不停地安慰王忠友不要害怕，有什么事还有学文和这么多的同学帮忙。当走到离县城十多里的高

阳砭的时候，路上既无行人又无任何车辆，他俩正一前一后靠路外（右）侧前行，突然从里（左）侧渠口几家住户处蹿出一条大黄狗，汪的一声向他们直冲过来，向骑行在前面的王忠友左脚咬去，王忠友在猛不防中下意识地将左脚一踢，失去了平衡，连人带车摔倒在地，就在他倒地的一刹那间，行进在后面的杨诚智刚好赶上来，来不及刹车，被他一碰，一下子连车带人从高阳砭翻下去……

等杨诚智反应过来的时候，只看见下面是白花花的一道石崖，他幸好在路边被水冲下个小弯儿处落住，没有翻下石崖。但车子直接冲下高达数丈的石崖摔到了河滩。心里暗暗地吃了一惊，老天呀！幸亏在这个弯弯处落住了，要不然……他再不敢往下想了。这时候，他才感到头眩地转，手腕疼得钻心。头上的血流下来把眼睛都糊住了，左手腕鼓起一块变了形。王忠友从地上爬起来一看，顿时吓得面如土色，赶紧跳下去掏出手帕给杨诚智包住了前额上的伤口，把他从坎子下面扶上来，也顾不了摔下河滩的那辆自行车，给路边住的老乡安顿了一下，让老乡看住河滩那辆自行车。也顾不了去公安局，就骑上那辆旧自行车带着杨诚智直奔县医院。这真是"福无双降，祸不单行"，屋漏遇上了连阴雨。

王忠友骑着自行车带着头上包着手绢的杨诚智，急急忙忙地来到县医院门口，下了车子和杨诚智一同进了县医院大门，突然看见他们的周家街初中校友张庆广，穿着白大褂正在院子里和一位医生说话。他们就和他打招呼：

"庆广，你在这里实习？"

张庆广一看杨诚智脸色煞白，头上包着手绢，满脸血迹，紧张地问："你们这是怎么啦？"

"在高阳砭摔的。"

张庆广比他们高一级，在周家街上初中时和刘学文一个班，考高中时被分到卫校，所以没有插队，分到这里实习。他一看校友碰成这样，赶紧把杨诚智领到门诊上，先给头上的伤口缝了两针，然后又领到透视室让放射师给手腕做了透视，确诊为桡骨骨折。张庆广知道他没钱住院，就在自己住的窑洞靠窗口的位置安了张临时床，把他安排在他们宿舍住下（他们几个实习的同学睡的是炕），说："骨折的问题只有等明天再做处理。"

这时候，王忠友已经叫来好几位同学照顾杨诚智，并安排了另外两位同学去高阳砭取掉到河滩的那辆自行车，自己也去了公安局。同学们听说他从高阳砭摔下去，都十分惊讶，说："你真是万幸，要不是在石坎上落

住，从那砭上摔下去，你十个杨诚智也没命了。"还有的同学半开玩笑半安慰他说："大难不死，必有后福。"但是，大家更焦虑的还是王忠友的事，据说，高六六届的马鹏飞、苗元培也被抓了，六八届的李东升、高全福、董强和王忠友一样，都被传了，有的已被拘留。不知道有没有事，怎样处理呀？同学们的心情都很沉重，谁能想到轰轰烈烈地搞了一场，会落到这样的下场。可是事到如今，又有什么办法呢……

同学们陪他说了一会儿话，看他的伤很重，给他买了饭，让他好好休息，就各自回家去了，说明天再来看他。

同学们走了以后，自己坠崖的一刹那，同学们的这些遭遇，这一幕幕惊心动魄和让人寒心的情景，不停地在脑海里翻滚，搞得他辗转反侧，难以入睡。他越想越后怕，越想越睡不着，越睡不着，伤口越疼痛。

第二天，张庆广带上检查结果，把杨诚智领到主治大夫跟前，让大夫看需要不需要做手术，大夫说不需要做，固定一下，好了以后不会有什么影响的。还说，现在不能处理，要等肿消下去以后，才能打石膏固定，年轻人有四五十天就好了。他们这才放下了心。

下午，同学们来了好多，有被打倒的县长的儿子鹏飞，县委副书记的小儿子东东，县武装部政委的儿子李二、李三，已病故的副县长的儿子冯建军等一伙初中同学。他们帮他打水买饭，上厕所解、系裤带。还有一位初三的女同学张爱爱，毕业后她本应该回乡，但她父亲在县联社工作，她也没回农村，和她父亲住在县城，复习功课。听说杨诚智受伤住院，也买了水果饼干来看望他。她比杨诚智低一级，属于初六六级的回乡青年。要不是"文化大革命"耽误，现在也应该上高三了。她中等个儿，略显丰满，白皙的皮肤光滑细腻，圆圆的脸盘上经常带着一丝淡淡的微笑，一双水灵的大眼睛炯炯有神，一头乌黑的头发，身上经常穿一身洗得发白了的蓝色制服。她言语不多，腼腆文静，显露出一种单纯的温文尔雅的少女气息。

说起来没有"文化大革命"，他们是不会相识的，更没有可能走到一起的。"文化大革命"中分成"造反派"和"保守派"两大派后，学校打乱了年级、班级之分，他们都是"造反派"，经常在一起开会学习，上街游行，搞活动，接触多了就慢慢认识了。不知何种原因，她还搬过来和高中部的女同学住在一起。有时候碰见互相打个招呼。武斗中，杨诚智和马建国、张勤修等几位同学被安排守护邮电局，一天他们在邮电局门口碰见后，感到很稀奇，她问："你在邮电局干什么？"他就说，他在邮电局值班放哨，并邀请她到宿舍看看，她就跟随他来到他们宿舍，和一同守护邮电局的几位同学聊了一会儿,她要走的时候,他就出去送她。她说:"我爸怕学校不安全,就让我住在单位。你有空来转。"从此,他们一有空就在一起聊天,还经常在体育场看电影。一九六八年,毕业返乡要分别的时候,她还给他送了一张半身照片,并约定经常通信。

一会儿,王忠友来了,杨诚智急切地问:"情况怎样?"

忠友说:"公安局问了些情况,让我先回去,需要的时候再找我。"

他反复向杨诚智道歉:"为我的事把你害成这样。"

杨诚智说:"你也不必自责,你还是重视你的事,我有这么多的同学帮忙照顾,大夫说不要紧,你就别操心了。"

王忠友听说他的伤没有大问题,有这么多同学陪他,就说:"那好,我在这里吃住都不方便,还要回去给娃娃们上课哩,有这么多同学照护,我也放心,就先回去了。你就安心养伤,不要操心我的事。"他又回过头向几位小同学说:"拜托你们几位小同学照顾好他噢。"

几个小同学异口同声地说:"没问题,你放心地走吧。"

他还半开玩笑地对张爱爱说:"爱爱,你可要陪好杨诚智哟!有你在,他的伤会好得更快些!"

他这一说羞得张爱爱满脸通红,不好意思地腼腆一笑,惹得其他几个小同学也哈哈大笑。这使得杨诚智压抑的心情轻松了好多。他看暂时回不去,怕家里人心焦,就给家里写了一封信,说他在县城和同学们玩几天就回来了,让家里人不要担心。

晚上,张爱爱给杨诚智送来了自己做的一小搪瓷盆面条,一会儿几个小同学也陆续来了,陪杨诚智聊天。看着杨诚智吃完后张爱爱出去洗碗筷去了,几个小同学叽叽咕咕地说杨诚智:"你好幸福哟,看她对你有多关心?"

杨诚智笑着说:"女同学细心,我都觉得很过意不去。"

"什么过意不去,她是乐意来照顾你,对你那么关心体贴,高兴都来不及哩,嘻嘻!"

正说着笑着,张爱爱进来了,几个小同学脖子一缩做了个鬼脸。张爱爱看他们的样子说:"你们笑什么哩?"他们都不敢吱声。

杨诚智打破了一时的窘迫,笑着说:"他们几个看见你给我送饭,犯眼红哩。"

"你们没看人家受这么重的伤……"

张爱爱话还没说完,突然冯建军领着杨诚智的同班同学高全福进来了,

杨诚智一看高全福来了，惊讶地一起身从床上下来问："你怎么来了？"

高全福一步上前握住杨诚智的手说："也是被公安局传来的，刚到县城碰见建军，说你为王忠友的事在路上出了事，趁进去前，来看看你。"

杨诚智不用说也想到是和王忠友一样的事，他颤抖着声音说："哎呀！你都这样了，还有心来看我！"两人拉着手，眼泪汪汪地半天说不出话来。几个小同学更是目瞪口呆，不知说啥好。

这时候，高全福抹了一把眼泪，凄凉地说："我这次可能要被拘留，不知以后什么时间才能见上面，抢这个机会来见个面。"

杨诚智就让高全福坐在床上，用缓和的语气安慰他说："唉，当时就那样的形势，能怪谁呢！只能怪我们太年轻，太单纯。事到如今，只能往开想，不管怎样，一定要活下去，没有后悔药可吃，你要想到，不管什么时候都有大家在想着你，寂寞的时候想想我们在一起的日子，也许会使时间过得快一些。"

高全福一脸木然，年轻的脸庞显得苍白而衰老，忧伤地说："我倒没什么，关键是老人承受不了这样的打击，我一进去他们会彻底崩溃的。这是我最感愧疚的。他们含辛茹苦养育了我，我没能力孝敬他们，反而给他们这么大的打击。我真不知道他们能坚持多久！"说着，凄楚的眼泪终于止不住地流了下来。在场的其他同学也都安慰他，劝他想开些，一定要挺住，要保重身体。张爱爱在一旁听着他们的谈话，默不作声，不停地擦着同情的眼泪。

"时间不早了，"他说，"我还要去报到哩，你好好养伤。"

就这样，高全福在李二、李三和冯建军等几个同学的陪同下，含着泪告别了杨诚智及其他几个同学，向县公安局走去。杨诚智只有目送自己的同学一步步走向服刑的道路，一阵心酸和凄凉感涌上心头。

高全福走了，背着沉重的思想负担走了，宿舍的空气几乎凝固了，大家都沉浸在一种难以言表的感伤中。当年风华正茂，激情满怀的血性青年，被推到风口浪尖，一夜之间，一个个变成了阶下囚，他们还能说什么呢？！

就在这死一般的寂静中，张爱爱用一种惊恐而担忧的声调问杨诚智："你没事吧？"杨诚智说："我倒没事，可你看，我们这些同学们一个个的下场多悲惨！"

"噢——只要你没事就好。"张爱爱长出了一口气，好像在自言自语而又庆幸地说。

东东和鹏飞两个小同学，听着张爱爱的口气异口同声地说："咦——

咦——你怎么光关心杨诚智哩？"

一句话说得张爱爱脸通红，反驳他们："没事就好嘛，你们还希望都有事啊？他们出事怪他们太冲动了，谁想看到这样的后果？"

两个小同学又你一句他一句地争辩："当时，也是为了表现自己革命。"

"为给自己的战友报仇。"

杨诚智劝他们不要争了，这些是非，谁能说得清呢，事到如今，人家以法律定性，不可能同情你任何人，谁也没办法。现在说什么都晚了。杨诚智在几个小同学中显得沉稳，老成。他这样一说，几个同学也就不争了。

张爱爱给杨诚智倒了杯开水，又给热水袋换上了热水，敷到他手腕上，对他说："你也不要太难过，好好养你的伤，正像你说的一样，事到如今，我们有什么办法。"

杨诚智一边答应张爱爱的劝说，一边问张爱爱复习得怎样了，张爱爱说："我只不过是解心焦哩，复习不复习又顶啥用哩，你们都上山下乡了，我们还能咋？"

杨诚智又反过来劝解她："你们有条件就应该好好复习，等机会继续升学。"

两个小同学也你一言他一语地说，听他们的父亲说，高考终究还是要恢复的……

看时间不早了，杨诚智就劝大家早点儿回去休息，回去晚了害怕大人担心。

几个小同学走了，张爱爱还依依不舍地守在杨诚智身旁，杨诚智对张爱爱说："你也该回去了，我送送你。"张爱爱微微一笑，扶杨诚智下床一同出了宿舍。

时间是夜晚的十点钟了，县城寂静得地上掉下一根针也能听得见。这个年代，人们的生活是简单而又单调的，天一黑就只有睡觉，没有任何娱乐活动，除了一些少数人偷着赌博。就连这城里人也只能间或看场电影，天一黑就进入家门，有条件的还能听一会儿收音机，了解一下国家大事，也就睡了。婆姨汉天天在一起，话也拉得实在没什么拉的了，除了在炕上干那些男人和女人的事，还能做什么。从这个意义上讲，这生活也并不单调，它正在为人类创造着人口增长的奇迹。据经济学家调查结果显示，新中国成立后，中国人口以20%～30%的速度增长。虽然经济学家马寅初在五十年代提出的人口论，遭到一些别有用心的人的扼杀，但中国正在酝酿着一场人口发展计划的大战。

然而，在这单调的生活时代，还有一种丰富人生活的内容，那就是年轻人花前月下，谈情说爱。杨诚智和张爱爱在这寂静的夜晚出了县医院的大门，来到这空旷而幽暗的街道相送，未必已发展到谈情说爱程度，但可以看出，他们这份儿纯真的暧昧的感情，最起码超出了一般同学的关系。

一轮满圆的明月挂在高空，洁白的月光洒满这个川道里的小县城，也洒满了山川大地。川道对面的山峦，现出隐隐约约的弧线，像波浪一样映入眼帘。没有一栋楼房，只有县百货公司和县联社临街的两栋门市部，显得气派而高大。坡上窑洞里露出星星点点的灯光。街道两边昏暗的路灯照射着沙土铺垫的街道，马路上不见一个行人。

一路上，他俩靠得很紧，并没有说话。张爱爱扶着他，几乎是依偎着他，一股女孩子的气息和她那淡淡的体温传到他的身上，传遍全身，传到他的心扉，他感到一种从未有过的温暖和幸福感。在这充满惬意而美妙的夜晚，他只盼着张爱爱的宿舍再远一点儿，再多送她一程。张爱爱也何尝不想让他多送一程，他们走得很慢，不长的一段路程，走了好大一会儿，到了县联社大门口，他不好意思再进去了，只好停住脚步说："谢谢你陪我！我就不进去了。"

张爱爱说："谢什么，我看见你受这么重的伤，很难受。"又倚在他身旁站了好大一会儿，这才依依不舍地离开杨诚智进了县联社大门，进了大门，她又转过来向杨诚智说："回去的时候慢点儿，明天再去看你。"

在同学们，特别是张爱爱的陪伴护理下，一个礼拜后，杨诚智胳臂的肿消下去了，头上的伤也好了，在他前额右角的发际处留下了隐隐约约的疤痕，不注意看不出来，并不影响容貌。张庆广请来了主治大夫在宿舍里给他打了石膏托，做了固定，这样就可以回家慢慢养伤了。他住院的医药费都由几个小同学和张爱爱，你一块他几毛凑的。石膏打好又住了一天，刘学文推来了高阳砭上摔下去的那辆飞鸽牌自行车，准备把他送回去，刘学文因为自己安排杨诚智陪王忠友，而使他受了这么大的伤害，感到非常内疚。虽然工作忙，也一直关心着杨诚智的伤情，中途来看望了几次。听说他能出院了，就要亲自送他回家。来了后，见那几个小同学都在场，杨诚智因为左胳膊打着石膏，棉袄无法穿，就穿了一只袖子，再披上棉袄用带子系住。张爱爱还拿来了一盒饼干和一双军用长腰毛毡手套，让他戴上，不要把受伤的手冻坏了。张爱爱的父亲是转业干部，在部队上任过团级干部，所以才有这样的高级特制手套。

刘学文见状，用一种特异的目光看着张爱爱笑着说："你的饼干怎么不

给我吃呢?"说得张爱爱脸一红腼腆地一笑低下了头。

就这样,杨诚智在同学们的帮助和照顾下,在医院住了九天以后就要回家了。出了医院大门,几个小同学道别相送,张爱爱一直恋恋不舍地跟随在杨诚智身边窃窃私语,让他回去后安心养伤,多写信……她好像巴不得让杨诚智在医院继续住下去才好哩。杨诚智也是何尝不想多和她在一起待几天。几天来,他们几乎是天天在一起相守,天天晚上让杨诚智送她回宿舍。在刘学文的几次催促下,他们才分了手,杨诚智向大家一一表示感谢,这才跟刘学文一起上了路。

意悠悠　亲情之旅

杨诚智绷带吊挂着胳臂,心急火燎地在家里养了一个半月伤,终于取下了那块硬邦邦的石膏托。一个多月来,除了张爱爱给他寄来几封信,安慰问候他,给他苦闷伤痛的心情带来些许抚慰之外,没有一点儿好心情。看着父亲一冬天穿着透风的烂棉袄,还要天天下窑掏炭,母亲背着弟弟妹妹给自己做点儿好吃的,心如刀绞!

春节过后,他胳臂的伤虽然好了,但还不能干重活。刚好,刘学文约他和高常礼去南川参加他的同班同学高儒建的婚礼,他就从家里出发,向下川走了五里路,来到了他们公社所在地清水湾,过了小里河上用木椽和秸秆搭的土桥,爬上了高常礼住的那道通往大理河的分水岭,站到高常礼家的塄畔上,叫上他,一路翻过分水岭,来到周家街镇,和刘学文会了面,三个人买了一对暖壶(暖水瓶),一起从刘学文住的周家街镇出发,又过了大理河进了南山,向高儒建家住的高庙公社的高家界村进发。准备参加完婚礼后,顺便去南川高常礼和杨诚智他们的几个同学家看看。

下午太阳将要落山的时候,他们来到了高儒建家住的地方,但他们到了一看,见院子里冷冷清清,没有一个人,不像过事的样子。听见动静,高儒建出门一看是他们来了,赶紧把他们接进家,进家后看到窑里布置一新,炕上坐着一个穿着红袄绿裤的小媳妇,他们纳闷。

刘学文笑着问高儒建:"炕上坐的这位是——"

高儒建不好意思地说:"婚宴喜事已过去三天了,我们已经回门回来了。""回门"就是结婚洞房花烛夜的第二天,新媳妇在新女婿的陪同下和

来送人的亲戚一起回娘家，第三天再回来。

哦，他们这才恍然大悟，原来捎话，传来传去，来晚了。

但是，高儒建父母亲见同学们走这么远的路，来为自家的儿子贺喜来了，虽然来晚了也显得非常高兴，也给他们摆了八碗（"八碗"是当地红白喜事席面上的一个菜系标准，就是四荤四素八碗一桌菜）。一家人陪他们一起吃，高儒建和他的新媳妇依然给他们敬了喜酒。晚上虽然没有闹房，但说笑拉话到很晚才睡。

第二天一早吃过早饭，他们三人在高儒建一家人包括新媳妇的一起欢送下，离开了高家界，继续向南进发。

翻过叫不上名的山岭就是南川了，这道川虽然没有大理河那么宽，但比小里河宽而平展一些。只见开阔的川道里，还没有解冻的淮宁河像一条玉带，白花花的，弯弯曲曲地由西向东飘落在川道中。一条沙土公路顺着川崖根盘绕着。公路上偶尔开过来一辆汽车，卷起滚滚黄尘渐渐远去。

临近中午，他们来到老庙坪镇不远的红柳湾村，和杨诚智、高常礼同级不同班的刘飞家。刘飞家住在公路边的半坡上，在老庙坪镇西只有不到一里路，站在硷畔上还能看见镇子。他家正在修新窑，临时住个小土窑，刘飞见他们几个来了喜出望外，赶紧从坡上边下来把他们接上去，他爸也出来迎接他们。进了家，他们看见刘飞他妈身体很不好，卧床不起，他妹妹还小，他和老父亲伺候着他母亲。家里地方小，炕上又躺着病人，刚好天公作美，这天风和日丽，阳光明媚，他父亲就在门口放了一个掉了漆裂了缝的小方桌和几个小凳子，说："你们先坐，我给你们做饭。"就进了家。

他爸一看就是干部出身，和刘飞一样高挑个儿，虽然消瘦，但看起很精神。刘飞身体消瘦，眼圈发黑，给人以营养不良的感觉。刘飞给他们倒了热水，陪他们一起拉话。

落座的时候，刘学文边往下坐，边问刘飞："你母亲是什么病？"

刘飞说："哮喘病，一到冬天就不行了。你们这次过南川来有什么事？"

刘学文顺口答道："在我们班高儒建那儿参加完他的婚礼，顺便过来把你们南川的几个同学看看。"

刘飞有些激动地说："多谢你们来看我，我们家就这样子，我父亲已退休，我回来就是受苦嘛，还有什么办法？我父亲还要求我复习功课，等待机会参加高考，我是没有一点儿信心，家里正在修新窑，忙不说，再加上母亲有病，我们一家子都急得没办法。"

高常礼问刘飞："你爸是干部退休？"

刘飞说："是小学教师。"

"噢，怪不得他有这样的想法。"

三位同学齐声赞同他父亲的想法，说："你应该听你父亲的话，坚持复习，你母亲的病，有你父亲照顾。再说，复习功课也不影响伺候母亲。"

拉话间，刘飞他父亲就给他们热了过年剩余的年茶饭，油糕油馍馍，一大盘猪肉炒粉条，还给他们滚了黄酒（农村人自家做的稠米酒）。这是过年才能吃到的好饭，看到此情此景，他们很不好意思端碗。

刘飞和他父亲再三让他们不要客气，说他们刚吃过，你们快吃，包括他母亲都在炕上有气无力地说："你们趁热吃吧，我也起不来，招呼不上你们。"

他们只好勉强地端起碗拿起筷子，在和刘飞说话中，吃了这顿过年才能吃上的好饭。吃完饭，他们看到刘飞一家四口挤在一孔小土窑洞里，想住下和刘飞在一起聊聊天也没处住，看时间还早，就安慰了一下刘飞他母亲，离开了他家，刘飞一直把他们送到坡底下，恋恋不舍地含着泪说："我母亲的病重，没有招呼好你们。"

他们异口同声地说："这么好的招待，等于又过了个年，麻烦你们了，照顾好老人，不管怎样，你还是坚持复习吧。"

告别了刘飞，他们顺着那条沙土公路向上川走去，川道逐渐变窄，刘学文指着淮宁河对面背川崖根的一个村庄说："惠峰老师（周中教语文的老师）就住在那个村庄。"大家遥望那村庄，一排排土窑、石窑，还有砖窑，坐落在淮宁河南岸的山根下，村庄的东边山沟里流出的小河也冻得严严实实，像一条干河。沟口、村庄的坡下一丛丛杨柳树落了叶的枝条还没有泛绿。正月里，冬午寒天，农民们还没开始上山下地干活哩，川道里萧条冷清，村里不时地传来男人女人的喊叫嘈杂声，小孩子们的哭叫打闹声，几声犬吠，几声鸡鸣声中，夹杂着哞哞的牛叫声。他们看着，说着，走着，不时地通过一个路边的村庄，引来一阵阵家犬的狂吠。太阳上畔的时候，他们来到了何家坊公社曹家庄大队曹世荣家。曹世荣和刘飞是同班，他们到了的时候，曹世荣放羊还没回来，他爸听说他们是自己儿子的同学，就热情地接待了他们。他家住在阳面的川崖根，一排三孔土窑洞，土窑的窑腿宽，院子自然很大，他们就在院子和硷畔上转着拉话，观看村庄周围的山形地理，等待着曹世荣的归来。

太阳落山了，天空渐渐暗下来，曹世荣才挂着个空瘪的干粮袋子，手里握着安了有一人多长把子的放羊铲子，赶着一群黑白交错的山羊和绵羊

回到他们的大院子里。冬天，山上没有青草，羊只能吃到一些干草叶子、柠条梢子，虽然中午都不回来，即使放了一天，羊还吃不饱，所以放羊回来，还要赶到院子里撒一些玉米高粱秸秆或黑豆秧子叫它们吃，对奶羔的母羊和离奶的羊羔还要喂料，这叫贴羊，意思是再给羊补贴（充）些食物。在他弟弟的帮助下干完这一切，曹世荣才扑打着身上的尘土，说笑着和同学们进了窑，上了炕攀谈起来。窑洞里已经很暗了，曹世荣他爸点上了煤油灯，在窑掌的后炕上铺了一大块布单子，给他们擀面，他们还是第一次见这样擀面。

杨诚智不解地问曹世荣："你们怎么在炕上擀面？"

曹世荣说："我们这里由于没有石板，不安大锅台，所以擀面只能用一块干净的布单铺在炕上擀，这样的布单子只能擀面用，不能做他用，叫面单。"陕北这些地方，木料缺，更没有木案板，一般都是就地取材，用石板做锅台，当案板擀面，切菜只用一块小木板。

他们才明白了，原来南川这里的生活方式和西川有些差异。看到他父亲给他们擀面，高常礼问曹世荣："你母亲……"

没等话音落地，曹世荣就回答："我母亲去世多年了，是我父亲既当爹又当妈拉扯我们弟兄两个。"

"哦！不好意思。你们命够苦的。"

"没什么，已经习惯了。"曹世荣说着低下了头，两眼噙满了泪水。

看来也没有好面，曹世荣他爸给他们做的吃了黑面圪节子，就是豆子、高粱和少量的麦子掺在一起磨成的面，叫黑面。这种面是散的，就是不筋道，和面要用温热水，不然就和不到一搭，擀的时候也擀不薄，切出来也就只能是粗而短的节节，所以叫"黑面圪节子"。就这，看出来也是上待他们。

吃完饭，天已经黑了，一会儿，家里来了很多串门子的人。在这夜长日短的季节，闲的没事，晚饭后寂寞无聊，耐不住性子的人总想聚到一起东拉西扯，胡乱侃上一阵。像曹世荣这些既没女人又没小孩的家庭，说话也方便，抽烟吐痰也随便，就是串门子谝闲传的好地方。几乎天天晚上要来串门子的人，谝到深夜一个个困得打哈欠了，才慢慢散去。今天，他们家里来了几个年轻人，一方面，是来看他们来的这些客人；一方面，和他们拉话。更吸引了不少的"串客"。农村人拉话，不外乎张家的女子好，手巧，家道利落；李家的后生有苦（就是能干）；哪块地该种什么啦，来年收成不知怎样啦，间或还有人问及他们几个同学，西川的女子漂亮不漂亮，

有对象了没？问得他们怪不好意思……拉了半晚上话，都有些疲倦了，才一个个离去。送走了串门子的乡亲们，他们三个同学就和他们父子三个一起睡在他们的大炕上，几个同学睡在一起兴奋不已，睡在炕上才拉开了他们的话题。他们谈"文化大革命"中的风雨患难，惊涛骇浪，谈串联时的所见所闻，谈今后的打算。

曹世荣说："我当兵因血压高，视力也不行，没验上，只有受苦（当农民）了。我现在是每日以羊为伴，以山为友，赶着羊群，这架山上那架山下，早出晚归，跑遍了山山峁峁沟沟岔岔，一心想着让羊吃饱，别无所求。"

杨诚智说："你放羊还可以带本书，羊吃草的时候可以看书，打发时间，消除寂寞。有想法的话还可以复习，等机会试搏一下。我们不是上山劳动，就是到炭窑上绞把，苦重得很。不会有你这么悠闲的。"

曹世荣急切地说："你说得轻巧，咱这地方你还不知道，沟沟岔岔种得彻彻的，哪有一块像样的草地哩，一不小心，就把庄稼给糟蹋了，还敢看书？"

"冬天可以吧？坐到阳圪崂崂多美。"高常礼说。

"看来，你们还确实要在这广阔的天地锻炼锻炼自己哩，你们就不懂放羊。冬天倒是比夏天好一些，但还有麦地，更重要的是冬天没草，要不停地跑着放，怎能看得成书呢？再说，哪有心思看书呢。"曹世荣这一说，他们再无言了。

刘学文笑了。

"确实应该好好锻炼锻炼啊！"

"农村真是个广阔的天地，大有学问啊！"

"我们究竟有没有理想？"

"理想不等于现实。"

"再美好的理想亦成为泡影了！"

他们发出了无奈的感叹。

第二天一大早，曹世荣他爸就起来给他们做好了豆糊饭煮洋芋，还切了一盘腌黄萝卜丝。

杨诚智和高常礼吃着饭说："你们平时吃不上这饭吧？"

曹世荣说："平时吃的比这稀，夹着高粱糁糁。"

吃完饭，曹世荣又要放羊去了，他们也要走了，把他们送下坡，曹世荣就赶着羊群上了山，他不时地掉过头来向他们招手，高声喊："有时间再

31

来噢——"他们几个也向他招手示意,看着赶着羊群渐渐远去的同学,一阵酸楚涌上了他们的心头……

离开了曹世荣家,他们又折返顺着淮宁河往下游走,向柳树湾公社曹世荣的同班同学贺光贵家进发。这时候,他们的同学贺光贵已当兵走了,只是把老人看望了一下。听说他们班的李正生也在这个公社,但他家住在后沟里的高山上,靠秀塬县的边缘,离公社很远,就没有去。接着又从南川返向北,翻过山,赶天黑到了驼耳沟公社郭家坪村,和杨诚智、高常礼同班的郭青山家。郭青山家人口多,他有一个姐姐一个妹妹,一个弟弟,姐弟四个,他爷爷奶奶也健在,他姐已经嫁人了,一排四孔接口子砖窑,一家三代七口人,其乐融融。他父母亲见儿子的同学来了,非常高兴,晚上给他们做了荞面饸饹羊腥汤。吃了饭就住在他家。郭青山说,他们山里文化人缺,他一回村就在本村小学教了学。他在上学的时候就爱说爱笑,还经常爱说些调皮话,惹得大家发笑。晚上住在一起,同学几个又是说又是笑,谈笑中郭青山又编了一段打油诗:

上山下乡好是好,就是肚子吃不饱。广阔天地炼红心,不是背来就是挑。

抓革命,促生产,革命意志受锻炼,大有作为修地球,光荣使命我们担。你看这简单不简单!"

惹得大家一阵苦笑。

杨诚智还说:"应该加上'不简单来不怕难,战天斗地乐无边'!"

高常礼说:"应该改成'上山下乡有作为,不知前途在哪里'!哈哈哈……"

第二天,他们一路谈天说地,谈古论今,赶下午就到了县城。他们领略了南川的风土人情,也看到了同学们回农村后的艰苦生活和低落的情绪,看到同学们那一张张无奈中又透出期盼目光的脸庞,未免产生了无限的感伤。

从南川过来到了县城,又和好多初高中同学相遇。春节已过半个多月了,城里的同学还都没回插队的农村去。农村的、城里的同学到了一起,更有说不完的酸甜苦辣。和杨诚智、高常礼同班的王永兴说,他母亲去世早,他会做饭,他是他们大队知青点的"大厨",都要吃好的、吃稠的,一个月的口粮二十天就吃完了,吃完了都往家里跑。女同学赵瑞芳和一班的封玲玲说:"你们男生都好说,我们女生,什么也不会做,连自己的生活都料理不了,背柴背炭,担水劈柴,全凭男生干哩。"大家你一言他一语地抢着说。你说,咱们"造反派"的司令和校花好上了,他说,"保皇派"的广播员和他们的头子粘到一起了。"文化大革命"前期保守派占领了宣传阵地,安排了自己的女生当了广播员。后来武斗开始后,造反派又将保守派赶到乡下。这时候又都返乡的返乡了,插队的插队了,也不存在派别的问题了,大家到了一起,只不过是过往云烟,当历史故事说说而已。

晚上,和刘学文关系甚好的高干子弟、高六六级的李拥军在家里招待了他们三个。李拥军也是杨诚智因王忠友受伤住院期间,天天来陪他,给他解、系裤带的李二、李三的大哥。他还有个妹妹,他们年龄都还小,个子都不高,可他长得像他父亲,人高马大,前庭饱满地阁方圆,宽大的脸盘,浓眉大眼,鹰嘴鼻子,大嘴巴,长着两只招风耳。说起话来侃侃而谈,直言快语,给人一种气质非凡的感觉。他父亲是军人出身,所以给他起了个名字叫拥军。他家兄妹四个,他妹妹排行老三,李三最小。李拥军把他们三个领进家的时候,他妹妹正站在锅台前擀面,他母亲正在刮洋芋,准备菜蔬。

他们家和冯建军家是隔壁邻居,都是租赁农民的一排三孔石窑的一个小院。杨诚智和冯建军一起在他们家吃过饭,他们几个小姐弟也经常来冯建军家玩,所以他们都很熟悉,他妹妹叫李红梅,今年只有十五岁。那次,他们和李二、李三、鹏飞、东东一起欢送张勤修参军时,冯建军酒喝多了,害怕他妈知道,就将他扶到李拥军家。冯建军醉得什么也不知道,给他们吐了一枕巾,是李红梅给他擦洗得干干净净的。那天晚上也是她,就像今天这样,脚底下踩着木墩子给他们擀的面。她虽然是高干子女,但从她身上看不出一点儿娇气,她始终穿着那件黑、红、白相间的格子衫,梳着两个小辫,白里透红的瓜子脸上一对黑得发亮的大眼睛,薄薄的嘴唇始终保持着微笑。小小年纪给人以朴素大方、精干麻利的感觉。刘学文他们一进门,她就和他们打招呼,让他们上炕,给他们倒水泡茶。她们娘儿俩把家里收拾得一尘不染,各样桌柜家什擦得明光发亮,特别是那根用当地的黑炭石磨出来的炕栏,光得能照出人影子来,炕上还铺着绒毯。

一会儿,李拥军他母亲和他妹妹就把饭做好了,他母亲也是个利落人,要不然,她女儿小小年纪就这么能干。她一边往炕上端饭,一边说:"你们吃吧,他爸又不知道是开会还是有应酬,不等他。"他们都知道,李拥军他爸多年任武装部政委,德高望重,"文化大革命"后结合进县常委,刘学文

和他经常在一起开会，认识他。

　　这时候，杨诚智问李拥军："怎么不见李二、李三？"没等李拥军说，红梅就在地下抢着回答："和建军去他们南川老家玩去了，已经走了三天了。"

　　今天在这样一个高干家里吃饭，他们都放得开。鹏飞、东东，他们都是高干子女，就杨诚智一个乡下娃，穿得土，特别是他爸给他用羊毛线一针一针织的那双，让他穿得前露指头后露脚后跟的袜子，鞋一脱就露馅了，吓得他死活不敢上炕，大家硬把他推上炕，两只脚怎么也压不住，把他拘束得躲在下炕圪崂，一句话都不敢说。红梅看出了他的窘迫，不停地招呼他。他吃完一碗，刚准备放碗，红梅就把碗接过去硬给他碗里又倒了一碗捞好的面条，要不然，他可能连吃都吃不饱。

　　吃完饭，李拥军又将他们三个领到他一人住的窑洞，拿出来一瓶烧酒，要和他们喝，杨诚智和高常礼都推脱说，他们从来没沾过酒，不敢喝，一会儿红梅就给他们端过来一盘炒鸡蛋，一盘猪头肉，又泡了茶，他就和刘学文两个，你一杯他一杯，边聊边喝。酒过三巡，两个高年级同学，高谈阔论。谈论裴多菲"生命诚可贵，爱情价更高，若为自由故，二者皆可抛"的爱情诗篇；谈论丁玲的《太阳照在桑干河上》和论巴金的诗。谈到曹雪芹的《红楼梦》时，刘学文简直是眉飞色舞，手舞足蹈。他说，贾宝玉不该出家，应该和他相爱的林黛玉在一起。李拥军说，那是时代的局限，是封建贵族势力所逼。刘学文又说，如果他是贾宝玉，就领上林黛玉出走，周游天下，绝不会剃发为僧，遁入空门。李拥军又不置可否地说，那也许是作者为了表达对当时那种社会的憎恨，专门安排的悲剧结局。

　　这时候，高常礼也有些冲动，他说："那时候的贵族讲究门当户对，又是老人定终身，贾母和贾政给他设定的是有身有势，风风光光的薛宝钗，怎能让他和无身无势，悲悲切切的林黛玉成婚，所以，他们的悲剧结果是必然的。这也正是作品的真实性和经典所在！"

　　刘学文情不自禁地背诵了一首《枉凝眉》：

一个是阆苑仙葩，
一个是美玉无瑕。
若说没奇缘，
今生偏又遇着他；
若说有奇缘，

如何心事终虚化?

一个枉自嗟呀,
一个空劳牵挂。
一个是水中月,
一个是镜中花。
想眼中
能有多少泪珠儿,
怎经得秋流到冬,
春流到夏!

李拥军开他的玩笑:"痴情女子负心汉,你可不要搞一个水中月镜中花,鸡飞蛋打一场空。"惹得大家都笑了。说笑间,二人又评论《红楼梦》对刘姥姥的描写,对王熙凤的人物性格刻画,出神入化,又说,除了人物刻画细腻外,就数诗句写得精辟。他们两个你一句他一和地背诵道:

贾不假,白玉为堂金作马。
阿房宫,三百里,住不下金陵一个史。
东海缺少白玉床,龙王来请金陵王。
丰年好大雪,珍珠如土金如铁。

又背道:

为官的,家业凋零;富贵的,金银散尽;有恩的,死里逃生;无情的,分明报应。欠命的,命已还;欠泪的,泪已尽。冤冤相报自非轻,分离聚合皆前定。欲知命短问前生,老来福贵也真侥幸。看破的,遁入空门;痴迷的,枉送了性命。好一似食尽鸟投林,落了片大地真干净!

"这两首诗写绝了,把当时的社会概括得淋漓尽致,也是给没落的封建贵族的大结局。"他们简直成了红学评论家了,不但评论诗句,甚至谈到了作者曹雪芹的出身,说他出生在没落的封建贵族家庭,亲历了那种家庭的腐朽堕落,他厌倦那种腐朽生活,唾弃那种官官相护,嫌贫爱富,礼仪烦琐的社会。还说曹雪芹没写完,由他的夫人代他写完了《红楼梦》这本历史巨著。他俩的谈论,听得杨诚智目瞪口呆,高常礼因为他爸是个老教师,家里也有一些书刊,他爸经常给他讲故事,知识面比较广,还能和他们附和一半句。杨诚智家里一贫如洗,几代人都没念过书,既没人讲这些故事,又没书籍看,哪里还能知道他们谈论的这些历史故事。像裴多菲这个诗人他连听也没听说过,不过,《红楼梦》这本书,他在"文化大革命"中抄来的古书堆里翻得读过一部分,所以才听得津津有味,他似乎觉得,这是他有生以来听得最生动的一堂课。特别是那些意味深长又带忧伤的诗句,让他肃然起敬,回味无穷。他们一直谈论,聊到深夜,就在李拥军家住了一宿。

第二天离开县城,他们又顺大理河川上行十多里路,拐进三川口,来到牛辛沟吴忠义家,这个村庄很大,一条小沟,前后沟阳坡背坡住满了人。吴忠义说,他们村有二百多户,上千口人,光生产小队就有十几个。

吴忠义家人口多,生活很困难,他爸是第九生产小队队长,每天晚上还得做笔记,计划活路,早上安排生产,一丝不苟。他也是六八届的一个文桶子,爱谈古论今,他爱好武侠小说,和刘学文、高常礼到了一起,又是三国的"桃园三结义"、诸葛亮的"草船借箭"、周瑜的"赤壁之战";又是水浒的一百零八将、"瓦岗寨""聚义厅",谈论得不亦乐乎。

第二天翻过山,塌口一下来,就是杨诚智和高常礼的同班同学张勤修家,一排接口子砖窑,新门亮窗,看得出生活还可以。张勤修已经当兵走了,他们进了家站了一会儿,和两位老人拉了会儿家常话,问了些老人的生活情况,就出了门。其实,张勤修一到部队,就给杨诚智来信了,他在西藏日喀则,靠尼泊尔边界当兵。从寄来的那张在雪域高原上照的照片可以看出,条件很艰苦,一张白白净净的脸庞已经被高寒气候侵蚀成铁青色了。

出了沟就是他们上高中时经常路过的马家沟镇,等于又返回到大理河川道了。他们上川的学生,有时候星期六回家,早上天不明就离开学校,走到这里天才亮,就在这里吃早饭。这里也有他们"老三届"的不少同学,来到镇上,来到高六八届一班,和杨诚智、高常礼同级不同班的刘伟清家。他们看到刘伟清家最可怜,他爸新中国成立前就是医生,在地区医院行医,因"历史不清",不但把他们全家从驼城遣送回原籍马家沟,而且他爸这时候还被关"牛棚",他母亲也是医生,因受牵连,不让她当医生了,只好领着一个还在上初中的妹妹回到老家。骨肉分离,牵肠挂肚,母子三人相依

为命，艰苦度日，他们看了十分心酸。晚上，他们就和住在镇上的，"文化大革命"中写了第一张"反革命"大字报的高六六级一班的王汉山，一起住在刘伟清家。刘伟清家住的是前后窑，就是在前面一孔窑的墙上留个过洞，过洞过去那孔窑就叫后窑。他母亲和妹妹住在后窑，他们几个就睡在前窑的一盘大炕上。

王汉山身有残疾。据说，是小时候患胸椎结核，造成胸椎变形，形成前后胸凸起的畸形发育，留下残疾。所以，他虽然是城镇户口，但没有插队去。五个同学睡在一起，看到刘伟清家的凄苦，看到王汉山的身体，都不由得谈论起今后的生活、出路。刘伟清说，他插队到农村照顾不上母亲和妹妹，也见不上父亲，只有等，看对他父亲的问题怎么定性，何时能将他父亲解放出来。

王汉山说："我这身体能干什么，如果升学没指望，将来只有乞讨一门路，到时候还要弟兄们帮忙，吃一点儿'嗟来之食'啊！"

"只要弟兄们有碗饭吃，绝对不会让你受饿。"大家都宽慰他。

这时候，刘学文、高常礼和杨诚智就你一言他一语，给刘伟清和王汉山说开了他们这次南川之行的所见所闻和感受，描述了他们所看到的几位同学的状况……

这一天晚上，他们没有高谈阔论，也没有谈古论今。他们五个同学除了刘学文根正叶红，又是城镇户口，基本上可以说没有后顾之忧，但其他几位都面临的是将来的出路甚至生活问题。所以自然而然谈论的都是现实问题。

刘学文说："按照毛主席'知识青年到农村去，接受贫下中农再教育'的提法来分析，这应该是个过渡，我们今后应该还有出路，国家不可能把大学停办了吧？这么大的国家不可能不要科学知识吧？"

"可是，现在的形势是'知识越多越反动''资产阶级知识权威把持着教育战线''宁要社会主义的苗，不要资本主义的草'……即就是要，也是以后的、下一代的事了，我们这一代已经耽搁了。"高常礼插话道。

"只有认命了。"杨诚智发出了无奈的叹息。

他的叹息引起了刘学文的联想，他对杨诚智笑着说："哎！我看张爱爱对你挺有意思的嘛，那次，你出院我送你时，看你俩难舍难分的样子，还给你拿来饼干。怎样？我给你当红娘？"

"人家（指杨诚智）早有了。"高常礼知道杨诚智的父母亲在初中时就给他定下对象了。

"那你不早说，让我瞎操心！"刘学文笑着说。惹得大家都笑了。

说者无意，听者有心。刘学文的一句玩笑话，也可以说是真心实意的想法，激起了杨诚智的心思：他深知张爱爱对自己是有情有义的，他何尝不想和她像人家城里的年轻人一样，花前月下，卿卿我我，结为同心。可是眼下这形势，自己马上面临着当农民，人家还在复习，她爸不可能让她回农村。想到自己的贫困家庭，艰难的生活条件，怎能把人家领进家门？他苦笑了一下，长叹一声说："唉！那倒是无所谓的，我何尝不想让你当这个红娘，可你想了没有，人家干部子女，我这穷家薄业的家庭，怎么好意思让人家进咱这家门呢？"

是啊，他要是干部家庭或城镇户口，那这应该是多么浪漫的一件事情啊！可眼下这种情况，要谈这些问题虽不是天方夜谭，但也是不合时宜的，说长远一点儿，可能性也是不大的，他们还能再说什么呢，杨诚智的一席话说得大家都无言了。

第二天，他们说张峰还关在监狱，应该看看他家老人去。就来到小里河畔的张家河张峰家，看望他家的两位老人。

看出来，两位老人已经年过六旬，听说他们是张峰的同学看望他们来了，泪如雨下，拉住他们的手就问："你们都好好的，怎么就说我们张峰是反革命，关进监牢了？"

刘学文急忙向二老解释："这都是派性造成的，张峰不会是反革命，你们放心，张峰用不了多久就会回来的。"这才稳住了老人的心。张峰有个姐姐是教师，一个妹妹还在上小学，弟兄就他一个。二老见不上儿子，见到儿子的同学就如同见到自己的儿子一般，又感激同学们还来看望他们。赶紧给他们炒了几个鸡蛋，一大盘洋芋丝，热了几个黄米面馍馍，招呼他们上炕吃饭。

张峰本是高六七级的高才生，因用脑过度，头疼不止而休学一年降至六八级，"文化大革命"中一直是造反派组织也就是他们这派的司令部的笔杆子，加上他们村有一名北京邮政大学的学子，经常书信往来，互相交流，甚至还受他邀请，这位北京邮政大学的学子回到新洲，给他们进行演讲，张峰当然引以为豪。他还去北京在这位高等学府同乡的引领下受到中央谢富治的接见，使他思想开放，视野开阔，性情逐渐高傲起来。一九六八年国庆节前夕，同学们已经等待着离校返乡，他又去了北京，想等到国庆节，趁着毛主席登天安门城楼的机会见到毛主席，结果被节前清理外来留京人员的人给集中起来办学习班，然后分地区送回当地，把他也送回驼城，

这让返回机关的对立派干部抓住了把柄，派人直接将他从驼城接回，上街游行大肆宣扬，说他在北京办学习班时骂周恩来是周老三，后关入监狱。两位老人根本不知道儿子犯了什么法，不明不白地关进监狱，急得饮食不思，坐立不安。当时被"砸烂"的公检法，还在恢复阶段，犯法与不犯法，领导说了算。后来才知道，两个多月后，张峰被放出来了，无缘无故在监牢里关了六个月零二十天。

  这次南川之行，原本打算参加完同学高儒建的婚礼，顺便在几个同学家转转。几年的相处，特别是"文化大革命"中的厮守，使他们凝结了一种特殊的感情，突然分开总有些割舍不下的感觉。没想到从南川到西川，又到小里河，转了一大圈，行程几百里，走访了十多位同学和家庭，变成了一次亲情之旅。所见所闻，给他们留下了深刻的印象，有些情节可能今生今世都难以忘怀。他们一路在议论，这次最深的感触就是，同学们"文化大革命"中那种激情都没有了，随之而来的是麻木无奈和一丝期盼。他们怀着错综复杂，游意未尽的心情分了手。刘学文直接从张家河翻山回了周家街，杨诚智和高常礼继续顺着小里河上行往回走。

  在路上，杨诚智和高常礼又说："看来，我们这一生只有戳牛屁股了。人家社会背景，家庭出身那么好，甚至是干部家庭、城镇户口的同学都回农村或插队到农村，我们这农村户口，家庭成分社会背景不好的人，还有什么奔头，认命吧！"

  高常礼说："你还是贫农出身，比我强，起码有说话的自由，我们这黑五类还有什么希望？"

  认命，虽然是一种无奈的举措，但也是一种自我解脱的好办法。在一个大时代的浪潮中，想要脱离现实是很难的，要改变现实可能更难。

  他俩一路上一会儿交谈，一会儿无语，从张家河出发，步行十五里路，到了他们的公社所在地清水湾后分手，就各回各家了。

悲戚戚　同学被捕

  开了春，春耕生产就慢慢开始了，这时候，杨诚智骨折的胳臂经过锻炼恢复得差不多了，就参加了生产队里的劳动。

  按当时说法，他的家庭出身很好，是贫农成分。说是贫农也真够贫的，他爷爷掏了半辈子炭,他奶奶去世早,爷爷染上了洋烟瘾,家里搞得一贫如洗,逼得他父亲十三岁就下煤窑掏炭,养活他爷爷和一个小叔。土改的时候,他还未出生,他父母逃荒在外,给他爷爷定了个贫农成分。一九四八年,父母亲逃荒在延安南三十里铺的一个小山村生的他,他是他母亲生的第五胎,是存活下来的幸运儿,可想而知,他父母亲对他的心疼呵护。据说四岁那年发高烧感染成肺炎,差点儿又没了,幸亏那时候延安已经赶走了胡宗南,不出毛主席撤离延安时所预料的,在胡宗南占领了一年之后,延安又回到了人民手中,有了人民医院,才救下他这个幼小的生命。父母亲千辛万苦,把他抚养到五岁,也就是一九五三年,农业合作化前夕,就高高兴兴地带着他和他姐姐回到老家,新洲县清水湾公社上川的新庄村。

　　五十年代末,他家人口增加到他和一个姐姐,一个妹妹,两个弟弟,一家七口人,就他父亲一个劳力,夏天务农冬天掏炭,累死累活养活他们一大家子。本来就很困难,还因他父亲多次在炭窑上受伤,受了伤又无药治疗,落下一种皮肤病,满身起黄水泡,久治不愈,反复发作,一犯病就是几个月,而且连年复发(后来迁移到荒塬,北京医疗队的医生查清了他的病是磺胺过敏引起的)。挣不下工分,交不上粮钱,分不到粮食,一冬天总是酸白菜糠窝窝,春困四月就揭不开锅了,只有向亲戚邻里借点粮食度饥荒,秋后分下粮食再给人家还。老百姓叫这种春借秋还为"替磨膛",意思是永远攒不下粮食,常受穷。到夏天,他们姊妹几个上山挖野菜,几乎把山里的苦菜、甜苣、黄花菜等各种野菜以及山上的野枸杞叶子、杨土梢叶子等这些只要能吃的树叶、树皮都吃遍了。到秋里,他母亲把别人不要的黄叶子菜、萝卜缨子、蔓菁缨子、洋芋叶子、红薯蔓子捡回来,或腌在缸里,或晾干,过冬度春给一家人充饥。二十世纪六十年代初,兴修水利,为了一天能补三两粗粮,他母亲颠着小脚,去五里路以外修水路做工,供他上到初中。他看到父母亲太可怜了,在周家街中学上初二的时候,才十五岁就提出退学,回来帮父亲撑起这个家,但父母亲死活不让,说:"挽锅卖瓮,讨吃要饭,也要供你们念书。"希望他将来能有点儿出息,不再像他们一样当睁眼瞎,像爷爷父辈一样下窑挖煤、"受苦"。他也争气,初中毕业和高常礼、高常军一同考上了高中。两位老人苦扒苦挣,实指望把学供出来,能让他吃碗公家饭,可遇上个"文化大革命",折腾了几年,仍然回来当了农民,上山种地,在村办小煤窑绞把。使二老心灰意冷,只有认命。

　　他们村上开小煤窑的历史已经很久远了。靠山吃山,靠水吃水,造物主给他们这一带地下造就了人类生活的必需之物——黑炭,也就给这里的人提供了生存的经济来源。但，这埋藏在地层深处的，黑得发亮的乌金，也不是轻而易举就能采出来的，为了采出这能卖到现钱的埋在底层深处的黑炭来养家糊口，多少代人的青春甚至生命都被这黑窟窿吞噬。就这，村里的年轻人一茬接一茬地都要在小煤窑上干，有的下井挖煤，农村说是掏炭，下到井底掏炭的人叫炭毛。有的在井口绞辘轳把，就是摇着辘轳把，把井底的炭绞上来，吊上大木桶或牛皮包，将井下的积水一桶一桶吊上来，还要吊着把下井的工人放下去，把上井的工人绞上来。这些绞辘轳把的人叫把手。

杨诚智小时候，经常和他父亲到炭窑上来背炭，有时也和村里的小伙伴一起来捡炭，能经常看到把手们把他父亲和其他炭毛，一个一个吊在铁链子上放下井。有时候，还好奇地趴到辘轳把上和把手们一起绞两下，被把手客气地推开说："你不要动，以后长大了有你干的。"也就是说，他对这些行当已经很熟悉了。可刚到炭窑上，他不可能一下就下到井下去挖煤，他父母不可能让他下去的，炭窑上的人也不会答应让他一个刚出校门的白面书生，一来就下井，井下毕竟存在人身安全问题，再说，要在这二尺来厚的薄煤层掏炭，要侧躺着身子掏，爬着从巷道里往出拉掏下的炭，不经过一定的磨炼，不蜕几层皮，是干不了的。绞把虽然活重，但比起井下，安全上还有保证，活路也简单。所以，他也就和其他年轻人一样——绞把。

绞炭的时候，人多还可以勉强撑住，而往出抬绞上来的炭时，由于只有两个人抬，一钩炭要二百多斤重，抬杠就有几十斤重，抬杠压到肩膀上好像往肉里头钻一样，疼得他直打战，抬上东一晃西一摆地走不稳，有时候就摔倒了。他以为多吃点就有劲，把他母亲给他带的细糠窝窝狠劲地吃，结果消化功能又跟不上，吃的肚子胀得像鼓一样，每天晚上回去肚胀得连饭都吃不成。这样的活对于一个刚出校门的年轻人来说，简直是一种摧残。杨诚智尽管嘴里不说，但他内心感到实在有些吃不消。他在劳动之余一有空就往公社跑，打听招工方面的消息，想脱离这个环境。可一次次让他失望。原因是他大舅在二十世纪五十年代末，参加了一个什么组织，戴了个"反革命分子"的帽子，也和高常礼一样，招工、征兵宁可推荐根正苗红的文盲或半文盲，也不推荐他去。

他中等身材，敦敦实实，白里透红的皮肤，乌黑的头发，圆润的脸盘上，一对浓眉大眼。他性情直爽，喜好运动歌唱，从初中到高中，一直是班里的文体干事。在学校也是能歌善舞，活泼单纯的一个青年，初中阶段，学校排练节目演戏扭秧歌，哪一样也少不了他。可这一回到农村，不是上

山种地，就是到炭窑上绞把，有时候到了后半夜，鸡叫才拖着疲惫不堪的身子回到家。还哪有心思唱呀跳呀。

一九六九年七月十五，又是周家街一年一度的秋季贸易大集会。杨诚智已经回村劳动了快一年了，苦也罢，累也罢，历史的浪潮已经把他推到这个舞台上，他不演也由不得他，看来，他已经融入这个环境了。在周家街秋季贸易大会这一天，他实在感到寂寞劳累苦闷得有些支撑不住了，想歇缓一天，就相跟了村里的几个年轻人来到周家街。

当然，在这个时候，不是杨诚智一个人有这样的感觉，所有回乡的知识青年可能都有同感，遇上这么大的秋季盛会，虽然都不买不卖，但也都想出来消遣消遣，可能最想在集会上能遇到同学，痛痛快快地倾诉一下衷肠。

到了集会上，杨诚智又碰上了王忠友、杜国爱、董和平、张光栋等几位同班同学。王忠友一见杨诚智，就不好意思地对杨诚智说："实在对不起，上次为我的事让你受了那么重的伤，当时都把我吓蒙了。幸亏运气好，受了点儿皮外伤，要是从砭上摔下去，后果就不堪设想了。怎么样，手腕对干活没影响吧？"

杨诚智说："没啥影响。这点儿小事不足挂齿。"

王忠友就向在场的几位同学讲述了去年十月会上，因他被传，杨诚智送他到县上的路上遇险的惊险一幕，把同学们都听得目瞪口呆，惊讶地说："不知道你们两个还有这么一段经历！"

杨诚智又问他们几个："你们都是大理河川里人，有什么好消息给我们这小里河的乡里人透露一下嘛。"

"有什么好消息，都在农业社受苦着哩。"杜国爱、董和平、张光栋几位同学异口同声地说。

王忠友说："我在村里教学，我们学校缺个音乐体育教师，大队让我在同学中找一个，我就想到了你，我看，你来最合适不过了。你们队里要多少，我们队里给你缴多少。今天来就是想碰见你，给你说一下，你不来，我也要给你捎话。"

杨诚智高兴地答应说："那好，我回去和队里商量一下，我们下个会上见面。"

下半年，杨诚智就以一年给生产小队交四百元，王忠友他们大队就给他每年四百元的工资，还给补一百二十斤粮的待遇成交，去王忠友住的王家沟村的小学当了民办教师。

这个大队在周家街镇下游五里路，大理河南岸的一条沟里的两道渠里，是个大庄舍，村里办的小学开设一至六年级六个班，一百多名学生。六名教师中连王忠友在内的五位教师都是本村的民办教师。只有他一个外地人，吃住在学校。村干部对他特别照顾，除给他补粮外，还把秋里挖下的洋芋、萝卜和白菜送过来。这个纯山区的村庄比他们川道里的人还富裕，人也厚道。他感到十分温馨。

　　学校安排他带全校的音乐、体育课和六年级数学，王忠友带四年级的语文、数学并担任班主任。撂脱了辘轳把，站在了讲台上，如释重负，如鱼得水，杨诚智尽情地发挥着自己的特长，充满激情地上好每节课，就连音乐、体育课他都非常认真地给学生教唱，教田径球类运动的要领。下午放学后，王忠友回家了，学校就他一个人，他吃过饭，就到王忠友家去转。第一次见到王忠友的母亲，他就感觉到王忠友的母亲和他母亲很相似，缠着小脚，扎着裤腿，梳着纂纂头，干净利落，家里收拾得整整齐齐，一尘不染，待人也热情厚道。杨诚智去了，她紧接忙待，又是烧水，又是炒瓜子。她一边炒瓜子，一边对杨诚智说："你一个人拔锅燎灶，再来了不要吃饭，就在家里吃。"听着这亲切的话语，感觉到她把自己当她的亲儿子一样看待。这时候，就使杨诚智不由得想起自己的母亲，冬天顾了给他们一家人缝补换洗棉衣，她还穿着单衣薄裳，一大早站在灶火圪崂切一大筛酸白菜，冻得发抖，夏天又换不转单衣，天热了，还挠着老棉袄为一家子操劳，那苦苦挣扎、含辛茹苦的身影，不免让他产生无限的伤感。

　　王忠友家人口也不少，他妈生了他们四个光葫芦，没有女儿，老二初中毕业也回乡在队里劳动，小三和小四就在村里的小学上学。他看到王忠友家的条件要比自己家好得多。新修的四孔接口子砖窑，新门亮窗，宽敞明亮，独家独院，偌大的院落拾掇得平平展展，干干净净，家里大人小孩都穿得整整齐齐，周周整整，让人一看就知道不但光景好，而且是一家利落人家。想起自己家，除了自己一直在外面上学，穿得周整些，几个弟弟穿的衣服都是些烂布串串，都不敢叫同学们看。记得上初中时，有一年冬天，一位校友走亲戚路过在家里玩了一天，两个七八岁的弟弟穿着烂布串串衣服，亲热地跑到他跟前来，把他羞得直想躲开，又看到弟弟可怜而单纯憨厚的样子，就抱住了他们，眼泪差点掉下来。

　　但是，他也想到，人家王忠友他爸一直务农，体魄强壮，没有得过什么病，他们山里地广人少，产粮多，生活上一直没跌下空。自己村上有那个倒霉的炭窑，使父亲受死受活在炭窑上下井掏炭，落下病根，连年犯病，

穷得吃了上顿没下顿，哪还顾得上穿戴呢？他也看到，王忠友他父亲是个豪爽而勤快的人。在老伴的配合下，不但把家庭管理得井井有条，而且他给队里放羊，把一大群羊养得膘肥体壮，欢实蹦跳，羔是羔，母是母。虽然队里逢年过节经常杀羊给社员分肉吃，但羊群还不断壮大。他也因羊羔成活率高而得到队里奖励的羊羔。看着院场里站的肥腾腾的羊羔子和圈里喂的一头大肥猪，老两口说："这是给他们王忠友冬后结婚办事养的。"杨诚智在内心是多么的羡慕啊！王忠友的对象他也见了，虽然是父母亲包办的，但漂亮精干，知书达理，人见人爱。又是一个村的，青梅竹马，村里人都说，他们两家门当户对，他们两个是天配一双，地成一对。唉！自己来这里是教学来了，想人家那些事有何用，还是教好自己的书吧。

  杨诚智初出茅庐，激情满怀，来到这所乡村小学，不但把日常的课程教得好，把学校的文体活动开展得有模有样，而且还给村上在学校开办的政治夜校教革命歌曲，组织学校和村里的年轻人举行篮球比赛。把全村的文化娱乐活动也带动起来了。他还给学校和村里写了很多大幅标语、毛主席语录，画了毛主席像。他的多才多艺和青春魅力，吸引了不少姑娘爱慕的眼光。有人已经和他开玩笑说："你没看出来，我们村里的女娃娃都看上你了，你随便挑，看上哪一个，我给你说去。"每当听到这些话语，正值二十一岁的他，心底那将要迸发出的青春火焰，简直要把他的心撕得粉碎！他知道，家里已经念叨着要给他操办婚事了，他心爱的张爱爱还在痴情地爱着他，这里又有人给他介绍对象，他能说什么呢？可惜家太穷了，他连与他两情相悦的张爱爱都没有勇气答应，还怎么可能再有什么非分之想呢？他现在才感到，感情这东西一旦陷进去是难以自拔的，更是无法割舍的！从这个意义上讲，也是极其痛苦的！

  王忠友看到自己的好同学把工作搞得这么出色，感到很体面，也忘却了公安局传他的那档子事，心情舒畅地发挥着自己的青春活力，把他教的四年级这个班带得井井有条。

  可是，就在他们不遗余力发挥着各自特长，全身心投入教学工作的时候，上面又不时地来人找王忠友谈话。杨诚智感到情况不妙，他们俩住的是一个宿舍，睡的是一盘炕，在公安局的人第二次来找王忠友谈话以后的一个晚上，睡下后，他就问王忠友究竟咋回事？王忠友说，还是去年那宗事，这才向自己的知己同学说出了事情的经过：

  "一九六七年夏，武斗进入白热化，柏树塬一仗是新洲最大的，也是唯一的真枪实弹的一次交锋，我们造反派'东方红'武斗队荷枪实弹，全自

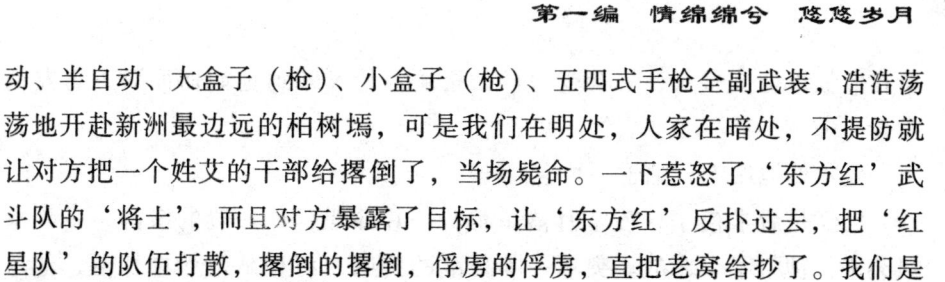

动、半自动、大盒子（枪）、小盒子（枪）、五四式手枪全副武装，浩浩荡荡地开赴新洲最边远的柏树塌，可是我们在明处，人家在暗处，不提防就让对方把一个姓艾的干部给撂倒了，当场毙命。一下惹怒了'东方红'武斗队的'将士'，而且对方暴露了目标，让'东方红'反扑过去，把'红星队'的队伍打散，撂倒的撂倒，俘虏的俘虏，直把老窝给抄了。我们是后面上去的，等我们上去，交锋已经结束了，我路过见一个人被打倒了，躺在山坡上不动弹，出于对自己的人被打死的仇恨，顺手给了一枪。这个人究竟是在我打之前死的，还是我打之后死的，我也不知道。"

杨诚智听了后，心想，怪不得一年了还没结案，长出了一口气说："这么长时间了，时过境迁，烟消云散，谁能说得清，那就看运气了。"

又过了一段时间，风平浪静，但是厄运终于降临了。在临近学校放寒假的一天晚上，正在熟睡中，突然一阵敲门声把他们从睡梦中惊醒。等反应过来的时候，王忠友已经把门开了又上了炕穿衣服，在一束强烈的手电光的照射下，进来四个人，杨诚智只认识大队书记苗光荣一个人，进了门，书记用低沉的声音叫了声"王忠友"，让他把衣服穿好。实际上，就是给王忠友打招呼，暗示他做好准备。杨诚智忙乱中穿了衣服，连袜子也没穿就跳下地，那三个背着盒子枪的人一拥而上问他："你是王忠友？"把杨诚智问得莫名其妙，不知所措。在杨诚智还没有反应过来的时候，大队书记手一拦说："不是他。"他们退后了一步。他看了一下桌子上放的马蹄钟，时针已经走过了十一点。这时候，王忠友穿好了衣服，下了地，三个荷枪者又围上去问："你是王忠友？"王忠友"嗯"了一声，他们就亮出了拘留证，掏出了一根很细的手绳子，熟练地将绳子唰地一抖，就将绳子搭在了他的脖子上，两边两个人三下五除二就把绳子缠到他的胳膊上，后面站的那个人将绳头穿过脖子后面的绳缰，狠劲地抽了几下，他们抽一下，杨诚智的心不由得抽缩一下，看着自己的同学被抽得脸色煞白，腰都圈成一张弓，杨诚智浑身在发抖。他真想扑上去把他们扒开，哪怕只是给同学松绑一下绳子。可他又意识到这是不允许侵犯的法律！一分钟，只有一分钟，杨诚智还在哆嗦的时候，王忠友就被五花大绑地给绑起，带走了。杨诚智跟跄着急速追出院子，他的同学已经被带下坡走了……

就这样，没来得及说一句话，也没来得及安慰一下，同学就被五花大绑地带走了。在黑暗中，他一个人孤零零站在校园的坡坎上，向坡下向前沟望着，但是，夜黑得伸手不见五指，什么也看不见，只是知道他们向那个方向走了，孤独感、怜悯感和恐惧感一起涌上心头。他不知道，他的同

学在监狱里会待多久,又会受怎样的折磨,他不知道他如何面对王忠友的父母……

他木然地站着,脑子一片空白。

已经是后半夜了,夜空月落星稀,一片漆黑,死一般的寂静,一阵寒风袭来,他打了个寒战。突然一阵狂乱的狗叫声将他从茫然中惊醒,他这才意识到,他们过村口时惊动了灵敏的家狗……

就在他极力地向前沟瞅着,想再看同学一眼的时候,隐隐约约地看到坡底下急急匆匆地上来几个人影!原来几位老师也慌慌张张地跑来了。他们见杨诚智一个人呆若木鸡地站在这寒冷的黑夜,赶紧把他叫进办公室。进了办公室,他们在昏暗的煤油灯下一个个沮丧着,不知是寒冷还是过于紧张的缘故,好像自己在受着审判一样打着战,低着头,没人说一句话,办公室的空气就要凝固了。最后,还是负责学校工作的高老师,打破了沉闷的气氛说,事到如今,也帮不上什么忙,他已经让家里人烙饼去了,天亮以后,让杨诚智带上烙饼和铺盖,上去在街上再买些果馅给送去,他们给家里打招呼,安慰两位老人。大家说只有这样,现在深更半夜不敢打扰他们,只有等天亮了把队干部叫上,一起到家里慢慢做工作,再有一个月放了假,就要给他办喜事了,这一下一切都成了泡影,老人能不能承受这个打击,还很难说啊!大家的心情都十分沉重,没有一点睡意,他们怎么也不敢相信,王忠友胆小怕事,连鸡都不敢杀的人竟敢打死人!他们你一言他一语地问杨诚智究竟怎么回事?杨诚智这才将王忠友给他说的经过,一五一十地给他们说了。他们一听,长吁一声,才分析,在当时那种情况下一时冲动,闯下大祸。他们又担心会不会判刑,不知能判几年……

他们还在拉着话没合一眼,窗外已亮了,杨诚智就带上铺盖、烙饼和办公室撂的几件衣服,像上一次陪他被传讯去县城一样,又一次义无反顾地骑上自行车,为自己的同学奔波去了。

出了岔,杨诚智没有直奔县城,首先到周家街镇,镇上的干部还没有上班,就到食堂吃了点东西,又买了十个果馅,等镇上的干部上了班,去了一打听,才知道王忠友被连夜送到县看守所了。他又骑着自行车,带着鼓鼓囊囊的一大堆东西,向县城赶去。他从来没去过看守所这种地方,到了县城,他没有直接到看守所去,首先去找这时候还是县革委会副主任的刘学文,当他带着一脸沮丧和疲惫不堪的神情,眨着布满血丝的眼睛向刘学文诉说了王忠友被拘留的情况后,刘学文一听二话没说,立即带他一起来到看守所,向看守所所长打了招呼,亲自将东西送进去,并向负责人说

了情，说我们的同学是个老实人，对他照顾点儿，他们表示尽量考虑，本来吃的东西不准带进去，也破例让看守检查后送进去了，但在预审期间，人是不让见的。

从看守所出来，杨诚智知道家里人着急，就和刘学文告别了，径直往回赶。天已经黑了，杨诚智才拖着疲惫的身子，推着车子回到学校，老师们都还没吃饭，等待着他的归来。见他回来，都急切地问他见到人了没有。他只好心绪郁结地向他们叙说了前前后后的经过。然后，马不停蹄地一同来到王忠友家。王忠友她母亲尽管心里像猫抓的一样难受，一天连一口饭都没吃，还让老伴杀了一只大公鸡，给杨诚智及几位老师、大队书记，准备了丰盛的晚餐，为自己的儿子操心劳神一晚上没睡，又跑前跑后一整天，招待相谢他们几个。吃饭的时候，杨诚智再三说他找了刘学文，把干粮和铺盖、衣服都送进去了，看守所答应尽量照顾他，忠友母亲还是泪流满面，泣不成声！

两位老人在极度痛苦中，再三感谢杨诚智和几位老师。

学校放假后，杨诚智又去王忠友家看望了一下老人，安慰他们不要过度伤心，"文化大革命"中犯这种事的不止他一个人，光我们这一届就有四个哩，因为是运动，应该会酌情处理的。两位老人看起来根本没有从阴影中走出来，难免又是哭哭啼啼。

杨诚智带着对同学的思念和两位老人的担忧，郁郁寡欢地背着铺盖离开学校的时候，一道坡下来碰见的乡亲们都问他："明年不来啦，铺盖也背回去？"他说，回去还要盖呢。也没有解释明年来不来。其实，他已经想好了，他本来很想继续在这里教学，当然，从大队到学校，以至于社员们都希望他继续在他们这里教学。可他害怕继续在这里教学，让王忠友的两位老人看到他，心里难受，再说，王忠友被捕的那一幕，一直在他脑海里抹不掉，他不想再在这个让他心灵受到伤痛的地方教学了，来了也可能教不好娃娃，所以，他不准备再来这里了。

凄惨惨　常军出山

地处黄土高原丘陵沟壑区腹地的新洲县，长期的水土流失，整个境内沟壑纵横，支离破碎，只有三条比较大的河流形成三道川。南边的一道川是淮宁河流域，通常叫南川。北边的一道川是小里河流域，叫小里河。中间的一道川最宽，也就是县城所在、刘来福住的这道川——大理河流域，叫大理河。它是无定河的一条支流，向东流到惠德城东汇入无定河，所以，以无定河川来说，它就是西川，有时候，又叫大理河川是西川。小里河最小，等于又是大理河的一条支流，从黄山县境内流下来，在距县城三十五里处的巡介司汇入大理河。从巡介司进得小里河川，三里一村，五里一庄，到三十里远的黄山交界处有一个百十户人家的大村庄，村庄西边的沟里流出一股清泉，惠泽着这一方百姓，故叫清水湾村。这里是人民公社驻地，公社由清水湾村得名，就叫清水湾人民公社。公社对面的南山，和大理河交界的一架分水岭上的背洼一处小沟豁两边，住着十几户人家。这个分水岭上的小山村，叫鸡冠山。高常礼的叔伯哥和他从小就在一起上学的同班同学高常军就出生在这个小山村。这里沟壑幽深，山高坡陡，吃水还要赶上毛驴驮着两个大木桶，到一里多远的深沟底下去驮。

高常军有一个姐，大他十岁，自他记事已嫁人了。据老人说，那时候兵荒马乱的，饿殍遍野，能逃下命就算不错了。他父亲是个务实良人，夏天务农冬天掏炭，挣的钱买了些地，土改时定了中农成分，生活倒是可以，但就是小孩难存活，自生下他姐以后，生了几个都没活。新中国成立前夕生下他，把他当宝贝蛋蛋，吓得他们不知怎么着好，生怕出点儿什么意外。后来社会慢慢平稳了，才使他得以存活。

新中国成立后，他又有了个小弟弟，一家四口人，家庭人口也不多。在别人饿肚子吃不饱饭的时候，他们还没受饿，他和弟弟过得很愉快，度过了在那时候还算幸福的童年。父母亲看着两个虎头虎脑的儿子一天天长大，心里有说不出的高兴，一心一意地供他们弟兄两个上学，一直供他上到高中，他弟在殿寺农业中学上初中。

"文化大革命"大串联的时候，高常军幸运地赶上毛主席第八次也是最后一次接见"红卫兵"，他们一行六位同学，一到北京就加入了在毛主席接见"红卫兵"之前，由军代表给他们办的学习班，每天上午学习，下午领他们到各大院校和北京的故宫、天坛、颐和园以及小时候课本上学过的十三陵水库——参观，把北京城逛了个美。当他们进到北大、清华的大学校园参观时，看到大学的楼房很高，校园很大，道路都是水泥铺的，又宽又平又光，而且道路两旁树木成行，还有花园、小树林，林间间或还设有供人休息、聊天或看书学习的小桌、小凳和连椅。看到这些他们又是新奇又是羡慕，并产生了无限的向往。

最使他们兴奋的是,见到了伟大领袖毛主席,毛主席接见他们的那天,天不明他们就来到天安门广场,在解放军的带领下,排着队,等待着那激动人心的一刻。当看到毛主席满面红光,神采奕奕地坐着敞篷车来到他们面前,向他们挥手致意的那一刻,他们一个个激动得热泪盈眶,不能自制地拥向毛主席,涌动的人群像潮水般翻滚,"毛主席万岁!毛主席万岁!!毛主席万万岁!!!"的口号声排山倒海!那激动人心的时刻,那场面,是今生今世也不会忘记的。那激动的心情是久久地、久久地难以平静……

要返回了,他想父母亲含辛茹苦一辈子,来到国家首都,应该给二老买个纪念品,买什么好呢,想来想去,决定还是买实用的东西比较好,买那些不实用的纪念品只是个摆设,好看不中用,选来选去,最后用仅有的钱给父亲买了一双当时最时尚的白塑料底子黑条绒面子的暖窝窝棉鞋,给母亲买了一副老花镜。一路上,他心潮澎湃,兴奋不已,他急不可耐地想回去,把见到毛主席的激动场面讲给父母亲听,把所见的新鲜事介绍给他们,他要把那双最时兴的白塑料底子黑条绒棉鞋亲手给父亲穿到脚上,把那副洋气的老花镜亲手递给母亲……

天有不测风云,人有旦夕祸福。高常军从大理河的周家街镇下车,翻过那道分水岭,已经看到对面沟畔上自己家的三孔接口子石窑了,他兴冲冲地从山坡上往下走的时候,看见坡道上,路边上站着些男人女人都在惊恐万分地观看着什么。正在纳闷时,就看见一群人簇拥着,抬着一个人从坡里上来往庙上去,他下意识地想到:农村人讲究,人死在外面不能往家里抬。就在他没头没脑地想打问个究竟时,站在路边的一位大婶看他回来了,赶紧上前告诉他说:"唉!娃呀,你咋刚好回来了,你爸爸在炭窑上被砸了,可怜啊!赶紧看看去,还好,能见个死面。"

"啊——"他一听是他爸,脑子嗡的一声,就像五雷轰顶,只觉得天旋地转,两腿发软,差点儿瘫软到地上。他没等大婶说完,就不顾一切地向庙上跑去。等他连滚带爬地跑到庙上时,父亲已被抬进庙宇的一个窑洞,他一把摞下行李一扑跪到父亲跟前,抱住父亲放声大嚎:"爸爸呀!爸爸呀!儿不孝啊,儿给你买的棉鞋还没穿,你就走了啊,丢下我们怎么办呀嘛!"直哭得天昏地暗。众人看他哭得可怜把他拉起,这时候,他母亲也踮着小脚连喊带嚎地跑上来了。他这才回过神来,刚想安慰母亲。他母亲看他也回来了,一扑抱住他,更伤心地呼天抢地:"娃呀,你命苦呀,老天杀人不眨眼啊!"母子俩撕心裂肺,喊天叫地,哭成泪人。叔叔大爷婶婶娘们看到他娘儿俩的恓惶,也泪水涟涟的你劝他拉扯,劝了好大一会儿,才把

他母子劝得停止了哭声。这时候,和他父亲一同在炭窑上掏炭的,他户家叔才给他说:"你爸伤势过重,又在头部,当时就咽气了,你再哭也没办法了,只有准备后事了。"他这才从悲痛中清醒过来,和他母亲商量,就让他这个户家叔叔给他们张罗安排办理后事。

他父亲只有五十出头,就这样撒手人寰,丢下他们孤儿寡母。事到如今,还能依靠谁?还能像过去那样,饭来张口,衣来伸手,什么事都依靠母亲吗?他想到这里,把眼泪装进肚子里,当起了男子汉。他穿着孝衫请来了他舅、他姐、姐夫和亲近的亲戚,在村里人和亲戚的帮助下,从简办理,安葬了父亲(一般不上六十岁身亡的,是悲惨痛心的事,其丧事都不大办)。

把父亲简简单单悲悲切切地送上山后,一个热火火的家庭,顿时变得像地狱一样阴森、冷清。他姐为了陪她母亲,办完父亲的丧事没有走,暂时留下来缓和着这种悲凉而清冷的气氛。这时候,他小兄弟串联还没回来,他的同学们又要组织二次串联。

"红卫兵大串联",原本是一九六六年"文化大革命"开始不久,中共中央、国务院发出通知,要求红卫兵到北京交流革命经验,也支持北京学生到各地去进行革命串联,把"文化大革命的烈火烧向全国"的一项决定。串联学生所需食宿和交通费一律全免。串联的学生也叫"红卫兵",所以大串联也叫"红卫兵大串联"。开始串联的时候,各地的红卫兵还打着红旗,戴着袖章,带着自己刻蜡纸打印着毛主席语录、指示、中央决定等内容的传单,走到哪里,散发到哪里。走到一个大城市都满怀激情地到一些大专院校学习交流,到革命圣地参观。这些激情满怀的"红卫兵"最向往的地方是延安、北京、遵义、井冈山等革命圣地,所到之处对老一辈革命家、伟人的革命精神、伟大思想、历史事件,都做着笔记,充满了革命的热情。到后来,各地学校都人走楼空,成了接待串联的"红卫兵"住宿的地方,无人可交流了,要说交流,那只是在南来北往的相遇中,在"红卫兵"接待站吃饭住宿的时候,互相交换个纪念章,倒换个车票,革命大串联很大程度上成了游山玩水,看风景,参观名胜古迹的游玩活动了。

同学们约他二次串联去南方苏杭、上海等有名的城市,他何尝不想去游玩。可在这种情况下,他怎么忍心丢下母亲一个人,自己出去游山玩水呢?再说,哪里有心情出去看那些花花世界呢?只好打消这个念头。但待在家里又牵心小弟,弄得他左右为难。他母亲看出了他的心思,也担心小儿子,就说:"你去吧,不要牵挂我,你弟弟还没回来,他还小,出去打听，能找上，一起回来过年，找不上就串去，过年回不来，还有你姐哩，我到你姐家去。"说着忍不住掉下了伤心的泪水。在同学们的再三催促和寻弟的迫切心情下，他含泪离开了母亲，踏上了二次串联寻弟的征程。

　　浩瀚山川，茫茫人海，在没有固定地址又没有任何通信方式的情况下，要找一个正在各大城市串联的十几岁的娃娃，谈何容易。他一路打听，到延安打听到有老家出来的小同学说，在延安见过他弟，但找了几个"红卫兵"接待站，也没找到。他想，他弟弟可能在延安待了几天又往西安去了，就随着同学们继续南下，可再往下走就连任何消息也打听不到了，他想多打听几个接待站，可同学们要急着往出走，就这样越走越远，毫无线索，把他急得根本没有心思串联。他带着双重的牵挂，和同学们来到四川重庆、桂林、苏杭、上海等美丽的大城市。然而，这一切对他来说，只不过是过往云烟，他无心欣赏这美丽的江南景色，更无心留恋那漂亮的琼台楼阁、高楼大厦……当他们从上海乘坐火车返回西安，又坐汽车返回到延安时，听说惠德东川的义河桥上翻了一车人，车上拉的都是从北京、山西返回的串联学生，而且还听说遇难者有殿寺农中的学生，他弟弟就在殿寺农业中学上学，这使他一直牵挂的心又一次提到嗓子眼上。他心急如焚地往回赶。

　　这时候，他妈也知道了这一消息，又在担心他是否就在那辆车上！急得坐立不安，捶胸祷告，到处打听翻车死伤的情况。当他心急火燎，翻山越岭回到家时，他弟弟正在家里和他妈一起提心吊胆地念叨着他，看到他回来了，一下扑到跟前，娘儿仨抱成一团，又哭成了泪人！

　　原来，他弟弟串联到延安，听老家来的人说父亲出事了，就急着往回返，到了车站当日票已卖完，他弟才十五岁，急得哭了，站上的人看他哭得伤心，问他："小朋友，你哭什么？"他说："我爸爸在炭窑上被砸伤，不知死活，我哥也串联不在家，我不串联了，我要赶紧回去看我爸爸哩！"站上的人看他可怜，才给他加了一张票。就这样阴差阳错，他刚走，他弟就回去了。

　　一个本来殷实的家庭，现在树倒猢狲散，家庭没有了依靠，生活更没有着落。只有他母亲拉扯他们弟兄两个撑起了这片天，家里里里外外就她一个人，两个娃娃不上学，不念书，整天打打闹闹，把她心焦得整夜整夜睡不着。但是，人的承受能力是有限的，对丈夫的思念，对孩子们的担忧，令她寝食不安。他母亲终因体力不支，老哮喘病复发，扛不住倒下了，实际上，是精神已经垮了。他只好在家待着，使得病床上的母亲也少操一份儿心。

高常军到处求医问药，伺候了母亲将近半年时间，也不见好转。他母亲似乎已经意识到，或者说是感觉到了她可能坚持不了多久，但她怕儿女们担心害怕，从来不在他们跟前表露出她的痛苦。还想着在离世之前给儿子成个家，在病榻上不停地念叨他的婚姻之事。只要村里人来看她，她就要提说给儿子瞅对象的事。一天，她女儿——也就是高常军他大姐又来看望她，她又提起她的心事，对女儿说："我可能不行了，熬不了多长时间了，我死了，再没人为他们操心了，军娃也老大不小的了，看哪里有合适的给介绍个，趁我还有这口气，给他成个家吧，我死了好有人给他做口热饭。"说着泪如泉涌。她女儿只好满口答应。这一次次的哀求，一次次的絮叨，一次次的流泪哭泣，高常军看到眼里，疼在心上。心想，我还在上学，怎能成家呢？但害怕母亲伤心，又不敢说。

这一天，高常军他大姐又来看母亲了，对母亲说："妈，我给咱军娃在我们庄里瞅了个对象，让军娃先去看一下人。"

他一听，感到太突然了，就急切地对大姐说："大姐，你为啥这么急吗？我还在上学，这几年也没好好上课，等我把学上完，看能不能考学，考不上了，再提此事也不迟啊！"

他说话有些激动，没等他大姐说话，他母亲就沉下了那因气得发青的脸说："娃呀，你没看咱这家庭，我一死还有谁管你？争不了这口气了啊！只要有人给，就看——去！"话还没说完，就一声咳嗽，咳得气也上不来，他们赶紧把她扶起来，在背上轻轻地拍打了老半天，才缓过来气。

高常军从母亲的面部表情和说话的口气中，已经感觉到了母亲这句话的分量，他的一句话把母亲急得气都上不来了，还敢再推辞？只好说："妈，你不要着急，我听你的，我看去，应了这门亲事。"

没过多久，为了抚慰母亲心理上的伤痛，了却老人的一份心愿，他就在父亲去世一年之后，匆匆而简单地和大姐介绍的这位农村姑娘结了婚。

他满以为抛弃了自己的理想和意愿，按母亲的心愿，匆匆成家，娶过儿媳妇不说冲个喜，也会给母亲带来些许慰藉，使她老人家的病体能够慢慢恢复。没想到，结婚不久，母亲似乎放下了心里的负担，就闭上了那双深陷的眼睛，撒手人寰！苍天无情，大地恸哀，他和小弟再一次陷入深切的怀念和悲痛之中。如果说父亲虽然去世了，但只要母亲在，提领长智，料理家务，大小事还能给他们拿个主意的话，这一次，是彻底无依无靠了。

这下，他不拿主意让谁拿主意，他才成了真正意义上的男子汉了。他再一次忍痛含泪，一手主持请来亲戚和庄邻院舍，抬埋了母亲。

遭遇不好，不到两年，双亲离他们而去。如果说他父亲是命运的遭遇的话，母亲应该是由于缺医少药，没条件去大医院看，把母亲耽搁了。事后，他才反应过来，可说啥都晚了！

"树欲静而风不止，子欲养而亲不待"，纵然是肝肠寸断，两位老人已阒然长逝，他就是有回天之力，也无法填平这内心的创伤！又想到为了母亲，他已经在家待了快一年了没去学校，应该去学校看看。可又没法去，武斗虽然停止了，但他参加的是所谓的保守派，都被赶到乡下了，不知道同学们回到学校了没有？

正在他考虑怎么和同学们联系的时候，和他从小就同班的叔伯兄弟高常礼给他寄来一封信。他打开一看，信上是这样写的：

常军哥：
　　你好！
　　学校快复课了，目前，持"红星队"观点的同学杀回马枪的很多，现在看来，站队站对了，一切都对了；站队站错了，一切都错了。我们马上面临着毕业，你自己的道路如何，由你自己选择。"牢骚太盛防肠断，风物长宜放眼量！"
　　另外，咱村"文化大革命"情况如何？我若回家，有无安全保障？请告知。
　　此致
敬礼

　　　　　　　　　　　　　　　　　　　　弟：常礼
　　　　　　　　　　　　　　　　　　一九六八年十月十日

看了信后，高常军也没考虑那么多，对与错对我来说有什么关系？家庭已成这样了，自己一走就留下婆姨和弟弟怎么生活？上学和考学还有指望吗？

他只好给关心自己的兄弟回了个信，表示了感谢，说要回家的话安全没问题，他离不开，学校有什么事帮着料理一下。

时隔不久，"知识青年到农村去，接受贫下中农再教育"的号角吹响了，一切恩恩怨怨都烟消云散了，上学、升学、理想都成了泡影……

这时候，他弟弟也毕业回农村，到年底征兵任务下来了，他弟弟就积极报名应征。村里和乡上的干部看他们弟兄的情况，就批准他弟弟参了军。

他含泪送弟弟入了伍，生离死别，一大家子只丢下他和婆姨两个人，孤零零地守着空旷而冷清的院落。

一九七〇年四月的一天凌晨，一声婴儿的啼哭声，打破了宁静的夜空，也打破了这个空旷而冷清的院落和窑洞，高常军的儿子降生了，这个幼小的生命，又给这个破败的家庭带来了些许生活的气息和希望。但婆姨因产后感染，高烧不退，这么远的山路，一个正在月子里的人怎么能去得了医院？他只好下山去五里远的公社医院请医生，但由于他们住在高山上，山高路险，医院就只有一名医生，走不开，说什么也请不动，只好开点药回来。可吃了几天药也不见减轻，无奈之下再次来到公社医院，医生还是不去家里。婆姨发烧，昏昏沉沉，连娃娃也顾不了了，实在没办法，他就请来庄邻院舍将婆姨抬到公社医院，结果，到医院打了半瓶液体，人就绝了气。老天杀人不眨眼啊！麻绳往往拣细处断哩，孩子生下仅仅半个月，最需要妈妈的时候却失去了妈妈，自己失去了妻子！高常军面对着妻子的尸首，看到嗷嗷待哺的婴儿，欲哭无泪，痛心疾首，他彻底崩溃了！好好的人，打了半瓶液体就死到病床上，这怎么能说得过去？他本来要追究问责的，但他实在支撑不住了，没有一点儿精力，也没有勇气，再把死人和未满月的儿子摆下纠缠这些扯皮子事了。只好含泪将尸首抬回去，做了副薄板棺材，把婆姨掩埋了。

人的生命力是顽强的，他像一株劲草在风雨飘摇中，在饥饿、劳苦、战争的摧残中，奋争生存。但人的生命又是那么的脆弱，脆弱得像一只奔跑在路边的小蚂蚁，路人在不经意中伸过来的一只脚，就可以轻而易举、无声无息地就将其生命终结。给活着的人留下无限的无奈和惋惜。从这个意义上来讲，人生的道路又是那么的艰难曲折、变化莫测的。两年内，双亲病故离去，结婚一年多，妻子又丢下还在襁褓中的儿子，无声无息地走了。不到四年，三宗丧事，三个亲人离去，叫一般人谁能接受得了？不要说精神上的打击，就这接二连三的棺木老衣，抬杆打墓安葬花销，也够他一个刚出校门的年轻人承受的了，不是家人、亲戚邻里的帮助，他怎么能渡过这一次次劫难呢。

一次次精神上的打击，一桩桩生离死别的伤痛，高常军实在撑不起这个家了，实际上，可以说他已经没有家了。如果没有婆姨给他留下的这点儿骨血，他可以哭上一鼻子一走了之，无牵无挂，四海为家。可眼下还未满月的襁褓婴儿嗷嗷待哺，让他撕心裂肺，痛不欲生。万般无奈之下，他来到了丈母娘家，他想到刚刚失去女儿的丈母娘，心里是多么悲痛，可孩子再没亲人了,这是没办法的办法啊!只有上门求情。

来到丈人家,他说:"我知道,您老人家心里也难受,可老天把我们赶到这一步路上了,孩子就您这个亲人了啊!只有来求您抚养这个娃娃了。"

他丈母娘也是个钢骨之人,她虽然还处在女儿丧生离去的悲痛之中,但看到娃娃和可怜女婿的为难,哭泣了老半天,头一仰对女婿说:"难死我们了啊!眼不见笑一面,把娃娃养在身边,是我们的泪点子啊!不接受吧,娃娃实在可怜,一眼看到,你是没办法把他养活的。抱来吧,这就是命啊!"说着,眼泪像断了线的珠子往下掉。

不管难也罢,易也罢,讨来上风,娃娃的抚养总算有着落了。他在叔叔婶婶们的指点帮助下,含着泪,将还未满月的儿子包好,放到农村种地用的拿粪斗里,背了几十里路,送给丈母娘抚养。可怜的儿子,出世半个月就没了娘,将来能不能活成个人还两回事哩,好在交给了他丈母娘,使他暂时放下了心。

人生在世,还有什么事能比生离死别的事情更痛苦?况且死的都是当紧的亲骨肉,现在的高常军在万念俱灰中,孤身一人,过着"进门一把火,出门一把锁"的日子。这时候,由于公社带帽中学的一位教师要看病住院,请他当代教。到了学校后,老师和天真活泼的孩子们,可以给他带来一些慰藉和快乐,他真不想回那个冰冷的家。但他是中途来的临时代教,学校的宿舍已经安排满了,没法给他提供住宿,他只好每天放学回那个不成为家的家,自己烧火做饭。一天下午放学,出了校门,他哼起了信天游:"崖畔上开花崖畔上红,受苦人盼的是好光景。垴畔上回不转个牛,学校里虽好没人留……"凄凄惨惨,悲悲切切。这真是"女人忧愁哭鼻子,男人忧愁唱曲子。"

回到家连个说话的也没有,寂寞孤独,思念亲人,他以泪洗面,度日如年。他这代教还是临时的,人家看好病出了院,自己就要失业回家继续当农民。既要上山劳动,又要回家自己做饭,这以后的日子真不知怎么过呀!村里人,包括队干和公社的干部都看到了他的一次次不幸遭遇和艰难的生活,都议论:人活到这份儿上,太可怜了,今后一有个机会,就应该给他找个吃饭的地方。

一九七一年,也就是婆姨去世的当年,县上招收一批商业接替工,村里和公社领导就推荐他当了接替工。人世沧桑,世态炎凉,苍天无情人有情。在这挤破头都出不去,脱离不了这落后而穷困的农村的情况下,他"因祸得福",被推荐当上了商业接替工,使他的人生旅途在绝望中有了新

的转机。他深深地感到了人间的温暖，这温暖也同时给予了他生活的信心。

招工后，高常军被安排到离他们庄有二十来里路远，就是他上初中的那个镇子的周家街镇供销社。他一米七八的个头，胸阔体壮，剑一样的眉毛下一对炯炯发光的大眼睛，一贯性格开朗，快言快语。虽然几年来，家庭遭遇给他带来沉重的打击，有些沉默，但看上去仍然很自信，对生活抱有一定的信念。供销社主任看他年轻力壮，话音话语中显露出一种干练和坚定的气质，就把他分配到生产门市部当营业员。这个门市部一个业务量很大，遇集的时候人又多，业务又集中。生产门市部经营石油、化肥、农药、农具等农用物资，既带有独立性，又是供销社苦累脏的岗位，看似一个小小的生产门市部，但没有一定的体魄和能力的人，是难以胜任的。光这还不够，还要有一定的忍耐性和承受能力。累不说，光那煤油、碳铵、农药气味熏得一天下来头晕恶心，连饭都吃不下。但他哪里还顾得上挑肥拣瘦，嫌苦嫌累，他非常珍惜这一份饱含着乡亲们和公社领导深情的工作，他从不叫苦叫累，兢兢业业管好账务，热情待人周到为农民服务，礼拜天也不回家，从不休班。抽空还帮会计整理条据账务，时间长了，会计看他热心爱学，就教他会计常识，俗话说"秀才学阴阳，一拨就转"，意思是，有文化的人学那些阴阳八卦，经文礼度，容易学会。他好赖也是个高中生，很快成了搞经营的行家里手。

供销社为了扩展业务，养了一批蜜蜂，养蜂要按季节到野外流动作业，当陕北乍暖还寒，春寒料峭，庄稼还没出苗的时候，南方已经春暖花开，为了尽早给蜜蜂提供采蜜场所，要把蜂子拉到四川一带去养，但是没人愿意去。高常军看到领导的为难，就对领导说："我一个单身，四海为家，我去。"领导一听他主动要求去野外作业，非常高兴，就爽快地安排他去了，并给他加了野外补贴。别人每年轮换一次，他一去就是几年，从南到北撵着季节放蜂，采得蜂蜜运回供销社出售，给供销社创造了可观的经济效益，他也连年被评为全县商业系统先进。

心切切　爱舍亲离

杨诚智从教了半年学的王家沟学校回到家后，也没心思再去那里教学了，一回去就又到炭窑上绞把去了。这时候，他父母亲已经到处借粮，借

钱，借布票，张罗着准备给他办婚事了。看着他一回来就心情不好，不冷不热的样子，母亲对他说："咱家庭条件不好，虽然以前口头上说下个话（前面说过，在他上初中时，父母亲就给他说下个娃娃亲），但咱家穷，连一条线也没给人家，人家女娃娃大了，不会一直等着你，不趁早办了，年龄逛大了怎么办呀？"他心里十分不痛快，心想，除了你拿回来一张她小时候和别的女孩一块照的合影相片，连个面都没见，你们就这样稀里糊涂往回娶呀？但他知道，父母亲拼死拼活，都是为了自己，又不好启齿。母亲不知多少次在自己耳边说过："人家娃娃，无论家道山里都能靠得上的，又亲礼，又知根打底。穷家薄业的能攀上这样一家亲戚就很不错了。"重要的是，人家娃娃大人不嫌自己穷。

是啊，在极度贫困的情况下，能有人把女娃娃给一个既不是干部又不是工人，家里穷得吃了上顿没下顿的受苦小子，是多么求之不得的事啊，一有闪失，在哪里找这样的亲戚去呢？可她就没有考虑到儿子的心情，也丝毫没有安排让他们见面的意思。

他母亲虽说算不上大家闺秀，但小时候没出阁之前，家庭也是大庄户人家，也是受封建礼教过来的有教养的人，"三纲五常""三从四德"、仁、义、礼、智、信都懂。他们那一代以前的女孩家，长大以后足不出户，更不能抛头露面。有钱人家还专门给女儿安排有起居的房子，叫闺房或绣楼，不让女孩儿随便出去乱跑或闲逛，更不允许男人随便进闺房或绣楼。婚姻自然就由老人包办了。要不，历史上怎么能流传下来脍炙人口、经久不衰的信天游《兰花花》——看见周家的侯老子，就像一座坟，前晌你死来后晌我兰花花走。还有《杨二小顶工》——哥哥顶妹妹当新娘的，那些伤感和滑稽的故事。如今社会虽然开放了，主张婚姻自由，但在农村仍然还是以父母为主。

人生啊！是多么不尽如人意的！他和高常礼一样，也知道大理河、南川，有不少同学当兵出去了，自己本来是贫农出身，又有文化基础，怎么就遇上个反革命的舅舅！连兵也当不上。要答应老人的想法吧，心不甘，也不忍心拒绝自己心爱的张爱爱。不答应吧，自己也感觉到出去的希望很渺茫，看来，这一辈子只有在农村当农民，绞辘轳把，捏镢头把，戳牛屁股（犁地种庄稼）了。就这样的处境，一个干部家庭的女儿怎么可能进自己的家门？退上一万步讲，即就是进了自己的家门，如果和自己的老人格格不入，再让母亲不高兴或受媳妇的气，他怎么能忍心？

自从父母亲提出，要他和那个还没见过面的农村姑娘结婚成家那天起，

他的心里如一团乱麻,瞎好理不出个头绪,憋得心慌意乱,对眼前的事变得一片模糊,说话前言不搭后语,干活心不在焉,一次担着水桶竟然走到了厕所。这一天,他连工都没出,给母亲说,他去周家街赶集去呀,其实他没心思去赶集,他连那身教学时穿的没打补丁的旧外套也没穿,就出了门。他这时候和当年刚从学校回来时想见同学的心情,刚好打了个反面,怕到了街上碰见同学,没话给同学们说。他走到半路上,拐了个弯,上了一个山峁,坐在一棵柳树下发呆,他一会儿捡起根树枝毫无目的地在地上胡乱画着,一会儿随手拈起块土疙瘩扔向远处。这会儿他又极目远望,天空阴沉沉的,灰暗无光。馒头似的黄土丘,连绵起伏,像浩瀚的大海波涛一样漫无天际,环绕着他的视线。川道上下,一片荒凉。弯弯曲曲的小里河冻得严严实实,像一条洁白的巨蟒,在川道里静静地卧躺。这阴沉的天气,干冷的严冬,这荒凉沉静的世界,浩瀚无际的群山,把他的思绪带向远方,带入缕缕往事,落到他心爱的张爱爱身上:

自从"文化大革命"后期,和她在县邮电局门口相遇后,好像有一条无形的引线牵着一样,找着机会时不时地凑到一起拉话,她每次都提醒我不要参与武斗,不要随便打人,把自己的人身安全放在心上;只要体育场放电影,我俩就站在一起看,看完电影后又相跟着一直把她送回宿舍;毕业回乡的时候,她送给我那张她的半身照片,给我增添了多少生活的信心和希望;在我因王忠友被公安局传讯,送王忠友去县上的路上摔伤住院的九天里,我在病床上,她找着机会来看望照顾我,自己做饭给我送到医院,还背着其他同学们和我说了多少关心、体贴的悄悄话。我怎么也忘不掉,在那洁白的月光下从医院送她回宿舍的路上……在没受伤之前,有一次,我送我二姑去延安时,晚上在她宿舍聊了好长时间,最后还让我二姑住在她宿舍,并让她父亲联系了去惠德拉货的卡车,把我和我二姑捎到惠德,她怕我站在车厢上面冷,还找来一顶黄军帽让我戴上,把她的围巾给我围上;在我回农村后,在我养伤期间,她给我寄来多少关心体贴问候的信。这一幕幕温柔体贴的细微过程,一次次爱的表达,我的内心是多么的温暖,多么的幸福,又多么的渴望啊!特别是在医院送她回宿舍的那天晚上,她依偎在我的身旁。体味到女孩的气息,使我热血涌动,刻骨铭心。我在家养伤期间、在劳动之余、在劳累得快要散架,拖着疲惫的身子回到家的时候,偷偷地拿出她送的那张布纹相纸洗的黑白半身相片,看着她那略带微笑的脸庞上明亮的眸子,含情脉脉;那微微隆起的胸部,显现出少女青春气息,使我忘却了伤痛,消除了疲劳。我多么怀念她对我的体贴温柔,多

么渴望和她一起相处、相守……想着想着，一股心酸的泪水又涌上心头，实在忍不住，哭了一鼻子。

他内心的苦衷对谁说呢？其实，他也不想给任何人说，也没法给别人说。思来想去，一个人就在这山上静静地待了大半天，他仰望着阴霾的天空，呆呆地坐着。不知道坐了多长时间，他站起来在柳树下走来走去，在那棵柳树上捣了几拳，头磕到树干上，久久地，久久地磕着……太阳下畔了，他才意识到天就要黑了，才六神无主地溜达回家。

经过几天苦苦的思索和情感上的煎熬，他终于想明白了，没看自己是什么身份！没看自己的穷困家庭！没看自己的政治背景！哪一样能配得上这样一个干部家庭出身的"贵小姐"，三样里面如果有上一样，也可以说得过去，可事实是，三样里面连一样都没有。再说了，即使她不嫌弃自己，他们大人愿意吗？如果自己是干部家庭，她是农村的，那这门亲事还可以说成。可眼下这种情况，退上一万步，即就是她不听老人的话，来到自己的身旁，又怎么忍心让她跟着自己受这份罪？重要的是，她还在复习，怎么能辜负她父母在她身上花费的那些心血？想了这些，他的心渐渐平静下来，头脑也渐渐清晰了，乌鸦和凤凰天经地义不是一个层次上的。

是啊，多么现实的问题，爱情不等于婚姻。在当今的农村，往往是没有爱情可以有婚姻，而且这样的婚姻不一定就不牢固。但有爱情并不等于有婚姻，而这样的婚姻未必就美满。从这个意义上讲，杨诚智这样考虑问题，并不是没有道理的。

现在面临的是，老人催促着要成家，即就是老人不催，他也无法在自己改变不了命运的情况下，继续这有缘无果的爱情！他只好把爱的冲动强压在心底，默默地忍受着痛苦的煎熬。把她当作一位好朋友，把他们的相处作为美好的记忆，永远留在心底。他决定给对自己一往情深的张爱爱写一封信，说明自己的处境，婉言谢绝她。

这一天晚上，他静静地坐在昏暗的油灯下，狠下心拿起了笔，一行行深情的发自内心肺腑的话语，一个个沉重的字符落入笔端，跃然纸上：

爱爱：

最近还好吧！

好长时间了没给你写信，原因很简单，太累了。在炭窑上绞把，每天下来筋疲力尽，每天鸡叫才回家，简直要崩溃了。但是没办法，家里的生活十分困难，我必须要这样干，别无选择。今天狠

下心来给你写这封信，望你看了以后不要落泪，不要伤感。以平静的心态，面对现实，面对我的态度，面对你自己！

爱爱，我向你说的第一句话就是，我们做好朋友吧。我怎能让你跟上我受这份罪！

爱爱，你知道，我是多么爱你的，当然，你给我的爱，我是今生今世都不会忘记的。但是，现实是残酷的，看来我这辈子是注定要在农村，没有能力给你幸福的。我不能因一时的高兴误了你的前程，毁了你的一生，否则，我将会受到良心的谴责。你还是安安心心地复习，准备升学继续往前走吧。这是我经过好长时间的思考才做出的痛苦抉择。我知道，你不会认为我是个窝囊废，更不会认为我是个无情无义的人。但我们又没能力摆脱现实，农村的面貌改变不了，何以改变家庭的面貌。所以只有认命了。你不会认为我是个俗里俗气，唯唯诺诺的小人吧？你也不会觉得我小看了你吧？你不会的！你应该能想得到，我向你提出这个问题，是多么痛苦的！我也深刻地知道，你看到这句话是会觉得多么突然而又无情无义的！但你应该看到这恰恰正是我把自己的痛苦深深地埋在心底，对你的高度负责而下的决心！

爱爱，让我们做永远的好朋友吧！我知道，现在提出这个问题，对我们彼此的感情，特别对你是极大的伤害，但这总比给你带来终生痛苦要好吧？希望我们都冷静、冷静、再冷静！思考、思考、再思考！理解、理解、再理解！

我想，你迟早会理解我的良苦用心的！

在我说再见时，衷心希望你甩掉包袱，静心复习，有所成就！

再见吧，爱爱，勇敢、坚强、大胆地往前走吧！人生的岔路口不要回头，跨过这一步，坦途就在前头！

祝你身体健康，生活愉快，学业有成！

你的好友：杨诚智

自从那封信寄出后，再没收到张爱爱的回信，腊月十八，已进入阳历的一九七〇年元月，杨诚智答应了父母亲在他上初中的时候就给他定下的娃娃亲，和一个目不识丁的农村姑娘结婚成了家。

结婚对杨诚智来说，既没有浪漫也没有激情，只不过是了却了父母的

一桩心愿。他的梦想是跨入大学之门，继续深造。或者进入解放军的大熔炉，得到锻炼，干一番事业。

家里的生活本来就困难，新媳妇到家，还要把饭做得丰盛些，把母亲逼得眉上眼下。结婚不到半年，他就撂下婆姨去国防工程做工去了，一去就是一年半，直干到工程结束才回来。

杨诚智从工程上回来后，发现他走后的一年半时间里，有不少同学被推荐当了工人代教和接替工。而且同乡的同学高常军也当上接替工，脱离了农村。他真后悔出去做工，错过了机会，要不然，他也说不定能当上代教或接替工。但一想到自己在家的时候争取了几次都没有争取上，即使在家也不可能轮到自己头上。出去的这些同学都是贫下中农或干部子女，城镇户口的就不必说了。高常礼倒和高常军是一个村的，还不是没有被推荐上吗？有什么可后悔的？

杨诚智做工回来的那年腊月，逃荒在外，三四年杳无音信的姐夫回来看望他们来了。母亲念叨了几年女儿见不上，见女婿回来了高兴得泪水涟涟地埋怨："几年连个信也不来，是死是活都不知道。"不停地询问他们的生活情况。当听到他们自从安户到荒塬县后再不受饿了的时候，母亲流着泪，脸上露出了笑容。拉了半夜话，拉到眼下一大家子穷困的生活时，母亲对他姐夫说："家里顶多熬到明年春上就揭不开锅了，下去看一下，有好地方，我们也去安户，你们这一走几年再见不上个面，到了一搭还能有个照应。"他父亲也觉得这是一步逃生之路，就让他姐夫下去联系个地方。

二十世纪六十年代中期，陕北北部人稠地旱，土地越种越薄，打不下粮食。一拨一拨的人跑到延安稍沟当黑户开荒种地，虽然遣返站一车一车地往回遣返，但有的人没等回家就又返回去了。后来，国家为了保护森林，防止乱砍滥伐，在新中国成立初期克山病流行，人烟稀少，土地广袤的荒塬县放宽政策，允许这些黑户在荒塬县安户。他姐夫就是在延安崂山一带当了三年黑户后，落户到荒塬的。

第二年春，杨诚智他姐夫就来了一封信，信上说，他给联系好了个地方，条件不错，在塬底下的一个小川道，离他们住的塬上有五里路，离镇上只有三里路。在一个川道里，赶集上会不用爬坡上塬，吃水也很方便，住的地方也问好了，一下去就能住，队里同意他们落户，而且答应给借粮食。

收到信后，他父母亲考虑再三，最后做出痛苦的抉择，决定将一家人一劈两半，由父母带上妹妹和小弟南迁安户，他们两口子在家，二弟还在

上高中，留下继续上学。

出行的这一天，一道渠下来，齐河两岸的人都站在碥畔上看他们，为他们送行，纷纷和他们打招呼，有的发出羡慕的感叹："唉，你们咋走了好地方了，把糠窝窝撂啦。"

"你们有恒心，说走就走了，树挪死，人挪活，好歹挪动一下总比等死强。"

"你们先去看看，好的话把我们也拉一把啊。"

有的老年人看到此情此景，拖儿带女，背着烂行囊，背井离乡，流下了伤感的眼泪，情不自禁地自言自语："可怜啊，半搭子的人了，还拖家带口地往外跑，把老骨头往外头撂。唉，这年头……"

此话真是说到骨子里了，两位老人到了荒塬，一直把儿女们抚养成人，母亲于二十世纪八十年代末，在六十八岁时，就含着不尽的忧伤与世长辞。父亲在二十一世纪第五个年头，高龄八十五岁时，安详离世，儿女们就将二位老人安葬在了荒塬。关于这两位老人的坎坷经历，这里实在无法细述。在荒塬他们后来住的那个村庄的一个小山丘上，远远地就看见一丛翠绿的松树林，这就是儿女们给他二老在异乡建的一处墓地，林间墓前立起了一块偌大的青石墓碑，碑的背面刻着的碑文可见一斑：

家严出身贫寒，家庭不幸，九岁丧母，十三岁下井挖煤，十四岁成家立业，上扶老父，下养幼弟，青年时期遇战乱，携家带口，走南闯北，在延安圆庄谋生八年，适逢解放返回原籍，一九七二年二返延安荒塬，定居于此。

家严受先祖之教诲恩泽，忠厚为人，与人为善，勤劳俭朴，为儿女操劳终生，历尽千辛万苦。八十五载平凡坎坷，与世无争，无愧于皇天后土，堪为儿女之严父师表。

家慈出身农家，温顺贤淑，通情达理。一生以善为本，以勤为德。十五岁随父，相敬如宾，上敬老人，孝行可鉴；下爱小叔子孙，可歌可泣；谦让妯娌，相安邻里，受人尊敬爱戴。慈母生吾三男二女，为儿女操劳五十余载，历尽千辛万苦。恩德教诲，永志不忘！爱母一生直率争强，心志高远。虽为女流，仰观可叹。堪为儿女慈母之典范！

金石镂痕，勾描墨迹，寥寥数语，勾勒出父母亲的坎坷一生，表达了子

女们对父母亲的敬仰之情。他们的这一选择，改变了一家人生活，儿女们事业有成，二儿子还发了迹，这些事迹在后面的故事中，我们会慢慢了解的。

现在回到我们的话题，杨诚智本来就怀着十分内疚的心情，送父母和弟弟妹妹到周家街上车。听着这些令人伤感的话语，头也不敢抬，背着一大捆铺盖行囊，低着头在前面只是从坡里往下走。一个年轻力壮的小伙子，养活不了一家人，自己刚结婚就逼得老人远走他乡，有何颜面对父老乡亲，又怎么能对得起自己的父母和妹妹弟弟。他感到羞愧难当，无地自容……

送走了父母亲和弟弟妹妹，杨诚智心里感到空荡荡的。但后来收到他们的来信，说下面的一切都很好，让他尽快把户口迁下来，不然要影响夏季分粮，使他放下了心，很快他就到公社去办迁移手续。

"诚智，来，我给你说个事。"杨诚智去公社办户口迁移手续，刚进公社大门，就听见韩图俊叫他。

韩图俊家住在本公社后乡里的山区，是公社信用社主任。他为人诚实豁达，平易近人，又是本乡人，经常给农村农民放贷款，上下川里人也熟，也是很有威望的。杨诚智对他也很熟悉，每次去公社打探有没有招工的消息，只要他在，首先就到他办公室去打听情况，他也很同情杨诚智的处境，一见杨诚智来了，就热情接待。这一天，不是杨诚智找他，而是他主动找杨诚智。

杨诚智一听他叫，就兴冲冲地来到他的办公室，一进门他就开口问："诚智，你愿不愿意到我们大队教学去？"

杨诚智不假思索地对他说："我倒是愿意去，就看队里放不放。"

韩图俊一听他说这话，就蛮有把握地说："队里有我哩，我们那山区条件不好，只要你愿意去，你们队里，我给说。"

杨诚智斩钉截铁地说："那好，只要和队里说好，条件再苦，我也去！"

话说到这里，闲聊了一会儿，杨诚智就告辞了韩图俊，来到公社办公室给父母和弟妹办迁移手续。

办好手续，出了公社办公室，他又来到韩图俊办公室对韩图俊说："韩主任，那你就和我们队里商量去，商量的情况给我一个话。"

韩图俊说："好，你回去有个准备，估计问题不大。我们大队的事，我说话也能算上数，你们队里要多少，我们出多少。哪怕多出点儿钱，只要把你请去，他们是求之不得的。另外，你也不要有什么顾虑，生活上我给队里说，让队里尽最大力量照顾你，只要有能出去的机会也不会影响你出去的。"

杨诚智说:"那好,我想借用一下你的自行车,去县上给我老人办一下户口。"

韩图俊非常爽快地给他借了自行车。杨诚智出了韩图俊的办公室,骑上自行车就直奔县城去了。

第二编

路漫漫兮 苦苦求索

刘来福　会场发急

回乡后的生活是艰苦的，人生道路是不平坦的。正如获得茅盾文学奖的路遥在《平凡的世界》里说的："每个人的生活同样也是一个世界。即使最平凡的人，也为他那个世界的存在而战斗。从这个意义上说，在这个平凡的世界里，也没有一天是平静的。"

"来福，走了——"每天早上天蒙蒙亮，刘来福都是在睡得正香的时候，被生产小队长叫起来出工。

这一天早上，他照样被生产小队长喊叫着，起来穿了衣服趿拉了两只圆口的老布鞋，揉着惺忪的眼睛，去茅坑解了手，扛上了他的那把老镢头，往山上走的时候，看见后沟里的贺家沟村，他同班的同学贺尚有急急忙忙地从坡下往过走，就和他打招呼："哎——尚有，这么早到哪里去呀？"

贺尚有正埋头走路，还没看见他，猛然间听到自己的同学打招呼，赶紧停下脚步说："我到对面沟里艾家河大队去，那里办了个初中班，我在学校教学哩。"贺尚有顿了一下又说："他们还缺教师，你想去不想去？"

来福一听也停下脚步问："待遇怎样，不知人家要我不要？"

"你想去的话，我给他们说一下，我教语文，你理化，每月三十六块钱的工资，给队里交二十七块，还能剩九块。"

刘来福听了想了一想，觉得事倒是个好事，活既轻，又能保持自己的文化知识不被荒废，每月还能长几块钱，而且礼拜天还能帮父亲做自留地里的活。就对同学贺尚有说："能行，但是我还得和小队商量，一看放不放，二看人家叫给队里交多少？我们川道里的包干（指出去搞副业给队里交的承包费）比你们山区的高，交二十七块肯定打发不下。"

"那你就尽快商量去，拖得时间长了人家找下人，就去不成了。我先走了。"贺尚有说着就告辞走了。

贺尚有走了以后，刘来福就和小队的社员们上了山。

他们生产小队的小队长也是他们刘家户的人，叫刘应成，论辈分，他叫叔哩。在往地里走的路上，刘来福紧走了几步走到生产小队长跟前说："叔，对面沟里艾家河请民办教师，每月给三十六块钱的工资，我想去，你看，能不能放我？"

刘应成说:"我倒没意见,你们有文化能出去是好事,但这还要开个社员会,商量一下,看给队里交多少。"

来福就恳切地对他这个当小队长的叔说:"叔,那就劳驾你尽快召集会商量一下,晚了害怕人家找下人了。不过,这主要还看你一句话,求你帮我这个忙,争取让我去,尽量让我少交点儿,人家贺家沟才让我们同学交二十七块。"

他叔满口答应说:"我一定做工作尽量让你去。"

中午收工回到家,他又和父母亲商量了此事,父母亲求之不得让他早日出去撂开这老镢头把,说不管长多长少,哪怕挣得全交了都行,只要你不受罪,我们心里也好受些。

下午收工的时候,生产小队长就喊了一声:"吃了饭开个社员会,把这几天的工记一下。"

当天晚上,吃过晚饭,生产小队的社员们就陆陆续续来到小队长家,小队长特意让婆姨炒了一大老碗香喷喷的南瓜子,放在炕中间,让来得早的人上炕先嗑着瓜子拉话。刘来福在兜里装了一盒宝成烟,来到队长家,一去就给大家发烟。他爸平时不参加这些会,这天也到了会,他妈也几下把锅碗瓢盆收拾了,颠着小脚,急急火火地跑去站在门口听。

看人到齐了,小队长刘应成说:"今天开个社员会,一是把这几天的出勤工分记一下,二是有个事商量一下。"

实际上,大部分人都知道了,有的是刘来福在下面给做了工作、打了招呼的,有的是小队长给通了气的。记完工分后,他就提出了刘来福当民办教师的事。他说:"工分记完了,下来商量个事,对面沟里艾家河请我二哥家来福当民办教师,他想去,我想这也是个好事,一来人家娃娃念了回书,窝在这家里受苦,不是屈才了?有机会就应该让人家出去干点事;二来,他出去还多少能给队里交两个。看谁有意见没,没意见的话,大家看给队上交多少?"这话说得社员有意见也没法提,况且大部分都是打了招呼的,他们父子两人又都在会场,还发纸烟,一方面,碍于面子,一方面,也可能真的没意见,都说没意见,就按包干交就行了。有的人还说队里这么多劳力,多出去几个给咱挣点副业收入更好。

队上的包干每月四十元哩,刘应成说:"教师工资低,既然让他出去,不能叫倒贴嘛,人家每月才给三十六块,我看就按三十块交就可以了,贺家沟人家才交二十七块。再说娃念了回书,能出去就让人家出去,咱们这么多人哩,计较那十来块钱也没大的意思。"

他这一说再也没人说话了，他说没意见就这样定了。这事就这样轻而易举，一抹二箍地通过了。刘来福内心非常感激他这位叔，捏了一把冷汗的手，这才松开了，放下了提到二梁上的那颗急剧跳动的心。他爸脸上也露出了感激的微笑。他妈站在门口一直等他们记完工分后，商量儿子的事，听到通过了长吁了一口气，放下了揪着的心，趁开会的人还没出门的时候，悄悄地扭头挪着小脚离开了小队长的家门口。

这就等于每月只有六块钱的长头，比贺尚有少拿三块钱，他觉得也行，长六块钱半年下来也三十块哩，一年六十块呢。总比农业社强，他每月三十块钱交到队里，记个全劳力的工分，不管多少还能和他们一样参加分红，农业社辛辛苦苦一年也没人给六毛钱。重要的是，他想巩固文化知识，看将来有机会考个学或干个其他的。他这样想，并不完全是因为农村太苦，可能有个重要的原因是，不甘心就这样默默无闻地在农村待一辈子！

第二天吃过早饭，刘来福洗了一下脸，换了一身干净衣服出了门。自从学校回来半年多以来，不是背就是挑，就没抬起过头，除了黑天半夜偷着去南川背了几回粮，连双湖驿都没去过。今天既没扛镢头，又没背没挑，穿得干干净净出了门，像出笼的鸟一样，感到一身轻松，心情畅快。他这才看见蔚蓝的天空飘着朵朵白云，路沿上刚刚开始泛绿的荆棘、杨柳树梢随风摆动，发出沙沙的响声，他从树下走过，惊动了几只喜鹊从树杈飞起，好像给他报喜似的，欢快地扇着翅膀，喳喳地叫着飞向天空。一缕凉风吹过感到丝丝清爽，脚底下的步子也迈得轻快多了，不大一会儿工夫就穿过王坪镇，来到大理河畔。大理河，很宽的水面，在这沟岔口变窄了，水流也急了。黄澄澄的河水，欢快地向东流去。他迈着轻盈的步子，渡过了木椽和秸秆搭的便桥，顺着他多次背粮走的通往南川的那条沟走去，走着走着，情不自禁地哼起了信天游：

> 崖畔上开花，崖畔上红，
> 受苦人盼着是好光噢景。
> 青杨柳树长得高，
> 你看呀哥哥我哪搭儿噢好？
> 黄河岸上灵芝草，
> 哥哥你人穷呀生得哟好。
> 干妹子儿你好来实在是好，
> 走起路来好像水上噢漂。

马里头挑马不一般高,
人里头数上哥哥你好。
有朝一日翻了身,
我和我的干妹子儿结个婚!
我和我的……

这些流传久远的原生态信天游,也叫山曲,原本是青年男女调情恋爱隔山架沟对唱的。但农民在寂寞空旷的山上或沟里干活干得劳累了,乏味了,无聊了的时候也哼上几句,以此解闷;还有放羊的,赶牲灵的,走路的,寂寞苦闷时,面对着羊群、骡马,面对着山崖、沟壑,吼上几声,来释放一下压抑的心情。

比如:

对面面的个圪梁梁上,
那是一个谁?
那就是我那个要命的二妹妹。
妹妹你在那个圪梁梁上,
哥哥我在一个沟,
拉不上那个话话,
妹子你就招一招手。
拉手手,
亲口口,
咱们两个圪崂崂里走。

还有妹妹想哥哥的:

哥哥你走西口,
小妹妹我实难留,
想起了我那个情哥哥,哎,妹妹我泪花流。
送哥到大门口,小妹妹我不丢手,有两句的那个知心话,哎,哥哥你记心头。
走路你走大路,
万不要你走小路,

69

>　　大路上的那个人儿多，
>
>　　哎，拉话话解忧愁。
>
>　　哥哥你走西口，
>
>　　万不要你交朋友，
>
>　　交下了的那个朋友多，
>
>　　哎，操心你忘了奴……

　　这些脍炙人口的情歌，在这个只能唱八个样板戏的时代，在公众场合或正式表演的舞台上是禁唱的，否则，就会给你扣上"资产阶级"的帽子受到批判。但是今天，刘来福一高兴，情不自禁地唱出来了。不过在这人烟稀少的山沟里随便哼唱几句，又不是正式表演，谁能听得到？即使听到也是无人问津的，也不会惹来祸事的。

　　刘来福哼着小曲儿，不一会儿就来到艾家河。艾家河虽然是山区，但地理位置不错，地势比较平缓，一道沟的两岸坡上或拐沟里住满了人家，一条清澈的小河平缓地从坡底顺着沟，弯弯曲曲地向北流去，河岸一会儿河东一会儿河西地铺着一条只能通个架子车的黄土路，但它是通往南川的交通要道。他通过这条路背回了多少粮食，背回了多少希望，也在这条路上洒下了多少汗水，走着走着一股心酸的泪水涌上心头。

　　这时候对面半坡上，灰蒙蒙的一排十几孔崭新的砖窑，映入眼帘。这大概就是学校吧，他跳着列石过了小河，上了坡一看，偌大的院子，没有院墙，院子里还栽了一副木制的篮球架，还有几块大石板支起的乒乓球案子。学生都在上课，只听见各个教室里传出老师的讲课声和学生们琅琅的读书声。他走进一间办公室，办公室没有一个人，他知道老师们都上课去了，就在办公室里踱步，观看墙上贴的地图、板报。一会儿，下课铃响了，他走出办公室，贺尚有一出教室看他来了，赶紧招呼他进了办公室，让他坐下，给他倒了杯水说："你先坐，我去找大队领导。"

　　不到二十分钟，贺尚有就找来队党支部书记兼革委会主任艾克中和贫下中农管理委员会（校管会）主任艾绍礼，刘来福看见贺尚有领着两位领导进来了，就赶紧站起，贺尚有就向他介绍："这是艾书记，这是艾主任。"刘来福上前一步和他们握手，并称呼了艾书记、艾主任。贺尚有让他们都坐下，给他们到了水，就向两位领导介绍说："艾书记，艾主任，他就是我给你们说的刘来福，是刘家峪的，我们同班同学，理科学得好，人品没问题。"

这位书记、主任一肩挑的队领导五十开外，很有气质，一副干练的样子说："尚有已经给我说过了，我们队里也研究了，刘家峪的人都熟悉，学校正缺人，那就来吧。待遇和尚有一样。艾主任，你看怎样？"

艾绍礼说："行嘛，总缺人哩，就先试试吧。"

贺尚有已经和他们熟悉了，补充说："无论能力还是人品，都没问题，教个初中理化绰绰有余，不会给你们丢面子的。"

刘来福也自我表白："二位领导请放心，我一定会竭尽全力教好娃娃们的，没这个金刚钻，不会揽这个瓷器活的。"

书记接着刘来福的话茬说："那就好，我们也是刚办了个带帽初中班，我们商量，不办则罢，办就要办好，今后还要开办初二、初三年级。我们也是想请好教师，只要能教好娃娃，我们肯定要。那就这样，回去准备一下就过来。"

事情三言两语就算定下了。刘来福告辞了同学贺尚有，就心情愉快地返回了。

当上了民办教师，刘来福的贩粮生意也不做了，其实，遇礼拜天还能做，但是，一来当老师就要有老师的形象，一道沟里背粮让学生老师看到掉价，二来怕传出了事。再说，教学每月还多少能长几块钱，所以他就一心一意地教了学。撂开了镢头把，握起了笔杆子，每周六和贺尚有一块儿回家，礼拜天下午到校，生活规律，轻松愉快，他的心情也渐渐地愉悦起来了。有时候晚上批改完作业，拿出高中课本翻看一下，做点笔记，准备把高一的课程复习完，再慢慢攻读高二、高三的课程。他似乎隐隐约约地感到，自己是在向一个目标或希望、梦想的实现而靠近。

第二年也就是一九七〇年的上半年一开学，刘来福就高高兴兴地来到艾家河，开始了他的教学工作。开学不到两个月，一个礼拜六的下午，刘来福从学校回到家，在院子里收拾架子车，准备明天一大早去洞儿沟，给家里拉一回炭，突然，听到有人叫他：

"来福，回来了？"

他一抬头，是大队党支部书记来到院里，他一看书记来了心里一怔：无事不登三宝殿，书记从来都不到自己家来，今天突然造访，肯定有事，就赶紧撂下手中的活，招呼书记："哦，书记今天怎得空来串啦？快进窑里坐。"

"是啊，今天来，有个事和你商量一下。"书记说着就跟着刘来福进了家。

他妈见书记进了门，也忙给书记打招呼："哎，你怎么来了？快上炕

坐，我给你烧水、做饭，一会儿就在这儿吃饭。"说着就出了门，跑到外面搂了一抱柴火，给书记烧水。

书记边将屁股往炕沿上挪，边问："在那边教学怎样？"

刘来福顺口回答："还可以，队里对我们也不错。"

书记佯装着问了一句刘来福教学的情况后，又重复了刚进院子的那句话说："来福，我今天来，是想和你商量个事。"

刘来福一听这口气准没好事，如果是好事，还需要这样拐弯抹角？只好强装着笑脸说："书记太客气了，你是领导，有事就直说嘛，还有什么和我商量的。"

"那我就直说了。"

刘来福说了声："你说。"就眼巴巴地看着书记，心里忐忑不安地等着看书记口里究竟会吐出什么话来。

书记却斯文地从口袋里掏出一绺事先裁好的、娃娃们念书用过的作业本子上裁下的废纸条，抽出一张，将剩余的纸条又折好装到口袋里，一手将抽出的那张纸条捏成槽状，一手从烟袋里捻出一小撮旱烟叶溜到纸条上卷着，慢条斯理地说："情况是这样的。"他说了半句话，又用舌头舔湿纸条的边缘继续卷着他的烟卷，刘来福眼巴巴地等着他要说什么事，他卷好了烟卷，掏出火柴，娴熟地划着火点着烟卷，深深地吸了一口，从鼻孔里排出两股经过了肺部过滤后、带着浓烈的焦油夹着二氧化碳的烟雾，这时候才接着说："上面要求大队领导班子里要吸收有知识有文化的年轻人，队委会研究想让你进班子担任大队革委会副主任。"他吸了一口烟又接着说："你就辞了教师，回来给咱负责吧，你又年轻又有文化，锻炼上几年肯定会有出息的。"说完后，书记弹掉已经快掉的烟灰，吸着他卷的旱烟卷，扬扬自得地等待着刘来福的回应。

刘来福终于等到了书记和他谈话的主题。可听完书记的这番话后，他是哭笑不得。要拒绝吧，书记说得有板有眼，表面看还是重用提拔自己哩。不拒绝吧，他费了那么大的劲，让小队放了他，教得好好的学，家里外面两不误，每月还有几块钱的零花钱；更重要的是，在学校还能抽空复习，巩固文化知识。他这一回来，这些计划不是都落空了？再说，现在上上下下实行的是书记一元化领导，一切都是书记说了算，主任就是个摆设，何况还是个副职，只不过是开个会什么的，能遛个弯弯，走个轻路，又多拿不上一分钱。再说，即使自己有些新的想法，比如，放开让人出去搞副业，搞活经济，增加个人和集体收入，他会听吗？意见不相投，时间长了还要产生矛盾，还不如趁早不干。要命的是，他还想找机会出去。他想，似乎书记不想让他出去，出了这个招？想来想去，他还是不想回队里，就婉转地推辞了一下说："书记，你的好意我领了，可是，开学还不到两个月，教得好好的，给人家一把撂下，人家半路当中哪里找人去，这不是误人子弟吗？再说，我刚出学校，什么都不懂，你还是另选高明吧。"

书记吸着旱烟卷，听着听着不自在起来，他满以为刘来福会高高兴兴地接受他的意见，甚至会对他表示感激。没想到刘来福给他吃了个闭门羹，没等刘来福话音落地，顿时气得脸色发紫，将烟把子狠狠地扔在地上，气急败坏地说："年轻人要识相哩，这是队革委会，说具体一点，也可以说，是我对你的提拔重用，你除不领情还拒绝了我的一番好意。你当个民办教师有什么出息？这事已经决定了，开春以后上面还要验收班子哩，到时候因为你影响了班子的验收，让上面知道，可能对你没有什么好处的，你好好考虑考虑！"说着溜下炕，就要走。吓得刘来福赶紧拉住书记说："书记，你不要生气，我并不是不理解你的好意，我是说，给人家不好说，再说，我太年轻当这个队干不合适。"

"什么不合适，我的目的就是培养年轻人，再说上面也有这个要求。多少人想当都当不上，你有点儿文化，巴结你，你还不识抬举推辞！"书记又带着气强调了几句。

刘来福看这阵势，再没法推了，只好回转话头说："你一定要我回来，请你宽容一段时间，让人家找下替手了，我回来就是了。"刘来福考虑到自己还想找机会出去，这些地头蛇还是得罪不起，所以，他强压住内心的怒火，赔着笑脸答应了书记，给了书记一个满意的答复。吓得他妈也顾不上烧水了，拦住书记再三说好话，说娃娃不懂事请你见谅，水就烧开了，喝口水吃了饭再走。书记这才缓和了口气说："水就不喝了，那也好，你们年轻人做事说话一定要掂量哪头轻哪头重，那就尽快，队里要组建新班子，不要因你一个人拖了全公社的后腿。"他把问题说得这么严重，刘来福只好满口答应："是是是，对对对！"这才把书记气消了，打发走。

没出一个月，刘来福就回村担任了大队革委会副主任，仍旧每天和社员们一起上山下川担粪，拉车，干起了春种夏收的农活。

刘来福的大队书记叫刘业治，按辈分刘来福叫他哥哩，但已经出五服了，是远房的弟兄了。他小学文化，五十出头，中等身材，四方脸，皮肤微黑，但在干旱风沙、夏天酷晒、冬天严寒的北方来说，还算是白皮肤人。这里的风沙大，又干旱，人的面部都显黑，特别是男人经常在外面干活，受强紫外线和风沙的侵袭，健康的人大都是黑里透红。他在队里负责有十多年了，当队里是主任掌权的时候，他是主任；实行一元化领导，书记说了算的时候，他又是书记。有人给他起了个外号叫他"不倒翁"。一九五八年的时候，他就是大队主任，那时候是主任说了算，大炼钢铁，大食堂，人民公社化，他都紧跟党的路线，不遗余力地带领社员，按照上级要求行事。但他是一个办事圆滑的人，每遇一次运动，社员不愿干的事，他从不往前冲，修梯田打坝、大炼钢铁，大食堂，他都是一边按上面的政策做宣传，一边应付上面，但就是不积极行动。每次都是人家其他大队搞得热火朝天，他才跟着搞起来，用他的话说，"这样既不得罪社员，又能应付上面"，镇上的干部也拿他没办法，把他叫"柠条根"。"文化大革命"中，他又是拖拖拉拉，搞大批判大批斗不积极，社员们饿得吃都吃不上，懒得熬油点灯参加这些活动，只是把村上的一家姓张的小地主拉出来批斗了几次，要他交出元宝，地主说没有元宝，再没人上劲，他正不想得罪人，也就过去了。在斗争派当权的时候，他本人也受到冲击，被斗下台，但他们刘家户重，再加上他圆滑，成立革委会的时候，依然把他结合了进去，又当了大队党支部书记。老百姓给他起这个"不倒翁"的绰号还真没白起。

就在这一年秋季，刘来福听同学说，县上供销商业系统招收一批接替工，主要面对城镇户口的知青，同时也给农村分了一定名额。招收的方式是要经过大队推荐公社审查，才能参加考试录用。他听到这一消息喜出望外，心想，我在队里还算个负责的，近水楼台先得月，就向队里提出申请，要求队里推荐他去。可万万没想到，书记轻描淡写地说："你是队里的负责人，革委会把你当重点来培养，你还是好好在队里干吧。"

刘来福急不可耐地说："队里这么多人，还缺少我一个？这是一次机会，就让我去吧。"

书记不但没听他说，反而有些生气地说："年轻人做事要掂量哪头轻哪头重，队里的工作重要，还是你个人的事重要，当个临时工，一月二三十块钱连家也养活不住，有什么干头。"以队里的工作为由，说什么也不让他去。

气得刘来福一扭头自言自语地撂了一句："我给你负个屎！负个责。"头一仰眼泪汪汪地走了。

时间过了大约有两个月，有一天，刘来福正担着一担大粪从学校面前的那条马路往过走的时候，听见有人喊："来福，担粪哩？"

他猛抬头一看是同级的同学李树海，就应声："噢，你到哪儿去呀？"

说着，李树海已经到了刘来福跟前，她非常娴熟地将自行车一刹，从车子上跨下来说："我到惠德去转一下，顺便买些棉花装一床被褥，我招上接替工了，准备一下好上班。"

刘来福一听心里像打翻五味瓶似的难受，又觉得自己担着大粪和同学拉话不雅观，人家不好意思离开，自己应该快点儿离开，就快步离开了公路，边走边说："噢，那好啊，不知道咱们同学还有谁招上了？"

李树海说："还有我们班的曹世荣、张尚志，你们班的高常军、高芝飞、马建国。那你忙，我先走了噢。"李树海看刘来福走远了就给他打了声招呼，一跳跨上车子，脚一蹬，一溜烟就走了。

刘来福高声应道："好，你走吧，慢点儿啊。"

刘来福担着大粪边走边想：李树海、马建国是城镇户口，没说的，可曹世荣、张尚志、高常军和自己一样，都是农村户口，人家都能出去，自己却被书记卡住连名都没报上，他想着差点儿一脚踏进水渠里，他越想越气恼，不由得对书记产生了一种强烈的仇恨感！他的儿子一九六四年初中毕业，没考上高中，不长时间就在招收学徒工的时候出去当了工人。而自己……他真想把大粪担子一把甩了，找书记大闹一场，撂下这副主任的担子！但又一想，一家老小都在人家手里攥着，强龙压不过地头蛇，况且事情已经过去了，闹翻了又能怎……

清明节这一天，刘来福他姐挎着个用细红柳条编的小方篮子，里面装了些煎饼和两个凉粉碗坨，上面用湿笼布盖着，来看望她爸妈。中午，她妈调了一盆洋芋丝拌粉条，一盆酸汤。一家人卷着煎饼，喝着酸汤凉粉吃了饭，刘来福和他爸都出去干活去了，他妈对女儿说："臭娃（刘来福的小名叫臭蛋）也已经二十三四的人了，回来熬煎了两年多，扑前跑后，满指望能出去吃碗公家饭，一次次被队里卡住出不去，看来，咱们就没那个命，祖祖辈辈只有受苦的命。你看有合适的茬茬给瞅识个吧，再不敢拖了。"

他姐说："唉，自古以来都是官官相护，咱们没推没挂，怎能轮得上咱哩。我早就瞅识上了，我们大队苗家有个女子，比咱臭娃小两岁，初中毕业回乡的。我们天天在一起做基建工，我看人家女娃娃家，人本分理智，个头不高，可是长得水灵，白白净净，我早就想，这正是咱们臭娃的个好茬茬，你今天说了，我回去就和他们提说去，看人家愿意不愿意。"

在他姐的撮合下，秋后，刘来福就和这位姑娘结了婚。

一九七二年，县上为了解决村村办学，师资力量不足的问题，招收一批代教。刘来福听到这一消息后，已经凉了的心又燃烧起来，他多么希望

能抓住这次机会,实现自己的梦想,当上一名光荣的人民教师!在强烈的愿望催促下,他不顾一切地先报了名。心想,上次连名也不让报,这次我先报名参加考试,考不上的话,就不要再向书记下话求情了,如果考上,再求书记,他不会那么狠心,再把我卡住吧?结果考试成绩出来以后,他的成绩没问题能录取,他就又去找书记。没想到,书记已经知道他没通过大队就报了名,参加了考试,一脸不快,恼羞成怒地说他先斩后奏,说领导班子的人不安心工作,光想往外跑,他这工作没法干了,看公社派谁来干,他要向公社党委辞职。大话排了一阵,坚决不让他走。刘来福听着书记的侃侃陈词,看着书记那一张冷漠的黑脸,气得两腿发抖,脸色煞白,剧烈跳动的心脏都要从胸口蹦出来,他明显地听到也感觉到了急促的心跳声,熊熊的怒火在胸中燃烧!他恨得咬牙切齿,真想一刀捅了这个阴险毒辣的书记。但是,官大一级压死人,面对这样一个在全大队能呼风唤雨,踩得地皮巴巴响的地头蛇,他有什么办法?自从知识青年插队和回乡以后,招工都是由大队或知青办推荐,没有他们的推荐,谁也走不了。他又一次失去了能脱离农村,撂开镬头把的机会,眼巴巴地看着同班的苗元高、姜海兴、郭水旺、郭青山、李仁建、田芳琴等好多同学当上了代教,自己还是当着没心思干的那个副主任,在公社担粪、拉车,面朝黄土背朝天。只好默默地在心里流泪。

　　失去了三次脱离农村,出去的机会,对刘来福的打击不小,书记是心知肚明的,说内心话,他还是看上这个小伙子的,他有文化能吃苦,如果能把他培养成个得心应手的副手,能听我指挥,辅佐自己,他觉得于上于下都体面。可是,这个小伙子性格倔强,一心想出去,不安心队里的工作,他感到有些不快。他想,年轻人爱面子,似乎嫌给他个副职不体面。想到这里,他觉得,他还是在官场上混了多年,遇事能梳理清楚,哪头轻哪头重,他还是能掂量出来的。他想把刘来福提拔为大队革委会主任,让现在的主任负责基建队的工作去,虽然看起来职务有所降低,但他没文化,开会连个话都讲不到点子上,常常搞得他这个当书记的很尴尬,让他带领妇女们搞农田基建或带上几个人出去搞个小工程什么的,既活泛又体面,也算对得起他。对于刘来福来说,一方面,前几次对他的压制是一个心理上的平衡;另一方面,看能不能安住他的心,更重要的是,体现了自己与人为善的处事态度和对人才的重视。头绪理清后,在一九七三年调整班子时,他就通过大队革委会讨论,按他的思路做了内部调整,在班子会上正式宣布刘来福为大队革委会主任。刘来福只觉得书记又给他上了个套,内心有

说不出的压抑感，他真想一口拒绝推辞不干，但转念又一想，这样做似乎太不尽如人意了，嘴唇动了几下，想说什么又没说。书记看刘来福没有说什么，主任也很高兴，觉得他这一步棋是个胜局。

新班子调整不久，刘业治就骑着自行车，来到双湖驿镇，心情愉悦地向镇党委做了汇报。镇党委书记非常满意地说："你们班子是"老中青"三结合的典型，你们回去准备一下，镇党委要对你们大队的班子进行验收。将来在全镇推广。"

他们这个镇所在地，也是县城所在，叫双湖驿镇。驿，就是中国古代供传递官府文书和军事情报的人或来往官员、商旅、移送流放的刑徒，途中食宿、换马的场所。古时设驿有严格的规定："五里一亭，十里一邮，三十里设一驿置。"三十里在延绵的古道中，是该到马吃料人歇脚的时候了；而再走三十里，已是夕阳西下，暮鸦归巢，驿站便成为每一个颠簸之人向往的归宿。陆游有诗"驿外断桥边，寂寞开无主，已是黄昏独自愁，更著风和雨。"马致远的那首被后人称之为诗中有画，画中有诗的小令名作《天净沙·秋思》一定是在驿站的孤独中作的，"古藤老树昏鸦，小桥流水人家，古道西风瘦马。夕阳西下，断肠人在天涯。"由此可见，驿，不只是身躯可以歇息的地方，也是心灵停留的地方。历史上，州府之间，到京城沿路都设驿站。双湖驿离东川下去设过州府的绥德六十里，故设驿。据史料记载："沟里大石碣中有双泉涌出，味甘洌，昔为风浴胜地，上建庙，水自西而东，分二环流至镇，从桥洞出，入大理河，故名双湖。"后来就叫双湖驿。这个从驿站演变发展过来的小镇，是一条古老的石板铺的街道，街道中间的一条小河上修了一座石拱桥，可以想象当时一马平川，小桥流水，真是新官到任、军马差人、文人墨客打尖歇息的好去处。一座雅致的石拱桥，不但给这个小镇增添了一道风景线，而且联通了上下川的交通要道，也把两段街道连在一起，东面的一段叫前街，西面的一段叫后街。这时候已经是县城了，老街道向东延伸出去一里多长的新街。老街道只有镇机关和县上的几个事业单位了。

出了镇革委会的大门，刘业治骑上自己那辆半新不旧，大架上裹了黑平绒布套的永久牌自行车，出了老街道，进入土沙铺的新街道，来到县百货公司门口，下了自行车，把自行车立在门口咔嚓一锁，进了百货公司。进了门，他径直走到卖布的柜台前，扯了丈红布，付钱的时候，他特意让营业员给他开了一张收据，他这是给大队集体买的布。他骑着自行车走在老街道和新街道上的时候，已经想好了，他要在镇上来大队验收班子的时

候，有所表示，在村口挂一条体面的横幅，隆重欢迎上级领导！付了钱开了收据，他再没有买任何东西就出了百货公司，骑上车子回了刘家峪。

很快，镇上就由党委书记亲自带队，带领镇革委会副主任和党委办公室主任，县委组织部门派人参加，还来了个县广播站的女记者，一行五人浩浩荡荡地来到队上，对他们的班子进行验收。

新洲县建县晚，一九四四年为了纪念一位革命烈士，由淮宁河、大理河、小里河三个流域区划分部分区域建制成立的。没有老县城，县城其实就是双湖驿镇，而刘家峪又是双湖驿镇（现在叫城关镇）所辖的第二大队，从人口到自然条件，仅次于城关镇的双湖驿大队。距离县城和镇上也近，镇上又想树个典型，所以验收领导班子，县上镇上都来了人。为了表示对县上和镇上领导的欢迎，书记早就安排人，将他向公社汇报班子组建情况返回时，亲自在县百货公司扯的那丈红布横幅，挂在村头老榆树和路东边的那棵高大的杨树的路口上。那写着"热烈欢迎上级领导来我队检查指导工作"几个大字的横幅耀眼而醒目，还带几分喜气。

上午十点左右，书记刘业治穿着圆口黑布鞋，黑平布裤子，对开襟，绾着布疙瘩纽扣的白洋布衫，外披着对襟黑夹袄，背抄着双手，在村口的老榆树下转来转去正在欣赏着这条横幅的时候，看见县上和镇上的领导从坡底下、双湖驿中学与县农场两道围墙之间那条通往公路的巷道里进来了，赶紧快步跑下坡去迎接他们。他和来的领导一一握了手，表示了欢迎，就领着他们上了坡。到了村口，他有意地仰起头看着他挂在村头那幅横幅，自感体面，也示意给上级领导看。今天一早，他还特意安排人把村里的这条大路上的羊粪蛋子、牛粪扑踏、死柴烂草扫了一遍，踏着略显干净的黄土路，把县上和公社的领导、干部领到大队革委会办公室。办公室只是村办小学旁边的一孔窑洞，只有一张桌子一个方凳，两个条凳，既是办公室又是会议室。今天人多，又在学校借了几个条凳，大队的主任、副主任、会计、妇联主任早已在办公室等候。一见书记把县上镇上的干部领进来，都站起来让座，以示欢迎。干部们落座后，书记首先给大队领导介绍了县上和镇上来的领导，然后又向领导们介绍了大队的几位班子成员。

会议一开始，书记开言道："今天县委组织部、镇党委来我队验收领导班子，让我们对县上镇上领导的到来表示热烈欢迎和衷心感谢！"他带头鼓掌，大家也跟着鼓掌表示了欢迎。然后他汇报班子的调整情况，介绍班子组成的年龄文化结构和班子成员每个人的政治面貌和个人简历。书记津津有味地汇报到刘来福的时候，刘来福听着听着，胸中一股火气直往上冲，一直冲到头顶,他这个光头从来也不戴帽子,戴帽子的话,能把帽子也冲掉。

当书记说到"刘来福是我们这次结合进革委会最年轻、文化程度最高的一位年轻干部"时,更激怒了他的情绪,心想:还说我有文化,人家有文化的一个一个都出去了,就让你这样把我窝在农村往死里窝呢!他再也忍耐不住了,他似乎觉得书记一次一次耍弄自己,把自己当他的招牌来标榜他。来福这时候的怒气已经占据了大脑的所有空间,前几次的一切顾忌已经抛到九霄云外了。也没听到书记说了些什么,立刻站起大发雷霆:"你也不要介绍了!我当得好好的民办教师硬把我叫回来,报个接替工不让去,代教考上了卡住没去成,冠冕堂皇地让我当主任,给你抬轿,你想掐住脖子勒死我!今天当着领导的面,告诉你,这个主任我还不当了!我也没能力当这个队干。我再告诉你,三年内出不去,我杀了你们全家!"刘来福只觉得头晕目眩,脸上的肌肉在抽缩。他两眼射出愤怒的光焰,眼泪汪汪地悻悻然离开了会场!

会场顿时悄然无声,所有的人都不知该说什么,怎样来收这个场。

片刻以后,还是大队书记开了腔,他脸色红一阵紫一阵地,强打着精神说:"这个娃太年轻,不成熟,我看他有文化,想培养他,他还是不想在农村待,一心就想出去。我的工作没做好,请领导批评。"

镇党委书记也向县上来的同志道了歉,说镇上的工作做得不细,事先没有下来了解具体情况,造成这样的被动局面。并轻描淡写地把大队书记批评了两句,说:"考察一个人一定要全面,工作一定要做扎实,你看,今天造成这样的局面多难堪!下去要找他谈话,让他认识错误,尽快考察人,重新组建班子,再不能出现这种情况。"

一场隆重严肃的会议就这样被刘来福搅散了。那位女记者本想采访一下新班子,特别是新提拔上来的回乡知识青年刘来福,回去做个典型报道,没想到出现这么个结局,也没法采访了,只好失望而归。书记准备的饭,县上和镇上来的领导也没吃,就扫兴地走了。

书记精心组织的新班子验收会以失败告终后,气得他睡在家里,几天闭门不出。他怎么也没想到,在官场上周旋了十多年,栽倒在一个毛头小子手里,"给我丢了这么大的人不说,还威胁我"。他活了半辈子还没受过这么大的窝囊气!他似乎觉得这面子丢大了,怎么在这大队书记的位子上再干下去?他实在咽不下这口气,更不甘心就这样不了了之。他甚至想到要不要给公安局报案,把这小子给抓起来,或者给他定个现行反革命,批

判他，狠狠打击一下他的嚣张气焰！但反过来又一想，也觉得对人家卡得有点儿狠了，他只不过是口上说了句过激的话，又没有行动，真的把公安局叫来，在全大队批判，事如果弄不好反而还要结冤仇，他又打消了这个念头。哪头轻哪头重，他还是能掂量出来的，可事情闹到这一步，说什么也不能饶了这小子，更不能让他出去，如果谁闹一下，就顺从，那以后这工作还怎么干？

领导处理矛盾的办法一般应该是两种：一种是以权势压人，这叫硬办法；一种是软办法，就是做思想工作，化解矛盾。这位老到的大队书记毕竟在这个官不大权不小的位子上磨炼了十多年了，如果遇事不能冷静地理出头绪，掂不出哪头轻哪头重，他怎能在这样一个五百多号人的大队领导位子上立于不败之地，成为"不倒翁"呢。气归气，面对这样一匹还不成熟的、桀骜不驯的幼马，只有耐住性子，采取"训"的办法，征服他，不能硬来，来硬的，万一他不吃那一套，矛盾激化，后果不堪设想……

他觉得矛盾还得化解，就这样一直僵持下去，这不是显得我太没水平，太无能了嘛！再说他哪一天想不开，来真格的，他不要命，我这一家子上有老下有小怎么办呀！想到这儿，他不由得头发根子一阵紧缩，感到了一丝恐惧。前思后想左顾右盼，决定还是要找个机会和这小子好好谈一次。

刘来福大闹"公堂"发急的风波，简直是一条爆炸性的新闻，也是这个不小的村大队，历史上罕见的不小的事件。一个年轻人竟然敢在县、镇、大队三级领导参加的会上撒野，夸下海口要杀大队书记一家人！全村上下惊天动地一片慌乱：

"不得了啦，刘来福要杀书记啦！"

"公安局要抓人啦！"

"书记害怕了，连门也不敢出啦！"

……

事情简直传得神乎其神，满城风雨。不知情的人还以为刘来福大脑出问题——疯了！

村里出了这么大的新闻也是奇闻，老榆树下自然又热闹起来了。村口的路边有一棵两搂粗的老榆树不知道多少年了，树干上有个洞，小孩子们经常在里面捉迷藏。一枝老树枝不知什么年代被雷劈了半截子，但树冠仍然很大，夏天乘凉，平时闲了，男人女人都聚在树下聊天，久而久之，老榆树下就形成了一处说风道雨，传递小道消息的地方。村里出了这么大的新闻，茶余饭后，闲来好事的男人女人们，不约而同地又聚在老榆树下，

嘀嘀咕咕，查根问由，甚至发表议论。

　　作为一个领导，在一个地方负责多年，不可能把一碗水端得那么平，这位书记尽管办事圆滑，处世老到，但在村里已经负责十多年了，怎能一个人也不得罪呢？积下一些恩恩怨怨也是自然的。遇上这事，更是说三的道四的，幸灾的乐祸的，火上浇油的，说什么的都有。

　　有的人带有解恨的口气，幸灾乐祸地说："刘来福初生牛犊不怕虎，他刘业治一手遮天，老子天下第一，就要等上这些愣头青才敢跟他乍舞，再谁敢说半个不字哩。"

　　有的人用一种嫉恨复仇的口吻说："刘来福还是不行，把他闹下台，才算有本事！"

　　也有的人说："刘来福二尿吧唧，这号人还能当领导？都像他这样，世事不是乱了套了。"

　　还有人担忧地说："刘来福上了几天学，不知天高地厚，这下捅了马蜂窝了，以后有他的好果子吃呀！"

　　……

　　这件事不但在全村传得惊天动地，全双湖驿镇都传得沸沸扬扬，怎能传不到他爸和他妈的耳朵呢，听说儿子要杀人了，把老妈吓得魂不附体，撒粗糠！世故人说"欠债要还钱，杀人要偿命"。真把人杀了，这可怎么办呀！气得他爸老泪纵横地训斥："你憨得天地不懂，辛辛苦苦供了十几年书瞎供了，人家笑都怕笑破脸哩，你倒好，竟敢当着县上镇上领导的面扬晦气！你不听人说官大一级压死人，你不但把庄里书记得罪了，还给镇上、县上的领导办了难看！人家能对你有好印象？能饶你吗？你年纪轻轻的不给自己留一点儿后路，这样以后还怎么在社会上活人呀！"老人换了口气又生气地说，"听说你还要杀人家一家人哩，那你还不如把我和你妈先杀了！你这不是活活想气死我们哩吗？娃呀，你可不敢做傻事啊！我可就你这条根啊！"他爸几乎是声泪俱下地劝他又训斥他。

　　刘来福看到老父亲可怜的样子，安慰老人说："爸，妈，你们不要害怕，我又不是傻子，我说是那样说，不可能那样做，他实在把我逼得没办法了，我才那样说的。我也想过了，大不了捏二尺五的镢把，他不就有点儿权嘛，他还吃人呀！他欺人太甚，我的同学们一个个都出去了，一次次把我卡住想把我勒死，我给他好话说了多少，他不识抬举，不给他点儿厉害，他不知道马王爷长几只眼！"

　　面对气愤而沮丧的儿子这样一说，他爸无言以对，一阵酸楚涌上心头，

他这时候真想一把抱住儿子，痛哭一场，心里不由得自责自己无能，窝囊了一辈子，儿子没有个有本事的老子，受这样的压制。人家书记的儿子连高中都没考上，早就当了工人，自己的儿子这么高的文化，一次次不让出去。可他又有什么办法呢？只有可怜自己的儿子，恨自己没本事，他还能再说什么呢？

几天以后，书记气愤的心情稍许缓和了一些，正准备找刘来福谈话的时候，刘来福他爸上了他的门。

老汉一进门就满口好话说："侄儿子，我养了个忤逆子，不懂礼，把你的面子伤了，今天上门给你赔礼来了，你大人不记小人过，他以后再不敢了，他说的是气话，你放心，他不会胡来的，我已经把他狠狠地骂了一顿了，请你放过他这一马。"

正在炕上躺着的书记，看几十岁的老人又是长辈，亲自上门赔情，虽然心里还不大舒服，但听他说，他儿子不会胡来，提在二梁上的心放下了一大半。几天来憋在肚子里的气也消解了一半，他一下从炕上起来，溜下炕沿放了个屁，顿时感到全身气流通畅，身子骨轻松了一大截子。他对老汉客气了几句："二叔，你也不必客气，他不来，让你几十岁的老人来，弄得我都不好意思，年轻人太狂了，以后是要改一改哩。"

老汉抢先插话道："他要来，我没让来，我怕都在气头上，年轻人两句话说不对再惹你生气，我就来了，你就看在我的老脸上，不要计较他，就当他是个畜生。"老汉知道自己的儿子宁死也不会来低这个头的，撒了个善意的谎言，又美言了几句。

话说到这份儿上了，书记还能说什么呢！只好说："你来了也好，这事你就不要操心啦，回头我还要找他谈话，你就回吧。"

"好好好，那我就走了。"老汉活了六十多岁，上门求情，这还是第一回。一进书记家的门，心里就像擂鼓一样咚咚地直跳，布满皱纹的老脸直红到耳根，借着机会就出了门。

刘来福老父亲登门向书记赔情，既给了书记面子，也给书记支了个台阶下，当然在很大程度上也给书记宽了心，消了气，使他和刘来福谈话的时候，既有了话题又有了面子。他找了个机会，把刘来福叫到大队部，第一句话就是："你爸来家里给我赔了情道了歉，我也想开了，年轻人火气大，说两句冒失话也没什么可计较的。"说完第一句话后，他话锋一转说，"但是，我好心好意想培养重用你，你不但不领情，反而给我惹了这么大的一个难看，弄得镇上和县上的领导都下不了台，你看你是不是做得有些太过头了?"

他既显出领导风范又婉转地批评了刘来福,还使刘来福好接受。刘来福看到书记是在找下台的台阶,"张开要合哩,飞起要落哩",任何事情都有个度,自己把人家得罪了,人家都来找自己了,自己还不趁坡下驴等什么呢?也就再没生气,给了书记一个台阶下,他说:"书记说得对,一切都是我的不对,你也不要担心,我不会胡来的,我那只是气话,给你添麻烦了,以后的事,你就看着办吧。"他不冷不热地承认了错误,再没上气,给了书记个台阶下,但他最后还撂了一句,让书记今后不要把他不当回事。

这件出乎书记预料的官场风波就这样不了了之,平息了。大队的班子还保持原状。刘来福的副主任仍然挂着,老主任也没动,等于班子调整以失败而告终。刘来福挂着副主任的职务,也从不到队上去,看见书记就没好气,省得去了闹不愉快,只在生产小队和社员们一起参加生产劳动。书记也不想看见他的那副面孔,也怕他来了胡搅和,不来正好,也不追究他。他这个副主任也就成了个摆设。

骑单车　倒卖化肥

刘来福的大队副主任职务,吊搭到一九七四年调整班子时,终于把他撤换了。这已经是瓜熟蒂落的事了,再也不会像让刘来福当正主任时那样,引起轩然大波。这下,书记也把他窝在肚子里几年的那口窝囊气出了,刘来福也正想离开这个是非之地,自己做点事,心里也畅快。无官一身轻,这一年的下半年,刘来福又和小队商量好,到西庄公社侯家庄大队的一所带帽中学当民办教师教学去了。

打什么唱什么,爱什么的想什么。刘来福自从第一次从佳水湾背回二斗七升麦子,在黑市上卖了挣到七块二毛钱以后,就再没有放过做生意的念头,再深入一点儿说,他的内心世界就没有安分过。他看在这位书记的把持下,他和书记闹到这程度,要出去的可能性几乎等于零,也没有其他想法了,只是日夜谋算想着挣钱的门路。但这几年在大队负责,既没得出去,又没做成大小生意。他去了侯家庄公社的中心小学,成了带帽中学的老师,只不过是想暂时离开那个环境,也没有别的想法,至于复习功课的那份激情也凉了半截子。他仍然带了初中一年级的数学。初二、初三的理

83

化由本乡的一位高六六级的回乡知青带课。学校正在扩建，高年级和初中学生，基本是半天上课，半天劳动，不是搬砖就是拉土，当然教师也少不了参加。但不管怎样，脱离了那个让他压抑的环境，心情也就暂时轻松畅快了一些。

在教学之余闲聊的时候，乡里人总会问一些城里的事。有的问城里的学校该不是这样半天上课半天劳动吧？有的问，不知道什么时间能恢复高考，这一茬一茬的高中生都回乡、插队了，都搞推荐上大学，谁还好好学哩。这些问题正是刘来福要问的，他能回答个什么。他只是模棱两可地说，现在就这形势，你看不惯，我也看不惯。一次闲聊的时候，有一位本村的民办教师问他川里的辣面贵贱，好买不好买？

他不假思索地随便回答他："一盒三四毛钱，卖辣面的多得是。"

那位民办教师就让他周六回去的时候给他捎着买些辣面回来。

他问："这里的辣面一盒多少钱？"

"一盒五毛。"

"哦，我们下面的便宜，那我就给你买些回来。"

有心栽花花不红，无意插柳柳成荫。刘来福做梦也没想到，教学的过程中给同事捎带买了一回辣面，给他带来了莫大的商机。他才发现这里是干旱的山区，没有水浇地，无法种蔬菜，即使有点儿能浇水的地，也是有些勤快人在沟边一锨一锨地拍起巴掌大的小块台地，一担一担地担水浇着，种几棵少得可怜的韭菜、黄瓜、西红柿或白菜。根本不可能大面积地种这些辣椒，对于填饱肚子可有可无的调料性蔬菜。但是，虽说辣椒不能填饱肚子，人们日常生活也是离不开它的。山里人用点儿辣面只能到很远的集市上去买。而且价钱要比川里的贵得多，一盒辣面川里三毛，他们这里就能卖五毛，一盒净挣两毛，一斗就能挣二十块。川里人正愁辣面卖不出去。看到这么好的生意，刘来福又按捺不住自己的心情了，他自从给同事捎了一次辣面以后，就利用礼拜天回家的机会收辣面，一次用自行车带四斗辣面，人家卖五毛，他卖四毛，老百姓都来买，出手很快，由于他批量收货，虽然卖价低于市场价，但收货价低，差价也能达到每斗十五元，半年下来挣了四五百，他好像觉得自己一下子发财了。从此后，他更不安分了，放了暑假后，他也没停他的贩辣面生意，不停地往乡下跑。

这一天，刘来福又在自行车的后架上带着两大包辣面，路过气象站的时候，突然听见有人叫他，扭头一看，是县气象站的一位干部，他赶忙刹住车下来问："什么事？"这位干部对他说："来福，我们站上有一个炊事员名额空缺，你愿意来的话给领导说一下，看要不要你。"县气象站就在来福他们村西头石畔下面，早不见得晚见，刘来福对气象站的人都很熟。他一听，问领导在不在？那位干部说在。他就把车子推进气象站的院子，敲开了站长办公室的门。结果一说，站长就同意了，说他再和副站长通个气，给县上打个报告，看批不批。他说："那就谢谢站长了。"出了站长的门，他又来到那位给他传递信息的干部办公室说："感谢你，站长基本上同意了，说再和副站长碰个头，给县上打个报告。"就出了门，骑上带着辣面的自行车高高兴兴地向西庄而去。

刘来福没想到随便说了一下，气象站当炊事员的事就成了，这是个临时工，又不需要大队推荐，下半年，他就辞了民办教师，去县气象站当上了炊事员。他很感激站长和那位给他提供信息的干部，炊事员虽然是个雇佣工，但待遇和正式工几乎一样，每月三十六块钱的工资，还吃上了国库粮。这次，他就不需要给队里交包干款了，成了个半公家人了，当然队里也不给他记工分分粮了。县长也不过是四五十块钱的工资。他觉得很不错。这下他就暂时彻底脱离了农村，队里也再没有说不放的话。

当了炊事员以后，灶上买粮油就是他的事了。这一天吃过早饭，收拾停当，刘来福拉着架子车来到县粮站，给灶上买粮油。灶上的早饭都在九点才吃，等他收拾停当拉着架子车，走了五里路来到粮站，开票的窗口已经排起了长龙。他只好把架子车放到一边，排到了龙尾巴后，等待着开票。排着队闲得没事就到处瞅瞅，他看见院子里停着一辆大卡车，装卸工正从大卡车上扛着大麻袋往粮库卸小麦，那金灿灿的小麦倒进粮库看得他眼馋，心想，老百姓能吃上这么好的麦子就好了。

他下意识地问车旁边站着等卸粮的司机："师傅，你这麦子是从哪里拉来的？"

那司机说："是山西，不知火车从哪里拉来的，我们又从山西介休拉回来。"

他顺便从兜里掏出揉得皱巴巴的宝成烟，给司机发了一根，说："我在气象站做饭，路过来喝水。"

那司机说："行，有什么事说一声，我叫杜寅生。"

他说："没什么事，我想以后有空能不能把我捎上，过山西看看那里的粮食情况。"

司机杜寅生说："我明天还去，我们走早些，晚上我再把你拉回来。"

"那好啊！"刘来福高兴得差点儿跳起来。

85

刘来福无意中闲聊，认识了这位大卡车司机，使他时来运转。实际上，他是有想法的，他经常爱打听外面的一些情况，特别是生意方面的事。那时候的司机多牛气，"方向盘一转，县长都不换"。能搭上一次顺车出远门，那是非常了不起的。他当晚回去就给婆姨交代好，让她第二天早上给灶上去做饭，晚上赶做饭回不来的话，把晚饭也按时给做出来。

　　第二天一大早，他就来到公路边等司机。不大一会儿司机杜寅生就开着车从川里下来了，将车停到他跟前，他开了车门跳上去坐在驾驶室，赶紧给司机发了一根烟，司机油门一踩就跑开了。这算是他有生以来第一次坐到司机的驾驶室。一路上，观看着车窗外掠过的树木村庄，他感到十分惬意。临近中午就来到介休，他请司机在一个小面馆吃了碗山西的刀削面，司机到粮站装车去了，他就在街道上转，他这次没打算买粮食，主要是摸清行情底细。介休这地方是一个火车汽车运输的货物集散地，过路车辆流动人口多，显得繁华开放，生意人也多，刘来福转了一中午，转得眼花缭乱，当然也打问了些粮食市场行情。下午就跟着车一路返回了。

　　一回生二回熟，后来，他就让这位汽车司机从山西往回捎麦子。开始，他跟着去了几趟，后来就不去了，直接让司机捎回来。他把捎回来的麦子加工成白面，麦麸子自己落了，还能让干部职工都吃上细粮。麦麸子对他家来说，能替代主粮吃，要比谷糠好得多。据说，它是粗纤维，适当加垫地吃一些，比吃精细粮都好。可是这时候人们的生活水平还达不到那个吃精细粮的水平，人们吃的主要是粗粮甚至糠菜。就好比那时候的人买肉拣肥的买，现在的瘦肉比肥肉贵一半价，还宁可买瘦肉不买肥肉一样。这麦麸子就等于给家里添补了粮食。

　　当时的干部职工国家都按80%的粗粮，20%的细粮标准供应。能吃到纯细粮，大家都高兴，他还把节余下的粗粮在市场上兑换成细粮，或者退给职工，都说刘来福是个能人。后来他和县运输公司的司机、领导都混熟了，只要有去山西拉货的车就给他打招呼，捎回来的粮，灶上吃不完，他就自己卖着赚钱。从某种程度来说这就等于贩粮哩，但这样的贩粮就要比他几十里路上人背着贩，不知提升了多少倍，而且还不怕被抓。他让干部职工吃好还不多花钱，也就没人说啥。这对刘来福来说，简直是久旱逢甘霖的禾苗，感到从未有过的舒心！

　　可是好景不长，刘来福在气象站做了两年饭，刚混出个人样，这个刘师长那个刘师短的，有人抬举他了，上面这时却要精减雇佣人员了。站长说，我实在无法挽留你了。他只好再次回到农村，扛起了二尺五的钁把。

光阴荏苒，星移斗转，转眼间，刘来福和他的高六八届同学们已经回乡（插队）十个年头了，十年间，他们六八届两个班的九十六位同学中的其他九十五位同学也是东西南北，各奔前程，酸甜苦辣，尽在其中。细说起来，首先离开家乡的是参军的，像贺光贵、张勤学、王子锐、丁世平、姚平安、薛长福等这些农村出身的同学，有的当年毕业回去刚赶上征兵，就报名参了军，有的是第二年去参军的。

中华五千年悠久、灿烂、文明的历史，可以说，是一部以战争铸就的辉煌史。从远古的黄帝大战蚩尤起，到春秋争霸，从秦皇汉武到三国两晋，从隋唐盛世到清朝灭亡建立民国、军阀混战，从抗日战争到解放战争……哪一个时期不是狼烟四起，战火连绵。只有一九四九年十月一日，毛主席站在天安门城楼上豪迈地宣布"中央人民政府成立了"那一刻起，中华民族才真正地进入了一个和平盛世的年代。随之而来，"当兵"这一概念也在人们脑海里发生了质的变化。虽然新中国成立初期受历代战争的影响，老百姓对自己的子弟参军还心有余悸，有点儿担忧，但随着社会的安定平稳，"当兵"再不是过去意义上的那种上去就打仗，打仗就要流血、就有牺牲的概念了。而且，毛主席亲手缔造的"中国人民解放军"，已经成为兼保卫祖国，建设祖国，学习科学文化的"革命大熔炉"，是立于世界之林的一支能文能武的革命军队了。国家对退伍老兵和复员新兵的安置待遇也有保障或提高，到六七十年代，女娃娃选择对象的标准已经从"一干二军三工人"变成了"一军二干三工人，跟死也不寻个受苦人"。没文化的想在部队上学文化学技术，有文化的想在部队上得到锻炼提高。某种程度上，回乡知青也把当兵看成是一步出路或者是参加工作的一个跳板，有条件的都积极报名应征。

几年以后，这些当兵的同学，复员或直接转业，或在部队提干，都有了份工作。贺光贵勤学苦练，人又活泼，参军后一路升迁，已提升为连级干部。丁世平和姚平安复员后被安排在当地工商所和武装部。张勤修当兵在青海，转业到青海物资储备局的某储备库当了工人。王子锐转业到西安市民政局。

他们中第二批从农村出去的是董和平、王永兴、马庆文、高常军、李树海、郭有权、高飞芝、马兰、田芳琴、赵瑞芳、李桂英、陈秀娥、马建国、高明祖、苗原高、吴忠义、柴仲生、崔英怀、郭水旺、郭青山、姜海兴、张尚志、曹世荣、刘飞等同学，他们有的进工厂当了工人，有的成为正式干部或以工代干，有的在工作岗位上被推荐上大学，毕业后进入了政

府机关或事业单位，有的走上了教师岗位，有的仍然在供销商业系统。一直在供销系统工作的高常军，已经被提拔为供销社主任了。

人生就这么一回事，有时候简单，简单得让你一帆风顺，心想事成，不费吹灰之力，就能办成一件天大的事；有时候又很复杂，复杂得让人理不出头绪，摸不着方向，费九牛二虎之力，也办不了一件芝麻大的小事。

刘来福眼看着同学们一个个当工人的，当干部的，上大学的入了公门，脱离了农村。自己在农村摸爬滚打，几出几进，和大队书记鱼死网破折腾了几年，也没理出个头绪。想入公门也没入了，当了两年半"公家"人，还被精减回来了；想走出自己的一条路也没走出去，仍然在农村务农；间或偷偷摸摸做点儿小生意，也没做出个什么名堂。转来转去，仍然没跳出"如来佛"（书记）的手心。

"天生八合命，不能满一升，看来，我这一生就是在农村当农民的命了"。已进入而立之年的刘来福，经过这十来年的折腾，刚出学校门时的那种激情，那些单纯的、幼稚的、所谓的美好憧憬已在他脑海里渐渐减退，几乎降至冰点。一九七七年恢复高考，已经有娃娃了，老人也老了需要照顾，他连名也没报。他也再没有什么非分之想了。要说还残存一点儿想法的话，那就是原始的、本能的、想吃饱肚子过好日子的欲望时刻在他脑海里冲动。正如马克思在总结了人类发展进化过程中的一句精辟论断："存在决定意识。"翻开人类五千年历史，从第一个猿猴直立行走起，到有私有，有阶级以来，任何人的思维都突破不了他所存在的生活环境和历史背景，或者说，脱离不了历史的印记。对于刘来福来说，在这样的环境中，他只能想到这一步。

刘来福这次回农村后，领导也不是了，只好悄悄回到生产小队，和社员们一起日出而作，日落而息。可他已经在外面闯荡了这几年，怎能耐住性子，饿着肚子把东山的太阳背到西山，干这不挣钱的苦力。他看到化肥是计划调拨，计划分配，农民为多买点儿化肥求爷爷告奶奶，走后门，批条子。他在气象站做饭那两年，去山西买粮食的时候，发现山西的化肥多，既好买又便宜，这时候回到农村，再无计可施，他又想倒卖化肥。就找到他堂哥刘根治，说："哥，咱们两个去山西往回贩尿素走，山西的化肥随便买，咱试试看。"

他哥说："那就试试，挣不挣钱，最起码自己用点儿方便些，不用求爷爷告奶奶的。"这时候，刘来福连教学带做饭已几年了没在队里劳动，加上他和支书微妙的关系，也没人管他了。刘根治也在小队里经常溜达出去小打

小闹倒腾点儿，有时候还给小队交一点儿副业款，所以出去一两天也没人过问。于是他就和他哥两个人一人骑一辆自行车，带上糠窝窝干粮，出发了。

临走时，刘根治他爸还不放心，说："来福，你经常出门哩，我们根治不太出门，你招呼点。"

刘来福说："大大，我弟兄两个在一起，你放心。"

就这样，他们早上天还不明就出发了，山高路远，翻山下梁，还要摆渡黄河，一次只能带一袋化肥。他们把一整袋化肥绑到自行车后架上，骑上后，走不了一会儿，袋子滑到左面，只有下来重新绑好，刚骑一会儿又滑向右面，又得下来绑。有时候折腾到后半夜才能回来。后来想了个办法，走的时候另外拿一个空袋子，回来的时候把一袋化肥分装到两个袋子里，甚至一次买三袋化肥，两个人，每人一袋半，分装到两个袋子里，就像驴驮东西那样搭到后架的两边，这样既带得多又不会出现跑偏的问题了。但是，这个问题解决了，新的问题又出现了。一次他推着带着化肥的自行车上山的时候，车子后轮轮胎突然没气了，出这么远的门，钳子扳手和气管子（打气筒）气门芯这些简单的工具和备品都带着，他一看轮胎没气了就拿出气管子打气，打了半天一点儿都没反应，他检查了气门芯，气门芯是好的，他不放心，又换了气门芯，结果还是打不进去，这下傻眼了，自行车内胎破了。前不着村后不着店，这咋办呀！想来想去，想出个下策——挡车，他就站在路边等过来返回新洲的车。这时候还真的等到了一辆新洲运输公司的拉货车，从坡下慢慢悠悠地爬上来了，他急中生智，就把车子推到公路中间佯装绊倒，连车带化肥往路上一倒，又往起扶，司机见状，只好把车停下，他赶紧上前掏出宝成牌香烟给司机发，结果司机刚好是他当炊事员的时候给他捎过麦子的熟人，他一说车子坏了走不成了，就把他们连车子带化肥都捎回来了。

就这样，顺当了一天一个来回，这家五斤，那家十斤，一袋尿素除过坐船费能挣五块钱，起早贪黑一趟最多能挣七块多钱。这对于一个农民来说，再苦再累一天能收入六七块钱，那简直是一个了不起的数字。可对于刘来福来说，这收入比起他在气象站做饭时卖粮挣的钱差得远了，而且又苦又累。特别是上山的时候，推着一百五十多斤重的化肥，一点儿劲都不敢松，稍一松劲，车子就有跑下山的可能。只有鼓足劲，不歇气地往上推。而且跑一趟回来，连卖带休息，不可能天天去，只能隔三岔五跑一趟，挣一点儿外快。但话又说回来，就这，他也觉得总比天天在土疙瘩里刨强一些，最起码有点儿现钱收入。

学大寨　改天造地

　　同学们中招工的已进了工厂，当了接替工；参军的已经回来安排了工作，或在部队上提了干；推荐上大学的已经当了干部。和刘来福一同回农村的李正生与刘来福一样还在农村，用他们的话说正"修地球"着哩。可他和刘来福不一样，人家刘来福是大川道里又是县城跟前的人，信息灵通，见识又广，就不安心在农村待一辈子，他上学的时候就不是个省油的灯。回乡后，他一心想出去，连队干部都不想当，出不去就偷着做生意。可自己住在南川的南山上，山高路险，穷山恶水，他们姐弟四个，除过父亲就他一个男劳力，大姐前几年已经嫁人了，两个妹妹虽然已经十六七岁了，在柳树湾中学上到初中毕业，就参加了队里的劳动。但毕竟是女娃娃，年龄大些还要嫁人，父亲也快六十的人了，驮水驮炭，拿轻背重，家里没个好帮手怎么行，从学校一回去就没想出去的事，再说想也是白想，有个指标公社周围住的和川道里的都争不上，还能轮到他们离公社八门拾远的山里人。他要成为一个男子汉，撑起这个家庭。

　　李正生住的这个地方条件比高长军、高长礼住的那个鸡冠山还要恶劣。要说好的一点，就是他们村庄周围坡坡洼洼都是枣树，房前屋后的树木都属个人的，这些枣树多多少少还能给他们增加点儿额外的收入或身体所需要的营养。它是新洲南川柳树湾公社最边远的一个村庄，可以说跨一步就到了秀塬县的地盘了。沟掌里的小南沟村和秀塬人搭地界种地。人世间的事，总有一些相互依托而存在，这个村子虽然山高坡陡，在这干旱的黄土高原的高山之巅，要见一点儿水都很困难，就连吃水都要下沟驮。但不知从哪一代人起，这个村的人栽起了枣树，枣树是一种耐旱而生命力极强的树木，在这样干旱的高山上栽枣树，既不要浇水施肥，又不要修剪管理，也照样生长旺盛。它在种不成庄稼的陡坡上甚至在悬崖上都可以生长。村子塄口有棵老枣树连他爷爷辈的人都说不清有多少年了。村子也因枣树而得名，叫枣树塄。

　　枣树的果实——红枣，鲜枣甜脆可口，晾干后好保存，干枣既是四季接人待客走亲访友的上等干果和礼品，又可以到集市上当商品去卖。尽管割资本主义尾巴，但水果一类的农产品上市一直没有禁止，可能是水果不好管理，供销社无法经营吧。干枣，还可以在煮饭或包到蒸馍、糕点、粽子中，当一种特色食品食用。有些人家粮食不够吃，就把干枣想办法加到糠面里磨成面当粮食吃。而且它又有补血益气等很高的药用价值。农民赶集上会，提上一篮子鲜枣或干枣，就能换回一些日用杂品来。就拿其树干的木质来说，也是木头里面木质最坚硬的一种木头。有些人家用枣木做案板、炕沿、桌凳等家具，不用上漆，既光滑好看又经久耐用。再加上这里的土地面积广，所以，就是这样一个穷乡僻壤的村庄，祖祖辈辈繁衍生息，就像这生命力顽强的枣树一样，一代代人都还健康、寿命长。要不，这么恶劣的环境怎么能住得住人，而且人口还兴旺。

他们大队由三个自然村组成，从淮宁河下游南岸的小南沟进来，十多里路的半沟里有个二十来户人家的村庄叫小南沟，村子后面的拐沟里向西拐进去上了山就是他们枣树塌。他们村的西边山洼里有个小村庄叫后瓜也叫西瓜，只住了十来户人家，这十来户人家其实是一家人，祖上姓裴，早先方圆几架山的地都是他们老祖先的，也许是他们的老祖先为了种地方便，或许是为了地势开阔，枣树塌在沟畔上不好下线，才从枣树塌那些土窑洞里挪出去，在这偏僻的山洼里，几里路上把石头背上来，修了一处地方（庄园），是个四合院，正面一线摆开六孔生礅石窑，穿廊檐头，丈二宽，三尺高的门台子，五个儿子一人一孔，老人一孔。下面是大院，大院的两边各是三孔生礅石窑，门前搭建走廊，就是厢房。东边厢房是女儿的绣房，西边是仓库带厨房。前面是大门，大门两边是两孔旋窑，一面是放草料和长工居住的地方，一面是养牲口的厩圈。整个院落错落有致，雕梁画栋，一色都是岩根石细錾摆面子和外地运来的松柏木所建。虽然现在有些陈旧破败，依然不减当年一处财主庄园的气派。据说，老人手上还挣下有元宝，土改的时候被毫不含糊地定了地主成分，斗来斗去也没斗出来元宝。新中国成立后不久，老地主就下世了。后来传说裴老财主家的元宝黑水了，意思就是没有交出来也没有传给后人，怕土匪抢走，不知埋到什么地方了。只有等哪一年哪一月哪个有财运的人，挖庄基地或给老人打墓的时候，或许一镢头下去，被挖破的瓷罐子里露出明晃晃的银元宝，真有那一天，那元宝也可能被贬值得连原来的一半价值都没有了，还可能要惹出一些麻烦……"生不带来，死不带去"这句传世格言，说的大概就是这个意思吧。

老财主有五儿三女，在修新地方的时候，用的都是沟底下小南沟的石匠，小南沟的人住在沟里，开石头方便，祖祖辈辈都是石匠，方圆几十里石匠手艺都是出了名的。他用的这石匠里面有个小伙子叫王二牛，从小跟

他爸学了一手好手艺,二十刚出头就出师了,开山打石,细錾出面石,砌墙割缝,样样不在话下。小伙子一表人才,人又活泼又爱唱,在打錾子的时候,经常是随着手锤打錾那叮当的节奏,口里哼着曲子,唱着信天游:

上了一道坡坡哎哟哟,哎,下一道梁,
想起了我那小妹妹哎嗨哟,哎哎,好心慌,哎嗨,哎嗨嗨!
你不去那个掏菜哎哟哟,哎,崖畔上站,
把我们那个年轻轻人哟号,哎哎,心扰乱,哎嗨,哎嗨嗨!

三春里那个黄风,哎哟哟,哎,数九的个冰,
难为不过那人呀么哎嗨哟,哎,哎,想亲亲,哎,想亲哟亲。
麻茹茹那个开花,碎个纷纷,
妹子再好是人家的个人。
红缨缨的辫子,黑格溜溜的发,
一对对的那个毛眼眼咋丢下。

樱桃虽那个好吃,哎哟哟,哎树呀么难那个栽,
心里有那个话呀么哎嗨哟,哎,哎,口难开,哎,口难哟开。
干芦草那个填在灶火里,
咋就烧不热个妹子,我烧不热个你,
山沟里的水呀背洼里那个花,
天仙样儿呀个妹子我咋丢下,
天仙样儿呀个妹子我咋丢下。
……

这财主家三女儿叫翠花,长得水灵,是他爸妈最疼爱的,又是最小的,从小任性,无忧无虑歌声不断。二牛在他们圈窑修地方时,翠花已长成十七八岁的大姑娘了,出脱得更是白里透红粉格扑扑的小脸蛋上,两道弯弯的柳叶眉,一对黑格刷刷的大眼睛,樱桃小口,高高的鼻梁,乌黑的秀发扎着两条齐腰的长辫子,身段也长得高挑秀气,纤细的小蛮腰,翘着丰满的小臀,隆起的胸部,把蓝底小白花的左襟小衫绷得紧溜溜的,顶起两个馒头似的小山包包,十分惹眼,年轻人两眼看得直勾勾的,口水都能流出来。在沟底下开石头的时间里,她经常跟上她二姐给石匠往沟里送饭,老远就听到王二牛唱的那悠扬动情的歌声,心里痒痒的,这"妹子再好是人

家的人"是否就是给俺唱的？还没走到跟前，那银铃般的笑声就来了，笑的咯咯咯地喊着："哎哟！二牛哥，你唱得太好啦。"

"我瞎唱哩，解心焦哩。"二牛一边打錾子，一边和她说，"哪有你唱得好。"

在场的匠人一听她来了，也喊着："三妹子给我们来一段——"

"你们快吃饭，俺给你们唱。"她和她二姐边往下放担的馍篮子和饭罐子边说。

匠人们就一拥而上围到了她们跟前，她二姐给匠人们舀饭，她就站在一边唱开了：

> 正月格里正月正，
> 正月（那个）十五挂上红灯，
> 红灯（那个）挂在哎大来门外，
> 单（那个）等我五（那个）哥他上工来。
>
> 六月格里二十三，
> 五哥（那个）放羊在草滩，
> 身披（那个）蓑衣他手里拿着伞，
> 怀（来）中又抱着（那个）放羊的铲。
>
> 九月格里秋风凉，
> 五哥（那个）放羊没有衣裳，
> 小妹妹我有件哎小棉袄袄，
> 改来一改领（那个）口，你里边儿穿。
>
> 十二月一年满，
> 五哥那算账他转回家园，
> 有朝（那个）一日哎天来睁眼，
> 我来与我五（那个）哥把婚完，
> 哎哟（那个）哎哟哎，哎来哎咳哟，
> 我来与我五（那个）哥把婚完。

吃饭的匠人们，连饭也忘了吃，脖子抻得老长看她唱。有的把碗递上

让她二姐舀饭，都忘了接碗发呆。二牛更是听得心里痒酥酥的。

"三妹子，你那是给谁唱的？"

"给你二牛哥唱的吧？"吃饭的年轻人喊叫着。

"俺给你们唱的，你们甭瞎说。"

唱完一首，她说："俺再给你们唱一首'上河里的鸭子下河里的鹅'。"她二姐把她一把扯上就走了："女娃娃家没一点儿样子，回去给妈告你。"

她扭过头喊："二牛哥，晚上回来把饭罐捎上，回来再给俺唱——"

晚上回去，饭碗一撂下，她就纠缠着叫王二牛唱歌，王二牛不敢唱，她就连拉带拽地把二牛拉扯上山，二牛说："你中午要唱'上河里的鸭子下河里的鹅'，你姐把你拉走了，没唱成，现在给俺唱唱。"

翠花说："好！"就用她那清脆柔软缠绵甜美的歌喉轻轻地唱开了：

> 上河里的鸭子下河里的鹅，
> 一对对毛眼眼照哥哥，
> 煮了那个钱钱哟下了那个米，
> 大路上接柴瞭一瞭你。
>
> 清水水的玻璃隔着窗子照，
> 满口口白牙牙对着哥哥笑，
> 双扇扇的门来哟单扇扇地开，
> 叫一声哥哥哟你快回来。
>
> 啊……啊……
> 双扇扇的门来哟单扇扇地开，
> 叫一声哥哥哟你快回来，
> 你快回来，
> 你快回来，
> 你快回来。
> ……

唱完她又让二牛唱，二牛说："咱两个唱《对花》行不？""行。"两个就对唱开了：

二牛　正月里开的是什么花？
翠花　那正月里开的是蟠桃花。

二牛 岂不知那花开哟多么来大？

翠花 那七月里核桃是满院子青。

二牛 岂不呀儿哟！

翠花 花儿红。

二牛 花不呀儿哟！

翠花 楞缯缯。

齐唱 楞缯楞缯乞不愣登缯，那正月里花儿是开哩个红。

二牛 二月里开的是的什么花？

翠花 那二月里开的是柳茶花。

二牛 岂不知那花开哟多么来大？

翠花 那七月里核桃是满院子青。

二牛 岂不呀儿哟！

翠花 花儿红。

二牛 花不呀儿哟！

翠花 楞缯缯。

齐唱 楞缯楞缯乞不愣登缯，那二月里花儿是开哩个红。

二牛 三月里开的是的什么花？

翠花 那三月里开的是酸桃花。

二牛 岂不知那花开哟多么来大？

翠花 那七月里核桃是满院子青。

二牛 岂不呀儿哟！

翠花 花儿红。

二牛 花不呀儿哟！

翠花 楞缯缯。

齐唱 楞缯楞缯乞不愣登缯，那三月里花儿是开哩个红。

唱了一阵，翠花突然对二牛说："你在石场唱的歌是不是给俺唱的？"

二牛羞得低下头说："我心里就是唱的你。"

"俺就知道你是唱俺呢，俺唱那'五哥放羊'也是唱你的！二牛哥——"翠花娇滴滴地叫了一声二牛哥，就和二牛搂抱到一搭了……

自从那次山上对歌以后，翠花一天也离不开二牛了，晚上睡到炕上，火烧火燎的，半夜半夜睡不着。二牛虽然也是心切切地想整天和翠儿一起唱歌，让她抱他，可他是个揽工小子，怎敢有非分之想，只有认认真真地

95

打石头，郁闷时哼上几句信天游。

夏天刚打完场，有的麦草已打成垛，有的还没打起的一天晚上，吃完晚饭，翠花又悄悄把二牛拉到打粮场上的草垛背后一边唱，一边戏耍。耍着耍着翠花突然一把扯开她的领扣让二牛摸她的奶子，二牛吓得不敢摸，她一把就把二牛的手拉过来按到自己的两只软绵绵的奶子上，发出淫细的叫声："二牛哥，俺就想跟你。"就仰面八叉地躺在了二牛怀里。二十出头的后生，十七八岁的大姑娘，撕摸到一搭，干柴见了烈火怎能不着，二牛也把他的身世撇到一边，顾不了那么多了，两个就融合到一起了……

他们那地方（指窑洞院落）从打石头到圈窑修了一年多。在这一年多时间了，翠花和二牛不知道在山上唱了多少回，也不知钻了多少回草窑。等地方修起了，翠花的肚子也大起来了。财主忙得又要领上长工和短工春种夏收，又要看得修地方，老婆在家操持料理家务，这些事他们大人一概不知。两个大女儿都嫁到川里的大户人家了，有时抽空来了帮几天忙，虽然看出翠花经常撵着二牛唱歌，以为年轻人爱唱歌，在一块儿唱唱，也不会有什么出格的事，就没给老人说。直至看出了她的体态变化，才知道事情捅大了！这样有身世有名望的大庄户人家，出了这种见不得人的事，捶也捶不得，打也打不得，把老两口气得吹囵筒，晚上睡到炕上商量，只有赶快给他们成婚，二牛这娃也不错，但门不当户不对，不能把女子嫁到他家，只能让二牛做上门女婿。

这真是天上掉馅饼，二牛做下这见不得人的事，以为闯下大祸了，不知财主家怎么收拾他，做梦也没想到让他进财主家的门，和他天仙般的女儿成婚，他怎能不答应呢。家里老人虽然心里不痛快，也只好答应。就这样在新修起的"财主庄园"隆重地办了酒席，给他们圆了房。

二牛一个穷人家娃娃，揽工小子，一下子成了财主羔子了，眼前的一切都变了。在翠花的修饰料理下，穿戴也不一样了，身世当然也不一样了，加上他长得体面又有本事，样样事情拿得起放得下，虽然是个上门女婿，家里也没人敢下眼看他。但接下来的情况又有了使他意想不到的变化，自从土改把他们定成地主成分后，把地都划分出去不说，弟兄五个，加上他这个上门女婿，次次运动跟上他爸受打击挨批斗，二牛只好在心里暗暗叫苦。

他们其实和枣树塌是一个村的，只是修了新地方后搬出去的。后来孙子辈也成家立业了，分成十来家，现在又成了一个集体，在这个集体里，都是地主剥削阶级，只有二牛虽然是地主家的一员，但他出身贫农，所以

这个集体的领导——生产小队长，只有让二牛当。多少年来，大队里大小事他们只有顺从。他们虽然吃水还要到枣树塌坡底下的吃水沟去驮，但他们一出门就是庄稼地，种地的条件比又沟里优越，在这一点上，还又比沟里住的人省力气了。在三个村里枣树塌村最大，有二百来口人，又是三个自然村的中心，所以，大队部包括村办小学，一直设在枣树塌。大队负责人也都是以他们村为主，他们村的人有裴、李两姓，李姓占多一半。但村里包括小南沟和后瓜在内，文化人少，文盲、半文盲居多。二十世纪六十年代，全村就李正生和他大伯家比他小一岁的二小子，上到高中，在上山下乡运动中一同回村。他大伯家二小子当年回来就当兵走了，李正生家弟兄就他一个，家里也走不开，没去当兵。再说，他们这么个小村庄不可能一次去两个，他也没争着去，就一直在农村劳动。回到村里劳动了一年多，村里人看他老老实实又有文化，第二年就让他接了小学也没毕业的五十开外的老会计的工作。

　　当了大队会计，也就等于是大队的文书、大队班子的一员，大队就把他从生产小队抽回来，在大队基建队参加修梯田打坝的劳动，跑公社送报表或办些手续什么的。但部分时间还得参加小队劳动。他们大队一共分了六个生产小队，每年底对各小队的基建工（包括大队干部在大队的出勤工日）要平衡，出工少的要给出工多的小队按分值补钱。这时候，全国上下的农村都以大寨为榜样，改田造地，大搞农田基建大会战。他们大队的三个自然村的妇女和老弱病残都集中在山上修梯田。因为要在小队之间搞平衡，秋后一直到第二年春，各小队的劳力全部都集中在基建队，打坝工地站不下，就分成两部分，一部分由基建队长带上打坝，一部分就由他带上修梯田，捎带给每个人记工分。

　　大寨是山西省昔阳县大寨公社的一个大队，位于山西东部太行山腹地的虎头山下，包括"七沟八梁一面坡"的石山，环境气候恶劣。陈永贵和他领导的大寨，早在二十世纪五十年代就以"坚持集体化道路，改造穷山恶水"而出名。二十世纪五六十年代，在当时大寨支部书记陈永贵的领导下，当地农民从山下担土到石山上造田，在山顶上开辟蓄水池，可谓"万里千担一亩田"，改造了本村的生产、生活状态，受到政府的重视。一九六三年，一场百年不遇的洪水，冲垮了大寨人奋斗了十余年才得来的人造耕地和大部分房屋窑洞。然而，陈永贵没有因此向国家伸手，而是坚持自力更生，带领社员苦干，重建家园。他们提出，国家的救济粮不要，救济款不要，救济物资不要；社员口粮不少、劳动日分值不少、卖给国家的粮食

不少。这"三不要""三不少"的事迹很快传开,直达中央,感动了毛泽东主席。毛主席认为符合"艰苦奋斗,自力更生"的原则,因此号召全国农民向大寨学习。一九六四年二月十日,《人民日报》刊登新华社记者的通讯报道《大寨之路》,介绍了大寨大队同穷山恶水进行斗争、改变山区面貌、发展生产的事迹,并发表社论指出,学习大寨的革命精神,就要学习他们远大革命理想和对未来坚定不移的信念;学习他们敢于蔑视困难、敢于同困难做顽强斗争和实干苦干的精神;学习他们自力更生、奋发图强的优良作风和严格要求自己,以集体利益为重的共产主义风格;学习他们把革命精神和科学态度结合起来的作风。周恩来总理对大寨精神概括为:政治挂帅,思想领先的原则;自力更生,艰苦奋斗的精神;爱国家,爱集体的共产主义风格。由此,全国农业战线掀起农业学大寨的运动。

自从一九六四年党中央号召学大寨以来,这些偏僻落后的山区,也就是在上级领导的催促下修修梯田,打打坝,停留在一般的、被动的、机械的、形式上的效仿上,还谈不上什么精神、风格、作风这些深层次的学习。时间刚进入二十世纪七十年代的第一年,也是李正生回村的第三个年头,北方"农业学大寨"会议召开,大寨党支部书记陈永贵在会上介绍了经验,全国再一次掀起"农业学大寨"的高潮。全国各地以县为单位,分批组织农村负责人到大寨去参观。新洲也要组织一批大队负责人去大寨参观。他们柳树湾公社的裴家沟大队被树为全县"农业学大寨"的典型,已经在之前参观过了,李正生他们大队在农田基建方面也是公社树的先进典型,所以这一次公社就选了他们大队去。大队经研究认为,应该让有文化的人去参观,回来好传达大寨精神。这个问题很明显,他们大队就数李正生文化高,而且在回来这一年多里,李正生担任了大队会计,对上面的文件传达、上报的材料报表、队里的账务做得井井有条,在基建工地上不但给社员们学文件,念报纸,还教唱革命歌曲,好像有这么一个文化人,大山里的人一下子和城里人甚至党中央拉近了距离。特别是大队书记感到自用上李正生以后,他的工作也轻松了一大截子,最后就决定让他去。这是李正生第一次出这么远的门,而且是县上组织的参观,他兴奋得半晚上都睡不着觉。

不看不知道,一看吓一跳。他们去了以后,全国各地来参观的络绎不绝,大寨大队党支部书记陈永贵领着他们,参观了他们建设的新农村和治理的七沟八梁一面坡,参观了他们的一块块人造地和稳产高产田。参观完后又听专门安排的女讲解员介绍了大寨人的集体主义思想和敢教日月换新天的奋斗精神,讲了大队核算管理,如何发展集体力量,"三战狼窝掌",

抗洪救灾重建家园，"三不要，三不少"，社员从山下担土上山造田，"万里千担一亩田"等受到党中央毛主席赞扬的先进事迹。讲解员的介绍很生动，听得李正生激动不已。

李正生将这些介绍和所看到的，还有"三战狼窝掌""抗击洪水""劈山造田""万里千担一亩田"等先进事迹，都一一做了笔记。他感觉到，这次参观是满载而归，一路上心潮澎湃地思考着回去后怎样汇报、怎样向大寨学习的问题。

参观回来后，按照大队的安排，他首先向大队班子做了详细汇报，并根据自己在回来的路上想好的思路，提出了自己的想法。他说，人家大寨在石山上垒石担土造田，"万里千担一亩田"，在乱石沟里打坝造田，治理了七沟八梁一面坡，将四千多块手掌大的农田，改造成机耕田。一片一片的平地都是人造出来的，看得人眼馋。

他在汇报完参观的情况后接着说："我从小在咱枣树墕长大，对枣树墕的山山峁峁，沟沟岔岔都熟悉。回来这一年多，更看到了咱们祖祖辈辈住在这穷乡僻壤，受这罪，我们何不乘农业学大寨的东风，像大寨那样，改变一下这穷山恶水的面貌呢？我在回来的路上想了很多，我们枣树墕是不是总体可以规划为两沟三梁四面坡，这两沟就是小南沟和咱们庄拐进来的后大沟；三梁就是后大沟两面的高脊梁和刀背梁两道梁，加上咱枣树墕到西瓪的这道梁；四面坡就是后大沟两边的两面坡和枣树墕面前吃水沟两面的两面坡。我们先治理后大沟，后锁住小南沟，实现山地梯田化，陡坡全绿化，造出高产田，粮食翻一番。这个粮食翻一番的问题不是凭空说的，如果我们真正把这两座大坝打成，少说也能新增土地一二百亩，这坝地都是山上冲下来的肥土，每亩地打三百到五百斤粮不成问题吧，梯田地保稳产。咱们大队这几年就按最好的收成说，连洋芋、瓜菜都折算上也不过就是六七万斤粮食，亩产不到一百斤。广种薄收，硬靠人力拼命哩。我们虽然条件差，但比大寨好百倍。土地，我们并不少，我们主要是水土流失严重，广种薄收，产不出粮食。我们在打坝修梯田的同时，还可以在两面陡坡上挖鱼鳞坑，植树造林双管齐下，我想，我们将来，有梯田和坝地也够种了，其他山坡陡坎都造林、种草。既能保持水土流失，又能造出机耕高产田。对于咱队的三个村来说，也不偏张也不偏李。小南沟是大坝，枣树墕是后大沟和四面坡，西瓪是梯田，也平衡。"他感觉自己有些激动，最后说，"我先这样大概想了一下，既然咱们大队领导让我去参观，我就不能辜负领导的信任，应该把大寨的精神带回来，把自己的想法说出来，合适不

合适，你们领导商量决定。"

听了李正生的汇报，大队书记惊讶地说："哎呀！究竟是有文化的人，让你去大寨参观，选对人了，你看你参观回来说的一套一套的，把我都说感动了。"大队书记虽然文化不深，但多少年来在大队负责，现在说话也像一个有文化的人了。他接着说："你的想法很好，说得也很对，既然参观了，肯定要有行动。这个事情，公社和县上将来肯定会有安排，我们要等上面的精神下来进行专题研究。我看你就给咱先到工地上传达，传达完了，咱们再研究学大寨的长远规划，大家看是不是这个理？"这位书记经历了"土改""农业合作化""大跃进"等一次次运动，每次运动他都是抱着积极稳妥的态度，跟着党的路线走，既不冒进，也不落后于人，他想他对农业学大寨运动也要有个积极的态度，不能让人感觉到有丝毫的不积极或不支持的消极态度。与会者也都赞同书记的意见。

李正生虽然不爱言语，但他做事认真，给社员传达要通俗易懂，他把他看到的、记下的和带回来的资料，归纳成"大寨的发展过程""先进事迹"和"大寨精神"三部分，利用工地休息时间分别在两个农田基建工地上巡回传达演讲。他没有把自己在班子会上提出来的想法在传达演讲时讲出来，因为那还要专题讨论决定，没有定的事他不能乱讲。他只是淡淡地提及了一下，比如他说："按大寨的经验，我们小南沟、后大沟和山梁陡坡都可以打坝、治理，造出稳产高产田。"听得好多年轻人都蠢蠢欲动：学大寨学了几年了，成天就是个修梯田打坝，小打小闹，没见到一点儿效益，我们也应该想大的干大的，把我们的穷山恶水治治。

果不其然，县上在他们柳树湾公社裴家沟大队召开了"农业学大寨"现场会，他们公社又组织各大队书记、主任和基建队长到裴家沟大队参观，传达了县上的会议精神。并下达了改天造地，稳产高产田任务，要求从公社到大队都要有长远规划。很快，从县上到公社大造声势，有线广播里《学大寨，赶大寨》《大寨红花遍地开》《敢教日月换新天》等学大寨的歌曲轮番播放，还安排放映队到乡村放大寨人战天斗地的纪录片，还不停地来人检查，落实任务。

现场会召开不久，县上已经将农业学大寨的典型、裴家沟大队的党支部书记裴绍元破格提拔为县委副书记。公社把他们枣树塬大队也当作典型，派来了公社管水利的干部张宏亮蹲点。这个人高挑的个头，白皙的皮肤，四方脸上布置着匀称的五官，四十开外。他一来就和队干们商量制订规划，他说："你们这个地方和大寨大同小异，可你们是黄土山，大寨是石山，比

大寨要好搞得多。你们应该看到,像你们这样山大沟深的地方,要彻底翻身,必须从长远出发。首先队干部要提高认识,解放思想,放大胆子。"并要求队里尽快拿出学大寨改天造地的规划。他是军人出身,言语不多,显现出一种沉稳和干练。

他们这个大队的书记是枣树塌的,叫李广生,贫农出身,是李正生的户家哥。土改的时候他还年轻,二十四岁已经成家立业了,但家里穷得叮当响,他还给西瓯的财主家打过短工。土改运动中,他就是农会的积极分子,分得土地的他对共产党感激不尽。合作化的时候,他更是积极带头搞互助,当了互助组组长。

主任是小南沟的,叫王志才,看上去比他年轻几岁,他家住在沟里,条件比较好,家庭也比较富裕,他爸供他在学堂念了几年书,由于地多,就让他回来种地。土改时给他家定了中农,既没有分他们的地,又没受打击,总体来说,从他父亲到全家人对共产党还是拥护的。但合作化时,他父亲死活不愿意入社,他还念过几年书,人又年轻,看到人家都入了社,在一起有说有笑热热闹闹干活,自己跟着父亲上山劳动,既孤单又受人家冷落歧视,心里很不是个滋味。死缠活缠,硬说服动员他爸,在互助组成立一年后终于入了社。一九五八年"大跃进"运动中,李广生已经是大队党支部书记了。一次运动总要打击一批人,培养一大批积极分子,就把他结合进班子,当了大队主任。

这两位领导对农业学大寨的态度是积极的,从"大跃进"以来就开始修梯田打坝,在西瓯的几架山上已经修了不少梯田地,几条小沟也打了土坝,但有的已经被洪水冲垮了。由于没人管理,补修一次冲垮一次,没有见到一点儿效益。那都是一阵风,只要把上面应付过去,哪还有人管这些事?这次运动会不会又是走过场,也很难说,所以,现在又要学大寨,大搞农田基建改天造地,恐怕难度有些大。可现在是,驻队干部提出要有新的大胆的设想规划,书记似乎感到有些挠头。李正生参观回来提出的设想,他已经考虑过好几遍,觉得人家小伙子想的倒是对着哩,可又怕社员有意见,万一搞不好,这么大的工程出了问题劳民伤财,包括人身安全上大小出点儿事就要落骂名了。在队里负责二十来年了,经历了无数次运动,都没把他斗下台,老了老了再不要为这件事让后人耻笑,但不搞又交不了差。这事他想来想去觉得还是先和主任商量一下再说。

这么多年来,一般的事情他都是直接上会,他一说就定了,可这次,他得和主任先商量一下,再上会研究。这一天,书记李广生下了山准备去公社探一下口风，顺便来到主任王志才家，私下里对王志才说："志才，上次李正生在汇报会上提出那些想法，你有什么看法？"他似乎想把这块烫手的山芋推给主任，用了个投石问路的办法，试探主任的态度。

这位主任的出身决定了他对事物，特别是在重大问题上的态度，是谨小慎微，不会轻易表态的。他不可能直接回答对还是不对，好还是不好，但又不能不回答书记，他想了一下，慢条斯理地说："他讲的那些倒是符合学大寨的精神。"

书记对主任的回答有些不满，这明明是不想承担责任，撂了一句官腔让我做决定哩，等于又把这块山芋推回自己。他本来还想问他"这次驻队干部非要拿出个大的规划，我们应该怎样规划？"但他没有再往下问，他知道再问，也不会问出什么想法的，还让自己生气，就说："我也觉得李正生这小伙子说得没错，他在工地上传达得也很好，而且鼓动了一些年轻人，说'要是把咱后大沟那两道梁炸平才好哩！'我看这阵势，我们不行动也不行，我们也老了，经不起折腾了，还不如让李正生和驻队干部一起规划去，看他们年轻人怎么折腾去。"

主任说："你说得对，这次运动声势大，不搞也不行，我们只能支持，不能反对。我同意你的意见，就让他和张宏亮搞去，搞出来再看形势发展情况，一步一步干吧。"这位主任很会揣摩人的心理，特别是对书记，他最会迎合，所以这么多年来他俩在大是大非问题上配合默契，能达到"高度统一"。

李正生向驻队干部张宏亮谈了他参观大寨的感受和受到的启发，将他在班子汇报会上的设想，详细地给张宏亮汇报了以后，张宏亮不但赞同，而且对他非常赏识。他在赞扬李正生的同时问道："你有这么好的文化，队上怎么不用你？"

李正生说："我是一九六八年才毕业回来，队里对我很重视，让我当了会计，还安排我去大寨参观。"

"那你是哪一级？"

"高六八级。"

张宏亮有些激动地说："噢！那你和我大哥家的小子是同级。他一回来就当兵走了。他叫张勤修，你一定认识。"

"我们就是同级，那你是——"

"我是他二叔，去年才调到你们公社的。你好好干。"

"今后还要靠你支持哩。"

"没问题，我支持你。"

"有你做后盾，我也有信心！这个规划还要由你和大队班子定夺。"李正生没想到在自己的家门口遇上了同学当干部的二叔，心里一阵激动。

他们做出的规划和李正生的提法完全一样，基本上分两沟（打坝）、三梁（梯田化）、四面坡（挖鱼鳞坑植树绿化）。大队班子勉强通过了他们的规划，但只同意先搞梯田和植树造林，再从后大沟开始打坝，以后再考虑锁住小南沟的问题。

张宏亮将大队勉强通过的规划送到公社，公社很快就上报县上，得到县上的表扬，一下轰动了全公社，把枣树墕树为一面旗帜。这等于自己给自己上了个套，这下，逼得他们上也得上，不上也得上！为了使工作顺利开展，张宏亮建议大队把李正生提为大队副主任，专门负责农田基建。这个建议正合书记和主任的意图，他们很快就上会研究，将李正生提为大队副主任，会计还由他兼任。

李正生单薄的身躯肩负起了这一重任，他一米七几的个头，身体消瘦，白皙的脸颊，乌黑清晰的两道浓眉下，一双明亮的眼睛，始终放射着坚毅的光芒。在驻队干部张宏亮的支持下，李正生就要开始实施他的宏伟规划了。他在班子会上汇报了他的实施方案：首先把鱼鳞坑的任务划片包干下放给各生产小队，驻队干部张宏亮给咱们从县上联系树苗，分给各小队栽，要求保栽保活，栽不活的自己买树苗补栽。下来的重点任务就是在后大沟打坝的事了。这条大沟不宽，有二里多深，坝梁初步计划三十米高，铺底也不能窄了，最起码得五十米宽，需要实土方三万多方，预计能淤地六十亩。书记看到李正生这个小伙子还是个干事的人，问题还想得蛮周到的，再加上公社县上都大张旗鼓地支持他们的规划，他觉得作为书记，他也得有个态度，不能袖手旁观，就表态：在大坝开工之前召开一次社员动员大会，做一次总动员。驻队干部张宏亮也非常赞同。

这是一九七二年深秋，庄稼基本收割完了，社员们也将分来的那些五谷杂粮、瓜豆、洋芋，甚至连分来的那些荞麦花、豆皮子都从山上或沟里背回来，收拢起来入了仓。虽然大多数家庭都知道，这些粮食要吃到明年夏秋季很困难，但毕竟眼下得到了一年辛苦的果实，心情还是愉悦的。

这一天，枣树墕大队的社员们，听到书记在有线广播里通知要开社员大会，吃过早饭，就匆匆忙忙往枣树墕经常开会的会场走。自"文化大革命"以来，在这个场所开这样的社员大会像走马灯一样，不知开了多少回。书记包括上了年纪的社员们都记得，从土改到合作化、"大跃进"，社员们

在这里开过无数次会。不过，每次运动都有不同的内容：土改时是斗地主分田地，祖祖辈辈受苦的农民，第一次分到土地，很是兴奋了一阵子。合作化时又是宣传动员让个体农户组织到一起，搞集体生产，当时很多社员不愿意入社，是李广生硬着磨破嘴跑断腿，挨家挨户动员把大家拉到一起的。"大跃进"时是直接把全村的人集中在一起吃大锅饭，谁家家里烟筒上都不让冒烟。场院的北边那几孔现在已经塌得只剩下几个窑掌，堆放些死柴烂草的窑洞里还办过大食堂。"文化大革命"中斗当权派，李广才就在这个场地上挨过多次批斗，但后来又让他当上了书记。这个封闭落后，文化人少得可怜的穷山沟里，除了他谁愿意担这个"泔水罐子"？谁又能担得了这个"泔水罐子"？这次社员大会，大家都知道不会伤害任何人的感情利益，也不会像土改时那样被斗得斗垮了，广大的穷人翻身了；也不是像"文化大革命"一样搞批斗，而是要动员大家大干，学大寨赶大寨，搞什么人造田、高产田，倒是和"大跃进"有些相似。李正生在工地上给他们讲了"学大寨"，大部分社员还显得兴奋，加上好长时间了没有开这么大的会了，大人小孩都像赶集上会一样，高高兴兴地向会场拥去。社员们难得有这么清闲的一天，都有说有笑地来到会场，互相打招呼拉着家长里短。

居住分散，沟里的小南沟村社员要走二里多路，从后大沟进来要爬一道陡坡，才能到枣树塬这棵老枣树下的院场上。深秋的太阳懒洋洋地翻过高脊梁，沟底下的人才陆陆续续到齐。李正生和主任王志才早就把大队部的桌子和条凳摆好了。前几排还从那几孔烂窑里拉出来些烂木头、椽棒，摆了几排，让人坐。中等身材的书记李广生，将络腮胡子刮得溜光，略显白净的长条形脸上，细眉细眼，高鼻梁，薄嘴唇。白洋布对开襟衫子，手工绾的布疙瘩纽扣，黑布裤子，圆口黑布鞋，头上戴了一顶蓝卡其军帽，他似乎觉得他应该尽量使自己像个有文化的人，头上拢上那块白羊肚子手巾，总觉得有些土气。他胃不好，老怕肚子着凉，腰里照样缠着他那根蓝粗布腰带，外面披了一件黑夹袄。他背抄着双手来到会场，看干部们都已到了，就招呼驻队干部、大队主任和李正生坐在桌子后面的条凳上。驻队干部张宏亮一身蓝制服，大分头；主任穿了一件蓝色的中式布衫，笼着白羊肚子手巾；李正生还是学校回来时的那身，肩膀上面打了一块过肩补丁的学生装，既没笼手巾又没戴帽子，显得消瘦单薄。书记招呼驻队干部和他坐中间，主任靠他坐，李正生靠驻队干部张宏亮坐在边上。中国人几千年的传统习惯，哪一朝哪一代不是这样的，这还是新中国成立以后毛主席提倡人人平等，为人民服务，把人民的地位提高了，特别是"文化大革命"

中要求官兵一致，从形式上拉近了当官的和老百姓的距离。以前当官的哪一个不是抖绸子换缎子，坐椅子扇扇子，前呼后拥。朝朝代代的老百姓都习惯了这种当官的和老百姓的差别，如果在穿着打扮上没有差别，反而觉得不习惯。

会场就这么简单，桌子上也没有话筒，书记看人到得差不多了，就站起来开始讲话，他一手叉腰，一手挥舞着，好似一位伟人在做政治报告，用洪亮的声音说："哦——社员同志们，今天我们枣树塌大队召开一个社员大会。农业学大寨，是当前的头等大事，公社派来驻队干部张宏亮同志，他已经在我们大队住了大半年了，他和咱们队的高中毕业回乡知识青年李正生搞了个学大寨的规划，得到公社和县上的赞扬，要在咱们的后大沟打一座大坝，梯田不用说也要修，还要治理咱的这几道大山梁，将来还要在小南沟打坝，总体叫治理两沟三梁，预计造地二百亩，而且都是高产田。李正生在参观完大寨回来后，也给大家在工地上做了传达和演讲，大家也都听了。为了实施好这个规划，大队把李正生提拔为副主任，专门负责农业学大寨农田基建工作。秋收也搞完了，大坝就要动工了，今天开这个会，目的就是动员大家，齐心协力搞大干，谁要是偷懒不积极或者说风凉话就是反对农业学大寨。农业学大寨是党中央毛主席号召的，谁要反对必须要受到批判。下来请驻队干部张宏亮同志讲话，做指示。"

李正生没想到书记能讲这样一番话啊，心里非常舒服又感到高兴。驻队干部张宏亮站起来高度赞扬了书记的讲话，说书记讲得很好，符合当前农业学大寨的精神，他完全赞同。又大概讲了一下县上和公社的要求，并讲了这个规划实施下来，大队将来能够改变穷山恶水的面貌，实现山地梯田化，陡坡全绿化，造出高产田，粮食翻一番，社员生活能改善的前景。会议还安排了几个生产小队长和青年积极分子表态发言，这些没什么文化的受苦人，只有三言两语地说，谁不愿意多打粮食，吃饱肚子，只要能多打粮食，吃苦不怕，让怎么干，就怎么干。年轻后生李二愣，没让他发言，竟然在台下喊开了："把咱门前的高脊梁和刀背梁炸平把后大沟填平才好哩！"惹得全会场的社员一阵大笑。

大坝开工以后，每天劳动的就有一百多号人，张宏亮也天天跟着社员们一起到工地上，铲土装车。

前面说了，这里都是黄土山，不同大寨全是石山。打坝有个得天独厚的条件，就是不用从别处拉土，更不用像大寨人一样从山下担土往山上运，只要从两面山坡上将土挖下来垫平夯实，不被洪水冲垮，淤起来就是地。

开工不久的一天午饭后,李正生扛着铁锨去大坝工地从老枣树旁边经过,听到老枣树下蹲着几个老年人抽着旱烟说:"李正生这娃娃太年轻了,水火无情,这么深的一道沟,那么大的洪水下来,他能拦得住?参观了回大寨,背锅睡到坟尖上了,不知脚手高低!"另一位接后音说:"听说不但在后大沟打坝,还说什么要锁住小南沟。真是异想天开!"李正生装得没听见。这还只是在背地里说闲话,还有的和他对着就干开了,当着他的面说:"整天挖土,又挖不出粮食来,挣不到一毛钱,让我们饿着肚子出这苦力,真是劳民伤财!"还有的说:"这么大的工程,要是被水冲了,看你给社员咋交代!"等等,不一而足。他又不能和他们争,不能和他们辩,只有把这些话当作反面意见,心里暗暗地下定决心:一定要把坝打结实,造出来高产田给他们看看!

为了带动社员,他只有在工地上带头干,又利用休息时间学习文件,念报纸上党中央关于学大寨的指示,宣传大寨人"万里千担一亩田"的苦干精神,还给社员们教唱"学大寨赶大寨""敢教日月换新天"等歌曲。

可这么大的工地,没有个分工安排,打乱仗,有些窝工,不外乎有的人遛弯弯磨洋工。有的人凑在一搭边铲土边聊天,有的人借解手的名义一走半天不回来,甚至有些婆姨女子三三两两相跟上出去老半天才聊着摇着回到工地,好像逛会来了。这些现象李正生看在眼里急在心上,这样下去,何年何月才能打好大坝。赶明年雨季到来之前打不好,岂不是会被雨水冲垮,前功尽弃了吗?这才真正是劳民伤财!前面打的坝不都让洪水冲垮了吗?怪不得社员对学大寨不积极,还都说风凉话。现在这担子全落到我肩上了,不想办法,按期完不了工,到那时候我怎么给书记交代,怎么给张宏亮交代,怎么给社员交代?农业学大寨,以后的活路还多着哩,这样下去怎么行呢?可是,多少年来平均主义大锅饭,养下了论天天混工分的懒散习惯,他又不能一个一个在屁股后面像吆牛那样吆去。这必须想个办法!

带着这样的压力,他天天在工地上边干边观察,经过几天的观察思考,他想出了个办法,他把劳力按体力强弱搭配开,分成七个组,每个组选一名组长。把在坝梁上劳动的人分成一、二、三、四这四个组;两面山坡上挖土的分为五、六两个组;打碱的分为第七组。他把自己也分进拉土的第一组,和社员一样铲土、推车。这样一来,任务完不成,好坏一下就对比出来了。李正生这个小组的进度一直领先,逼得其他几个小组鼓劲追赶,挖土的供不上,底下的人就喊开了,逼得挖土的人不敢怠慢。工地上一时间出现了你追我赶的局面。这下他就放心了,又掉过头来抓夯实的质量问题。

  为了夯实土方，一个二尺高的圆柱形大石硪，要甩到空中平稳地落下。打石硪必须讲究个平、稳，打下的窝子要排列整齐紧密，打过头遍后还要在四个窝中间的空隙上再打一次，一点儿都不敢马虎，一旦出现空当埋下隐患，后患无穷。甩石硪也叫打硪，也要配合好，打硪的人一定要把力出匀，如果力出不匀，不但打不平，打不匀，而且可能还会砸伤人。所以，打硪要有人把硪。每盘石硪边上竖着插根一米高的木把，石硪的下部一圈安了八个小木橛，木橛上绾了八根粗麻绳，八个姑娘或妇女每人拉一根麻绳，一个人（一般是男人）手把木把，口里要唱号子，按节奏甩打。

> 把硪的唱　我请同志们齐用劲呀。
> 　　合　嗨格盈盈那呼儿嗨呀。
> 　　唱　一硪更比一硪高呀。
> 　　合　嗨么呀呼儿嗨——呀。
> 　　唱　石硪落地千斤重呀。
> 　　合　嗨格盈盈那呼儿嗨呀。
> 　　唱　小心扎在你脚片上呀。
> 　　合　嗨么呀呼儿嗨——呀。
> 　　唱　稳稳地起呀，平平地落呀。
> 　　合　嗨格盈盈那呼儿嗨呀。
> 　　唱　万不要打下那马蹄印呀。
> 　　合　嗨么呀呼儿嗨——呀。

  在合唱的同时，八根麻带同时一拉，一百多斤重的石硪被吊起在半空，歌声落的同时，石硪也落下，在垫好的土层上砸一个坑，一个位置上要连砸三下，一个一个地排着过。
  就这样唱一句合一句甩一次石硪，一硪一硪地打。工地铺开后，两盘石硪同时打。边角石硪打不上的地方，就由四人打的木夯来打。
  为了活跃工地上的气氛，李正生还编了一首《学大寨，干起来》的歌曲，教给大家唱：

> 学习大寨呀赶大寨，大寨精神学起来。
> 自力更生苦奋斗呀，治山治水造良田。

坚决学习大寨人，敢叫那穷山恶水面呀么面貌改！
干起来，干起来，大寨精神学起来。
干起来，干起来，敢叫那山水面貌改！

学习大寨呀赶大寨，枣树塬人民干起来。
山修梯田沟打坝呀，治理那两沟三梁四面坡。
坚决学习大寨人，定叫那坡坡洼洼披呀么披绿彩。
干起来，干起来，枣树塬人民干起来。
干起来，干起来，定叫那坡洼披绿彩。

学习大寨呀赶大寨，干部带头走在前。
一马当先不怕苦呀，齐心协力万难排。
坚决学习大寨人，决心让粮食产量翻呀么翻一番！
干起来，干起来，干部带头走在前。
干起来，干起来，决心让粮食产量翻一番！

工地上，铁锹飞舞，车轮滚滚，你追我赶，人喊马叫，打硪的叫硪声、合唱声、号子声，此起彼伏，震荡山沟峡谷，使沉睡了几十年的枣树塬焕发了青春的气息。农业学大寨的热潮在这离县城有百十里远的高山峡谷掀起。

经过将近一年的苦战，大坝基本形成，李正生的脸色变得像焦炭一样，黑色中渗透着灰色，用老百姓的话说，这是一种铁青色的脸。深陷的眼眶和突出的颧骨像刀刻出来似的，人明显地消瘦了一圈。

一九七三年夏季，进入小暑的一天中午，劳累了一上午，口干舌燥的社员们正在家吃午饭的时候，突然狂风大作，村庄的槐树、杨树和正在扬花的枣树，在狂躁的大风中刚抬起头又被压下去，扯得左摇右摆，眼看就要被刮倒或连根拔起，有的树枝已被折断。片刻间乌云遮天，电闪雷鸣，一声炸雷，炸开了乌云翻滚的天空，倾盆的大雨直泻而下，地下就地起水，霎时间山洪暴发。看来，枣树塬人民用挣命的血和汗筑起的后大沟大坝，要经历来势凶猛的第一场洪水的考验了！

就在这门外发生着一场来势凶猛的疾风暴雨的时候，李正生家里也在经历着一场"惊涛骇浪"！他看着门外的瓢泼大雨，眼前浮现着对面高脊梁崩渠、沟槽里黄泥汤般的洪水直冲而下的情景，心脏的跳动不由得跟着这山洪的咆哮声加剧着，他甚至能听到自己咚咚的心跳声。这大雨下的时间

长了,刚打起的干坝能不能经得住这样凶猛的洪水?急得在地上团团转。炕上,婆姨肚子里的婴儿也似乎被这一声炸雷惊醒了,在肚子里闹腾开了,疼得他心爱的将要做母亲的娃他妈在炕上打滚。他母亲和事先请来的丈母娘,顾不了外面的暴风骤雨,紧张地忙乱着。他又赶紧跑到炕沿边,看着婆姨那痛苦的表情揪心,他多么想让自己能分担一点儿婆姨的痛苦,可这些事只有她一个人担着,谁能代替得了?他只能劝她忍着点,他母亲和丈母娘也围到她身边,一边抱住她,让她忍着点,一边做着接生的准备。

一顿饭的时间,大雨终于停了,婆姨还在炕上经受着阵痛的折磨。他顾不了家的大事了,出门叫了十几个小伙子,扛着镢头铁锨,就直奔大坝而去。

他们赤着脚,裤子卷到半腿上,在泥泞的路上,深一脚浅一脚地翻过高脊梁塄口,下到半山腰一看,坝里一片黄泥水离排洪渠口只有一人多高了,如果坝梁和排洪口稍微低一些,就有冒沿决堤的可能!不管怎样,洪水被拦住了,李正生暂时松了一口气。

这时候,大队书记、主任和驻队干部张宏亮,还有全村的一些社员都带着铁锨镢头来了。大家看到大坝没有被冲垮,脸上露出了喜悦的表情,但又担心地议论:不知道大坝能不能承受得住这一坝洪水的压力!

看到此情此景,书记对李正生说:"要好好照看、检查,刚打的新坝,就害怕第一次洪水,只要耐过这一次就不怕了。"

李正生更是担心,他们和书记、张宏亮一起就地商量,发现有漏点怎么处理,书记说要运些麦草到大坝,一旦发现情况就用麦草踩住漏点,商量好后,说:"你们先看着,我们回去组织社员来运麦草。"

书记和张宏亮走了以后,他就和那十来个年轻人下到坝梁仔细检查,坝堤内一眼望不到头的平静的水面上漂满了柴草、树枝、树叶,他们焦躁不安的心也像这平静的水面一样,慢慢平静下来。坝梁中间泥的去不了,他们就在坝梁头上挖下的硬土地上站着观察,暂时没有发现可疑的地方。看着这一汪被拦截在土坝里的洪水,李正生没有说话,心酸的泪水在眼圈里打转转,心想:我终于把你降伏了!

尽管如此,李正生还不放心,他领着大家盯住坝梁和坝里的水面,久久不敢离去。傍晚时分,一捆捆麦草都运来了,他们把麦草背下山,放到坝梁这头的角落处,用土围好,防止被风吹跑,时刻准备着万一的发生。

天已经麻麻黑了,李正生才领着小伙子们上了山回了家。还没进家就听到家里传出一声接一声的婴儿啼哭声,他这才想起家里的事,没顾上擦洗满脚的泥,就进了家。

如歌岁月

家里已经点亮了煤油灯，在昏暗的灯光下，他看到他妈和丈母娘正在炕上包裹娃娃，婆姨安然地躺在炕上。他十分愧疚地低下了头，默默地流出了苦涩的泪水。

他妈在忙乱中埋怨他："一走就不回来了，不知道家里这么大的事？"

他不无伤感地对他母亲说："大坝聚了满满一坝水，把人担心的不敢离开，就把家里的事忘了。"

他走到炕沿跟前问婆姨："你没事吧？"

婆姨用微弱的声音说："我没事，你忙你的去吧。"

他这才想起问他妈："是小子还是女子？"

他妈已经把娃娃包裹好了，放在儿媳妇身边，边从炕沿上往下溜，边回答他："女子。"

"哦。"

他慌乱地吃了饭又出了门，叫了民兵连长，带上手电又来到大坝巡视。

按理说，李正生今天应该是双喜临门，他担着天大的风险，吃苦受累打好的大坝经历了第一次洪水，安然无恙；他的婆姨十月怀胎，今天终于"一朝分娩"了，而且在他母亲和丈母娘的精心呵护下，大人小孩平平安安。这是他从学校回来以后第一次得到的幸福感！可是，他这一晚上是最不踏实的一晚上，那一坝黄泥水一直压在他心头，"蝼蚁之穴可以溃于千里"的至理名言，一直在他脑海里翻腾。他最担心万一大坝溃于蝼蚁之穴或者一个老鼠洞，将无颜面对几百号父老乡亲、上面的领导、大队书记和主任以及他同学的二叔——驻队干部张宏亮！他和民兵连长一夜没敢离开大坝，直到第二天早晨，他所担心的事也没有发生，他们看见大坝里的那汪黄泥水还平静如镜地停留在坝里面，心里的一块石头终于落地了。但他还有些心虚，就回去和书记商量，每天安排两个小伙子照看大坝。半个月过去了，大坝的底部已经被沉淀的淤泥垫住，上面只剩一层薄薄的清水，他们包括全大队人终于放下了心。

秋后，他们在已经淤满了的大坝上，又加高了坝梁，砌好了排洪渠，这一工程就算圆满完成。这时候，枣树塬村口面前吃水沟两面的坡上也栽上了树或种上了柠条。农业学大寨的第一战役胜利告终，社员们这才露出了笑脸，耻笑声、叫骂声渐渐变成了赞许声。那抽旱烟的老人们议论：正生这娃娃还能行，这坝还打成了；运气好，那么大的多年不遇的洪水还没冲垮；人家还是把苦吃了，功夫不负有心人嘛！那男人女人们在出工的路上、田间地头也说：这农业学大寨还没白干，你看那树栽得多齐整，多少次连个小坝都打不成，人家李正生把这么大的一座坝给打成了；那还不是咱们一点儿水一点儿汗打出来的？没有人家领料，你能打成个屁，还不是被一水抹了！你没看，发洪水那天，家里婆姨生娃了，他都没在家里待，在大坝上守了一晚上；人家这才叫领导，把集体的事看得比自己的事重。

就在这一年秋，大队主任王志才的小儿子王勇也从老庙坪中学高中毕业回到了农村，按当时的情况，他也和李正生一样，是回乡知青。王志才怎么舍得叫自己的儿子和李正生那样，天天东山日头背到西山，受那份儿死苦。他想到了李正生身兼两职，忙得学大寨搞农田基建，会计就是个捎带，还不如想办法让他把会计这一职务让出来，让自己的儿子当会计，先过渡着，看以后有个机会再想办法让他出去。书记的儿子已经推荐当工人了。只要有机会，他就可以和书记提出来，让他儿子也出去。但他又一想，自己在主任的位子上，儿子当会计不合适，书记也有借口不可能让他的儿子当会计。想来想去，觉得还是儿子的事重要，自己也年龄大了，蹦跶不了几年了，还不如卖个好，自己主动退下来，让李正生接替自己的位子，这样于情于理都能讲得过去，书记那里也好说，李正生也高兴。总比哪一天让人家把自己一脚踢下台要好，到那时再提出儿子的事就被动了。想好后，他就找书记谈了他的想法。书记听了他的想法沉思了片刻后，说："也是个办法，我们还能把这事干一辈子？你没看这形势发展，我们都快撑不上了，那你就写个辞职报告，我好给班子的人说。"几天以后，书记就召集了个支委扩大会，讨论通过了王志才的辞职报告，通过了李正生提拔为大队主任，不再担任会计工作的提议，并批准接受他为党员，决定了王志才的儿子王勇接任大队会计。同时，又在小南沟村物色了个大队副主任人选，做进一步考察。

    学习大寨呀赶大寨，大寨红旗迎风摆。
    它是咱公社的好榜样啊，自力更生改变咱穷和白。
    坚决学习大寨人，敢把那山山水水另呀么另安排。
    干起来，干起来，大寨的红花遍地开，
    干起来，干起来，大寨的红花遍地开！

    学习大寨呀赶大寨，大寨精神放光彩。
    穷山恶水不可怕呀，开动脑筋改造那大自然。
    科学实验打先锋，你看那丰收的喜讯接呀么接着来。

干起来，干起来，大寨的红花遍地开，
干起来，干起来，大寨的红花遍地开！
学习大寨呀赶大寨，大寨风格记心怀，
国家的利益放在第一位呀，集体和个人要安排。
先进不忘帮后进，敢把那国家困难担呀么担起来。
干起来，干起来，大寨的红花遍地开，
干起来，干起来，大寨的红花遍地开！

有线广播里依然播放着这激情荡漾的农业学大寨的歌曲，枣树塬大队正在酝酿着一件惊天动地的大事。他们正在策划，向公社汇报，要开工实施锁住小南沟的巨大工程。

一九七四年秋，后大沟坝地里，头一年种的高粱玉米，虽然经洪水浸泡受了些影响，但产量仍然过万斤。大队研究，将次粮给六个小队留了六千斤饲料，每个小队分了一千斤，也算给社员们苦熬苦战，流血流汗的一点儿回报，其余颗粒饱满的好粮，全部缴了公购粮，卖的粮钱大队集体存留。全大队的社员，包括出于担心，对打坝持怀疑态度的那些老人，看到了第一座大坝收获的金灿灿的玉米，红艳艳的高粱，都改变了态度，不但支持，而且催促着小南沟大坝赶快开工。

这几天，书记亲自跑了几趟公社，向公社的高书记汇报了他们第一座大坝的收获和小南沟大坝的开工打算。公社高书记亲口答应公社要调集其他大队的劳力支援他们，公社还要请县上的专家帮他们选址设计。在高书记的鼓励指示下，他已经组织召开了几次支委扩大会了，精心计划、组织、安排。决定用存留的大坝的粮食卖的钱买炸药和架子车，并推选李正生为这次工程的总指挥。

在一阵阵学大寨的歌声中，这年冬天，枣树塬大队终于打响了锁住小南沟的第一炮，这使寒冷而寂静的村庄又出现了少有的沸腾和喧闹。

为了赶第二年雨季到来之前锁住沟口，形成排洪渠，公社调集了小南沟沟岔上的刘家坪、对面山上的张家山、桑树塬三个大队的劳力，吃住在小南沟村和刘家坪村，搞会战。工程成立了指挥部，李正生为总指挥，每个大队为一个连，派一名负责人担任副指挥兼连长，指挥部设在小南沟村。

开工这一天，公社书记、主任亲临工地为他们开了奠基典礼大会。驻队干部张宏亮自然参加。奠基仪式实际上就是个动员会，会议安排由枣树塬大队书记李广生主持，为了表示地主之谊，他特意安排队里杀了两只羊，给外来几个大队的社员和到会的领导会个餐。

上午十点，由公社高书记宣布："枣树塌大队小南沟大坝工程开工！""鸣炮——"书记李广生一声令下，噼里啪啦一阵鞭炮声响彻大沟峡谷。紧接着，枣树塌大队组织的青年突击队唱响了李正生编的《学大寨，干起来》的战歌。

　　　　学习大寨呀赶大寨，大寨精神学起来。
　　　　自力更生苦奋斗呀，治山治水造良田。
　　　　坚决学习大寨人，敢叫那穷山恶水面呀么面貌改！
　　　　干起来，干起来，大寨精神学起来。
　　　　干起来，干起来，敢叫那山水面貌改！
　　　　……

"现在请公社高书记讲话。"歌声过后李广生宣布。

高书记在讲话中，通报了全公社农业学大寨的大好形势，讲了柳树湾公社裴家沟大队被树为全县学大寨的典型，重点表扬了枣树塌大队农业学大寨，学得扎实，不走过场，第一战役已初见成效，新坝地打的粮食给国家缴了公购粮的共产主义风格。并提出这次小南沟大坝工程是全公社的一项大工程，公社调集了刘家坪、张家山、桑树塌三个大队的劳力支援枣树塌大队，完成这项工程，要求各大队带队的领导必须在工程总指挥部的统一领导下，齐心协力，把好质量关，赶明年雨季到来之前锁住小南沟。高书记最后一句嗓门提得很高，会场一片哗哗哗的掌声。会议还安排各大队带队领导和枣树塌大队突击队队长表了态。李正生作为总指挥也讲了话，表示一定不辜负公社领导的期望，团结各大队的领导，把好质量关，脱皮掉肉也要如期完成大坝前期工程，打响"锁住小南沟"的第一炮！书记李广生在总结会议时，表示了对公社党委、革委会和各大队的感谢。

"现在，请高书记为大坝奠基——"李广生宣布后，公社高书记就铲了满满一锨土，向大坝的基础扔了第一锨土。

"开工——"书记一声令下，社员们都进入工地动手挖土，开始平整沟底，为大坝打好基础，"锁住小南沟"大坝工程就隆重开工了。

开工以后，李正生还按后大沟打坝的老办法，将劳力分组，四个大队为四个小组，村里的党团员和积极分子都发动起来，成立了突击队，成为这次工程的主力军。山上挖土、沟底开山打石、推车、打夯、甩石硪这些

113

重体力活都由这些青年男女干。村办小学不时地给工地送来开水,这时候,他们大队的小学,已经扩大成一至六年级的学校了,学校还编排了快板、三句半、舞蹈、小合唱和独唱等小节目,来工地搞慰问活动。整个冬天,虽然天气寒冷,滴水成冰,空气都要凝固了,但小南沟的大坝工地上依然热气腾腾,歌声阵阵,打夯叫硪的号子声,说笑嘈杂声,冲破了寒冷的凝固了的空气。

李正生白天在工地上边干边检查质量问题,晚上还要开办政治夜校讲课。驻队干部张宏亮自始至终都不遗余力地配合支持李正生,整天在工地上抓质量抓安全,讲政治。书记除了公社开会或大队有事之外也天天来到工地指挥,协调几个大队之间的关系,间或干上一会儿。公社领导也不时地下来检查指导他们的工作,给了李正生莫大的支持和鼓舞。

又是一年的苦战,小南沟大坝已经经历了洪水的考验,初具规模。一九七五年冬,驻队干部张宏亮在工地上,传达了中央进一步提出"普及大寨县"的口号,要求一九八〇年全国三分之一的县建成大寨县,提出要大批资本主义、大批修正主义,大干社会主义,大搞农田基本建设,大搞农业机械化,实现高产稳产的精神,给了他们更大的精神力量。指挥部提出"大战一百天,大干斗严寒,春节不放假,任务提前完,锁住小南沟,造出高产田"的口号,唱出"白战日头夜战星,没有星星点马灯"的口号,灯笼火把搞夜战,工地上的气氛更加热烈。

杨诚智　而立进矿

给父母亲和弟、妹办完户口迁移手续寄走后,没过几天,韩图俊就给杨诚智打来招呼。说和他们大、小队干部商量好了,每年三百元的副业款直接交到大队,给他记个杂工,转回小队,参加小队的分红。杨诚智知道,这样走比从小队直接走要少交不少副业款,因为他们村里有炭窑,小队的副业款比较高。如果要他自己和小队商量,这样的包干款肯定拿不下来。

三月初,学校已经开学快一个月了,杨诚智才通过韩图俊的周旋,给大、小队打了招呼,准备上任。他又像去他的同学王忠友那里教学一样,背着铺盖出了家门,从后山爬上去,顺着穿山路,穿过几道山梁,下了山又顺着沟走了二三里路,来到他所要任职的柳树塔村。大队书记很客气地

接待了，并留他在家里吃了洋芋擦擦豆稀饭。在吃饭的时候，书记向他介绍了他们大队和学校的简要情况，他才知道，书记的二儿子也在学校教学。吃完饭，书记就安排大队会计把他送到学校去。

会计是个三十出头的年轻小伙子，在上山往学校走的路上，他帮杨诚智背着铺盖，山里人好客，他非常热情地向杨诚智这位新来的教师介绍说："我们这个大队由四个自然村组成，由于偏远，大队如果不办学校，娃娃们上学要跑十几里山路，去公社中心小学上学，不然只得住校，又要带口粮，又要带铺盖，很不方便不说，有些家庭连口粮和铺盖都带不起，只有让孩子失学，在家受苦，所以老百姓和大队办学积极性很高。学校土法上马，从校舍到桌椅板凳，都是动员队里的社员修建制作的，比较简陋。"他还说："为了照顾各个自然村的娃娃，学校建在四个自然村中间，离每个村子都有三四里路。但生活、吃水不用发愁，由大队安排各小队轮着，用毛驴从沟里驮着往上送。"

二十世纪六十年代末到七十年代初，国家提倡村村办学校。农村自己开办学校，大都是自己请教师，叫民请教师或民办教师。学校校舍、桌椅板凳、办公用品等一切杂费，都由生产大队自己负责。杨诚智这次来的这所学校是一所偏僻而简陋的山区小学，叫光明小学。说简陋也确实简陋，桌凳连油漆都不上，被学生的墨汁墨水染得黑一片红一块。校舍也是从半山腰里挖进去一处平场地，打了三孔土窑洞接了砖口子，做教室。拐角处打了一孔小窑洞，是老师的办公室兼宿舍。窑洞门口的平场地就是校园，没有院墙，更谈不上校门。校园外面是一条过往行人的大路，不到十里地就到了黄山县的地界了，路外是很深的一条沟壑。每天晚上，杨诚智就一个人住在这前不着村后不着店的孤山旷野之中。

去了以后他才知道，韩图俊他父亲是这个大队贫下中农管理委员会，也就是校管会的主任。这个年代，城市的学校以至于后来推荐选拔工农兵大学生的大学，都由工人阶级毛泽东思想宣传队管理，农村就由贫下中农管理委员会管理。为了帮助他父亲当然也是帮助大队把学办好，韩图俊才不辞辛苦，舍出面子，颇费口舌，下这么大的势，亲自出面直接和他们大队商量，雇用他的。

艰苦的岁月，摧残了人的肉体，同时也磨炼了人的意志。在艰苦的环境下磨炼出来的人把苦不当苦，极易满足，适应能力也强。他们对工作往往是不讲条件的，脚踏实地，任劳任怨。

学校一共有四五十名学生，还开设了一至五年级五个班（这时候小学

已改为五年制了）。连他在内共有三位教师，那两位一男一女都是本大队的，男的是大队支书的儿子叫韩强，住在沟底下的那个自然村柳树塔，女的是一名复转军人的家属叫高秀梅，住在后山那个自然村桑树塌。由于只有三孔窑洞做教室，所以只好两个班级占一个教室，既照顾了老师的代课又考虑了年级人数。支书的儿子韩强小学都没毕业，只有带一年级、三年级，那位女教师高秀梅小学毕业，带二年级、四年级，杨诚智自然就带五年级了，而且他还要负责学校全盘工作。一个教室两个班，只能一节课当两节上，这个班讲完课作业布置了，再给那个班上，或者先给这个班布置作业，给另一班讲课，讲完后再返回来给这个班讲，就这样交替进行。

开学不久的一天，教二年级、四年级的高秀梅老师，在批改作业的时候，自言自语地说："唉，前山疙瘩村有个女孩是个好娃娃，上得好好的说不上就不上了，要不然今年应该上四年级了。"

说者无意，听者有心，杨诚智一听就问："为什么？"

她说："因家庭困难，老人年龄大了，说女娃娃家上不上没有用，在家还能帮他们做些零碎活，上山挖点苦菜或拔点羊草。上到三年级就不让她上了。"

杨诚智心想，自己小时候家里那么困难，父亲母亲拼死拼活地供他们上学，要不然哪有他的今天。就说："还是重男轻女嘛，这么小的女娃娃在家能干什么。我们抽时间去看看。"

当天下午放学时候，他就叫住韩强说："我们去那个失学儿童家看看。"

韩强说好，就领着他一同来那个失学的女孩家。

去了一看，她家住着一孔老土窑洞，窑洞只是在两扇木门上方留着一个小方窗户。门敞开着，进了门一片漆黑，只听见有人给韩强打招呼，才知道家里还有人。站了好一会儿才看见那个女孩正帮他母亲做饭，见他们进来了，怯生生地看着他们。韩强叫了声婶，说："杨老师看你们来了。"

"哦！快上炕。"女孩她母亲热情地招呼他们。

这时候，家里的光线渐渐清晰，杨诚智环顾了一下，可家除过脚地圪塄立着几口腌菜、盛水的大缸而外，再没有一件家什。他也随着韩强叫了声婶，问："你们二老今年多大年纪了？"

女孩的母亲说："都五十大几的人了，她爸身体不好。你看我们这疙瘩穷光景。"

"哦，怪不得这么小的娃娃都不上学了。就是这个女娃娃去年停学的？"他指了一下那个女孩问。

"是啊。"

杨诚智就说:"看来你们确实困难。可是,本村上学又花不了几个钱,孩子现在还小,干不成什么,待在家里也是闲待着。一看你们这个娃娃就是个好娃娃。你们怎么舍得把这么好的个娃娃窝在家里,不让上学,这不是把娃娃的前程耽搁了吗?我们今天来,就是知道你们的情况后,专门来看你们的,想动员你们叫娃娃复学,课程跟不上我们可以给补。有事可以请假,实在不行上午上完课,下午回来可以一边写作业一边照顾你们。"杨诚智就把他小时候,父母亲怎样吃苦受累供他上学,要不然哪有他的今天的道理讲给她母亲听。

女孩她母亲听了说:"哎,没见过你这么好的老师,我们总觉得穷家薄业的,女娃娃家上不上有什么用,你都把话说到那份儿上了,我们还有什么说的,那就叫上去嘛。"

就这样,这个女孩第二天就返校了。没有课本,杨诚智又买了一套三年级的课本,和高老师一起给她补课。这个女孩叫郭凤花,虽然只有十一岁,但很懂事,个子长得比同年岁的娃娃高,圆圆的大脸盘,水汪汪的一对大花眼,放射着渴望的光芒,不爱说话,见人总是腼腆地一笑。她上到三年级,辍学在家半年,看到人家娃娃们都高高兴兴去学校,心里好羡慕,这次重返校园有说不出的喜悦。

开学不久,杨诚智就让队里在窑洞面墙上用白灰泥粉出八个圆块,扒着梯子,用红漆写了"延安精神永放光芒"八个黑体大字,在窑腿子上泥粉了几个方块,方块上写了毛主席语录。既体现了艰苦奋斗勤俭办学的精神,又增加了学校的政治文化氛围,队领导见了非常满意,社员们也称赞:"杨老师就是有文化,看人家写那字。"

他看到学校实在是太简陋了,只有几个小篮球,课余时间娃娃们就在门前的一小片院子里胡撂着玩耍。他就在打窑洞时斩出的两面土崖上,画上圆圈当篮环,教学生打小篮球,教他们打球的规则要领。他把他在学校当文体干事的本领全拿出来用上,全校的音乐课也由他带。他发现山区的好些娃娃嗓子清脆洪亮,但唱歌节奏感不强,感情表达不够,带着陕北信天游那种唱法,后音拉得很长,有些切分音不明显,节拍不准。他在上初中时,音乐老师给他们教过乐理知识,他就耐心地纠正他们,并对几个又爱唱嗓音又好的女娃娃重点指导。

"六一"儿童节,要在清水湾中心小学举行全公社小学生小篮球比赛,他向学生收钱,家长们听说杨老师要把孩子们带出大山,参加比赛,都很

支持，没钱的借钱都给娃娃把钱交了。他就带着收下的钱，去公社借了韩图俊的自行车，翻山越岭到县城扯了些蓝卡其布，买了男式背心和女式短袖，回来以后自己裁剪，让女教师高秀梅在她家的缝纫机上（除了干部和工人家庭有缝纫机，农民家里很少有这洋机器），给每个参赛的运动员缝制了运动短裤。为了省钱，他没有在运动衣上印号，回来后他写好号码，让高秀梅用红丝线在运动衣上绣了空心号码，新颖别致。"六一"那天，天真活泼的孩子们，在他的带领下，打着校旗整整齐齐地来到清水湾中心小学，参加比赛。在运动会开幕式上，被挽救回来的辍学儿童郭凤花演唱了一首陕北民歌《山丹丹开花红艳艳》，震撼了全场，有多少人都发出"山沟沟里飞出了金凤凰"的感叹。没想到，最后他们的男子小球队还得了亚军，冠军当然是中心小学的。总结会上，公社教育专干说："光明小学一没有场地，二没有篮球架，还能和中心小学拼高低，拿到亚军，而且服装整齐动作规范，可见他们师生付出了多少心血，这种自强不息的精神，是当今农村办学，搞好基础教育的典范。杨诚智挽救辍学的郭凤花重返校园，并且自己掏钱给她买课本，给她补课，教她唱出那么好的歌曲，值得我们学习。"号召全体教师向杨诚智学习。下半年还安排了一次观摩教学，全公社他们片区五所小学的校长都来听杨诚智讲了一节语文课，让杨诚智紧张了一阵子。他们挽救回来的郭凤花在他们的辅导下如饥似渴地学习，半年学完了一年的课程。下半年就升为四年级。

第二年，杨诚智就被调到公社中心小学当了代教（临时），教了初中。这时候，他们一个公社回乡的三个同学中，高常礼还在这里教学，高常军已经当了商业接替工了。后来到了中心小学见到韩图俊才听他说，那个失学儿童就是他外甥女，他非常感激杨诚智，说："你真是个够格的教师！"杨诚智笑着对他说："这也可能是老天的安排，我应该报答你。不过，这个娃娃确实是个好娃娃，家底好的话，将来能培养个人才。"

一年后，也就是一九七四年，杨诚智村里一位本村的民请教师当了民兵连长，空出了一个教师名额。为了在本村发展，好得到出去的机会，杨诚智就辞了代教，回到本村教学。他们村是有五百多口人的大村庄，在川道里，村里退学回来的，没考上高中的，还有一九六二年精减回来的干部工人，集聚了一大半有文化的中青年人，使整个村庄积淀了一定的文化底蕴。加上他们村开办炭窑（小煤窑）的历史久远，工道码头做生意的，卖茶饭的，来驮炭的，整天人喊马叫，谈笑，打趣，让人捧腹。晚上围在小煤油灯下，有人谈古论今，说《三国》道《水浒》论隋唐，也有人谈论国

家大事。听得那些男人们津津有味，久久不想离去。回到这样的环境，抛过生活上的窘迫，从文化氛围的角度上来讲，杨诚智好像一粒种子落到了一片沃土上一样，可以尽情地生长了。

村里办的学校也不小，一到五年级，有一百多名学生，四名教师，还有一名公派教师。但他回去以后包括公派教师在内，就数他的文化程度最高，安排他带了五年级毕业班和全校的音乐课、体育课。他在中心小学教初中时，发现从自己村里考上来的学生作业不整齐，书写零乱，错字多。回到村里教学后就从抓作业书写、课堂纪律入手，严格要求，改变了满堂灌的教学方式，采取边讲课边提问，让学生多做题多练习，对作业进行点评，发现问题及时纠正的灵活教学方法，提高了学生的学习兴趣。这时候都是半工（农）半读，提倡学生参加实践活动。四名教师中，一名公派教师年龄大了，一名男教师身体不好，是大队照顾他教学的，还有一名是女教师，只有他能带领大一点儿的学生劳动。他就领着学生，在大路边的土崖上刻写大幅标语，在小里河对面选了四个山峁，每个山峁上一个字，刻下槽，从沟底下把薄石片背上去，摆了"大干快上"四个大字，刷上白灰。川道过往的行人离老远就能看到这几个醒目的大字，呈现出一种气势，不但使学校而且使全新庄大队提升了政治文化氛围。还和学校教师一起找资料，编排了说唱、舞蹈等小型文艺节目，自己亲自用自制的二胡伴奏，到农田基建工地上慰问演出。他在体育课上开展了长跑短跑、跳远跳高、乒乓球、羽毛球、篮排球等项目的训练和比赛，培养起一个女子排球队，在全公社学生运动会上，获得小学部冠军，参加了片区比赛。

回村的第二年春节，公社组织秧歌大会演，村里以学校为中心，排练秧歌，他和村里的年轻人组织编排秧歌，自编自演文艺节目。庄舍大选择余地也大，他们新庄大队的秧歌队挑选的男女各二十名演员，个个身板挺直五官端正。队伍服装统一绚丽，场面动作编排新颖，花样多变，表演动作整齐，一出场就震撼了全场。大秧歌表演结束时，本村民请教师张景荣和高红梅，表演了一曲《逛新城》，博得全场喝彩，捧回了第一名的锦旗。这一段时光，可以说是他回乡这七八年间最愉悦的。他似乎感觉到村里的老百姓乃至全公社教育界都认可他，更感到了这人世间的温馨，他甚至觉得，学校的这些娃娃们以至于他们的家长们，是那样的尊重爱戴他，这学校就是他的一片天地，他已经离不开这些天真活泼的娃娃们了！

山不转水转，水不转路转。一九七六年，公社下放下来一批县上有文化水准的年轻干部，党委书记还是老牌大学生，他们取代了新中国成立初

期任用的那些只能认几个字的老干部。他们思想解放，看重人才，有的在"文化大革命"中都和杨诚智认识，还有他的一名高六六届和他们一起返乡的校友，参加毛泽东思想宣传队被录用，这次下来被任命为公社副主任。上面要求大力发展养猪事业，每个公社雇用一个养猪专干。他们看到杨诚智在农村摸爬滚打，口碑也不错，很快就把他提拔到公社当了雇用干部——养猪专干，也是公社农技、林业、水利、水保、计生、信贷、畜牧、养猪这八大员里的最后一员。

杨诚智到了公社以后，被党委书记直接选拔和他蹲驻一个大队，并要在这里办养猪场，搞一个养猪试点。

这个大队，是一个在公社下游五里，川道水地面积占了一半，条件比较好，人口比较多的大队。他回乡八年来经历了这么多的苦难磨炼，以为一切希望已成泡影，没想到还能有今天，世事真是说变就变，一夜之间他就成了干部，虽然是个临时的，但毕竟离自己的理想又近了一步，还能和书记一起共事在条件这么好的川道大队。

去了以后，他才知道这个大队文化水平落后，三大姓闹不团结，户族之间的矛盾根深蒂固。社员生产积极性不高，生活极其贫困，远比不上后山那些纯山区。这等于是全公社的老大难、烂摊子，公社历届干部都头痛驻这个队。书记只好把这个老大难留给自己，不过其他队只是一个干部，有的一个干部包几个队，而他给自己安排了两个人。党委书记经常要到各大队去检查工作，还要到县上开会，所以名义上是两个人蹲一个队，实际上是他一个人长期在队上蹲着，书记一个月来上一两回就不错了，每次来了都要开会，了解情况，下达任务，听汇报。他必须要深入实际深入群众，掌握第一手资料。

高兴之余，离开教育系统，介入了行政工作，杨诚智觉得这种工作没有教学那么单纯，那么得心应手，特别是让他搞养猪工作，他心里没有一点儿底。但党委书记安排他和他包一个队，他知道自己的担子有多重，只有从头开始学，天天到田间地头检查耕种情况，和社员谈心，到工地上和社员们一起搞农田基建，晚上开办政治夜校，宣传党的方针政策，提高社员的文化素质。有时候，开队干会，研究一些棘手问题到深夜；有时候，还要上门做社员或队干的思想工作，化解矛盾，平衡关系。驻队干部吃饭是派到各家各户吃的，每顿饭要给人家放四两粮票，书记知道他是农村来的，没有粮票，每次来队上检查完工作，临走总是将他个人的粮票给杨诚智留些，使他内心很感激，他只有以认真工作来报答书记对他的厚爱和

关照。

　　二十世纪六七十年代，国家鼓励养猪，从省上到县上、公社、大队都下达生猪存栏、收购任务。个人养猪给分猪饲料地，集体养猪给扶持政策。尽管如此，在这个人人都饿肚子的年代，集体养猪更不是一件容易的事。他们不知什么年代也办过集体养猪场，不过早就停办了，一排石头箍下的猪圈还孤零零地立在村头。老猪圈年久失修，石头风化，烂烂垮垮，而且又在背坡上，不向阳，对猪崽的过冬不利。大队年轻的书记热情高，召开队委会决定另选地址，新建猪舍。杨诚智来到县畜牧站种猪场，学习考察，自己绘图设计出新型标准化猪舍，从县上争取了打浆机、铡草机，搞青储饲料，选拔有文化的妇女搞科学养猪，县畜牧站还给他们无偿提供了一头种猪，并派来蹲点干部，边指导边搞猪病防疫。这当然主要还是书记争取的，但他毕竟把工作搞起来了。一年内，猪场存栏二十多头，种猪给全公社提供优良配种，使养猪场初见成效。县畜牧站推荐他们到地区养猪工作会议上介绍经验，他亲自写了经验介绍材料，派那名有文化的女养猪员去驼城参加了驼城地区养猪工作会议，并在会上发了言。书记对他越发赏识，他们新庄大队的驻队干部是公社党委副书记，通过大队党支部把他发展成党员。

　　虽然是个雇用干部，但他还是十分珍惜这份来之不易的工作。这时候，他父母为了维持一家人的生活，带着弟弟妹妹，迁移到延安荒塬县安户了。他一走，家里地里就他婆姨一个操劳，前几年没娃娃的时候老人也在，什么事也不要她操心，自从老人走了以后，里里外外就她一个人，又要做饭又要担水、推磨，还要忙地里的活。大队还给妇女定了二百个义务工，做不够要倒扣，不够扣就要罚钱。在她怀孕那年他正当代教，婆姨挺着大肚子到农田基建工地上做工，还要人推磨，下沟担水。他二弟杨东智考正式高中被刷下来后，就在带帽中学上高中，没跟老人去荒塬，为供他弟弟上学，一天三顿饭要按时做好，临产的当天还一个人抱着推磨棍，推了一上午石磨。这几年有娃娃了就更艰难了，去工地做工，拿上毯子把娃娃放在毯子上，或背上娃娃干活。娃娃大一点了，农业学大寨，队里移山填沟，在大沟里打坝，给搬迁户修窑背石头，定的任务是上午二十趟，下午二十趟。为了完成任务，她是手里拖着娃娃，背上背着石头，一趟一趟地跟着大家。就这样也做不够定下的工，做的工数都被扣了，等于白尽义务了。杨诚智在庄里教学那两年，家里的活还能帮一些，到了公社后就帮不上了。虽然他住的大队离家只有十里路，但每天晚上还要开办政治夜校、开会，

他怎么能为家务事经常往家里跑呢。

　　一九七七年底，全公社干部在县上参加"三干"会，报到的那天晚上，大会组委会给他们发了电影票。县城里的同学校友插队的插队，工作的工作了，要找个聊天的都没有。杨诚智觉得离开了七八年的县城有些陌生，吃过晚饭也没出去转街，就早早来到影剧院，影剧院还稀稀拉拉没来几个人，他刚找好座位坐下，公社书记突然来到他身边坐下，对他说："上面下来政策，要精减雇用干部，但县上来了一批铜川招收煤矿工人的指标，每个公社只有一个名额，你愿不愿意去？"他感到有些突然，正在考虑的时候，书记又补充了一句："你不愿意去的话，也不会让你回去，那只有在综合厂工作了。"

　　他想了想果断地说："我愿意去，'文化大革命'串联的时候，我到铜川大煤矿下井参观过，我看能行，我现在已经有家有小孩，只有到煤矿上，收入高些才能顾得住。"

　　书记说："那你就去吧，只有一个名额，我就不上会了。我看你去了也下不了两年井。"

　　这时候，他们大队的领导也都换成年轻人了，他回到大队后和他们一起排练秧歌，参加会演搞活动，在一块儿相处融洽，对他到公社工作，批准他入党都没有使绊子，顺利通过。这次要当煤矿工人，离开家乡了，他们更是积极支持。就这样，在农村磨炼了将近十年的杨诚智，在进而立之年，才在这位书记的直接推荐下，当上了一名煤矿工人。他又一次义无反顾地丢下了妻子和四岁的儿子，去了铜川煤矿。

　　临行之前，杨诚智觉得还应该和自己的知己同学高常礼告个别，高常礼这时候还在公社戴帽中学教学，正由于高考连考场都没入而心灰意冷，听说他要当煤矿工人去了，高常礼高兴中略带伤感地说："也好，虽然听起来不好听，也不是什么好工作，但总比在家饿肚子强，还能养活婆姨娃娃，而且还是个正式工。煤矿上干就要靠你自己多操心了，这也是没办法的办法，我们有文化基础，说不定这还是一条出路。"

　　杨诚智说："我知道，串联的时候，我和杜国爱、穆凤国、王永新在铜川参观了两个大矿，条件要比咱农村的小煤窑好得多，现在也顾不了那么多了，最起码煤矿上工资高一些好顾家，咱们现在都有家有口了，真正有个好工作，工资低了也干不起。"

　　这时候，高常礼略显激动地对他说："那你就去吧，就这也是公社书记对你的照顾，要不然连个煤矿工人都当不上。公社现在的这批领导对我们

还是认可的，我明年还准备再搏一次！再考不上，这一辈子就这样了。但，我心不甘啊！"说着眼泪汪汪。

"那好，祝你成功！我对报考连一点信心也没有，无论政审还是文化课都没信心。再加上拖累这么大，考得起也上不起。我已经回来十个年头了，全公社就一个名额还给了我，这就算是对得起我了。我想，事在人为，我们已经是经历了血与火考验的人了。我在村里的小煤窑都干过，煤矿对我来说，并不见得有多可怕。这次不走就老了，当工人也没人要了。我这当煤矿工人不单单是为了有一份工作，还有一个重要的原因，你应该知道，就是谋生！不瞒你说，去铜川连路费也带不起，还是兽医站站长郭凤斗借了我十五块钱。"杨诚智有些激愤地说。

高常礼深情地说："但愿我们能改变这贫穷的状况。不管我们以后是什么情况，都保持联系。"就这样要分别了，他俩在一种难以言表的酸楚的谈话中，泪水涟涟地依依告了别。

尽管他在串联的时候到铜川参观过两处大型矿井，看到煤矿工人吃的白馍、油条、大米饭，下井穿着工作服，高筒胶鞋，戴着安全帽和明晃晃的矿灯，在井下站着干活。升井后澡一洗，穿着崭新的制服皮鞋，很牛气。比他们村里的炭毛挂着油灯下井躺着掏炭，爬着拉炭，要强得多，而且还是国家正式工。但真正干上了才体会到，大煤矿当工人并不是他所想象的那样好。井下阴暗潮湿，煤尘又大，炮声一响（那时候煤矿机械化程度不高，大部分都是炮采）震得煤渣直掉，灌了一脖子，吓得没处躲藏。攉煤、打柱子、放顶、移溜子（输送机），哪样活都不比农活轻。特别是放顶，要把靠老空（也叫老塘）打的最后一排柱子抽出来，使采空区的顶板自然落下来，落顶的一刹那，轰隆声如雷贯耳，震得地动山摇，煤尘罩得什么也看不见，好像进了地狱！把他们新工人吓得没处躲藏。工作时间说是八小时，有时候九个十个小时也升不了井，一个班下来衣衫湿透。一同来的好多人已经托关系调离，有的开始泡病号，有的下井后连掌子面也不进去就溜跑了。可他来这个煤矿是多么不容易的，他要把它当一份事业来干，坚持干下去。职工食堂饭菜花样倒是不少，荤菜素菜，热菜凉菜，白面馍、大米饭、油条、麻花由你挑，但是都要掏钱买，家里的婆姨娃娃还吃着酸白菜糠窝窝呢，肉菜吃不起，油条舍不得吃，有时候，还把细粮票换成粗粮吃，节省下寄回家里顾及婆姨娃娃。

每当处在暗无天日的地层深处的时候，就不由得想起同学们有的在城市里当工人，有的当干部，有的上了大学，自己钻在这个黑窟窿底下，要

干一辈子了,不免有些伤感。但他又想到那几个坐牢失去人身自由的同学,觉得他们才苦呢,那才叫暗无天日呢,他们的日子真不知是怎么过的。

自从那天晚上王忠友被逮走后再没见过他的面,后来听说,他的父母亲承受不了这个打击,在他入狱不几年就相继去世了。他们同级的李东升、高全福、董强也被判刑了,王忠友、李东升都判了二十年,高全福判了十五年,董强判了八年。掐指一算,他们已经进去有十来年了,按年限,他们出来已经是三十大几四十岁的人了。不知道他们这十来年被折磨成什么样了……

高常礼 二跳"龙门"

一九七三年的七月十九日,《辽宁日报》头版头条以《一份发人深省的答卷》为题,刊登辽宁省兴城县白塔公社下乡知识青年、生产队长张铁生的一封信。说的是一九六八年插队到农村,时任村生产队长的张铁生,推荐参加高考,答不出理化题时,在只答出三道题的卷子背面写了"给尊敬的领导的一封信",表达"知识青年到农村后,承受了繁重的体力劳动,没有时间复习,答不出试题,必将被一纸答卷拒之门外,但在集体利益与个人利益冲突的时候,他不会置集体利益于不顾,为考试能过关而关起门复习那几道理化题,这将意味着上山下乡的知识青年,贫下中农子女返乡知青只有一辈子在农村,得不到深造了"的意思。直接提出这种考试制度的不公平。这一消息刊登后,轰动一时。最后,称为"白卷先生"的张铁生,被树为"反潮流"勇士,选送到大学。让经历了那一段历史的人啼笑皆非。

自从一九六六年开始,国家高考停止以来,中国的教育制度面临着一个历史性的考验。据资料记载:一九七〇年六月二十七日,中共中央批转《北京大学、清华大学关于招生(试点)的请示报告》,决定废除考试制度,实行群众推荐、领导批准、学校复审相结合的办法,在农村插队、回乡知青、复转军人、工人和贫下中农子女中选拔推荐,考试录取招收大学生。当时称为"招收工农兵学员",并决定先在以上两校进行试点。文件确定工农兵学员的任务是"上大学、管大学、用毛泽东思想改造大学"(简称"上、管、改")。以北大为例,当年共招收正式生(不含短训班)两千三百九十二人,其入学文化程度分别为:高中一百七十一人,初中两千一百

四十二人，小学七十九人。这就是当时推荐录取的所谓大学生。

一九七二年春，北大、清华招生试点的经验在全国高校大面积推广。

一九七三年，国务院批转《关于高等学校一九七三年招生工作的意见》，文件指出："在政治条件合格的基础上，要重视文化程度，进行文化考查。"一九七三年，教育部第一次提出要在招收工农兵学员的过程中重视文化考试。那年夏天，各省都进行了高校入学统考。这也就引发了"白卷先生"张铁生在答不出理化题的时候，写的那封抱怨"一九七三年考试不公平"的公开信，被视为"反潮流"的英雄而招为大学生的奇事。

但是，随着华国锋一举粉碎"四人帮"，震撼了中国大地的一声惊雷，张铁生作为"四人帮"的牺牲品，一夜之间就从风云一时的政治舞台上消失了。也使"文化大革命"以来被践踏的教育战线，结束了"知识越多越反动"，高考成绩高了没有大学敢录取，推荐的大学生将 $1/2+1/2$ 算成 $1/4$ 的荒唐的历史。

不管推荐也罢考试也好，这就意味着，上山下乡的知青又有了上大学的机会了。刘来福同级的王永新、曹世荣、刘飞、郭有权、崔丁旺、董和平等同学，这时候已经参加了工作，也先后被推荐考入大学。在电厂当工人的马庆文也由单位推荐考入"七二一"工人大学。当然，他们这些高中只上了一年课的高中生，一瓶子不满，半瓶子晃荡，比张铁生强不到哪里，甚至还不如张铁生。好的一点是他们回去后当代教或工人，没有撂开文化知识，甚至还能抽空复习。就这，他们也大都只能报文科专业，理科对于他们来说，望尘莫及。除非有的一直从事理科教学工作，没有丢开专业的还能拼一下。两三年后，他们也先后毕业，都执行了当时"从哪里来到哪里去"的政策，回本地分配了工作，马庆文仍回电力系统；王永新、曹世荣、郭有权、董和平进入县政府机关；只有崔丁旺是学医的，分配到县医院当了医生；刘飞被分到延安市机关当了干部。这可以说，是他们同学中最幸运的一批。这就是当时被誉为"工农兵"的大学生。

一九七七年八月份，中央召开了科学与教育工作座谈会，于当年十二月，终于恢复了国家高考制度。自一九六六年起到一九七七年，这十多年间，全国两千多万高、初中毕业生，一批一批插队或回乡到农村，没有高考。只有少量的知青从农村或工作岗位被推荐考入大学。这就意味着，七七届应届毕业生再不要插队或回乡、上山下乡，可以直接参加高考了，同时，自一九六八年以来回农村或城镇插队的知青，也可以通过社会招生直接参加高考。一时间全国上下奔走相告，全国有十二届高中毕业生和各行

各业、各类青年共五百七十多万人报了名，是有史以来考生最多的一次高考。据说，由于印试卷纸张不够，把印毛选的纸都拿出来印了试卷。

可是这时候他们这些同学们大部分还在农村，天天为填饱肚子，养家糊口而劳作，把肚子里的那点儿墨水已经消耗得所剩无几了，两只柔软纤细的手变得粗笨而长满老茧，连笔都捏不住了，哪有心思报考。有的已经超龄了；有些在山区住的，连恢复高考的信息都不知道；女同学们也都有娃娃了，操劳家务，成了家庭妇女，想也不想升学的事了，再说，考上了也有家庭拖累上不成。刘来福就是其中之一，他在这十年间，既没有被推荐当接替工和代教，又没有被推荐上大学，恢复高考时他已成家立业，娃娃拖累，老人也老了需要照顾，无法离开了，所以再没有像刚回去那几年那样，为当个接替工、代教弄得天翻地覆，连名也没有报。

有了工作的也都有家有舍，有了一份安稳的工作，单位也不放，也就不考虑这些事了。只有还在农村当民请教师的，还没有撂开文化知识，遇上这个机会还想拼一下。

高常礼和同班的刘永清就是已经成家，娶妻生子，但一直当民请教师，带着高中课，刘永清已转为代教，就报名和应届毕业生一起参加了高考。结果刘永清虽然所报的专业因超龄未被录取，但幸运的是，西北大学扩招的政治理论班（后改为经济管理班）从剩下的档案里拣了几十份，把他拣回去录取了。可高常礼报了名，兴冲冲地去参加高考，却连考场都没入就被打下来了。他这已经是第二次被打下来了。前面说过，他家是地主成分，在一九七二年开始推荐上大学时，时任文教局局长的崔崇山试图推荐他，以"可以教育好的子女"报考工农兵学员，但招生组的人查问了半天遗憾地告诉他："对不起，你不符合'可以教育好的子女'条件，你爷爷、父亲连什么帽子也没戴过。"他当时蒙了！他想几十年以来都以黑五类子女对待，三代人受批斗受打击，原来"黑"得还不够级别，如此看来，"我是红也红不了，黑也黑不成"，只有听天由命了。这次正式高考，同班同学顺利入考，他连考场都没进得去，他只好再次忍受了命运的捉弄，灰溜溜地从县城返回。

据一九七一年五月对清华大学、北京大学等七所大学当年招收的八千九百六十六名工农兵学员的统计显示，出身工人、贫下中农、革命干部和其他劳动人民家庭的占99.8％，出身剥削阶级家庭的只占0.2％。这0.2％大概就是所谓的"可以教育好的子女"。所以，像高常礼这样家庭成分不好的青年是不可能推荐入考的。

第二编　路漫漫兮　苦苦求索

　　高常礼就是我们前面提到的那个"文化大革命"中，在他们班放出"反革命"大字报的"黑后台"。他高挑个儿，修长的身材，标致的四方脸上一对浓眉大眼显出几分深邃。他比他叔伯哥高常军小两岁，从小一起上学，也是一九六八年和他一起高中毕业返回农村的。他家虽然是地主成分，但却住着两孔破旧的土窑洞，还不如高常军家。高常军家土改时定了中农成分，所以光景不错，生活殷实，没受冲击，三孔土窑接了石口子，农村人叫这样的窑洞为接口子石窑。在土改前夕，土地多的主户，消息灵通，害怕运动来了划分土地时受打击，纷纷出售土地。但高常礼他爷爷爱了半辈子田地，苦于没有富余，这时候刚好手头宽余，看到田地好买，住了两孔破烂不堪的土窑都没舍得修，就把所有积蓄全部买了地。结果刚赶上土改，给定了个地主成分。这就是同学们后来开他的玩笑，说他爷爷给他买了个地主成分的典故。这一定，土改时把他爷爷买下的土地全都划分给贫雇农了，使得高常礼和他父亲两代人，不但在生活上没沾上光，而且在政治上还受到了严重的影响。他父亲是师范毕业的共和国第一代正式教师，一九六二年精减干部时因成分高被精减回去，当了农民。他也从学校到回乡，一直受批判受压制，但是他在父亲的影响教育下，从小就很聪明，比一般的同龄儿童懂得多，他一入学就念二年级，和比他大两岁已上二年级的叔伯哥高常军、比他大一岁的杨诚智同班，又和高常军、杨诚智一同考入初中、高中。也就是说，他们三个小伙伴从小学起就在一起读书为伴，一直到考上初中，再考入高中，是十来年的同窗好友。他从一入学到初、高中，一直是班里乃至全年级的拔尖生，苦于没等上好机会，高中上了一年课就开始停课闹革命，要不然，他考个北大、清华也不是天方夜谭。一九六八年响应上山下乡的号召回到农村，虽然他当不上工人参不了军，但在村里劳动了一年多后，被聘用到清水湾小学，现在的学校已经扩展成带有初、高中班的戴帽中学，当高中语文教师。

　　虽然他高中没毕业，但当个高中语文教师可以说是绰绰有余，他从小受他父亲的熏陶，知识面广，出口成章，口齿又利，讲起课来神采飞扬，成语典故，古文诗词，讲得出神入化，头头是道。除此之外，琴棋书画，管弦乐器，样样都能来两下。他的毛笔字更是如行云流水，潇洒自如，龙飞凤舞。学校办公室、教室墙上几乎都贴着他的手笔。每当夜幕降临的时候，校园里总会传出《二泉映月》《送别》《洪湖赤卫队》一些忧伤的乐曲声，这就是高常礼用他父亲曾经用过的那把老二胡奏出的旋律。这动情的旋律飘出校园，飘向天空，也飘进一位姑娘的心房，她默默地聆听那悠扬

动情的旋律，让这优美的旋律和音符轻轻地拂动自己的心弦。这位姑娘是来自清水湾村的一位民请教师，她叫李春燕，在本校教小学三年级。其实他们小时候就在这里一起上过学，只不过她比高常礼小三岁，没在一个班，谁也不认识谁。她个子不高，小巧玲珑，圆圆的脸蛋，黑黑的头发，明亮的眸子放射出含情脉脉的目光。

这一天，学生们已经放学走完了，老师们还在批改作业的时候，她拿了一张大白纸来到高常礼的办公桌前，微笑着说："高老师，你的字太好了，请你给我写一幅字！"

同在一个办公室办公的中年教师梁老师笑道："高老师不但字写得好，人也好！"李春燕本来就是"讨吃没法子，引推借擦子（擦洋芋丝的工具）"，借着请写字的名义和高老师套近乎，让这位老辣的梁老师看出了她的内心世界，一语道破"天机"，一句话说得她顿时满脸通红。高常礼是何许人也，他十分清楚梁老师这句话的内涵，装作没听懂的样子随便地应允说："只要你不嫌弃，写两个字值啥。"说着就拿出砚台笔墨准备给她写字。

李春燕看到高老师爽快地答应给她写字，也装着没听懂梁老师话中的含义，就赶紧给高老师磨墨。同时送去甜甜的微笑。梁老师看到此情此景借故出了办公室。李春燕就放大胆子对着高常礼说："高老师，你的二胡怎么拉得那么好听，你拉的每一首曲子我都默默聆听，细细品赏，真喜欢听你拉曲子。"

高常礼苦笑了一下说："那都是消遣，消除烦恼，自娱自乐，玩哩。你还用心了。"说着，就将纸摊开在桌子上，拿起笔在砚台里蘸了墨，思考着内容和布局，准备下笔。李春燕磨好了墨，又倒了一杯开水递在高常礼手边说："高老师，请喝水。"就站在旁边看他写。只见他提笔泼墨，挥洒自如，没等李春燕反应过来的时候，一幅毛主席诗词"飒爽英姿五尺枪，曙光初照演兵场。中华儿女多奇志，不爱红装爱武装"的行草，飘逸潇洒地跃然纸上，把李春燕看得目瞪口呆，连声说好。

写好后落了款，他若有所思地说："今天给你写这几个字，倒不值个啥，可就因为你说这个'好'字，勾起了我一段心酸的往事。"

李春燕一听，顿时脸上露出尴尬的表情说："哎呀！那太不好意思了，没想到请你写幅字，不但劳驾了你，还惹你伤心了。"

他说："没什么，那都是过去的事了，我是触景生情，随便说说。"

李春燕急切地说："我想问又不敢问你，想不到写字写得好也能惹出什么事来？"

他就说："唉，这事我连谁都没给说过，今天提起毛笔，不由得想起那段往事。你不知道，就是因我毛笔字写得好招过一场祸事。'文化大革命'刚开始时，几个同学策划起草了一份大字报，说我毛笔字写得好，就请我给他们抄了这份大字报，抄完后我也顺便签了个名，结果大字报一贴出就被工作组定性为'反革命大字报'，硬给我扣了个'反革命大字报的黑后台'的帽子，遭到了批判。"

李春燕不解地问："你只是抄了一下，怎能给你定个'黑后台'？"

"要不然，怎能让人心酸呢！"

"对不起，早知道这样，我就不该请你写字。"李春燕感到羞愧难当，差点儿掉下眼泪来，脸一下子红到了脖子根。

"没关系，你不要不好意思，我是随便说说。"看着李春燕窘迫的样子，高常礼宽慰她。

由于是夏天，说话间，写好的字就干了。高常礼叠好递给李春燕说："想要什么字再来，我给你写。"

李春燕高兴而羞羞答答地拿上这幅字，走时向高老师撒了个娇鞠了个躬说："谢谢高老师！"高常礼微微一笑点头示意回了个礼。

李春燕走了后，高常礼才回过神：我给她说这些干什么？唉⋯⋯

没想到，在接下来的日子里，李春燕不是问他解不开的题，就是给他倒来开水，她一次次有事没事出现在高常礼的视线中，给他送去如水的秋波，送去了温柔和体贴。更不可思议的是，她还把家里的红枣和过节蒸的小鸟、小兔、小狗等花馍馍，拿来偷偷塞进他的衣兜。在这吃不饱肚子的日子里，这些东西简直就是奢侈品啊。她这些行为，让高常礼不由得在内心里感受到了一种从未有过的温暖和幸福感。

这时候，他虽然体味到了女教师给他的柔情和温暖，感觉到了她发出的信号，但对他来说，那只不过是过往云烟，淡如秋水，他哪敢有非分之想。可是人非草木，孰能无情，他也是有七情六欲的高级动物，就是不会站立行走的爬行动物，也会被这方面的感觉刺激得蠢蠢欲动，何况他还是个人呢。感情的流露，肉体的感官，性激素的刺激，使他陷入了一种难以言表的煎熬之中⋯⋯

他想把这些煎熬和谁说一说，以解心头之闷，又没处说，这些事他怎么敢随便说，万一说不好传出去，不但把自己搞臭了，而且更重要的是，会破坏人家一个黄花闺女的名声。和谁说呢？他想来想去想起了从小学一直到高中形影不离的知己同学杨诚智，杨诚智由于他大舅戴了反革命帽子，

129

和自己一样,一九六八年回农村后一直没出去,在家劳动。他家在学校的上川,离学校只有五里路,他大弟弟叫杨东智,就在他任职的学校上初中,他还是他弟弟杨东智的语文老师哩。他就把前前后后的一些情况和他的苦衷写了一封信,封好交给杨诚智的弟弟杨东智,让他带回去交给他哥。

这一天傍晚,杨诚智从地里劳动回来,他弟弟拿了一封封得完好但没有署地址的信递给他说:"哥,我们高老师给你捎了封信。"他心急如焚地拆开一看,一行行整齐飘逸的钢笔字跃入眼帘:

诚智兄:

近好!

整日的劳作,想你一定很辛苦!生活的煎熬,肉体的折磨,对我们是一种残酷的考验!你能挺得住,我不能,我的身体,你是知道的,我会趴下的!教学的工作倒也轻松,但微薄的收入,让人感到寒酸,就这还不知能干多久!

诚智兄,今天来信想告诉你,最近遇上了一件让我揣摩不透又割舍不下的事。本村的小学女教师李春燕多次主动接触我,让我给她写字,给我端茶倒水,温情脉脉,还偷着把他家的枣子和花馍馍塞给我……不知是走火入魔,还是感官的反应,我隐约感到她似乎对我有点儿意思!她的一举一动,一言一行,给了我极大的温暖,同时也不无轻柔地撩我心扉!青春的火焰撩拨得我心神不宁,夜不能寐!但我不敢有丝毫的表露,我知道我的身世,知道我在当今社会和在人们心中的地位,我还有什么资格值得人爱,又有什么资格去爱别人呢!退一万步讲,即使有了爱的结晶也是资产阶级、地主阶级的"狗崽子",使我们的后代又要受我们同样的纠结。但我又不能自制,难道这就是我的初恋吗?我简直是一叶孤舟!不知漂向何方,能漂多久!是否能到达彼岸?

再见吧,诚智兄,心里话无处说,也许这是一种无聊,你不会介意吧?

保重!

愚弟:常礼 随笔

看完信,杨诚智才知道,他的同学终于有人追了,他感到很高兴。这时候,他已和他父母给他定下的那位农村姑娘结婚了。他结婚的时候,高

常礼和刘学文,还有在他住院期间陪护他的几个小同学都步行七十多里路,从县城赶来,参加了他在农村半新不旧的婚礼,但他亲爱的张爱爱没有来,他在结婚前给张爱爱写了一封信,婉言拒绝了她。自从给她写了那封信后,再没收到她的来信,哪怕是只言片语或是骂他的信也没收到,如果那样他还好受些。他一直为他写了那封拒绝张爱爱的信感到内疚,但他又不能不写。所以他结婚的事就没给她写信,他怎能再刺伤她呢!即使写信告诉她,她也不可能来,反而会给她伤口再撒一把盐。还不如不让她知道为好。

来的同学们还给他组织了新式的闹洞房。他们要他和妻子唱歌,他妻子包括他都羞得不敢唱;让他们谈恋爱经过,他说父母包办哪有恋爱经过;又让他们喝交杯酒;还在窑顶上钉了个钉子吊了个果子,让他们两个面对面咬果子,趁机把他们两个推到一起,把他们羞得直往开躲,又被同学们压住嬉戏打闹,惹得满窑洞看热闹的年轻人笑得前仰后合……

结婚后,他看到高常礼还单身一人,心里一直很不是个滋味,今天终于看到同学有了希望,但他又从来信的字里行间,看到高常礼在长期的被冷落中,自卑感严重,失去了常人的正常心态,不敢和常人一样去爱去追。想到这里,他找来纸笔奋笔疾书,连夜给高常礼写了一封回信,让弟弟第二天一早去学校的时候就捎给高常礼。第二天早上出早操的时候,杨东智就把信递给自己的老师高常礼,高常礼接到信一看,信封还是用他捎去的那个信封,不由得使他想到,自己的同学在农村,可怜得连个信封都没有,他做完早操,回到办公室,急不可耐地打开信,看到在作业本上撕下的豁豁牙牙的一张纸上写道:

常礼:你好!

来信收悉。看了信,我首先为你高兴。

但字里行间看得出来,长期的压抑,给你精神上套上了一层无形的枷锁,你的自卑,你的厌世,在使你失去了常人的心态和处事方式,以至于有人闯入你的心扉,都不敢面对!我认为出身不由人选择,也是不可能让你选择的!就像你的爷爷给你"买"了个地主成分,我的舅舅给他搞了一顶反革命帽子一样,能怨我们吗?能怪我们吗?别人怎么看不管,至少敢和你接近甚至敢向你发出爱的信号的人是不会这样看的。你可能感觉不到你的自身魅力,但别人能看得出来。你的才华,你的能力,你的人格魅力,已经打动了她!你应该放下包袱,冲破那些无形的枷锁的禁锢和羁绊,战胜自

身的自卑感，大胆地去表白，大胆地去爱她！甚至主动去追她！

　　人生的岔路口不要犹豫，不要徘徊，没有机遇是无奈的，放过机遇是无能的！

　　请斟酌！

愚兄：诚智　拙见

　　一石激起千层浪，杨诚智的寥寥数语，在高常礼的心灵深处激起了一层薄薄的涟漪，他那僵化的灵魂渐渐苏醒，他封冻的爱河开始涌动。从此后，他没有给谈恋爱的恋人写多少信，因为他们在一个学校，反而和杨诚智书信往来不断。他不时地通过杨诚智的弟弟，把他和李春燕的进展情况传递给杨诚智，一次次得到杨诚智的鼓励。在杨诚智的鼓励下，他终于鼓起勇气，把他的身世处境，都告诉了李春燕。

　　没想到，当他将自己的身世告诉了李春燕时，李春燕却不假思索又毫不在乎地说："我知道，那是老人们的事，不能因为老人的影响，我们就一辈子不成家了，再说，我爷爷也是被共产党镇压了的历史罪人，你不嫌弃我，我还能嫌弃你呢？"

　　"那我们的后代不是更黑了，成了双料货了吗？"他苦笑着说。

　　"管他哩，到那时候社会不知道变成什么样了。"说着就投入了他的怀抱。

　　他这一叶孤舟终于漂到彼岸。但是，恋爱不等于婚姻，要走进婚姻的殿堂，对于他们两个来说，这才仅仅是万里长城走完了第一步。

　　有一句话叫"好事多磨"，这一句醒世名言放在这一对剩男剩女身上，是再恰当不过的了。当李春燕兴冲冲地把她心中的白马王子介绍给她的父母亲时，她万万没有想到的是，父母亲说："他们是地主成分，又住在山上，条件那么苦，家里那么穷，就住那么个烂土窑，过了门连个住处都没有，咋生活呀？"

　　高常礼家住的地方也实在是够苦的了。他们也许是老祖先为了种地方便，选在了这崇山峻岭上安营扎寨的。这座山岭周围，土地倒是不少，可山高路险，又偏僻，是小里河与大理河之间的分水岭，叫鸡冠山，从这个地名就可以看出它的险峻。从公社所在地也就是他教学的小里河川道清水湾，蹚过小里河要爬二里多陡峭的山路才能到他们住的山上。他们用的炭和吃的水都要赶着毛驴下沟去驮。要不然，他叔伯哥高常军的婆姨也许不会被那点儿极普通的病夺走生命的。前面说了，土改前，他爷爷为了买地，

住了沟畔上打的两孔烂土窑都没舍得修,到了他父亲手上更没能力修窑了,到现在仍然住着他爷爷留下的那两孔烂土窑。所以,当李春燕把他介绍给父母时,首先提到的就是他的家庭成分和住的那两孔烂土窑。

父母亲的一席话说得女儿无言以对,她想:我怎么没想到这些呢?只看到他人好,又有才,对他们的家庭,以后的生活一概没考虑。

没想到就没想到,她索性把那些事置之度外。她想了想,对父母亲说:"你们不是经常说,事在人为吗?老人挣下万贯家产也经不住个弄子踢踏吗?怎么到了自己身上就不说这话啦?"她越说越上气,连续三个问号把她爸她妈问得哑口无言。

愣了半天,她妈开口了:"说得轻巧,现在这社会,有本事的都吃不开,甭说他一个白面书生,教书连自己都顾不住,再说,以后教成教不成还两回事着哩,怎能养活起你呢!指望他能修起窑还是能盖起房?"她妈有些生气。

她爸接着说:"我们本身就出身不好,你爷爷是被共产党镇压的,我们一辈子都抬不起头,你又找个地主家的孙子,这以后的日子怎么过呀!后人们都要受症哩!"

"人家不嫌弃自己,自己还嫌弃人家哩!"

她又像自言自语又像对父母亲说,说得父母亲无言以对。说完后一扭身子就走了。

女儿和父母的谈话就这样以不欢而散而告终。但父母亲的态度丝毫没有影响她对高常礼的爱。她一边不露声色地和自己的心上人保持着亲密的关系,一边给父母亲做思想工作,可是父母亲坚决不同意。甚至又托人给她介绍了对象,要领进家门和她见面,她一听急了,急得失去了理智,气急败坏地对父母亲说:"你们休想把人领回来,我这一辈子除高常礼,谁都不嫁,你们胆敢把人领来我就一头撞死在你们面前!"就这样寻死觅活地折腾了一年多,父母亲看熬不过了,而且二女儿也大了到成家的年纪了,大女儿不成就,二女儿也不敢定夺,又怕时间长了闹出笑话,只好勉强答应了他们。李春燕这才高高兴兴,体体面面地把身材修长,温文尔雅的高常礼领进了家门,让自己的心上人和二老见了面。二老一答应,他们就很快办了婚事。两床新铺盖,两身新衣裳,就在高常礼的爷爷给他们留下的,那个破烂不堪的土窑里走进了婚姻的"殿堂"。结婚那天,刘学文和一起教学的老师们来为他祝贺,他多么想叫为他开启爱的航船,给他指点迷津的亲密同学杨诚智,来参加他的婚礼分享自己的快乐,但是,杨诚智为了生

133

计出远门，到镇川国防工程上做工去了，打发他弟弟杨东智为他祝贺来了，使他在伤感之余又得到了一点慰藉。

不管怎么说在那个年代的农村，高常礼的恋爱还是浪漫的，虽然婚姻遇到了一些阻力，但有情人终成眷属。这让他的同学，他的亲属家人以及一起教学的老师们，都为他庆幸，特别是在外地做工的知己杨诚智更为他高兴，除打发他弟弟来参加了他的婚礼，还写来信为他祝福。

婚后他俩继续在学校教书，互相体贴照顾，眉目传情，恩恩爱爱，李春燕更是经常正大光明地给他拿好吃的，过个时逢八节的就把他叫到她家里去吃饭，每逢礼拜六下午他俩就相跟上回到鸡冠山他家去，和老人弟弟妹妹（他有一个弟弟一个妹妹）们一起享受天伦之乐，高常礼从内心感到从来没有过的温馨。不久，他的心爱就给他怀上了小宝宝。

看着妻子体态一天天变化，肚子一天天隆起，高常礼心里更是有一种自豪感，觉得可以给父母有个交代了。可是，事有蹊跷，不知什么原因，当他的爱妻怀孕到五个月的时候，家里人和他都看到妻子的肚子比正常怀孕临产时都大，感到有些异样。妻子也感到肚子撑得受不了，就去公社医院请医术比较好的，还是他的一位学生的父亲赵医生看了，赵医生也感到有些不正常，但他也拿不准，建议他们到县医院做个B超。他们离县城六七十里路，不通车，妻子挺着大肚子步行怎能走得下去，他只好找了个驴拉车，把妻子拉到县医院去检查，结果经过一路的颠簸，到了医院还没等到检查，羊水就破了，就立即给做了引产处理，差点儿把妻子的命要了。医生说是无脑儿羊水过多，就怀不成，早就应该终止妊娠，再晚一点儿就有危险。这使得他们夫妻俩火热的心好像浇了一盆凉水，顿时从头顶凉到脚心，心灰意冷！幸好赵医生让他们及时去了县医院，保住了妻子的性命，这还是不幸中的万幸，使得他俩在悲痛之余又感到一丝庆幸。他们还年轻，只要大人平安，以后还会怀。

然而，命运好像老和他过不去，一次次折磨他。人家都是娶妻生子，水到渠成，自己结婚后，婆姨连个娃娃都给他怀不成，第二胎又怀了个葡萄胎，幸亏有第一次的经验，检查得勤，发现早，提前做了人工流产，要不然就出大问题了。医生告诉他们，子宫刺激太大，不能再怀了，营养要跟上，好好恢复身体。夫妻双双又一次陷入了极度悲痛之中。人生啊！怎么就这么艰难，命怎么就这么苦。他们只好按照医生的嘱咐，分居，让李春燕住在娘家，好好调养身体。他向来不信神不信鬼，不讲迷信，但命运的捉弄使他不得不认命。下川里有个盲人算命先生，都说很灵，他也跑去

算了一次，结果盲人先生说，他的儿女命是树梢上挂的马勺——不旺。他一想，树梢上挂的马勺，不但是稀有，而且很容易掉下来。算了一命，不但没起好作用，反而给他增加了思想负担。他只好听天由命，索性把他当作瞎说，无稽之谈。

高常礼和心爱的妻子分居一年后，妻子又怀上了第三胎。这一次在一家人包括她娘家，两家人的呵护下才终于顺利生产，而且还生了个小子。给父母包括丈人、丈母两家老人带来了快乐。这时候他已经是二十七八的人了。

菩萨说，人来到世上就是吃苦来了。光溜溜地来，吃尽了苦头，又光溜溜地去了。小时候常听大人们这样说，还理解不来它的意思，这时候，他才体味到了这句话的含义了。

尽管命运这样捉弄他，但他还是没有荒废学业，在备课批改完作业后，每天抽出两到三个小时，坚持复习，他还找来高二、高三的课本攻读，天天到深夜，始终没有放弃高考的念头。高考时，他抱着最后一搏的一线希望，再次报考。这一年，党的工作的重心已经开始转移，"以阶级斗争为纲"的调子开始松动。也是让杨诚智当上煤矿工人的那批年轻的公社干部，思想解放，让高常礼通过了政审这一关，上面也放宽了政策。他终于通过了一道道关口，跨入了高考的考场，在几经挫折的情况下，他二次报考，最后被西北大学历史系录取，和第一次同时参加高考被录取的同班同学刘永清进入同一所大学。虽然耽误了一年，比刘永清低了一级，但这迟来的大学梦终于实现了，这就意味着，他的生活将发生质的变化！后来说起他的高考，当时任公社党委书记的干部还深有感触地说，高常礼当时是一个有争议的人，他在会上再三强调，成分是几代人的事了，只要娃娃没问题，不应该影响娃娃们的升学。

考是考上了，但大学的生活并没有像他想象的那样，给他带来丝毫的愉悦和轻松。入学以后，家里的娃娃就靠两家的老人照看，婆姨当民请教师维持家里的生活，他的学费根本无着落，无奈之下，他只好请求学校帮忙，和校方签订了协议，承包了教学楼卫生间的保洁工作。每天下午和礼拜天，在别人都休息或娱乐约会的时候，他一个人汗一把水一把地清理擦洗卫生间的卫生。刘永清是其他系的党支部组织委员，在高常礼有事不在或忙不过来的时候，他就义无反顾地动员同学们帮助高常礼履行职责，完成任务。由于刘永清是全班年龄最大的学员，又是系党支部组织委员，有一定的号召力，这些新同学知道他同学的情况后也就很乐意为他帮忙。

这一天，他的学生，杨诚智的弟弟杨东智从部队上来到学校找他，他

感到惊讶又亲切，没想到，杨东智一见面就对他说："高老师，我哥来信说你考上大学了，我非常高兴，来看看你。"说着就掏出三十元钱说，"听说你交不起学费，多了也帮不上，这点钱儿是我的一点儿心意，请你收下。"

"这怎么能行，你在部队上又不挣钱，只发点儿生活津贴，你从部队上专程来看我，我就很高兴了，你的情我领了，我再困难也不能收你的钱啊！"他再三推辞。一件心酸的往事涌上杨东智心头：当年杨东智因他舅戴了反革命帽子失去了上高中的机会，我给他带去了这个消息，他当场哭得泪水涟涟。我也无奈，只能安慰他再等机会。而今天，他又为我考上大学而高兴，带着他哥和自己的祝福来看我，还送来了他攒下的生活津贴，让我感激之余又感到十分的惭愧！

在他边推辞边沉思的时候，杨东智说："你能进入大学，我哥和我都非常高兴，这点儿钱虽然解决不了根本问题，但它是我和我哥的一点儿心意，我哥一个人在煤矿上拉扯一家子也困难，想给你帮忙也帮不上。"

话说到这份儿上了，高常礼还能说什么呢？他满腹的心酸涌上心头：一个堂堂的老师接受自己尚在当兵的学生积攒下的一点儿生活津贴，他简直无地自容。

他含着热泪接住了那饱含深情的三十元钱，对杨东智说："你把话都说到这份儿上了，那就有情后补了，你在部队，我也关心不上你，就靠你自己，希望你不要怕苦怕累，好好奋斗，将来一定会有出息。"

"高老师，你放心，我会的，我在部队很好，已转成志愿兵了。我的部队离西安不远，我只请了一天假，我就回去了。"说着，杨东智就啪的一个立正，给他行了个军礼，转身走了。

看着既是学生又是小兄弟的杨东智，足有一米七八的个头，穿着一身空军军装，迈着矫健的步子离去的背影，高常礼心里像打翻五味瓶似的，不知是苦是甜还是涩！上学的时候穿得破破烂烂，饿得面黄肌瘦，经常给他捎书传信。今天已经长成大小伙子了，到了部队不再受饿了，穿着军装飒爽英姿。将来能否留在部队上发展，或是回老家饿肚子，还不得而知。积攒了点儿生活津贴，连老人都没给，却给自己送来。他不知是感激还是凄凉，心里又感到一阵酸楚，眼泪湿润了眼眶……

通过几年的刻苦努力，高常礼以优异的成绩毕业了，被分配到延安大学历史系当了讲师。这时候，他的同学刘永清已早他一年毕业，被选拔到省科委当了省上的干部。

改革潮　正生担当

进入初伏以后，下了一场饱墒雨，干热的空气变得湿润了许多，悬在高空的火热的太阳把湿润的大地蒸晒得热浪翻天。人们好像刚从火盆子里出来，又进了蒸笼。但不管怎样，这清新的空气中散发着泥土的香味和醉人的气息，使受苦人感到格外的惬意，也看到了一丝希望。这场雨，对庄稼来说，再及时不过了，耷拉的庄稼叶子，一见雨水就急速地往上挺，包括人畜都精神了一大截子。

枣树塌打好的那座大坝，已经种上了高秆作物——玉米和高粱。按照上面提倡的"普及大寨县"的精神，这些坝地要归大队集体所有，所以大队抽调各小队的人力和畜力耕种管理。现在，平平展展的一眼望不到头的玉米高粱，向人们昭示着农业学大寨的成果。社员们，包括驻队干部张宏亮、现在的大队革委会主任李正生，看着他们千辛万苦打造的大寨田里，这长势喜人的庄稼，高兴之余也不免感到了一丝心酸。

书记李广生有意无意地爬上修满一道道梯田的高脊梁，欣赏变了样的枣树塌。看着眼前一幕幕新的面貌，在内心佩服李正生这个小伙子，同时，也暗自庆幸自己还是有眼光，对这个小伙子没看走眼，也庆幸自己开了那次动员会，使得自己在这样的成绩面前也很体面，不至于没面子。

立秋以后，出了穗的庄稼摇摆着沉甸甸的头，红了眼圈的枣子挂满了枝头。坝地里的玉米挺着肚子，高粱露出了粉红的笑脸。

正当队干部和社员们，被这秋天的景色陶醉的时候，中国的大地上发生了一件牵动亿万民心的，和惊动全世界的大事——中国人民尊敬爱戴的伟大领袖毛泽东主席与世长辞！消息传来，人们无不为之震惊。回想这一年发生的几件大事：一月八日，周恩来总理在经历了长期病痛折磨以后，溘然长逝；七月六日，朱德委员长以九十岁高龄与世长辞。真是"天崩地裂，惊心动魄"。

共和国的几位主要开创者，竟然都在同一年先后去世，老百姓们接二连三地听着哀乐，扎着白花，心怀恐惧，很多人都有"天塌下来"的感觉。

就在这一年，自然界的"天崩"也是极为罕见的：

三月八日下午，吉林发生的陨石雨，三千多块碎石散落在永吉县境内。

其中,最大的陨石重有一吨多,比美国一九四八年二月发现的"诺顿"陨石还要大,成为"世界陨石之最"。

还有"地裂":

五月二十九日,云南西部先后发生两次强烈地震。第一次震级为七点三级,第二次震级为七点四级,九个县遭到损失,人员死亡九十八人,房屋倒塌和损坏四十二万间。

在毛主席逝世的一个多月前,七月二十八日凌晨,河北唐山、丰南一带突然发生七点八级强地震,唐山被夷为一片废墟,死伤惨重。

九月十八日下午两点三十分,北京天安门广场设主会场,全国各地直到公社都设分会场,召开伟大领袖和导师毛主席的追悼会,全国降半旗致哀。那天陕北这么干旱的地方,从早上就开始下起了淅淅沥沥的小雨。据说,那天好多地方都下起了雨,新疆某部正开追悼会突然大雪纷飞。人们不由得想到:苍天有眼,为毛主席老人家流泪!

"哎呀!苍天都在为毛主席这一伟人的离世哭泣啊!"去公社参加追悼会的大队书记李广生和队干部走在泥泞的路上说。

"是啊,毛主席太伟大了啊,老天爷都为他流泪。"几位队干们在雨中应声。

柳树湾公社的追悼会在中心小学举行,会场搭起了临时会台,会台前面和两侧摆满了花圈,会场黑压压一片,大约有上千人胸带小白花,在蒙蒙细雨中肃立。当广播里传来"伟大的领袖和导师毛泽东主席追悼大会现在开始"的一刹那,会场哭声一片。紧跟毛主席革命路线担任了半辈子大队领导的李广生,也低着头默默地流泪抽泣,心里在说:毛主席,您老人家不在了,世事又不知道怎么变呀?!

世事确实是说变就变了。十月,党中央一举粉碎了"四人帮",持续了十年的"文化大革命"结束了,拨乱反正,解放了一大批老干部,人们要重新认识眼前的一切了,也就是要重新认识中国的社会主义了!

就在这一年,又经历了两年多奋战的枣树塌人,终于将小南沟锁住,大坝形成,公社高书记又带领公社主任和几名干部,来到工地为他们开了庆功会。会上表彰奖励了一批先进模范人物,还给所有参加会战的社员每人发了一个印有"农业学大寨锁住小南沟纪念"字样的白搪瓷茶缸。庆功会结束后,其他三个大队的劳力也就撤回去了。原来沟底流的小河顺着淤好的坝地东侧的排洪渠排出。一条乱石林立的烂石沟,变成了一百多亩平展展的上等好地。人们从沟里进来离老远就能看到,大坝坝梁上用镢头刻

出的"农业学大寨 锁住小南沟"十个大字。给人一种气势宏伟,人定胜天的感觉。

到一九七七年初夏,经过五年的苦战,李正生和驻队干部张宏亮一起搞的农田基建规划,初具规模,两道大沟的两座大坝,除排洪渠、水路、旱路等边边角角,少说也能造出有效耕种面积一百八十亩的良田,也可以叫机耕高产田;三道大梁和西甽村周围的山坡地全部梯田化,后大沟和吃水沟的四面坡都打了鱼鳞坑,栽上了树木,形成了从上到下的水土保持体系。受到了公社和县上的大力表扬,枣树塂大队被树为柳树湾公社农业学大寨的第二面旗帜。

小南沟大坝形成后,原来的道路要改到坝梁或坝滩边缘上。改路工程还需要些炸药,李正生天不明就在家里吃了饭,来到柳树湾坐上从老庙坪下来的带帆布篷的班车,去县城买炸药。到了县城紧忙慢忙,等炸药买好就回不去了,只好来到他大舅家。他大舅叫王祖民,在县委组织部工作。他每次来县城办事,都住到他这位当干部的大舅家,来的时候给他大舅家带一些农村特产,红枣、豆子什么的,加上他在上高中的时候就经常到他大舅家去,给他表妹梅梅补习功课,他舅母对他也还热情。

他大舅下班回来,见他来了更是热情,自他回去在村里担任了干部以后,去的少了,他大舅一进家就问他农村的发展和他在队里的工作情况。他就给他大舅说,入伏以来下了一场好雨,坝地和梯田庄稼长势很好。吃晚饭的时候,他大舅又问他:"大坝完工了没有?"

"坝打好了,现在正在修路,需要炸药,我来买炸药来了。"李正生回答他大舅。

"你们大队学大寨还见到了效益,只要管理好,两块坝地打的粮食能给你们解决大问题。可现在好像不提倡学大寨了,县上已经把农业学大寨办公室也撤了,报纸上还登了昔阳县公开做的检查。"

李正生听了他大舅说的这个情况,顿时感到震惊。他不由得脱口而出问他大舅:"怎么,声势这么浩大的运动说停就停了,还做检查?又是哪里出问题了?"

"可能是一味地追求一大二公,搞平调,挫伤了农民的劳动积极性,中央要拨乱反正,停止搞阶级斗争。"他大舅简短地回答了他的疑问又接着说,"不过,你也不必担心,咱们农村只搞了些修梯田打坝的实际工作,是造福子孙后代的事,应该不存在什么路线问题。"

从县上买炸药回来后,李正生一直对他大舅王祖民给他透露的那些情况犯嘀咕。难道学大寨坚持自力更生，艰苦奋斗的精神也要犯错误？人怎能不改造自然条件，躺下不干，依赖国家呢？国家现在这么穷，中国十亿人都依赖国家，国家能顾得过来吗？再说啦，自己住在这穷乡僻壤，恶劣的自然环境，自己不改变，靠谁来改变？他怎么都想不通这个问题。不管形式怎样变，我们打好了大坝，修好了梯田，栽起了树木，多打的粮食归集体所有，为社员修路，这不会错吧？他这几年只顾埋头苦干，对外面的事一点儿都不了解，对于他大舅给他透露的这些信息，他一时半会儿还想不明白。但李正生从他舅谈到的"一大二公，一平二调"中，似乎隐约感觉到了社会发展形势要发生新的变化了。

当然，对于李广生来说，他向来也不看报纸。其实，这时候农村还没有什么报纸可看，电视更看不到。即使想看报纸也只有到公社、学校去看。所以他一时还不会感觉到这些明显的变化的，他也不会想到这些问题。当他听到李正生给他说了县上撤了农业学大寨办公室，昔阳县公开在报纸上做检查的事后，惊讶地说："哎呀！我说世事又要变了嘛。毛主席刚去世就连大寨也不学了，你们当初搞规划的时候，我就担心搞得大了，万一有个什么变化，劳民伤财的，果不其然，说变就变了！这还好，不管怎说我们的坝已经起来了，他再变也不会叫我们把大坝再挖倒吧？"他有些激愤。

形势确实说变就变了。一九七八年十二月，党的十一届三中全会不再要求"普及大寨县"的达标活动。全会公报连"学大寨"的口号都没出现。而且使他们万万没有想到的是，不久，中央发出通知，把地、富、反、坏、右的帽子都摘掉了，而且他们的子女入学、参军、招工招干、入党入团一律不受影响。

腊月会上他们看到集市都放开了，粮食也开始公开上市了，这实际上就是黑市合法化了。而且有的人还把乡下的粮食、猪、羊收起跑起了长途贩运，这和投机倒把有什么两样？竟然还提出什么发家致富，这不是明目张胆地搞资本主义吗？

这一系列的快速变化，使李广生这位从合作化以来就带领社员走集体化道路的农村"领头人"，从内心产生了一种惶恐和不安，而又无所适从，束手无策。就连李正生也对眼前发生的这一切，感到目不暇接，丈二和尚摸不着头脑。

然而，他们意想不到的更大的冲击还在后头。在他们大队蹲点住了五六年的公社干部张宏亮已被抽到县党校学习去了。公社又派来了一名副主任叫何应有，召集大队班子开会，说根据县上的精神，要搞生产责任制，但不是硬性的，搞不搞由大队自己决定。但是，人家河南、山东已经大面积实行了生产责任制，就连川道一些大队包括沟口的刘家坪大队，已经有部分生产小队把地分给每家每户，实行了生产责任制。他还透露，张宏亮去党校就是学习十一届三中全会文件去了，提高认识，解放思想，为下一步全面推广生产责任制做准备，他回来后可能要提拔为公社副主任。

　　何应有传达了县上的精神后，就到张家山和桑树塄大队传达去了。何应有走了后，为这一牵扯到社会主义和资本主义两条路线的方向性问题，枣树塄大队党支部开了半晚上会，小南沟新上任的副主任王有才说，人家刘家坪大队已经开始搞了，他们村的社员都闹活的也要搞生产责任制。事实上，他们也知道沟口的刘家坪大队已经开始搞了，但在这个问题上书记的态度是坚定的，他坚决不同意。甚至说："当初学大寨的时候，声势搞得那么大，我就有些担心，还不是说变就变了！大寨也不学了！现在又要搞什么责任制，把土地分给个人，这不是搞资本主义是什么？"他心想，这事我坚决不能放开搞，说不定他们搞得快的人到一定时候又要犯错误，受批判。

　　李正生也担忧地说："批判了十来年的'三自一包，四大自由'，现在又要搞包产到户，集市上市场也放开，没人管了。这会不会又是复辟？不行，我再出去看看再说吧。"

　　最后，会议决定枣树塄不搞生产责任制，集体财产任何人不能动。

　　这一天晚上，小南沟村生产队长的家里，社员们吵得翻了天。当王有才回去给村里传达了大队的决定后，社员们甚至有些妇女也都跑到生产队长的家里，吵开了锅。

　　"县上不是说，搞不搞自己决定吗？人家刘家坪已经开始搞了，我们为什么不能自己搞？"

　　"把人捆到一搭，混工分，打不下粮食，把人往死里饿哩，还不如分开各种各的。"

　　"你看人家刘家坪的人，地一分开都精心了，不要谁管，把崖畔溜得像狗舔过的一样。"

　　"书记肯定不愿意分，分开各管各，他管谁去呀，他一天在大队混工分，分开后，他的地谁给他种呀？"

　　"国家都不管了，他书记管什么？我们分我们的，管他做甚？"

　　"他管得好怎不给我们多分粮食？我们分我们的，他要来挡，我们就到他家里吃饭去！"

……

社员们越说越激愤，这个自发组织的，不是会议的会议，越吵越激烈，越亢奋！有的已经蠢蠢欲动了。

其实，这位刚上任的副主任和生产小队长何尝不想分开种，最后小队长给大家说，我们离大队也远，先按土地好坏搭配着，偷偷地把地分到户，万一收回去还是咱小队的。说分就分，他们当场叫着地名就把地块拼开，商量好按次序抓阄，小队长说："抓到哪里是哪里，谁也不能反悔，有一个人不愿意，我就不分了。"有的人高兴地说，没问题，哪怕抓到一泡臭狗屎，也不反悔，怨自己的手臭。

第二天，他们就开始不吭不哈地丈量土地了……

世上哪有不透风的墙，还没等他们把地分开，书记就知道了。气得暴跳如雷说，反了，反了，这还要大队负责的做什么哩！他跑到公社找到公社高书记，气急败坏地说："造反了！这书记我干不成了，大队决定不搞责任制，小南沟的人已经开始分地了。"

高书记给他倒了一杯水，说："你先坐下，不要生气，这事不但我，就连他县委书记都挡不住，甭说你了。"

高书记口里没说，心里何尝不是窝了一肚子气，但他毕竟是国家干部，不能像李广生那样给县委书记去发火。他正准备给李广生解释一下上面的意思，李广生却大发雷霆：

"连党的话都不听了，还听谁的？我李广生从一九五三年搞农业合作化起，跟着共产党搞了几十年社会主义，还没经见过这样的事情，把地都分了，不是乱套了？这不是资本主义是什么？毛主席如果在世的话，能搞成这样子吗？唉——"说着，他掉下了几滴眼泪，抹了一把脸出了书记的办公室。高书记也没留他，留下也没法给他解释，只好望着背抄着双手悻悻而去的李广生，一脸尴尬地坐在椅子上发呆。

李广生怀着复杂而失落的心情，出了公社大门来到了街道上。这一天，镇上遇集，街道上已经摆满了各种货物，叫卖声此起彼伏，看着这眼前眼花缭乱的世界，他感到好像被谁在自己的脸上抽了一巴掌似的，火辣辣的难受。他无精打采地走在这个杂乱无章而肮脏不堪的街道上，就听见后面有人说："过去是穷人光荣，富人受打击，现在是谁富谁光荣，听说还给万元户披红戴花哩！"他惊讶地扭过头看是谁竟然胆大包天敢说这样的话？原来是两个城里打扮的中年人，背着洋气的皮包，口里叼着纸烟，好像是来做买卖的，他感到一阵恶心，掉转头，背抄着双手急速地朝前走去。

李广生不知道怎样深一脚浅一脚地回到了枣树塌，上了山看着他几十年辛辛苦苦带领社员们修的梯田栽的树木，好像有些陌生似的，好像枣树塌已经不是自己的枣树塌了。不知这世事又要变成什么样儿了？到时候又不知道有多少人要犯错误，可眼下这些事让他进退两难。

　　回到家里，李广生一筹莫展地睡到炕上闭门不出。

　　李正生跑了一趟县城，让在县委宣传部工作的初中开始就同班的同学曹世荣，给他吃了定心丸。回来后，首先跑到书记家里，一方面是看望一下书记，一方面是要把他在县城里了解到的和所看到的向书记汇报一下，好应对目前形势的发展变化。他来到书记家，书记老伴也是他嫂子正坐在门口做针线，他问了声："嫂子，我哥在家吗？"

　　"在家躺着，不知哪根筋不对了，整天躺在家里抽烟。"

　　他"嗯"了一声就进了门，进去一看，书记正躺在炕上头朝着炕沿抽旱烟，炕沿底下已经磕下一大堆烟灰。他一进门叫了声书记，李广生才在那根磨得溜光发红的枣木炕沿上，磕掉了烟灰，疲惫地、满脸憔悴睡眼惺忪地从炕上爬起来，像一个久病的老人一样靠在下炕垛的一摞被子上，说了声："你回来了？"

　　李正生屁股翘上炕边，两腿担在炕沿上，向书记问了个好后说："我去了一趟县城，找到了同班同学，就是咱南川何家坊的曹世荣，他在县委宣传部工作。他们对政策了解得比较透彻，他说，十一届三中全会是个转折点，中央要拨乱反正，把工作重心转移到经济建设上来。现在全国都放开了，中央要实行农村改革，直接开始搞包产到户，鼓励一部分人先富起来。我还见到了党校学习的张宏亮，他说让我们尽快把土地分给农民，再不要束缚农民的手脚了。他还说人家山东、河南一部分农民已经富裕了，叫勤劳致富。我的同学，刘家峪的刘来福已经开始在自家分的责任田里修窑洞了，准备开饭馆做生意。"

　　"那你没听说县上是怎么说的？"书记急切地问。

　　"据我了解，县上虽然也意见不统一，但只有按中央文件执行，有不同意见的人也不敢说话。"

　　"我也到公社去了，公社书记也是模棱两可，有气没处撒。是这，你就看着让各小队分去吧，我看，我这书记也干到头了。"书记的脸由黑变白又由白变黑，又躺到了下炕垛的那摞被子上，再不说一句话了，只是一口一口出气……

　　"那你在家好好歇着，也不要开会了，我就照你的意思去让他们小队自

己商量着分去。"李正生看到书记的这副模样也没法再往下说了,就打了个招呼出了书记的门。

西疙的那几户地主出身的弟兄,虽然已经宣布抹了他们的地主帽子,但多少次运动他们都是挨批挨斗的对象,他们看到小南沟的人把地分开后,起早贪黑,把地种得熟化化的,地畔刮得像狗舔过一样,甚至把集体不种的沟沟峁峁都用镢头挖得虚洞洞的,就连婆姨娃娃都到地里拼命地干起来了。他们心里也痒痒的,但不敢多说话,更不敢闹着要分地,只有不吭不哈地跟上集体干。可枣树墕的人早就闹得不亦乐乎了,甚至把哪块地和哪块地搭配,牛羊怎样搭配分的方案议论了多遍了。一听说让分地了,没有几天就分得妥妥帖帖了。

陕北的七八月间,是一年四季中最好的一段时光。虽然粮食还没接济上,但地里有瓜菜,多少还能分一点儿夏粮,饥饿的状况明显缓解。更使人兴奋的是,今年是实行责任制的头一年,明显看到各样庄稼的长势要比以前好得多。

李正生做梦也没想到,政策对了路,形势发展的会这么快,盼望了几十年的好光景,将要在他这一代变成了现实……

秋后,在农民各自收回了自己的丰硕果实后,李广生的收成明显比不上人家,就连整天忙得往外跑的李正生都比不过。在这么迅猛的变化面前,他从内心认输了,就自动卸了职,跟当工人的儿子去西安了,听说,他儿子已经在厂里当上领导,给他找了个临时工干去了。大队书记这一担子就自然而然地落到了李正生肩上了。其实,人们都知道,现在的书记也没什么权,更没李广生当书记时那么牛气,但这是共产党的最基层一级组织,不能解散了,没有书记怎么行呢,更何况,党的方针政策还要靠党支部传达、贯彻、执行。

李正生当了大队书记后,虽然全部实行了生产责任制,但他坚持坝地不分,仍然由集体管理,收的粮全部替社员交了公购粮,剩余的卖给个人或粮贩子,把卖的粮钱让会计存入银行。他心里想,既然让我当书记,我就应该给社员办点儿实事,他想积蓄下资金把山上的吃水问题和全村的通电问题解决了。

可是,有一天,公社派人来调查他,要他把大队的存留说清楚。把他气得说,我说不清楚,有账可查,你们查账去!结果老主任的儿子王勇把账拿出来,让他们查了几天也没查出什么问题,又开了个党员座谈会,让大家谈一下对集体存留的看法,在会上,不但没人说他有任何问题,而且

说他从学大寨到责任制，带领社员吃苦受累，打坝造田，为枣树塌立下了汗马功劳，谁敢说他不是个好领导？最后说来说去，才说那是有人想分大队的存留，他不给分才告他的，以为他不给社员分是自己贪污了。

这一件事，把他气得真想撂下这副泔水担子，也自己搞点儿生意去。可是他又看到大队一班人信任他，老百姓依附他，他只有窝了一肚子的冤屈，继续挑着这副"泔水担子"。

小饭馆　尚加话别

历史的进程推进到二十世纪八十年代初期，农村改革初见成效，万元户、万斤粮的个体农户像雨后春笋一样，迅猛发展，可以说自"大跃进""大锅饭"以来，一直困扰农民的温饱问题终于得到解决，进而勾画出向小康社会迈进的宏伟蓝图。刘来福也再不用偷偷摸摸地倒贩粮食、化肥，倒卖辣面子了，可以公开名正言顺地做生意了。一九八二年秋收以后，他在自己靠大路旁的六分责任田里修了两孔薄壳窑，开办了个夫妻小饭馆。这时候他的两个儿子，大的十岁，小的八岁，已经上小学了，就让老人照看。婆姨既当出纳又当会计，还兼采购、服务员，他既是厨师又是老板。这是刘来福梦寐以求的事，不管挣了挣不了钱，这也算是他自己的事业，最起码不再受人束缚了，他感到一身轻松，心情舒畅。

"米脂的婆姨绥德的汉"，说的就是陕北的地域人文特点。

陕北这块古老而文明的土地，有史以来就是农业民族与游牧民族争战、杂居、融合之地，不断在进行着匈、汉两族的你争我斗，最终杂居相生。公元四八一年，匈奴单于赫连勃勃挥师南下一举攻克长安，在这里建立了统万城，秦代绥德出生的大将蒙恬率军到此抗击匈奴，并屯田戍边，筑城固守，迁徙内地罪人移居陕北。多年的游牧生活、战争，杂居，匈、汉两个民族在陕北黄土地上实现了彻底的融合同化，血脉的融合造就了陕北黄土高原这块地域中的陕北人。就人种而言，他们身体里流动着匈、汉两族人的血液，使陕北人在人种上呈现了一种优势：男性多壮实剽悍，女性多窈窕娟秀；男性多倔强豪强，女性多心灵手巧。特有的生产方式和文化精神，培育了陕北人特有的心理性格和精神气度：耐性与打斗的冲力的统一，忍让的本分与反叛的倔强的统一。男性多表现一种外冷内热、厚重木讷的秉性，女性多表现一种情真意切、热烈似火的风韵。具有了独特的陕北个性。正如余秋雨说："陕北人，即使是衣衫褴褛地走在世界上，也会被人看出是具有大文化背景的人。"绥德、米脂又是无定河一道大川里的交通枢纽，古道码头。开店、行船、赶牲灵、跑码头，使这里的男人女人交际广泛，磨炼出一种精明能干、热情豁达的气质，在那个传统封闭的年代，绥德、米脂这一带的男女青年比其他地方的人要开放得多了，以至于流传着："青线线那个蓝线线，蓝格盈盈的彩，生下一个兰花花实实地爱死个人。手提上那个羊肉，怀里揣上糕，拼着那个性命呀，往哥哥家里跑。我见到我的亲哥哥，有说不完的话，咱们两个死活呀要在一搭。"《赶牲灵》《三十里铺》《走西口》等脍炙人口的具有独特风格的陕北民歌。又传说《三国演义》里描写的貂蝉是米脂人，吕布是绥德人，所以才流传下来"米脂的婆姨绥德的汉"的千古绝唱。

　　刘来福夫妇就是一对典型的陕北男女，刘来福倔强剽悍，敢作敢当，他婆姨虽然长得瘦小，但年轻漂亮，精干麻利，又是镇子上的人，接人待客热情大方，一双水灵灵会说话的眼睛和那微笑的脸庞，就是一张鲜亮的招牌，迎来送往，吸引着客人。个体办小饭馆既新鲜又实惠，一老碗荞面饸饹或揪面片羊腥汤才两块钱。过往司机、赶集上会的打个尖，来这里吃一碗热腾腾香喷喷的荞面饸饹羊腥汤或羊肉臊子揪面片，吃完后再喝一碗面汤，歇息一会儿，饥渴全消，疲劳全散，满意而去。酒香不怕巷子深，食堂虽然离县城四五里路，但知道的人宁可在他这小食堂吃，都不去城里。小小的夫妻店，一开张就顾客盈门，红红火火。

　　刘来福本就不是个安分之人，小饭馆开了不到一年，手头也宽裕了，他就耐不住性子整天站在灶火圪崂里烟熏火燎的了。他找了个厨师，让婆姨把食堂经营上。一九八三年春，又买了台小型制砖机，雇了几个人，联系在县办砖厂培训了半个月，在自己的小饭馆旁边开了个砖厂。砖厂开起来已到中秋，陕北的秋天，桃李瓜果、各样蔬菜都上市了，进入八十年代市场放开以后，一到秋里，城乡繁忙，市场繁荣，公路上三轮、四轮、小型客货车从乡里、地头，将桃李瓜果、各样蔬菜等农副产品运往城里，运到四面八方。看到这一派繁荣景象，刘来福又眼馋了，他不吭不哈，去省城买了一台十二马力的四轮拖拉机，请了个师傅教了一天，就一个人把它开回来了。他又谋下一"宝"——他开着四轮拖拉机，把当地生产的红葱拉上，走三边，贩清油，来回都不空，两头赚钱。

　　市场的诱惑力太大了，刘来福看到啥想做啥，只可惜手头资金不允许。

小饭馆、小砖厂、小四轮,到目前为止他只能做到这一步。他只要好好经营,一年下来收入个十来万应该不成问题。他想,积攒上几年再搞个别的。

刘来福的小本生意又经营了一年多了。一天晚上,他的小饭馆来了一位不速之客——他的同班同学,邻村刘家峪东边贺家沟的贺尚加。他还没进门就咧着大嘴笑着大声喊道:"掌柜的打发点儿!"

忙活了一天的刘来福正在自己的小饭馆消遣休息,和婆姨盘点一天的收入和开销,计划第二天采购的东西,一听是同班几乎同村的贺尚加的声音,赶紧起来接待:"什么风把老同学吹来了?当了矿长了,还能瞧得起咱这平顶子老百姓!有何赐教?快请坐。"

刘来福拉着老同学的手让了座,他婆姨也赶紧端来热茶给贺尚加递上,打趣地说:"你咋进了公门了?你看我们这'受苦人',没明没夜的受这份罪,可怜不可怜?"

贺尚加边往下坐边笑着说"我一个煤黑子,算什么,你们一个老板一个老板娘,多自在,还敢说可怜,听说你们食堂办得红火啊!你们先走一步搞个体经营,有胆有识,有远见,将来开个大饭店给他们看看,胜过他们那些所谓的公家人。哈哈!"

说话间,刘来福已切了一盘羊头肉,捣了蒜,拌了醋,炒了一盘鸡蛋,一盘花生米,端上桌,拿来一瓶新洲出的金谷酒,和老同学迎面而坐笑道:"老同学,别来无恙,今天来个一醉方休。"

贺尚加又开玩笑:"老同学太客气啦,我让你打发点儿就行了,你就把酒肉上来了,今天讨饭走对门子了,哈哈!"

刘来福说:"你口里就没一句正经话,无事不登三宝殿,今天光临寒舍有何贵干?"

"今天在家休息,听说你搞得不错,不但开了饭馆,还办了砖厂,搞长途贩运,来看看,又是老同学又是邻村,搞好了我们好来讨碗酒喝嘛,嘻嘻!"贺尚加又在耍笑。

刘来福笑了一下说:"我这算什么,几年不见,混得可以啊,当了矿长,牛得很嘛,我们来拉点儿炭,还要求你高抬贵手哩。听咱们班的乔宏年说,他开着手扶拖拉机拉炭,想跟你讨碗面汤喝,你头都没摆,把面汤倒到泔水桶里,都没理他。是真的还是假的?"

乔宏年本来随父母住在驼城市,也是驼城中学高六八届的学生。"文化大革命"期间说他父亲在解放驼城时给国民党干过事,刚好他大伯在"文化大革命"中,从台湾给他们寄来一封信,他父亲害怕人家查,就主动向

公安局汇报了,这一汇报不要紧,引火烧身,认为他和国民党还保持着联系。就把他们全家遣送回老家新洲县城郊的高小渠,他的学籍也就随之转入新洲刘家峪中学。和刘来福、贺尚加一个班,但那时候已停课,他转入刘家峪中学,没上一天课,当然也没和同学们接触,就卷入了"文化大革命"运动。一九六八年和刘来福他们一起回农村。因为父亲的问题和海外关系,一直没有出去,在农业社劳动。后来,村里买了台手扶拖拉机,说他有文化,人又机灵,让他开拖拉机,去县办的洞儿沟煤矿拉炭,拖拉机有个小毛病自己学着修。新洲当时开办四个年产三四万吨的小煤矿,煤炭供应紧张,方圆几十里都到洞儿沟煤矿拉炭,有不少人还赶着毛驴拉着架子车,把炭拉到缺乏煤炭资源的绥德县城去卖,拉炭的天不明就来到矿上排队。乔宏年也一样天天早出晚归,有时候中午饭都吃不上,带点儿干粮,听说自己的同学是矿长,就想到灶上要碗水或面汤喝。但人多啦,人家谁认他。其实,他只是这样想了一下,同样的同学,人家是国家正式职工,当上了矿长,自己还是个穷农民,可怜巴巴地排队拉炭,强烈的自尊心使他拉炭都怕碰见同学,还怎么好意思去跟他要面汤喝。有一次他看见贺尚加吃完饭,端着碗,红扑扑的脸庞正凑到碗沿上边走边喝面汤,出了灶房,顺手将喝剩的面汤唰一下就倒进了门口放的泔水桶里,把他看得喉咙痒痒了一阵子。后来同学们说起这个过程,玩笑话就慢慢演绎成这样了。

贺尚加听刘来福这样一说,啼笑皆非地说:"哎呀!我才刚调到洞儿沟还不到半年,人很生,我一点儿都不知道这事儿。'文化大革命'那时候,我又不和你们在一块儿,我经常在双湖驿街上见这个小伙,还不知道是咱们班上的,他也不来说一声,知道的话吃一碗面也没问题,不要说喝口面汤!"

刘来福端起一杯酒和贺尚加碰了一下共同一饮而尽,笑着说:"喝酒,这都是玩笑的话,你也不必在意,你怎么到了煤矿上?"

酒过三巡,有些兴奋,贺尚加也端起一杯酒和刘来福碰杯而饮,深情地说:"说来话长啊!返乡后,当过饲养员、大队会计,修过梯田打过坝,拿粪、犁地、锄地、收割,哪一样没干过。整整两年的农村生活,让我深深体验到,在这一片大有作为的土地上,其实根本无所作为。咱这农村太苦了,受苦受累不说,吃不饱穿不暖,要说有作为,那只是能经受一些锻炼和考验。"

"你也有同感?"刘来福打趣地说。

"咋没有嘛。"贺尚加接着叙说,"那是一九七〇年夏天,公社举办学习毛泽东思想积极分子培训班，大队通知我和大队书记去参加，刚好遇见咱班已经在县财政局工作了的女同学——高飞芝，她也来参加培训。她给我透露，县上在咱公社招收一批工人，正准备给各大队分名额。回去后我就到大队去报了名，队里开会选拔推荐对象，竞争也是很激烈的，后来县上来的招工干部看准了我，才将我录取。当年十月，县上就通知我去高庙铁厂上班，高兴得我眼泪差点儿掉下来。到了厂里并非想象的那么好。厂里给发了一套灰色的帆布工作服，每三个人配一辆人拉车，去八里路远的羊圈山拉铁矿石。这和农村当农民有什么两样？好的一点儿是每天给吃一斤半粮，活重些但不吃糠，粗细粮搭配基本能吃饱，从此再不怕受饿了。厂里都是些年轻人，虽然条件艰苦，活又重，但是生活依然是快乐的，年轻人在一起有说有笑，拉矿去的时候是空车子，一路上一会儿是《大海航行靠舵手》，一会儿是《信天游》，歌声不断。在工作之余，我还给工人们教唱革命歌曲，念报纸学文件。苦干了四年，一九七二年批准入了党，最后当上了生产班长。"

贺尚加端起酒杯和刘来福碰了一下，把酒一饮而尽，有点儿兴奋，又接着说："一九七四年四月，洞儿沟煤矿发生了工程方面的集体贪污案，财务班子出问题了，公交局调我去接任出纳员。这一调可把我高兴坏了，脱产了，再不要三班倒受重苦了。我就下定决心，一定要努力，好好珍惜这份来之不易的工作。一九七五年秋，矿上派我去驼城财贸学校培训学习了三个月。我如久旱逢甘霖的禾苗，抓住这久违的机会，如饥似渴地汲取这宝贵的营养。到年底回来就担任了会计工作，开始勤恳工作。咱这半搭子高中生还很受领导赏识，文书、统计、年报、年终总结都安排我干。甚至让我参加矿上的重要会议，参与经营决策。说实话，我当时感到很满足很自豪，积极为领导献计献策，以至于有人背后叫我"黑"参谋。其实我也确实给他们起到了参谋作用。我结合生产实践，为矿山制订出生产计划、成本核算、销售管理等规章制度。使矿上连年超产，超额完成利润任务，成为全县首屈一指的盈利大户，荣获县上的先进单位。"

说到这里，他又端起酒杯和刘来福碰了一下，一饮而尽。刘来福喝下一口酒后动情地说："我们这些人无论到哪里都是实干家，要文化有文化，要能力有能力，关键是把事当事干哩。我在气象站做饭的时候，也是想尽千方百计让他们吃上纯细粮，都把我称能人哩。贺光贵当兵后几年就提拔为连长，刘永清大学毕业分到省科委科教部，高常军也当上了供销社主任。"刘来福说着，婆姨给他们添了热水。

"你说得很对,"贺尚加喝了一口茶继续说:"一九七八年为了孩子在城里上学,我要求调到县印刷厂,给了我个二把手干,一干又是三年。利润由每年的五千元,上升到七千,九千,一万。其间,从县上争取拨款六万五千元,修了十孔职工宿舍,改善了职工的生活居住条件和工厂面貌。但还没等孩子来城里上学,经委主任刘俊明又找我谈话,说杨家岔煤矿班子出问题了,要我到矿上当会计。我当时实在不想去,孩子进城上学的问题还没解决。可没办法,十月份就交清手续到矿上报了到。到了矿上发现杨家岔矿班子不团结,管理混乱,营业员拿煤送人情,使矿上的收入大量流失,连年亏损。我接手时有六万七千元的亏空。新班子组建后,紧锣密鼓搞整顿,建立规章制度,我既当会计又负责生产经营目标规划。我参阅资料,根据历年的产量制订出切实可行的目标规划,和简明扼要通俗易懂的利润管理责任制,核定吨煤成本,以产计酬,工人每出一吨煤就知道他能挣多少钱,同时拿出利润的50%发放奖金,提高块煤回收率,产量、利润直线上升。到年底,全矿五十多名管理人员每人拿了三百元奖金,我拿了五百元,相当于十个月的工资。一九八三年盈利二十二万元,这在当时是个了不起的数字,给退休工人发工资十一万,给县上交了两万,还余九万。一时间,杨家岔矿成了全县议论的热点。刚在杨家岔矿干得可以了,收入比任何时候都高,今年四月份,县上又把我提拔为洞儿沟矿矿长。说实话,我是根本不想当这个矿长的,开采了四十多年的老矿井,资源枯竭,开采难度大,产量上不去不说,还有枯水隐患,太操心了!我去的时候连工资都发不下,处于半瘫痪状态。没办法,只有干嘛!人家书记也好,不急不躁任劳任怨,我和书记拧成一股绳,边整顿边组织生产,两个月过后,形势慢慢走向好转,工人多少有点儿奖金了,这才稳定了人心,现在才刚走上正轨,不管怎样没出事。"

"你说得对,我是宁可在农业社受苦,也不当那个矿长,太操心了,那你们还要下井吧?"刘来福插话问。

"下嘛,不下怎么指挥生产,主要是安全隐患检查,哪一点儿都不敢马虎。"

说话间,贺尚加看了一下手腕上戴的那块明晃晃的蝴蝶表,说:"哎呀,不早啦,马上十点了,你们也劳累了一天了,休息吧,喝两口就话长了,东沟上西沟下,不知说了些什么,让你见笑啦。"

刘来福婆姨又给他们加上热水,抿嘴一笑说:"不常来,再坐一会儿,喝水。"

刘来福脸也有些发红，深情地说："难得一见，我还没给你倒我的苦水哩，三天三夜也说不完。先苦后甜嘛，你看你现在多牛，县长都接见你，这上下川方圆几十里谁不知道你贺矿长！以后我来拉炭可不要认不得，连碗面汤都喝不上哟。"

两个人你一杯他一杯，把一斤酒喝完后，贺尚加站起动身就要走，说："看你说哪里话，你尽管来，来了咱弟兄好再喝二两。"说着就晕晕乎乎地出门走了。

送走了贺尚加，刘来福对婆姨说："我们也得想个办法，就靠这几个小摊摊，一天累死累活才能挣几个钱？"婆姨说："你就一天瞎折腾，这山看见那山高，快睡吧，明天还要早早起来买菜去哩。"他们确实累了，躺下就睡着了。

抓机遇　兴办企业

一九八五年春上，县上开办的老集体企业——砖厂，拖欠工人工资，工人集体跑到政府，闹着要工资。政府贴出告示，招贤纳士，往出承包砖厂。刘来福开了这几年小砖厂，觉得砖厂并不复杂，改革开放以来，修窑的盖楼的越来越多，砖不愁销路。就找到县上管工业企业的部门，提出了他愿意承包砖厂的想法。县上首要的条件就是把拖欠工人的工资补发了，补发的钱可以抵承包费，其次，就是要求他两个月必须把砖厂搞上去，否则，他们将另找人选。他拍着胸口说："没问题，保证把砖厂搞好。"县上也考虑到他开了几年砖厂了，就给他签了合同。

刘来福接手后，把县上招下的技术工人留下，其他人补发了拖欠的工资打发了，把小砖厂停了，人员转到大砖厂，重新组建了队伍。并让给他借钱贩粮，已经在他的小砖厂干了几年的堂哥刘根治当生产厂长，以产计酬，实行计件工资，多劳多得。砖厂用的炭也不用别人送，用自己买的四轮拖拉机拉炭。现在的产量要比他的小砖厂增加一倍多，他就赶紧开始跑市场，找修楼搞房产的老板推销砖。同时，还用自己的拖拉机给用户送砖。砖厂稳定后的第二年，他又提拔了一名懂技术的厂长，把刘根治调出来，承包了水保局的一辆卡车，开始跑运输。从此，一发不可收拾。开始去河南卖洋芋，回来时拉棉花。后来，看货源充足，销量又好，就贷款先后购

买了两辆苏泊尔半挂,加上原来的一辆解放,一辆华船货运汽车,共四辆车跑运输。他刚回农村时,拉着架子车让他和他们一起干的狗蛋和臭娃,这几年也都在农村学会了开车。他特意安排狗蛋和臭娃一人开一辆大车。还购置了一辆小车,由他姐夫担任运输队长,开着小车联系业务,跑生意。把当地的洋芋往南方发,在郑州、淄博、武汉、徐州、菏泽等地设点儿销售,到旺季汽车、火车同时发。

这时候,他又发现原来并不起眼的濒临倒闭的新洲食品加工厂渐渐红火起来,门庭若市,出产的月饼一车一车地往出拉。他就找到县计划局已经当上了副局长的王永兴和县委宣传部当副部长的曹世荣,问他们:"你们有没有发现不起眼的食品厂,怎么就突然红火起来了?"

王永兴对他说:"食品厂也由个人承包了,从管理到销售,都肯定比原来精心了。"

曹世荣给他分析:"你没发现,现在人民生活水平都提高了,对传统节日中秋节越来越重视了,过节送礼、单位发放礼品都用月饼吗?月饼的销路要比以前增加多少倍。只要质量好,不愁销路。"

听同学们这样一说,他这才有所醒悟地说:"噢,原来如此,我说呢,要不然我来问你们,这里面肯定有文章,我看我也可以办个食品厂,专做咱新洲月饼。"

两位同学都异口同声地对他说:"要办就要早办,迟了,人家都办起来了就不好销了。"

新洲月饼酥脆香甜,叫入口酥,由于酥得像雪片一样掉渣子,吃的时候要双手捧着吃,因此也叫雪花。因为是地方小吃,很有特色,而且包装简单,价格便宜,以它物美价廉的优势占领市场,逐渐成为新洲的一道特产。但在二十世纪六七十年代,由于粮油供应不足,本来要用纯麦粉,没办法加了玉米面,油也加得不足,生产的月饼又瓷又硬,有了"新洲的月饼像砖头,拿到手里能打狗""新洲有三硬,侯石圳的炭硬,服务员的态度硬,食品厂的月饼硬"的顺口溜。食品厂几乎是半停产状态。改革开放进入市场经济后,新洲食品厂实行承包,更新了设备,加强了管理,面粉、食油、芝麻、红、白糖等主要原料都选用上等品,月饼质量明显改观,又开始酥得掉渣子,恢复了"雪花"的声誉。产品已打向驼城乃至西安等地。有些小作坊也开始加工月饼了。于是他于一九八九年,在自己的小饭馆旁边办起了食品加工厂。雇用了十来个人,又把刘根治调回来当厂长,让他姐夫去河南发棉花。开始只是用自行车往乡下各商店小卖部送货,到过节

的时候增加到三十多人，加大产量，用三轮车往新洲周边县送，后来就扩大到驼城，并设点专卖。两年以后，发展成七辆三轮车，往各地送货。随着业务量的增大，地方不够用了，就把小饭馆也停了并入食品厂。人员增加到八十多人，到中秋节前夕，提前准备，加大产量，连加工带包装、发运、管理，人员增加到二百人，使年产值达到了十多万元。

金秋十月，丹桂飘香，黄土高原上的秋色也显得那么醉人，天空一片晴朗，山野一片金黄，蔚蓝的天空飘过朵朵白云，金黄的田野散发着阵阵芬芳。农村改革的气息一浪高过一浪。新洲县城东的一栋新楼上挂满了"向阳旅社祝贺东关饭店开业""东风商店恭贺东关饭店开业""鑫龙饭庄祝贺东关饭店开业"等各色条幅。楼顶上方"东关饭店"四个大字鲜艳夺目，大门口两边贴了一副鲜红的大对联：

改革开放 搞活经济 能人先致富
锐意进取 走出农村 农民成大器

门口两边摆放着两行鲜艳的花篮，楼前站满了前来祝贺的来宾和观众。这是刘来福自建的吃住一条龙的东关饭店，开业典礼将要在这里隆重举行，时在一九九二年十月八日。

现在的刘来福可不是那个当年用肩膀背着贩粮，用自行车贩化肥卖辣面，或开小饭馆的刘来福了。厂子两个，大小汽车五辆，员工一百多号，家大业大，财大气粗，考虑问题办事再不像以前那样小打小闹了。他在外面跑生意住宿时，发现人家酒店都是一二楼餐饮，上面几层是客房，叫什么"吃住一条龙"。他想，新洲一个县城，除过县招待所住宿带食堂，再没几家带餐饮的饭店，自己何不也办一个吃住一条龙的饭店呢？于是他就选址征地，和一家建筑公司联营，组建了施工队伍，在县城东头的公路边，自建了八间开双面三层楼，开设了饭店，一层是餐饮二三层是客房。他和婆姨也从小饭馆搬出来住在了饭店楼上。

上午十点左右，刘来福和家人、亲戚邻里、有关部门领导、一些个体商户老板，都陆续来到饭店。除此之外，还有县城周围所有的同学来为他助兴。已提拔为县供销社主任的高常军、时任县计划局局长的王永兴、已经由县委宣传部部长提拔为县委副书记的曹世荣、新洲宾馆工作的高明祖、县林业站当站长的崔银怀、县财政局工作的女同学高飞芝、县工商联工作的董和平、县文化馆工作的马建国、县畜牧局工作的郭有权、县教研室工

作的胡强建、新洲中学（县办的刘家峪中学现在已经改为新洲中学）当教师的杜方中、新洲实验小学当教师的女同学田芳琴和双湖驿完小任教的苗元高、李仁建都来了。另外，时任周家街中学校长的刘润泽和驼城市商检局局长的刘永清，驼城毛纺二厂当了工人的乔宏年，一直在农村当农民的贺尚有、姬乃至，也都赶来祝贺。其他人来了都是做客祝贺，拱手道喜，礼尚往来，老同学们来了实际上就是一次小型聚会。自从一九六八年分开以后，东离西散，各奔前程，谁也见不上个谁，偶尔能碰见一半次，也是匆匆而过，各忙各的事。二十多年都没有在一起聚过。同学们一来，老远就看到整个楼面上挂满了条幅，赶紧去县城，买来一块玻璃印画"迎客松"的山水风景的大匾，上面写了"恭贺东关饭店开业"几个字，下面书写了每一个人的名字，挂在大厅。还买来了十几对花篮，摆放在门口两边。还有几墩礼花炮和两盘五千头的鞭炮，典礼还没开始，同学们就戏耍着放开了鞭炮。

今天的刘来福，西装革履，从上到下换了一身行头，一身银灰色西服，脚上蹬了一双三接头黑皮鞋，胸前戴了一束小红花，红花绿叶下面有个红飘带，飘带上写着"主人"两个字，他仍然剃了个光头，满脸堆笑，热情接待客人，见老同学来了，又是挂镜框又是摆花篮，高兴地咧着大嘴笑着，一一握手欢迎老同学的到来。

典礼仪式在大楼门前的院子举行。刘来福的同班同学，时任周中校长的刘润泽主持。部门、企业界领导和他的同学们戴上了嘉宾花，站在主席台上。中午十二点整，主持人刘润泽宣布："东关饭店开业庆典现在开始！鸣炮奏乐！"顿时鞭炮齐鸣，礼炮震天，一派喜气。炮声足足响了有十分钟，炮声停息后，首先请上的是时任榆林市商检局局长的老同学刘永清致贺词，他在讲话中高度赞扬了刘来福作为一个农民，率先闯入市场经商，办企业，从无到有，从小到大，从卖辣面到承包砖厂，从承包一辆汽车跑运输到建立车队搞长途贩运，从夫妻店发展到办食品厂开饭店，一步步走来，付出了艰辛，付出了心血，为新洲的"三产"发展带了个好头，为县域经济做出了贡献。同时给刘来福提出了要求和希望。希望他依法经营，按章纳税，注意饮食卫生，加强安全管理。最后祝他生意兴隆，财源广进，多多赚钱！来宾代表选了鑫龙饭店总经理讲话，恭贺了东关饭店的隆重开业。最后是主人刘来福致答谢词。他有些激动，站在主席台上竖着的麦克风前，嘴唇微微颤动，片刻说不出话来。他定了会儿神，咳嗽了两声，清了一下嗓子讲道："各位领导，各位来宾，同学们，朋友们，大家好！首先

感谢大家在百忙之中来为我捧场。我刘来福能有今天，多亏赶上了改革开放的好政策，得到领导们的大力支持。想当初，我们"老三届"每人发了一张铁锨脑子，回到农村白手起家，和父老乡亲们一起摸爬滚打，连肚子都吃不饱，买两颗粮食都要在黑市上偷偷摸摸的，黑天半夜往回背。现在不但不饿肚子了，而且勤劳的人都富裕起来了。特别是市场开放以后，商品流通，货物畅销，带来了处处商机。我这十来年在市场上打拼，不图别的，就觉得过去想做，政策不允许，现在有这么多的生意可做，何不抓住机遇试试，用时髦的话说就是体现我们的人生价值！"他顿了一下，仰起头想了一下又讲道，"今天，承蒙社会各界，政府有关部门领导的支持和帮助，饭店经过将近一年的修建准备，终于开业了，能否办好，还要靠各位领导和朋友们的支持关照，在这里，我再次感谢大家的光临！谢谢大家！今天略备薄酒，请大家入席就座，吃好喝好！"

他的致辞完了，迎来一片掌声，典礼结束。在一片欢声笑语中，来宾们都款款入席。刘来福专门把同学们安排在一个摆着两张桌子的包间里，让他们尽情交谈畅饮。

同学们分两桌刚坐下正准备开席时，任职于华能精煤公司，成为央企员工的贺尚加，风风火火地进来了，大家一见他进来，就你一言他一语地开涮他："你这号人，无情无义，当了个矿长倒认不得人了，连口面汤都不给老同学（指乔宏年）喝，还来做什么！"

"成了央企的人了，牛气了，姗姗来迟，给我们摆谱呢！"哈哈哈！满屋子一阵哄笑。

一进门就给了个下马威，把贺尚加搞得窘迫尴尬，面红耳赤，边往下坐，边笑着说："你们听谁瞎说哩，尽给我造谣！"

乔宏年笑着说："那时候咱是农民，人家是矿长，认得咱是个谁。哈哈！"

"是啊，当了矿长了，成了央企的人了，更牛了啊！连典礼也不参加，赤手空拳，吃来了啊。"

"就是的，带的什么礼？给大家亮一下。"哈哈！又是一片笑声，一阵嘈杂。

"你们这城里人，笑话我们这乡里人啊，我们又没车，昨晚都动身了，坐了一晚上火车，紧赶慢赶还是来迟了，受你们数落。"

"卧铺上睡了一晚上，还抖什么亏欠呢？"人多势众，贺尚加一个人难以抵挡……

"好了，好了，人都到齐了，现在我提议，为祝贺咱们刘财主的东关饭店隆重开业，干杯！"刘润泽站起端起酒杯，提议。

大家说着笑着都起立，互相碰杯，喝开了。

这时候，刘来福也安排完其他客人进来了，他首先给大家一一敬酒，敬酒的过程，都和他开玩笑，这个说，刘臭蛋（刘来福小名叫臭蛋）不臭啊，干出这么大的事业，那个说，如今的刘臭蛋变成刘香蛋了，成了大财主啦！哈哈哈！又是一阵哄堂大笑。

说笑间，刘来福特意走到贺尚有和姬乃至跟前边给他们看酒，边说："你们好好喝，常见不上，喝多了晚上就睡这里，有吃处有住处。"

他俩异口同声地说："我们受苦人哪能和你们比哩，穷得喝不起，从来不喝酒。你们当财主的当官的经常喝哩，好好喝。哈哈！"

刘永清端起酒杯笑着说："喝吧，我们以后吃不开了就上刘财主的门，不至于连碗面汤也不给喝吧？嘻嘻！"

贺尚加攻击刘永清："局长，正县团级干部还要讨吃要饭？光'贪污''受贿'的都吃不完，还不把人家给你行贿的好烟拿出来给大家发，等我们揭发你哩？"

大家又笑得前仰后合，有的人把眼泪都笑出来了。挨着刘永清一起坐的马建国爱抽烟，顺便拿起刘永清面前放的软中华给大家发，笑着说："咱抽，这是没出钱的烟，只管抽。"

贺尚加说："给我们一人发一盒。"有的人已经在刘永清衣兜里掏开了。

刘永清一边推搡，一边笑着对贺尚加说："你小子从当矿长到华能搞经销，从天津到北京，从包头到港口，有的是招待费，吃香的喝辣的，投机钻营，可能贪污了不少，要不怎么知道我贪污哩？"

贺尚加口一张正准备攻击刘永清的时候，刘润泽从座位上站起来说："你们不要逗了，我给咱刘财主唱个秧歌。"大家这才静下来听他唱。他开口唱道：

老同学今天聚一起，共同祝贺咱刘老弟。
来福同学有心计，一心就想做生意。
偷着贩粮贩化肥，受苦受累实难为。
改革开放活经济，抓住机遇搞个体。
承包砖厂是第一，运输销售跑外地。
食品加工成大器，饭店高楼拔地起。

有胆有识有魄力，农民企业家就是你。

嗨么呀呼嗨——农民企业家就是你。（大家齐声接后音）

这时，郭有权大声喊："叫两位女同学唱一首歌"。

刘来福说："咱班一共只有四位女同学，有两位还没来，大家说，让两位女同学唱一首，好不好？"

"好——"大家齐声呐喊。

高飞芝和田芳琴扭捏着说："我们不会唱，年轻的时候都没唱，半老婆子了还唱什么哩。"推来搡去不唱。

"没人唱，不能冷场了，让刘润泽讲一下婆姨卖血的故事好不好？"高常军说。

"好！"大家又一次齐声呐喊。

刘润泽说："那有什么好讲的，又不是什么光彩的事！"

高常军说："卖血求生，也是为家庭、社会做贡献，一段苦难的经历嘛，精神可嘉呀！"

刘润泽说："唉！回去那几年苦谁没受过，洋芋渣（磨洋芋淀粉制作粉条时剩下的渣子）、洋芋稍叶子谁没吃过，饿着肚子还要干打土疙瘩、拿粪、拉架子车那些重体力活。一九七二年，我领着婆姨娃娃"走西口"，迁移到宁夏安了户。那里人少地广，人也都好，当年秋后还给我们分了口粮，但是因为我们去得晚，没挣下工分，要交一百多元粮钱。但那时候，凭工分吃饭，又不同现在可以做生意，没有一点儿外来收入，哪能拿出一百多元钱？婆姨听说血很贵，我都不知道，她就偷着去平罗县医院献了血，准备用卖血的钱交粮钱。结果在返回的途中坐的车又肇事了，一下把她的脚腕给碰骨折。这真是'人的命天注定''偷鸡不成反蚀一把米'。刚抽了几百毫升血，又受这么重的伤，差点儿要了婆姨的命，身体急忙恢复不过来，没办法把儿子送回老家，我端屎端尿伺候了婆姨一个多月。卖血的钱给她看病都不够，粮钱也没交上，拉下一屁股债。也许是天无绝人之路吧，村里看我们可怜，同情我们，就让出招工指标，推荐我去了平罗县国有农牧场当了工人。当时的高中生还很吃香，农场看我有文化，人又实在，就让我当了场办学校的老师。"

"我们学的是俄语，那你怎么教了英语？"高飞芝问。高飞芝高中时是他们班上的学习干事，对每个同学的学习、脾气、性格都比较了解，对回乡或插队后的情况也爱关心。

"这也是受到了一件事情的启发。"他又说,"一九七八年,去县城看望一位出车祸受伤的同事,一位中年女教师。她在病床上还自学英语,我问她为什么这把年纪还在病床上自学英语,她说孩子的其他功课都能辅导,就英语不懂,为了辅导孩子才学的。我从中受到启发,心想,人家一个女人家还能在受伤期间忍痛自学英语,我一个男人又是搞教育的,为什么不能自学?于是,当天就掏了三十多元钱在县城买了个小收音机,去新华书店买了一套初级英语广播教材,把一个月的工资都花光了。回到学校就开始自学英语。为了多听学几遍,每天早晨连续听宁夏、陕西、河南、湖北四个台的英语讲座。等于一节课听四遍。一九七九年,我又争取了个脱产进修英语的机会,同时考试参加了宁夏广播电视大学的英语学习,终于成了一名初中英语教师,还被评为宁夏电大优秀学员。"

"那你怎么又回到新洲教学?"田芳琴好奇地问。

他说:"我本来在宁夏教得好好的,在宁夏十年,几乎年年被场里或县上评为模范,一九八〇年还被评为石嘴山市教育战线先进教育工作者。但是,一九八二年春节回家看望父母的时候,一看实行分田到户,老人年龄大了,跟前没有帮手,地种不上,拿轻背重,没人帮,就产生了往回调的念头。也是我的英语给我帮了忙。我找到新洲中学书记赵玉峰,他说,只要能教高中英语就好调。就这样,不到一个月时间就调回新洲中学来了。但报到一天后,因周家街中学缺英语教师,开不了课,征得我的同意,就把我调到了周家街中学。

"为了拿到正式文凭,我又争取了个进修的机会,一九八三年,经过考试去延安大学进修英语。已经是三十五岁的人了,和二十来岁左右的娃娃们一个教室听课觉得很不自在,但是我们是找米下锅来了,经过十几年的实践磨炼,才知道知识的重要,时间的宝贵。有这么好的学习机会,哪敢放过。人家年轻人记忆力好又有基础,一下课就玩去了。我一遍根本记不下,有些还半生不熟,一知半解,就一个人在教室里不断地写、读、背,正好安安静静能学点儿东西。咱们同学高常礼这时候已经是延安大学教授了,又是历史系主任,在一个校园里都没时间和他一起去聊天,他有时开我的玩笑,说我走火入魔了,要是'文化大革命'又会给你戴个'崇洋媚外'的帽子。两年以后,我满载而归,拿到了正式大学文凭。"

"功夫不负有心人啊!"马建国发出由衷的感慨。

"喝酒,我们也为刘润泽的成功,干杯!"高常军端起一杯酒和大家碰杯,大家都站起响应。碰了杯喝完酒都坐下,继续听刘润泽讲。刘润泽和

大家干杯后接着说："受'孟母三迁'的启示，为了孩子，一九八八年我主动要求调到殿寺中学教英语，使殿寺中学学生的英语成绩直线上升……"

正说着，刘来福送走了客人又进来了，一进门就说："马建国，把你'半脑壳'的故事也讲一讲，让大家听一听。"

马建国说："我那'半脑壳'有什么说的，我现在说话有些困难，我准备写一篇东西，将来刊登在咱文化馆办的《大理河》杂志上，你们慢慢看去。还是把你怎样使'臭蛋'变'香蛋'的事给大家讲一讲吧。"他说话有些吃力。

"那是一九九〇年春，阴历二月二，我闲来无事，在家休息，心想，老父亲经常为给家里砍点儿柴火，爬山上崖的，我也没事，砍些树枝当柴烧岂不更好吗？就爬上门前沟边的一棵大杨树去砍树枝。也许在龙抬头这一天，就不应该爬那么高去砍树枝。龙要抬头，我却爬到高处砍树枝，似乎象征着砍龙角，或者说碰着了龙角。结果没砍到一根树枝就掉下来落入深沟，栽到一块石头上，头顶砸开个大口子。当时摔得不省人事，幸亏人凑手，家人亲属都在跟前，及时送往绥德二康医院，抢救及时，救下了我的性命，要不早入土为安，连人都没了，哪还有个'半脑壳'。"他的"半脑壳"事件，让人听了也是不寒而栗的。

一提马建国的"半脑壳"，激起了刘润泽的心酸往事，他有些伤感地说："提起马建国的'半脑壳'，让我想起了我经历过的一次事故。进修回来后，我继续回周中任教。一九八七年九月份的一天，我骑了自行车准备上街买点儿生活用品，刚出校门就撞上了一辆大卡车，一下撞得人仰马翻，不省人事。学校老师们当即把我送到周家街医院处理了一下，又挡了一辆拉煤车拉到县医院换上救护车才拉到绥德二康。到了二康一检查，所幸大脑没什么问题，但面部从鼻子到耳朵半个脸都扯开了，鼻梁子都粉碎性骨折，做手术缝了五十二针。老人没做亏天事，在抢救室抢救了七天，才从死亡线上拉回来。后来又去西安二次手术，开刀取了一块肋骨补到鼻梁上，才恢复到现在这个样子。现在的医术就是高，这么大的手术，脸上还基本没有明显的伤疤，鼻子也没塌下去，要不然，我怎能面对学生。更重要的是，大脑没受到影响，所以还能继续从事老本行。"

"好惊险啊！差点儿见不上面啊！"听到这里大家都异口同声地说。

贺尚加笑着说："大难不死，必有后福，为刘润泽和马建国的重生干杯！"

"干杯——"大家又一起举杯，一饮而尽。

这时候，刘润泽对刘来福说："来福，你忙得只顾招呼客人，没和大家喝，今天是以你为主，我有些喧宾夺主了，刚才马建国说了，你还是把你的奋斗经历给大家讲一下吧。"

刘来福说："大家还是喝酒吧，我那点儿汤汤水水，你们又不是不知道。"说着，端起酒杯和大家一一碰杯。

已经下午三四点了，酒喝到这时候都有些晕乎了，有的已经头歪到一边睡着了，但谁也舍不得离开这个难得的场合。这时候，高常军说："时间不早了，我提议咱们举杯，今天就到此为止吧，来福也劳累了一天了。"大家齐声应好，刘来福说："常遇不到一搭，咱好好喝，再聊一会儿嘛，急啥哩，看谁还有精彩的故事呢，来一段嘛。"贺尚加笑着说："刘局长驼城有个家，神泉也有家，有更精彩的哩，关键是他不敢说。"刘永清端起一杯酒走到贺尚加跟前说："看来，这小子还没喝好，来，喝。"说着就把酒杯按到贺尚加嘴上，贺尚加三躲两躲还是被灌了，惹得大家一阵大笑。这时候，刘润泽站起身来说："好了，笑一笑十年少，今天，吃也吃好了，喝也喝好了。祝刘财主饭店红红火火，大家都来光顾。"说着，大家都站起身来端起酒杯，高飞芝和田芳琴两位女同学端起茶杯，和刘来福碰杯说："祝老同学生意兴隆，财源广进。"有的还说以后吃不开了就找刘财主……喝下了最后一杯圆场酒，说着笑着散了场。

教学楼　润泽拒贿

摊子大了，需要的人也多了，刘来福现在已经拥有砖瓦厂、食品加工厂、运输销售、饭店等四五个摊子，大小车十几辆，生产管理人员一百多号。很多亲戚邻里都傍着他这棵大树显山露水，乘凉（挣钱）来了，工人不说，光管理人员就一大帮。婆姨管饭店，妻哥管收货，姐夫管销售，和他一起贩卖化肥的刘根治管食品厂，他小舅子负责跑运输。都各把一摊，给他搞管理。每天进出货物、销售情况都要向他汇报。面对企业迅速扩张的局面，他的心境越来越高，他已经和一家大建筑公司合作，成立了建筑工程队，准备征地在城东头的饭店旁边修一栋商品住宅楼，向房地产领域发展。

一九九四年初冬的一天早上，刘来福正准备到县上办理征地手续的时候,突然食品厂门市部打来电话,说晚上值班的人死在值班室了!他顿时毛骨悚然,赶紧和婆姨一起跑过去,一看,人早就冰凉了,把他婆姨吓得魂不附体,搅成一团,哭着喊着:"老天呀!这怎么办呀?"这个人是她姐夫,也就是刘来福的挑担,妻姐夫,年仅五十八岁。看到此情此景,刘来福只好一边劝婆姨,一边安排人给家里人打招呼,并打通了城关派出所的电话,报了警。一会儿,派出所的人就来到现场,查看现场,了解情况,查看了半天,说不像他杀。叫来医生查明死因,医生来了看到尸体缩成一团,检查了全身,鉴定是心肌梗死。医生说,老百姓平时一般不检查身体,这种病,大都自己不知道,特别是换季的时候容易发作。

说什么都晚了,只有安排处理后事。因为是亲戚,又是招呼他出来找事干的,虽是因病死亡,家属没有提出额外要求,但不用说,一切安葬费用都由他负责。安葬完后,刘来福又给了两万元安抚家属。

虽然是自然死亡,但毕竟是在自己的摊点上发生的事,这件事给刘来福敲了个警钟,他和婆姨说,以后用人一定要注意,年龄大的哪怕是亲戚也不能要,本来是好心,出了事都是自己的。这还是自己病死的,如果是干活中出的事,不是更不好说了吗?并说:"把各厂点上用的人都查一下,看年龄大的,身体有毛病的都给点钱打发了,不敢再用了。"

可是始料不及,在把人员清查完,修楼的地皮也批下来,公司开始搞设计后的一天,刘来福正领着几个工人圈地的时候,食品厂开三轮的他姨外甥岗岗打来电话,连哭带喊地说:"二姨夫,不好了!我们厂的刘厂长从高砭桥上摔下去了!"

"啊?人怎么样了?"

"人已经不行了。"

一听刘厂长,就知道是他堂哥,也是他的心腹刘根治。刘来福脑子嗡的一下,全身就瘫软了……

"他怎能在桥上摔下去呢?"他急切地问。

"我去高砭拉炭,不让他去,他就要跟着去,说我一个去,害怕路上出个啥事,就跟着去了,回来的时候,一上桥,车的大梁断了,就把他甩出去了。"

"你没事吧?"他又急切地问。

"我没事。"

"那你等着,我马上来。"

他不顾一切,赶紧叫了两辆送货的三轮车去高砭。先把人拉回去,另

外安排人收拾现场，往回拉炭和坏了的车。

　　他堂哥刘根治，年仅五十岁。他本来是负责厂里生产的，拉炭的事就不需要他去，但他不放心就要去。自从他回到农村，他堂哥就处处招呼他，带他一起劳动，给他借钱贩粮，和他一起从山西往回贩化肥；办企业以来，他堂哥鞍前马后一直替他操心卖力，是他最放心最靠得住的一个人。他们现在已不是一般的弟兄关系了，可以说已经成了患难与共的生死兄弟了！他哥就是他的心腹，也是一个得力助手，不管哪个摊子交给他都放心。可现在顷刻间就阴阳两隔！他一个人在办公室里默默地进入长时间的沉思、忏悔……

　　人死不能复生，他只好在万分悲痛之中，安抚好老人和家属，亲自安排安葬。安葬完后，除给他嫂子两万之外，又给了他大伯（死者父亲）一万元以示安慰。

　　不到两个月就死了两个人，而且还都是亲属，这对其家属带来的悲痛是可想而知的，刘来福情感上也受到了极大的刺伤。同时，刘来福和其家人以及刚刚起步的企业也受到了极大的冲击！经济上的损失就不必说，就精神上的打击，思想上的压力，也够他承受的了。但是这拦头一棒也打醒了他的头脑，让他意识到，各摊点的工人都来自农村，虽然工作积极性高，但没有安全意识。可摊子铺得这么大，想停又停不下来，况且盖楼的地皮已经批下来了，正在项目设计报批阶段。只有从头开始，亲自抓安全教育。想到此，他只好从悲痛中崛起，一方面，紧锣密鼓的开会，亲自到各厂点上讲安全抓安全思想教育，让每个人都树立安全意识，定期对所有人员进行安全培训。一方面，要求各厂点负责人，随时检查车辆、设备状况，决不能带病运行；并把食品厂停下来整顿安全管理，安排了新的厂长。前前后后折腾了半个月时间，这半个月以来，他既要进行安全整顿，又要准备资料，进行项目报批，还要给运输车辆组织货源。收下的洋芋没处存放，他又计划安排建筑队，把自己责任田里的两间薄壳窑，扩建成四间冷库。里里外外的事情，把他搞得晕头转向，忙得提起裤子摸不着腰。

　　再忙，再乱，他的头脑不能乱！一定要稳住阵脚，方方面面不得不小心谨慎，各个口子都把安全放到第一位去抓。他心里这样盘算着，觉得心里踏实了一些。

　　然而，安全这问题，特别是交通运输安全，是全方位全社会的事，防不胜防，防了自己防不了别人。就在他紧抓慢抓，还不到半年的光景，又出了一起事故。一九九五年春，狗蛋去山西柳林拉楼板的车在山西被当地

的一辆大货车撞了，楼板掉下去把一个人给砸死。电话打来，他欲哭无泪，这能防得了吗？不管怎样得处理啊，这事情出在外地，又是把当地人砸死了，更不好处理，他只好背着一挎包钱去山西处理。事故牵扯到双方责任，要立案调查，前前后后拉扯了一个多月才了结。虽然对方承担了主要责任，担了大头，但他还是花了六万元。事到如今，在这三个人身上已经花了十一二万了。他似乎觉得摊子铺得有点儿多了，按下葫芦浮起瓢，能招呼哪一头？可是，世故人说"开弓没有回头箭"，不做生意，养的这么多车怎么办？摊子停了投资怎么回收？贷款拿什么还？再说了，不做生意干什么？难道再回农村种地？分下好一点儿的责任田都让我修了窑，种啥地？这一连串的问题逼着他没有退路可走，只有前行。他只有稳住阵脚，集中精力维持好现有厂点的生产经营。这一年他放慢脚步，重点抓了运输安全，把几起事故当作案例，巡回在几个厂点讲，教育工人吸取教训。建筑队也只是扩建了四间冷库，给公司干一些零星工程，只维持现状，自己没有什么盈利。一年下来总体上虽然盈利不大，但也平稳，再没出什么大的娄子。

　　到一九九六年，东关的住宅楼项目批下来了，设计也搞好了，他就组织好工队开始施工。但是，心强命不强，这年冬季住宅楼的基础刚打好，河南郑州营业点上两个卖洋芋的营业员晚上睡觉时一氧化碳中毒身亡。又发生了一起两人的死亡事故，这下他蒙了！他在反思：如果说前几年发展太快，这两年基本是维持现状，刚稳定了不到两年，又出这么大的事，上上下下这样抓安全，讲安全，还引不起重视，大人睡觉能自己把自己闷死，这能怪谁？他简直气晕了！这是怎么啦？难道是我把老天爷得罪了？祸事光降临我的头上！可叫天天不应，问地地不答！他只好一边安排人把尸首拉回来，一边安排两班人马，通知家属商量处理后事。两家几十号人天天吃住在他的东关饭店，轮番谈判协商，最后折腾了十多天，花了二十来万才把事摆平。

　　外面的事摆平了，后院又起火了，家里老人埋怨，婆姨叨叨。老人说："摊子这么多，能招呼哪一头？出个事都压在自己头上了，当个农民多省心，几辈子农民不是照样过哩？"婆姨有些胆怯，说不行收了吧，没有挣钱的命，挣的两个还不够给人家赔的，还要担惊受怕，受人家的气。把他叨叨的心烦意乱。他说，已经骑到虎脖子上了，下来就是死路一条！

　　正在刘来福骑虎难下的时候，刘润泽、高常军、王永兴三位同学听说他又出了事，都看望安慰他来了。刘来福一见他们来了，烦躁不安的心情顿时觉得舒展了好多，赶紧接待他们。几个同学进门就说："听说你又出了事，处理事的时候不便打扰，事处理完了，我们来把你看望一下，虽帮不上忙，但起码关心关心你。"

他一听同学们这样说，感动得眼泪差点儿掉下来，热泪盈眶地说："多谢老同学在我最困难的时候来看我，人到难处想亲人，你们就是我的亲人，你们来了我一下感到轻松了一大截子。我正是内外交困骑虎难下的时候，还望老同学们给我出出主意。"

高常军一听就知道，是家里人着急上火了，就说："这几年接二连三的出大事，肯定是家里人坐不住了，给你打退堂鼓，埋怨你了。"

刘来福两手一拍大腿："嗨！你怎么算得那么准，就是的嘛，没人帮忙出主意，尽是拆台的，老人埋怨，婆姨叨叨叫收摊子，把我气得也没心情给他们解释，我说骑到虎脖子上了，下来就是死路一条！"

"是啊，人常说'不怕出事情，就怕遇事没主张'，在这个节骨眼上，就看你有没有城府，家里人埋怨叨叨，那是心疼你，关心你，你也不必生气。"刘润泽毕竟是当校长的人，他语重心长地对刘来福说，"来福啊，事已经出了，再着急也没办法。有几句话，我送给你：当你记着你的过去，看重你的现在，乐观你的未来时，你就站在了生活的最高境界。当你明白成功不会显赫你，失败不会击垮你，平淡不会淹没你时，你就站在了生命的最高境界。当你修炼到足以包容所有生活之不快，专注于自身的责任而不是利益时，你就站在了精神的最高境界。"

听着这一段充满寓意的话语，刘来福一片茫然，正在思考自己能否达到他说的那种境界时，刘润泽又接着说："其实，越是有故事的人，越沉静简单，越是肤浅单薄的人，越浮躁不安。强者，不是没有眼泪，而是含着眼泪继续奔跑，让眼泪滋润灵魂，高贵前行。我们也知道，这几年出了这么多事，对你的打击压力不小，我们来就是担心你在这节骨眼儿上挺不住，精神上给你点儿支持，开导你一下，不要被困难压垮。"

王永兴也安慰他："润泽说得对，你也不要过于悲观，看有用得着的地方就直说，能帮的一定全力以赴。"王永兴这时候已经是县计划局局长了。

刘来福长舒了一口气说："好我的老同学们呢，你们的意思我理解。可是，三年死了五个人，老人埋怨老婆担心，我也问心有愧！我真感到有些力不从心了啊！"

"老人和家人担心，是可以理解的，埋怨你两句也是情理之中的事，你也不要难受。人生在世谁没有坎坷，我知道你是个强者，只要把失败和挫折当作教训，痛定思痛，加强管理，一切会好的。"刘润泽接着刘来福的话

茬又安慰他，还透露他们学校修教学大楼，已经批了，正准备招投标。这时候刘润泽已调到新洲中学当了校长了。说者无意，听者有心，真是"山重水复疑无路，柳暗花明又一村"。他一听老同学说新洲中学修教学大楼，霎时茅塞顿开，接住话茬说："好啊！多谢老同学的鼓励，我马上去我们公司，争取把这项工程拿下来。"

一九九八年开春，新洲中学教学大楼的项目终于跑下来了，该项目被他们公司中了标。刘来福一边做开工前的准备工作，一边和教育部门、学校联系，这么大的工程一定要争取得到他们的支持。他想，其他人不太熟悉，还是先找一下老同学刘润泽，一方面，请他指点帮忙，另一方面，也对他表示感谢。

这一天早上，出完早操，刘润泽刚泡了一杯茶坐下，准备浏览一下报纸，就听有人敲门，他应了声说："请进。"门一开，进来的是老同学刘来福。还没等他招呼，刘来福就高兴地说："老同学，报告你个好消息，我把你们的教学楼拿下啦！公司决定主体工程都由我搞。感谢你给我提供这个信息！我来是想和你沟通一下，你看我还应该做些什么？这次方方面面的事情，还要靠老同学多指点关照哩。"

刘润泽一听老同学拿下了教学大楼的项目，高兴地说："那好啊！那你就好好搞，这次一定要把质量搞好，包括安全方面，千万不敢出事。"说着给刘来福泡了一杯茶递过去。

刘来福连连点头说："对对对！这次我亲自把关，一定注意。"说话间，从挎包里掏出用报纸包的一摞子钱继续说，"咱们老同学，就直来直去，论现在的惯例，工程上3％的回扣，这是最起码的，也感谢你给我提供了这个信息，这是三万，你先收下。"

刘润泽一看这阵势，脸一下红到脖子根，急着说："哎呀！你想到哪里去了，快快收起，你把我看成什么人了！"说话间就从座位上起来，把那摞子钱塞进刘来福的挎包里，反过来有些激动地说，"老同学，你听我给你说，我刘润泽从宁夏到咱新洲，在教育战线上工作了二十多年了，只知道兢兢业业教好书。回到新洲即使到了领导岗位上，也从来没有多吃多占过一分钱，从没额外批过一张财务条子。一九九二年被县上评为模范教师，一九九三年又被评为全国模范教师。我觉得成绩是大家的，没有同志们的共同努力，我也不会被评为先进的，奖励给我的五百元奖金一分钱都没给自己留，买了六十八个脸盆，发给教师每人一个，赢得了全行业的赞誉。咱们这一代人，你还不知道，都是受苦受难过来的，知道挣钱的艰难。不

瞒你说，在周中当校长的时候，来县城出差，住宾馆每晚十块钱，都舍不得花，住熟人的办公室。"他有些感慨地说，"我离开周中时，给学校节约资金九万七千元，一九九五年调到新洲中学，一九九六年翻修了校门，我连一分钱的好处都没得，你也知道我不抽烟，我连人家的一根烟都没抽过。何必呢，为那点儿蝇头小利，染了我一生清白。来福，我们同学之间，这也是闲聊哩，你别往心里去，我也不是在你跟前表功哩，我这都是肺腑之言。我觉得人的名望、面子比金钱更重要。再说，人还要有个良心哩嘛，你现在还是起步阶段，压力大，挣点儿钱很不容易，别人不知道，我还不知道？我现在也能过得去，即就是过不去，也不会收你的一分钱。君子爱财，取之有道嘛！你听我说，你哪里也不要花钱，你就将这钱都花到工程上，把工程质量搞好，比什么都强。再说啦，本身咱们是老同学，要是真有点儿差错，不是更说不清了？"刘润泽语重心长的一席话，说得刘来福无地自容，热泪盈眶。

他一脸羞愧，不好意思地说："还是老同学理解我。我听你的，那我们就公事公办，你放心，我挣不挣钱，都一定要把质量搞好，给你撑这个面子，绝不能让人家说三道四，戳我们的脊梁骨！"

从老同学刘润泽的办公室出来，刘来福感到一身轻松，发烧滚烫的脸庞和压抑的心情，也渐渐地恢复了平静。人就是这样，三句好话暖人心，老同学的一席话，发自肺腑，既可亲又可敬，让他心里暖融融的。他那清廉本分的为人，让刘来福折服。他觉得，无论如何，一定要不负老同学所望，把这次的工程做好。他读懂了，也记住了"一个人，当你修炼到足以包容所有生活之不快，专注于自身的责任而不是利益时，你就站在了精神的最高处"这句话。

工程开挖以后，刘来福还有些不放心，他天天在工地上巡查，交代安全上应注意的事项。质量上从源头抓起，他亲自采购材料，钢材、水泥都要达标，他严格要求砖厂的质量，工程用自己砖厂的砖，生怕出什么差错。基础打桩浇筑混凝土之前，他按要求首先打出样块，让技术部门进行化验鉴定，合格后才进行浇筑。打基桩圈梁的时候，他更是一刻都不敢离开工地，到现场查看，万丈高楼平地起，根基是关键。从混凝土标号到沙石比例，浇筑过程的每一个环节，绝不让有一点儿马虎。他甚至要求监理单位的监管人员严格要求，如有大小问题，哪怕返工也不能放过一点儿质量问题。可以看出，他把全部心血都投入到这一座楼上了。他想要把这座教学楼建成一座样板工程，让世人看看！他要造福后代，让一代一代的娃娃们

在这栋教室里学习的时候,想到这是曾经在这里就读过的老校友给他们建的这宽敞明亮的教室。

贺寿辰　校长清贫

一天下午,刘来福正在工地上查看施工情况的时候,掌管饭店的婆姨给他打来电话,说在延安大学当教授的高常礼来到他的东关饭店。刘来福一听是老同学高常礼来了,就给负责安全的负责人和在现场的监理交代了一下,赶忙从工地上跑回来。回到他开的东关饭店,高常礼正坐在大厅大沙发上喝茶,刘来福一进门就拉住高常礼的手高兴地说:"哎呀!老同学怎么今天有空光临寒舍!"他一边说,一边将高常礼领上二楼他的办公室,吆喝服务员泡茶。

进了办公室,高常礼环顾四周打趣地说:"士别三日,当刮目相看。鸟枪换大炮了,老板桌老板椅,有秘书有服务员,蛮像回事嘛。我是回老家去了,你办起了饭店,开业的时候忙于工作没有来祝贺,这次回家顺便来看看,也讨碗酒喝。"

"你现在是大忙人,请也请不来。你一来,我这饭店蓬荜生辉啊!还敢说讨呢。"刘来福咧着大嘴笑道。

高常礼又说:"你很了不起啊!你个人能开办这么一个饭店,是咱同学里面的佼佼者啊!改革开放虽然快二十年了,但能建起这样一座楼开饭店,就是在延安、驼城也为数不多,不要说在咱这小县城。"

"你先坐下喝茶,我给咱联系同学们。"刘来福立即从怀里掏出手机,给县城及周围的同学们一个一个打电话,说高常礼来了,下午一起吃饭。

一杯茶的工夫,县计划局当局长的王永兴,县委副书记曹世荣,县供销联社主任高常军,一直在商业上工作的李树海就来到了饭店。高常礼这时候不但是延安大学教授,历史系主任,而且还是延安市政协副主席,省政协委员,省参事。不一会儿县政协主席冯建国就急急忙忙地来了,一进门就热情地和高常礼打招呼,双手握住高常礼的手说:"高主席来也不打个招呼,我们还是听曹世荣书记说你来了。"紧接着又向刘来福及在座的同学们说:"高主席来到家乡,应该由我们政协接待,我是特意来邀请高主席的,你们就不要准备了,也请高主席能赏脸。"

高常礼笑着对冯建国说:"谢谢冯主席的盛情,本人纯属回家探亲,给老人烧两张纸,并非公事,不必惊动大家。"

刘来福半开玩地笑着说:"以后招不招待是你们的事,今天就在我这里,我已通知了咱们同学,你看,这不是人都来了?你来了,就不要走了。"

冯建国一看这阵势,再没法强求了,只好说:"那是这样吧,今天你们同学就在一起好好叙叙旧,拉拉家常,我就不参加了,明天我们另行招待高主席。"说着又给高常礼打了招呼准备离开。

高常礼说:"你们就不要忙活了,明天我就要离开新洲了。"说着就和几位同学起立和声送冯建国。

送走了冯建国,他们就开始逗笑打趣了。刘来福笑着对大家说:"你们看看咱的高主席,请他吃饭还要排队哩,我们出门人家谁理呢?"

"哈哈!你也是大老板哩,吃香的喝辣的,比不过他谁?"

"你刘老板一掷千金,高楼洋房,也不比他们当官的差!"同学们笑着你一言他一语地调侃刘来福。

高常礼对刘来福说:"就是嘛,我们这都是些虚名,表面风光内心彷徨,哪能比得上你呢!听说你现在搞大了啊,除开饭店还搞些什么项目?"

刘来福不无伤感地说:"唉,乱七八糟胡折腾哩,哪有你当教授风光省心。三年死了五个人,差点儿把我做垮,不是刘润泽、高常军和王永兴来给我打气,我差点儿爬不起来!主要经营个砖瓦厂、食品厂和运输业。现在正给刘润泽建教学大楼。这饭店是个捎带,楼是自己的,挣不挣钱的,最起码咱们老同学来了有个落脚的地方。"

"哦,干啥都不容易啊!几年之内出了那么多事,我也有所耳闻,但不知道这么严重。那给你的打击够大啊!经济上也损失不小吧?"

"得有三四十万。"刘来福满脸沮丧地说。

"摊子大了就是操心,这就是《红楼梦》里王熙凤说的'大有大的难处',不管怎样,你现在经营这么多摊点,还能建新洲中学这么大的教学楼,实力真是不小啊!"高常礼不无感慨地说。

高常军在一旁打趣地说:"刘臭蛋现在谁敢叫他臭蛋哩,都叫他刘财主了。"

"是啊,摊子这么大,光这一栋楼也够上个'财主'了,建教学楼给刘润泽行了多少贿赂?"高常礼又是赞许又是耍笑刘来福。

在座的同学们对高常礼的问话感到惊讶,不知道刘来福怎么回答高常礼,他们似乎觉得在当今社会这种事谁也说不清,都发出冷淡的笑声。

这本来是一句玩笑话,如果真有这种事也不会说出来的。没想到,刘来福看着同学们不冷不热的表情,一本正经地说:"嗨!你甭说,刘润泽还真是个真君子,我给他拿了三万,他死活不收,还把我教育了一顿。"

"该不是嫌少吧?"不知谁冒了一句,惹得大家都笑了。正谈得不亦乐乎,刘润泽风风火火地来了,一进门就上前握住高常礼的手说:"哎呀!不好意思,刚开完会,来晚了。"

高常礼笑着对大家说:"哎呀,新洲这地方就是邪,说曹操,曹操就到。正说刘润泽,刘润泽就来了。"

"哈哈哈!"这下引起了一阵大笑。

"又说我什么坏话哩?"刘润泽笑着说。

高常礼就说:"咱润泽是共产党的忠实信徒,在延大进修的时候,叫出去吃个饭小酌一下,都怕浪费时间,不去。在周中当校长还带班带英语课,不要带课费。发的奖金分文不留,都给手下的教师买了脸盆。刘来福给他行贿,他分文不取。如果共产党的干部都像刘润泽这样就好了啊!工作重要嘛,不可能为了见我,撂下会不开了,来晚一点儿就不必道歉了。哈哈!"

刘润泽笑道:"你又开我的玩笑。"

说笑间,贺尚加也赶来了,他这几年一直给华能精煤公司大柳塔煤矿搞经销,刚好出完差回到新洲看望一下老人,听刘来福电话上说,高常礼回新洲了,就火急火燎地赶来了。一进门就笑着说:"教授大驾光临,也不提前打个招呼,有失远迎啊!"

"高粱秆抬轿子——担当不起啊!你怎么来了?"高常礼站起握住他的手笑着说。

"我刚好回家看望一下老人,听说你大驾光临,我能不来吗?"

正说得热闹的时候,苗元高、李仁建、杜周也进了门,后脚还没进门,苗元高就喊叫:"高主席大驾光临,今天能跟着咱高主席吃刘财主一顿了,哈哈。"

办公室已经围满了,刘来福就说道:"请大家入席就座。"说着笑着就都进入一个包间。一会儿县财政局的高飞芝也来了,县政协的马建国也拖着不方便的双腿,挪着小步进了门。这时候酒菜已经上齐,刘来福又给刘永清打了个电话,刘永清在电话里说,马上就到。他就对大家说,永清马上就到,到了就开始。话音未落,从副县长提任到驼城市商检局当局长的

169

刘永清就夹着明光发亮的黑色小皮包进了门,他是从驼城驱车赶来的。

一进门,高常礼就笑着说:"不好意思,惊动了您老人家。"

刘永清抹了一把他的鹰钩鼻,笑得像花儿似的,说:"谁叫我们是'打不死的吴琼花'(意思是一次一次地被折腾,最后还又成了大学同学)。"

看人到齐了,刘来福宣布:"欢迎老同学高主席、高教授的到来,也欢迎大家,我们共同干杯!"同学们又和上次饭店开业庆典宴会上一样,说笑取乐,频频把盏。这次虽然人少,但有大文豪教授高常礼在,说话、玩笑,更是妙趣横生。

谈笑间,高常礼提起他们的老校长樊立荣说:"老校长退休在延安,日子过得清贫,也没人走动,我去看望了几次。按说,他的七十大寿也快到了。"大家你一言他一语,都说樊校长是个好人,应该组织些同学好好给他过个寿,表达一下对他的感恩之情。

高常礼说:"那就要给刘学文说哩,让他号召一下,还有六六、六七级的同学哩。"

刘润泽对高常礼说:"那还要你给说哩。"

高常礼爽快地应允:"行,我给他说一下咱们的想法,看他是什么意见再说,如果定下来,还要给老校长打个招呼哩。"

刘来福对同学们说:"我忙着哩,不敢离开工地,你们去了办完事把老校长带过来,转上几天,吃住都由我负责,到时候,把去不了的同学都叫上,咱们再好好热热闹闹聚一下。"

樊立荣在高常礼、刘润泽、高常军他们刚到周家街中学上初中的时候,就是周家街中学的党总支书记,他们考到新洲中学后不久,他又调到新洲中学当了副校长。他中等个,体阔胸廓,当兵出身,爱打篮球,在部队干到营级干部后转业到地方的。他为人谦和直爽,性情开朗,从周中到新洲中学,师生们都对他很敬重。到新洲中学后,由于老校长刘勤治年事已高,身体有病,长期在家休养,所以一直由他这个副职主持工作。"文化大革命"中,在斗当权派到白热化的时候,造反派用架子车把老校长从老家的病床上拉到学校进行批斗,他在学生们的保护下,没受到多大冲击。特别是周中考到新洲中学的学生对他感情更深,不但不批斗而且还保护他。校长年龄这么大了,清贫一生,呕心沥血,培养出一批又一批的青年学子,可以说桃李满天下。自从他调到延安体委到退休,二十来年了,再没见面,能借这个机会聚一次,也是难得的。

回到延安后,高常礼就和刘学文联系,说了新洲的同学们想去延安给

老校长祝寿的意思。刘学文非常赞同，就说："新洲和驼城的同学我联系，延安的你联系，能联系上的都联系一下。"在刘学文的倡导下，高六六、六七、六八届的同学积极响应。

这次祝寿活动，采取互相转告的方式，只要能联系上的，都愿意去。根据联系的情况，这次参加活动的新洲、驼城及延安的学生同事一共一百多号人。

紧联系慢组织，老校长的生日已临近，新洲、驼城和延安以外的同学、校友以及樊校长的同事好友就从四面八方提前一天赶到了延安。这次活动由刘学文和高常礼两个主办，一切费用都由去的这些学生们筹集，食宿、庆典仪式、宴会订餐都由他们筹划安排。樊立荣有一个女儿，两个儿子，都是普通工人，生活过得都一般，宴会就不要他的子女操办。由于人多，活动分座谈会和宴会两部分进行。他们租了个会议室，先召开座谈会，然后祝寿会餐。

第二天上午十点，座谈会开始，会议由刘学文主持。在开场白中，他饱含深情地说："尊敬的老师和同学们，今天是咱们老校长的七十大寿！老校长退休已经整十年了，自从他调到延安后很少见面，甚至有好多同学自他调走后再没见过。老校长为人直爽，一生淡泊名利，无怨无悔！我们昨天去他家看了看，老两口到现在还看着一台小黑白电视。让我们庆幸的一点是，他历经动乱，饱经风霜，身体仍然健朗。为了表达我们对老校长的感恩之情，我们今天来为老校长祝寿。多少年来，风风雨雨，没有机会和老校长交流，今天我们终于能坐在一起，不受任何局限，不带任何政治色彩，敞开心扉说说心里话了。希望通过今天的座谈，能使老校长在古稀之年感受到师生之情、同志之情，感受到人间的温暖，也希望能给老校长带来快乐！"

刘学文的开场白说完以后，首先由延安大学教授高常礼致辞，他颂扬了老校长默默无闻，崇仁厚德，光明磊落，倾心教育事业的光辉一生，表达了学子们对老校长谆谆教诲的感激之情。同学们回忆老校长在周街中学的时候，在那么困难的情况下，饿着肚子苦读，还搞文体活动，而且搞得有声有色，为学校营造了一个温馨的学习氛围，使他们在苦难中度过了愉快的难忘岁月。

周家街中学当时只设初中三个年级，每个年级两个班，共有六个班二百多名学生。学校在周家街镇西的龙岗寨脚下，背北向南，依山而建，顺着山坡四排窑洞是学生和教职工宿舍带办公室，教师办公和住宿在二层。

宿舍下面平展的地方建了两排四栋砖瓦房，是教室和实验室，再下去就到了平川了。东边是操场，西边是一片蔬菜地，既是学校的试验田，又是学生劳动锻炼的场所，也是学校师生的蔬菜基地。学校虽然不大，但设计布局紧凑合理，美观大方，很有立体感。远远望去，一排排窑洞，错落有致，一幢幢青砖瓦房排列有序，平展开阔的操场和一片绿油油的菜地铺于脚下，一条笔直的灌溉渠水缓缓地从脚下流过，再往下是县城上来通往黄山的公路。山、水、建筑浑然一体，而且远离闹市区，活似一世外桃源。同学们在这里上学的时候，樊立荣在这里当校党总支书记，刘润泽、高常礼的同班同学董和平他爸当校长。学校领导都能够对学生在学业上严格要求，在生活上关心体贴，并和学生打成一片。此外学校还经常组织开展陕北大秧歌、戏剧表演、广播体操、体育比赛等一些文化体育活动。他们利用业余时间，自己谱曲伴奏，排练《白毛女》《红灯记》等大型歌剧，在过元旦节时和县文工团同台表演。老师既当导演又搞乐器伴奏，还和学生同台演戏，在演《白毛女》时，他们的班主任老师祝生祥当演员，和他们一起演戏，党总支书记樊立荣扮演黄世仁，一位女生扮演黄母。在演《红灯记》时，周全中老师扮演李玉和，学生扮演李奶奶和铁梅。他们配合默契表情自然，没有一点儿拘束感。那时候，虽然老师和同学们都是饿着肚子讲课，饿着肚子读书学习，饿着肚子参加活动，但心情舒畅，精神饱满。正如马士林在他的母校双中校庆会上朗诵的诗一样：

    一日三餐，
    掺着糠菜的稀饭，
    还有定量。
    得到一团薄薄的饭皮，
    就是最大的奢望，
    至于吃饱，
    连想也不敢去想。
    但是，
    我们在这里奔跑、跳跃，
    迸发青春的活力，
    显示生命的力量。
    我们由胆怯、单薄，
    变得勇敢、健壮；

我们由憨实、弱小，
变得机敏、坚强。

谈到往事，把老校长一下带进了绵绵的回忆中，他会心地笑了。同学们都有些激动，争先恐后地发言，谈苦难的学习生活，谈良好的学习风气，谈老校长的平易近人、言传身教，谈艰苦的岁月，谈特殊年代里的风雨同舟……座谈会在谈笑中进入高潮，爱好舞文弄墨的"土文豪"、高六六届的张俊清为老校长送诗《七言三则》一首：

呕心沥血三十载，
桃李遍地百花开。
心底无私天地宽，
何惧狂风暴雨来。

人生七十古来稀，
受人崇敬更不易。
师生同聚忆今昔，
情深意浓话别离。

滔滔延河向东流，
巍巍宝塔情悠悠。
情未了，人未老，
师生之情情长久！

紧接着在延安市政府工作的王建华，也回顾了他在周中就读时的艰难岁月，漫谈了他对慈父般老校长的印象。谈到在周中的三年是他奠定文化基础和人生底色的三年，他亲眼看到老校长对子女的严厉，对学生的慈善。是他循循善诱，身体力行，影响着学生在极其艰苦的条件下，忍饥挨饿，坚持完成学业的。今天能坐在这里为老校长祝贺七十大寿，与老校长的培养教育是分不开的。他最后祝愿老校长健康长寿！

现任新洲中学校长的刘润泽发言说："我们在周中上初中的时候，就认识了樊校长，那时候我们还小，后来到新洲中学以后，走向社会才接触多了，总感到他不像个领导，而是像一位慈祥的父亲，可亲可敬。现在他已

退休十来年，与世无争，过着清贫的生活，连一台彩电都没有，我作为母校的校长看了感到心酸。如果不是来给他祝寿，我们还不知道他的这些情况，我想我们应该多关心老校长的生活，多看望他老人家，以表达我们对老校长的崇敬之情，使他愉快生活，安度晚年。祝老校长生日快乐，健康长寿！"

　　师生见面，开怀畅谈，同学们抚今忆昔，畅谈教育事业的发展，追忆苦难的生活经历和朝夕相处的激情岁月，感慨万千。老校长樊立荣感受到了浓浓的师生之情，又知道他的学生一个个事业有成，心里万分激动，热泪盈眶，他用颤抖的语气说："难得同学们不忘这份师生之情，这么远的路来看望老朽，为我过寿，使老朽万分感激！谢谢大家的一片真情！今天看到同学们事业有成，有好多已走上领导岗位，老朽为你们高兴！"他抹了一把脸上的泪，定了一下神，深有感触地说，"贫穷磨炼了我们的意志，苦难铸就了我们的秉性，你们都是从苦难中度过而又超越了苦难的一代赤子，并将苦难转化成智慧，报效国家，服务社会。你们在经历了那么多的考验后，不放弃追求梦想，有的成年以后上了大学，有的工作了又找机会上学，还有的自学成才，现在都已崭露头角，颇有建树。这就是我搞了一辈子教育工作所要看到的。我希望大家前事不忘后事之师，去影响和教育我们的下一代不怕苦，不怕累，成为社会的有用之才。"

　　这次祝寿活动也可以说是一次同学校友聚会，所到的同学都在回顾过去，畅谈现在，祝愿老校长的同时也互相交流了各自的近况，特别是在延安的同学们能有这个机会见到这么多的同学校友，表现得非常兴奋。

　　在座谈会即将结束的时候，刘学文宣布："经同学们商量，我们这次所有到会的同学一致同意给老校长赠送一台二十四寸大彩电，以表我们对老校长的感恩之心。现在就由母校校长刘润泽和高常军代表到会的同学将彩电送上。"刘润泽和高常军就将事先买好的二十四寸大彩电抬起，递到他的两个儿子手上，大家齐声呐喊，拍手称赞。樊立荣的两个儿子接过电视机后，也发表了简短的讲话，感谢师生们的深情厚谊。在一片激情畅谈，欢声笑语的喜悦气氛中，大家进入酒席，酒席的中央摆放了一个偌大的塔式蛋糕，大家让老校长戴上寿星冠，站在蛋糕前，然后点燃蜡烛，齐唱生日歌，让老寿星许愿，吹灭蜡烛。一阵呐喊掌声中，擅长即兴发挥的刘润泽走上舞台说："为了给老校长助兴，我给老校长唱一首秧歌。"

　　"好——"又是一阵掌声。

　　刘润泽开口唱道：

>今天咱相聚延安城,
>为我们校长祝寿辰。
>辛勤耕耘默默无闻,
>为教育事业献终身。
>生活简朴你受清贫,
>无怨无悔与世无争。
>心地善良你爱师生,
>受人爱戴又崇敬。
>好人一定有好报,
>健康长寿度终生!

大家齐声响应接后音:

>嗨么呀呼嗨,健康长寿度终生!

"为老校长的健康长寿,干杯——"
在刘学文的提议下,大家一同起立端起酒杯,拉开了酒席的序幕……
老校长樊立荣十分愉快地度过了自己的七十岁寿辰。

酒席结束后,高常礼尽地主之谊,把来延安的同学和老校长领上,参观了毛主席和中央领导住址枣园、杨家岭中央大礼堂等革命旧址,领略了毛主席等老一辈革命家在当年的艰苦条件下,自力更生,艰苦奋斗,指挥全国革命战争的革命精神和英雄气概。大家都不由自主地对毛主席、党中央等革命老前辈产生了无限的敬仰。参观完革命旧址后,高常礼又领大家进了自己生活工作的校园,参观了延安大学。看到高大的教学大楼,宽敞明亮的教室和宾馆式的学生公寓,整洁平展的道路,优雅的校园,老校长情不自禁地发出"现在的娃娃真是幸福啊"的感叹。

第三天,以刘润泽为代表的新洲同学,动员老校长回母校看看,并表达了刘来福特邀他回新洲,全程接待他的意思。老校长听说刘来福正在给母校建教学大楼,饶有兴趣地应允了同学们的邀请。

回到新洲,直接下榻在刘来福的东关饭店。刘来福对老校长的到来表示了热情的欢迎,约了想去而没有去为他祝寿的同学,为他接风洗尘,也算是为他补过了一次生日。刘润泽以母校的名义请老校长回母校看看,光临指导工作,并参观了学校新修的校门、师生宿舍、办公大楼和电化教室,

还特意参观介绍了刘来福正在修建的教学大楼。他一边看，一边听他们的介绍，对面前站的刘润泽和刘来福二位学生连连称赞，万分感慨地说："想当年你们还是年轻娃娃，单纯幼稚，现在你们已经成了学校的领导，社会精英，企业家。"看到自己的学生站在自己原来的位子上，搞得这么好，老校长很高兴，同时提醒他们千秋大计，质量第一，一定要把质量搞好。他们两个学生异口同声地说："老校长说得对，我们一直把质量放在第一位。"刘来福说："我们都是从这个学校出来的，就是怕质量出问题，一步都不敢离开，要不，怎么您的寿宴都没去成？我打算把这栋楼搞成个样板工程，为母校争光，也让您老脸上添光彩。"听了二位学生的介绍，看到火热的建筑工地，老校长心潮起伏，脸上露出了欣慰的笑容。

建"危楼" 央视亮相

在建的教学大楼，在刘来福的亲自监管下，进展很顺利。经过八个月的日夜奋战，四层楼已经安安全全地拔地而起了。

这座教学楼，按图纸设计，是前带走廊的砖混五层单面楼，但第五层也就是顶层不设走廊，在凸出去的走廊的基础上起第五层。施工在按计划进行中，第五层眼看建了一半了。刘来福站在下面天天观察，越看越觉得不对劲。他从直观上觉得，这样上去大楼似乎有些头重，土话说就是要翻切。为这个事，他几天来昼思夜想，不知所措。要提出他的看法吧，楼是专家设计的，自己是个外行，吃不准。要不提吧，从直感上觉得有些心虚。自己下了这么大的功夫，还决心要搞个样板工程，万一有个闪失，出了问题，不但前功尽弃，将来学生娃上去多了，负荷加重，出了人命不是一个两个人的问题，我能承担起这责任？他越想越后怕，前面出了那么多的事，已经够受的了，还敢再大小出点儿事？他简直为此事寝食不安。这一天回去吃饭的时候，婆姨把饭端到跟前，他无动于衷在发呆，婆姨叫他吃饭，他没有反应，婆姨又叫他："饭好了，吃嘛。"他还没反应，婆姨看他痴呆的样子，以为又出啥事了，惊恐地把他推了几把问他："你今天怎么啦，叫你几声都不答应，又有什么事啦？"他好像看到了他建起的教学楼的第五层垮塌，满楼的学生娃娃被埋的惨相，他差点儿被吓得叫出了声……婆姨把他推了几把，他这才从惊恐的思绪中醒过来。

楼房在一天天加高，刘来福的心脏在加剧跳动。这一天，他实在按捺不住内心的焦虑，就叫来公司的施工技术员和监理说："我看这楼要翻切，不能再砌了。我要求停下来，哪怕停工的损失我承担，请专家鉴定一下，如果专家说没问题，那谁说没问题谁签字，继续施工，如果没人说话，我不敢修这楼了。"公司的施工技术员和监理听他这一说，立即给上面反映了他的意见。这下惊动了公司、监理部门领导、分管教育的副县长亲自到场，又请来县教育局和校方领导及设计院的专家十几号人。专家们现场查看了半天，给出的答复是：设计是由正规的设计院搞的，不会有问题的，要求继续施工。刘来福坚持自己的看法，他说："我看这楼要翻切！"

设计院的人不耐烦地说："我们专家设计的还有什么问题，你一个农民懂什么！"

他气急地反驳："我农民也是个'老三届'高中生，瞎好还学了两天物理，懂点儿力学哩！"他还专门把"老三届"提出来，带有嘲讽之意。心想，我们"老三届"没有上过两天大学，没有进公门，受人歧视，让人小看！当官的放个屁都有人说是香的，老百信说的话还不如当官的放个屁！

尽管如此，还是权威人士说了算，决定继续施工。他只好宣布开工，一天损失几千元，还受人数落。但不管怎样，虽然经济上受点儿损失，只要专家说没问题，他也就放心了。

施工在紧张地进行，刘来福对质量安全丝毫不敢放松。两个月后，大楼终于封顶。一九九九年上半年，工程全部完工，楼面贴了白色瓷砖，安了白色塑钢窗户，室内粉刷一新，地板一色铺了全瓷地板砖。近五千平方米，崭新漂亮的一座五层教学大楼展现在世人面前。接下来就是竣工验收了，验收早一天，他就少受一天的损失。刘来福忙得跑前跑后，一边组织资料，一边跑城建局，跑县教育局，请求尽快组织验收。整整奔波了一个月。这一天，县教育局终于请来了国土、房管、质检、计划、审计、税务、财政、设计、安全、环保等单位的领导、专家二十多人，进行竣工验收。学校对此也做了周密安排，选了高中三年级个头一样高的女生端茶倒水搞接待。专家组的专家分成两组，一组搞现场检验，一组查阅"三同时"的立项、设计、报告、评价等审批资料，这两项工作上午进行。下午进行会议评审，校方、施工方都参加会议，刘来福也邀请来公司的工程师一起参加了评审会。

经过领导和专家们一天的劳动，评审的结果是各项指标合格，资料齐全，符合"三同时"要求，一致通过，可以交付投入使用。

下半年一开学，学校和教育局就邀请了县委分管教育的副书记，组织举行了剪彩仪式。九月的季节，秋高气爽，桂花飘香，蔚蓝的天空，白云朵朵，清风送爽。刚刚落成的教学大楼上，五色彩旗迎风招展，楼前鲜艳的五星红旗高高飘扬。"热烈祝贺新洲中学教学大楼落成"的鲜红横幅，鲜艳夺目。激情的歌声，动听悠扬，节日的气氛充满校园。

　　上午十点，剪彩典礼正式开始，全校师生整齐地排列在大楼前。县委副书记发表了激情洋溢的讲话，他首先祝贺教学大楼的落成，然后讲到教学大楼的落成，为学生和教师提供了更好的学习和教学环境，意味着本县教育事业又向更高的层次迈进了一步。并向师生们提出了在崭新的、良好的教育学习环境中，脚踏实地搞好教学、学习，使教育质量也上一个新台阶的要求和希望。校党委书记讲话，感谢县委县政府、教育局对学校工作的大力支持，表示一定要在县委县政府、教育局的正确领导下，脚踏实地地搞好教学工作，教出德才兼备、品学兼优的学生。此外学生代表也讲了话。

　　学校仍然选了高中班里身材苗条，个头一样高，长得端庄秀丽的五名女生，穿着清一色的礼服，端着一条挽了五朵花结的红绸和几把剪刀，站成一排，由县委副书记、教育局局长、校党委书记和校长剪彩。剪彩后，学生们就搬进了宽敞明亮的新教学大楼，老师学生们高兴，校领导体面，县教育局领导也感到脸上有光。该项目也被评为省优等工程，给刘来福奖励三十万元。可谓皆大欢喜！

　　新洲中学是一九五四年建立的一所含初、高中的中学。占地面积上百亩，容纳学生一千多人。学校分五大块布局，东面是高中部，分教学区和生活区两部分；西面是初中部，也分教学区和生活区两部分；中间是大礼堂、大食堂、会议室、教研室、医务室等公用建筑；北面是四排窑洞作为学生和教职工宿舍、办公室；南面是一排排砖瓦房，为教室、实验室、图书馆。教室前面有一处小巧的花园，花园中间栽了一簇刺玫，还有月季、秋菊等各色花种。每当紫红色的、粉红色的玫瑰开放的时候，色彩夺目，芳香四溢，男女学生围着花园，在花香的沐浴中朗读或写生画画，构成了一幅美妙惬意的画卷。学校有标准的跑道、篮球场、排球场、足球场、乒乓球案、单杠、双杠，运动设施一应俱全，每天的早操和每年的运动会都在这里进行。

　　改革开放二十来年，占地面积大、居住条件差的窑洞逐渐被拆除，改建成楼房。新教学楼建成后，能容纳二千多名学生。新教学大楼的建成，

新校门的改建，校园道路的硬化，花坛、树木的布置使新洲中学这座四十多年的老学校焕发青春。全校师生沉浸在一派欢乐喜庆的气氛之中……

一天早上吃早饭的时候，高三二班班主任在排队打饭的时候无意中说："咱们的新教学楼不会有问题吧？我好像看到我们班教室大梁有裂缝。"另一位教师高三三班班主任听他一说也上答下应地说："不会吧，我们班教室顶梁也有裂缝，大概是墙皮干裂的缝子。不会是大梁裂缝吧？"说者无意，听者有心，站在后面的校长刘润泽，一听两位教师的对话，顿时打了个冷战！他口里没说，心里想高三年级的教室就是四楼，会不会就是刘来福当时停工那次担心的问题真的发生了！他匆匆吃完饭，径直上了四楼，一间一间教室的楼顶齐齐往过看。看着看着，他的两腿开始发软，他看到几乎四楼的大梁同一个位置都有了裂缝！他颤巍巍地下了楼，立即召集校领导班子的成员开会，通报了他所听到和看到的情况，又领上他们一起详细查看了每一间教室，甚至把裂缝的墙皮抠掉，详细观察，明显地看出是混凝土大梁有细微的裂缝。大家都感到震惊，又将每层的房子齐齐检查了一遍，其他地方没有发现问题。检查完后赶快又回到会议室商量，决定立即向教育局汇报。会后，刘润泽和校党委书记一同到教育局去找局长汇报情况。

进了局长办公室，刘润泽首先愧疚地说："局长，教学楼还是出问题了！"

局长一听，惊恐地问："才两个月就出问题了，是不是施工的过程中提出的那个问题？"

刘润泽回答："就是的，四楼大梁全部在同一位置裂缝！"

局长紧张地问："其他地方有没有问题？"

刘润泽回答："其他地方都没问题，我们班子的人都齐齐进行了检查。"

听了刘润泽的汇报，局长脸上顿时浮起一层阴影，他深思片刻，没有批评也没有埋怨，用沉重的语气说："你们回去先注意观察，看有没有新的变化。我尽快向县领导汇报，组织专家来鉴定。"

刘润泽拖着沉重的脚步和书记离开了局长办公室，心事重重地回到了学校。在心底产生了一种不祥的预感！他想，虽然自己没有在这件事上有任何粘挖（捞好处），但刘来福是自己的老同学，出了这么大的事，上面问责，众人猜疑、议论，肯定说我不知吃了多少回扣！幸亏我拒绝了刘来福的回扣，要不然，我一生的清白毁于一旦不说，老同学刘来福吃不了也得兜着走！究竟是质量上出问题了，还是设计上的问题，他心里毫无底数。

179

他坐在新配的一米五的新式办公桌后面新的老板转椅上，一手托着下巴，陷入沉思，久久的沉思……忽然，他好像想起了什么似的，拿起办公桌上的电话，拨通了刘来福的手机，电话里顿时传来了刘来福气急败坏的声音："狗娘养的，我就说要翻切呀，翻切呀，他们就说没问题，还说我是农民懂什么哩，这出了问题算谁的？唉！我当时因停工心急，急于开工，没让那狗日的所谓专家写个东西签个字！"

刘润泽说："你先别急，急也没用，我给你打个招呼，让你先知道一下，看将来专家鉴定以后怎么定夺呀。"

人命关天的事，谁敢怠慢。第二天，县教育局就组织专家组来到学校，进行了检查。经检查，定为危楼，为了安全，决定先将学生全部搬出，处理方案等专家进行技术鉴定后才能定。一座被评为省优工程的教学大楼，在投用两个月后突然间变成一座危楼！学生们高高兴兴地在崭新漂亮的教室里学习了短短的两个月时间，又慌慌乱乱地搬出了这座新楼。很快，市上专家组、设计院、新闻媒体就来了。

好事不出门，坏事传千里，市电视台播放了"新洲中学新建教学大楼成为危楼，学生搬进去刚两个月就被迫搬出"的消息后，"刘来福修危楼"成为全新洲乃至驼城市的一条爆炸性新闻，事情很快传得满城风雨。

有说新修的楼，用了两个来月就出问题了，同学勾结，不知吃了多少回扣。

有说刘来福一个农民，穷小子，一下子就成了老板，屎事不懂还想吃个猪肉烩粉，这么大的工程他也敢揽，真是箍漏匠（小炉匠）钢铡刀——胆大包天。

有说这下有好戏看了，看他们咋收拾这个摊子呀。

更有甚者说那么多的学生上去，楼塌了，后果不堪设想啊！看他们政府怎么给老百姓交代！

说归说，议论归议论，刘来福心里有底，他给老同学刘润泽电话上说："老同学，你不要担心，我也想过了，你肚里没冷病，不怕吃西瓜，我为人不做亏心事，不怕半夜鬼叫们。质量上我敢给你拿性命担保。你想想，如果是质量上的问题，它怎么会在每道梁的同一个位置裂缝？其他楼层怎么没问题？那不是我当时提出的问题是什么？"

刘润泽听了也觉得是这么个理，看那个裂缝的位置，好像就是大梁最吃劲的地方。这样一想，他似乎觉得心上压的那块大石头轻了一点儿。

但是，你刘来福长上十张嘴也说不过雄辩的事实，再怎么说，楼是你

修的，你修的楼成了危楼，人们怎么能不联想到，工程质量，行贿受贿，偷工减料等一系列的问题？

一座被评为省优等工程的教学大楼，也是刘来福精心打造的样板工程，一夜之间成了一座危楼。很快，中央电视二台，就将此事曝了光。穿着很不讲究，身体显胖，剃着个光头，咧着个大嘴，胡子拉碴的刘来福的"光辉"形象，以偌大的特写镜头，亮相央视。小包工头刘来福建危楼的丑闻公诸于天下。刘来福臭了，刘润泽臭了，把县领导也搞得声名狼藉。

就在这时候，市上专家紧锣密鼓地带来了专用设备，在四层楼的二十四道大梁上全部打眼，定点取样化验，做技术鉴定，上面要依据结果定性进行处理。

专家化验结果显示，二十四道梁只有一道梁的一个点有点儿瑕疵，其余的点都合格。这就说明不是施工质量的问题，无疑是设计的问题了。最后，通过专家论证，鉴定为质量没问题，造成危楼的原因是设计不合理。专家们议论：这楼工程质量没问题，如果是工程质量出问题，领导再吃了回扣的话，可能就要追究相关人的刑事责任了。

由于中央电视台将此事曝了光，所以省上也重视，要求对此事要有结论，要有处理结果。很快市上就行了文，给了县委书记党内警告处分，校长刘润泽党内严重警告处分，设计院院长撤职，该设计院五年内不准搞设计。取消省优工程的荣誉称号，三十万元的奖金也泡了汤。并要求设计部门制订加固方案，重新加固。轰动全县乃至全市的危楼话题总算平息了，但是，给刘来福留下的却是无法挽回的损失。辛辛苦苦下了那么大的功夫，差点儿把老命搭上，干了一年多，"赔了夫人又折兵"，不但没挣到钱，反而搞得臭名远扬，加之几个月的加固工程，最后一算账，总体下来赔了六十多万。了解内情的人知道是设计问题，不了解内情的人还以为是刘来福真的建了座危楼。

企业垮　倾家荡产

有句俗语叫"马倒连鞍转，皮袢一齐断"。过桥桥塌了，坐船船漏了，人倒霉了，喝凉水都塞牙缝。刘来福在自己创办的企业受到连连创伤，内外交困，步履艰难的关键时刻，受到老同学的鼓励指点，拼着老命，操心

受累，夜以继日地鏖战了一年多，实指望在这次建教学楼的工程上挣点儿钱，挽回一下企业的被动局面，没想到，"奴讨了身卖了，钱也没挣下，人也没认下"。除没填补上小洞，倒挖下个大坑。他不得不再次反省，前几次接二连三地发生事故，是自己发展太快，管理没跟上或招下的工人素质差所致，但这次建教学楼自己几乎倾注了毕生的精力，安全质量上都没出任何问题，为何又出了这么一遭意想不到的事！自己没有任何责任，反而蒙受了这么大的损失。难道是自己命里注定该受穷？他百思不得其解。

就在他还没来得及理顺头绪的时候，车队又发生了一起人命事故。他的得力干将、已身亡的堂哥刘根治的儿子刘义，在神泉拉煤的途中，休息吃饭时，被路上飙过来的一辆小车一头撞倒在地，当场死亡！

电话打来时，他正和公司的领导商量怎样收拾这烂摊子，听了这事，气得他暴跳如雷，本来就风里来雨里去刷晒的和洋芋皮一样的脸，一下子拉黑得像锅底一样。他简直要疯了，把手机一把扔到桌子上，一下子从椅子上站起来，在地上转圈圈。公司领导都劝他不要生气，现在的人有两个钱烧得不得了，不会开车就买车，三天两后晌，买个驾驶证就敢上路，甚至无证驾驶、酒后驾车，你能防得住吗？有什么办法！他只好叫他姐夫开上小车拉上司机，一同上去处理事故，将大车开走，尸首拉回，又一次忍着万分的悲痛，安葬了他侄儿。这次事故虽然责任都由对方承担，事情处理得还都满意，但活生生的一个小伙子，家里的顶梁柱，说没就没了。一家人留下婆婆媳妇两代人两个寡妇，好在他大哥的儿子刘义还有个儿子，给他们留下了条根苗，娃娃的抚养费人家该赔偿的都赔偿了。但不管从道义还是情义上，他都不能不管，他虽然赔得一干二净，还是想办法给送去两万元，婆媳两人一人一万，安抚了她们。不管怎样，这次事故使他雪上加霜，给他精神上又带来一次重创！

历史的车轮已经碾过二十世纪，进入了新世纪的第一个年头。改革二十来年，中国经济结构已从单一的国有经济，向以国有经济为主导，民营、个体、合资、独资、引进外资等多元化经济结构转化。国企的退出，民企的进入，使民营经济的优势明显地显露出来，竞争越来越激烈。刘来福从一九八二年起步办企业，风风雨雨已近二十个年头了。这二十年来，他作为一个回乡知青的新一代农民，跟随改革的步伐，白手起家，从开小饭馆、承包一个大集体砖厂，到养车跑运输，做洋芋生意，开办食品加工厂，建酒楼，建教学大楼，已经是小有名气的一位农民企业家了。如果说这二十来年的摸爬滚打是创业阶段的话，现在应该是进入整合资源，集约化管理，资本积累的良性循环阶段了。也就是说，如果不出意外的话，他应该是具有一定竞争力的一个经济实体了。可是从一九九四年以来的这几年时间里，接二连三地出事，给他精神和经济上造成了极大的打击，特别是为了建教学大楼，使他把主要精力都投入到工程上，顾及不到其他摊子的管理，收入频频下滑。教学大楼除没挣一分钱还亏了六十多万，紧接着又死了一个他的得力干将。这几年折腾得他不但把积累的一百万多流动资金消耗光了，而且贷款额高达二百万。企业进入亏损状态，连利息也付不起了，不要说本金了，把他逼得眉上眼下，毫无办法。他现在的处境是手中没有流动资金，企业无法运营，再不想办法，贷款利息越垒越高，就只有跳楼了！

商场如战场，在这竞争激烈而残酷的市场经济大潮中，有一帆风顺、乘风破浪的机遇，也有市场竞争、你死我活的挑战；存在投资见效的利益，更有惊涛核浪，卷入浪潮的风险。这就是通常讲的"机遇和挑战同在，利益和风险并存"。看来，他已经被卷入这险象环生的浪潮，难以自拔了。他必须在这生死关头，迅速做出抉择，采取果断措施，甩掉包袱，抓住一根救命的稻草，从这一浪头打下去的旋涡中爬出！他想来想去，只好忍痛变卖车辆，停止运输业，停办食品厂。砖厂合同还没到期，暂时维持，饭店楼房是自己的，不要掏租金，勉强运行。就这样折腾下来，还了零星债务后，还亏空一百八十八万元，这就等于他一手创办的企业到此为止，彻底垮台，濒临破产了！

企业垮台，人也彻底垮了。已进入知命之年的刘来福，自从一九六八年回乡到目前这个状况，三十多年的奋斗打拼，三十多年的曲折起伏，三十多年的潮起潮落，曾经艰辛，曾经收获，曾经失意，曾经辉煌，最后落了个两手空空，债台高筑，疾病缠身。亲戚邻里也躲得十里八步，没人理了，生怕他拖累着。这真是"人散鸟飞钱撒尽，落了个身体透支病缠身"。这条坚强的汉子，这次似乎有些支撑不住了，他感到胸闷气短，胸口疼痛，嗳气肚胀，不思饮食。但他不想就此倒下啊！他不能把债务留给娃娃们，他硬扛着。可是越扛身体越不行，饭也吃不下，气也上不来，简直要死了！婆姨和儿子硬逼着把他送到医院。到了医院就由医生摆布了，首先抽了几管子血，进行全血化验，然后做胸部、腹部 CT、B 超，又做胃镜检查，折腾了整整一个上午，化验结果上午还出不来，只有回去等到医生们下午上了班，才能取出单子，让医生进行全面诊断。下午去了把所有的单子拿给医生看，医生一口气给他说出了几种病，说："你光顾挣钱，不要命，身体已经这样了，还不检查治疗，首先，你是动脉硬化冠心病，其次，是有胆

结石，还有浅表性胃炎，必须住院治疗，再不敢拖了。"这下他没招了，只有听医生的，住院。

住院看病，"既来之，则安之"。可是，他怎么能安得下心呢？他人在病床上，心在债务上。作为一个农民，企业停止运营，再没有经济来源，这么大的债务欠下，他怎么能在医院住得安心，住了半个月院，他实在住不下去了，就闹着出院回了家。

回家以后，他把儿女们叫回来，好像安排后事一样，对儿女们说："账可能还不了了，但我不会把账留给你们，我想办法把你们都调到驼城，是死是活，我一个承担，绝不会连累你们，以后你们到驼城去发展，自己管自己去，我是管不了你们了。但我的事你们也不要操心，实在不行了，就把地方都卖了还账。"

他有两个儿子，一个女儿。他拼死拼活，一心供娃娃们上学，他的主张是自己命运不好，没上成大学，也没进入公门，一定要让娃娃们上大学进公门。在他的拼搏下供他们到大学毕业，并都安排了工作成了家。大儿子在城关镇当副镇长，儿媳妇在实验小学教学，二儿子在工商银行，二儿媳在城关国税所任会计，女儿在驼城教学。

孩子们安慰他："爸，你不要着急，大小事还有我们呢，不管怎样先看病，身体比钱更重要。身体好了，什么也别干了，你为我们操劳了半辈子，房子我们给你买，你就好好养着。"听着孩子们的安慰，他心里流过一股暖流。

他的身体状况和经济情况不好，暂时什么活也做不成，他就给娃娃们跑调动，等待时机。就这样，他拖着病身子，驼城，新洲来回跑，给儿子媳妇们联系单位。

改革开放初期，市场经济还不完善，金融改革也在从计划经济向市场经济转型的过程中，机制不健全。当时的情况，有些人生意做烂包了，就把贷款赖下了，要钱没有，要命一条，要家当，看上什么拿什么，反正就这一摊子。有的人甚至逃之夭夭，隐姓埋名，不敢见人。包括一些国有企业也是贷款额巨大，负债率居高，亏损面增大，积重难返，甚至被迫停产，工人聚众堵大门，闹厂长，厂长都不敢露面，高额贷款还不上，利息越垒越高，成为呆账、死账。逼得国家不得不再注入大量资金，清理三角债，帮助企业走出困境，还上贷款。有些银行已经开始起诉，有的国企已经开始申请破产，通过法律程序解决不良贷款问题。但刘来福不，他一不给娃娃们丢面子，二不让人戳脊梁骨。他要堂堂正正做人，再说，他还不服气，他不想就此倒下，身体好了他还想干事业。贷款不还，利息越积越多，他必须把银行贷款还了，然后再想办法。最后狠下心，将自己亲手修建创办的东关饭店那栋三层楼给银行抵了贷款。这就等于倾家荡产，连住处都没有了。没办法，只好借住在妻弟家。

现在的刘来福，虽然倾家荡产，病也没看出个眉目，但无债一身轻。之前住了一段时间医院，心急火燎，越住院病越重，比死都难受，现在是死是活把账还清了，死也死个利落，反而觉得轻松了。

一切都放下了，连死都不怕了，反而觉得他的病治了一半，身子感到轻快了一大截子。几个月来没有感觉到饥饿的肚子，这时候才有想吃东西的感觉了。他这才头脑清醒地想到，那病一多半是气的，不修那座倒霉的教学楼，他即就是出了那么多事，也不至于落到这步田地。细想来，人生在世，"当你修炼到足以包容所有生活之不快，专注于自身的责任而不是利益时，你就站在了精神的最高境界"的刘润泽的这席话，应该再加上"当你站在精神的最高境界时，你就不会为厄运所屈服，从而也就不会因受委屈或冤屈所气倒，也就不会因气伤了身"。

同学助　起死回生

企业厂点也几乎停完了，资产也一步步易主，只有租赁的砖厂勉强运营。刘来福闲来无事，在家养病，天天对着自己亲手修建创办的已抵给了人家的东关饭店发呆。

一天，他看着楼房猛然想起，建起的楼虽然抵出去了，但楼后面还有烂轮胎、破旧设备堆得乱七八糟的一亩多地是他当时圈下的，因资金不足没有动工。他想，如果能利用这块地建一栋楼，或许还能活起来，这段时间以来，把我折腾的，人不人鬼不鬼的，脑子一片浑浊，只顾清理债务，还没顾得上考虑怎样起死回生的问题，这一亩多地或许就是我的一根救命稻草。可眼下，我手头空空，没有启动资金，想什么也是白搭……

刘来福以为他倾全家之力将自己仅有的楼房抵了贷款，再少量贷一点儿款，应该不成问题，没想到，银行现在又从一个极端走向另一个极端，贷款审批手续烦琐不说，必须要有中介机构评估认定的资产抵押。不但他自己没有抵押的资产，贷不出来，请人担保都没有一家银行敢给他贷。这

真是人高人抬，人低人灭，刘来福又陷入了信用危机之中。

事情就是这样的，人在得势的时候，别人都是仰着脖子看你，撵在你屁股后面，围着你转圈圈，巴不得能靠近你，甚至以能和你交上朋友为荣。要个三十万五十万的不用开口都有人送上门来，银行也争着给放贷。前几年生意红火的时候，多少人围着刘来福转哩。但是，人在失意的时候，就是另一番景象了。特别是显赫一时，突然间一落千丈的人，别人就开始躲着你，看你都是离老远用眼瞟着看。刘来福如今人混背了，不但没有人围着他转了，就连亲戚邻里都躲着走，甭说银行贷款了。这真是"凤凰落架不如鸡"啊！

不过，人又有另一种平衡心理的本能，就是人在苦闷的时候总想找个朋友，即知己倾诉衷肠，以解心头之闷。就好比高常礼不敢回应女教师向她发出的爱的信号，又被七情六欲撩拨得心神不宁，陷入苦闷中不能自拔的时候，首先向同学好友杨诚智写信诉说他的苦闷一样。这一天晚饭后，刘来福转悠到老同学刘润泽家，想给老同学诉诉苦，以解心头之闷。刘润泽见他来了，紧接忙待，刘来福毕竟是自己的同窗好友，朋友在低谷的时候，更应该亲近关心，不能冷落，这才是真正的朋友，这也是刘润泽一贯的处世为人风格，婆姨见刘来福上了自家的门，热情地和他打招呼，忙让座泡茶。

坐下以后，刘润泽就问他最近的身体状况，他说："身体可以了，现在无债一身轻，也不急不躁了，反而能吃能睡，估计死不了。但是，心里闷得慌，有苦无处说，只好和老同学来祈祷祈祷（诉说内心苦衷的意思）。"

刘润泽又劝说安慰他："就是的，我看你那病也多半是着急上火的病。这几年你就是不顺，还不如好好静养一段时间，先把身体调养好再想办法。"

他喝了口水顺口说："是啊，这段时间感到轻松得多了，头脑也好像清醒了，我那天看着抵出去的饭店楼，才想起楼后面还有一亩多地哩，能建一栋好楼，可手中无钱杀不了人啊（这是陕北赌博的过程中的一句玩笑话，也可以说是一句行话。意思是，没有本钱想赢别人手中的钱也入不了场，这里的'杀'意味着把别人押的赌注杀回来。后来，人们把这句话引用到生活中，比喻人没钱想办啥事都办不成）！我想，首先地皮不用再花钱了，花不了几个钱就能开工，可如今手头空空，狗眼看人低，不但亲戚邻里躲着走，银行连款也不给贷了，没有资金开不了工啊？"

刘润泽听到老同学为钱而为难，不假思索地说："我给你担保，你先贷些。"

他说："混背了，谁担保都不给我贷啊。"

刘润泽问他得多少。

他说："有个二三十万左右，设计搞出来就敢开工了。现在的房价好，出手又快，边开工边卖房，资金就转开了。"

刘润泽说："那就以我的名义给你贷三十万，你先开工。"

"嗨，多少人都躲着我走哩，你不怕我把你骗了？"他半开玩笑地说。

刘润泽说："救人一命，胜造七级浮屠。我不相信你能骗我！再说啦，真正赔了，我还能把你当成个钱？"

"还是老同学信任我啊！我本来是随便跟你倾诉一下心中的苦闷，没想到你这么慷慨。那就感谢你帮我这一把！你放心，我连公家都不骗，还能骗你吗？即就是我死了，骨头磨得卖骰子也要给你还上！"他非常激动地对刘润泽说。

刘来福虽然运气不好，连续发生死伤事件，加上建那座倒霉的教学楼赔了钱，把企业也拖垮了，人也搞得筋疲力尽，浑身是病。但他已经拥有一支集砖、瓦、水、电，内外粉刷，高层起吊等一应俱全的施工队伍，是有一定底气的，他有把握做成这件事。他想好了，只要一开工，他就可以售房了，房一卖开，就不愁资金了。

从刘润泽家里出来，回到家里，他觉得心情似乎畅快了许多。

事情想好后，他又去西安四医大看了一次病，这次他是"既来之，则安之"，在医生的说服下，安安心心住了两个礼拜院，带回了十个月的专方专治中药胶囊，软化血管，改善血液循环，专治冠心病。他要把身体调理好，才敢动工，要不然，前面跌下这么大的亏空，再捅出娄子了怎么办呀！他一边吃着药，一边请来公司技术人员，根据地形，谈了他的打算，让公司给他搞了个设计，准备组织他的施工队开始第二次创业！

他这次设计了六层楼，三千多个平方米，地皮不算，少说也能挣个百儿八十万。就这样，刘来福在老同学刘润泽三十万元贷款的支持下，又重整旗鼓，开始实施他的二次创业计划了。

人往往在事业兴盛得意的时候，想得大看得远，用陕北人说的话，走路都是"头撂倒脊背心"，就是走起路来头仰得很高，路上掉下钱也看不到的意思。但在失意落魄的时候，心情低落，走路连头也抬不起，不用说仰着头了。低着头走路自然看得也低了，近了，这时候想的事也小了。

这一天，刘来福往县城去的时候，不用说也是低着头走路，他这才看到蛇沟沟口的两边坡上，乱石林立，草木不生，无人问津，就连他也不曾

看到这点儿烂石坡能有何用。他在企业兴旺的时候,是看也不看这些被人遗忘的角落的。但这时候由于没有资金买不起好地,他就只能瞅瞅这些角角落落,不起眼的地方,他觉得这些不成形的烂石坡,没人要,把它砌起来就是一块平整的地方,可以在上面建楼。既治理了山洪对沟渠的冲刷,又美化了环境,投资也不大,就产生了一个投资造地的想法。他就找到村上的干部,说:"我掏钱给你们砌沟畔,修路,砌起的地准我的。"村干部听了暗自喜欢,心想,这道烂石坡,祖祖辈辈寸草不生,路又不平,正愁得没法治理,只要他花钱把沟畔帮起来,盖起了楼房,修好了道路,既改变了村子的面貌,又增加了村里的人气,这不是两好的事嘛,就满口答应了。于是,他就和村上丈量圈定了地盘,签订了合同。准备将东关饭店后面的楼房卖得差不多了,就开始实施他的第二次创业的第二步计划。

就在他的第二步计划还未开始实施的时候,新洲中学的几位教师来找他,让他贴地皮,利用食品厂和那四个冷库的地址建校舍,合伙办大理河中学。大理河中学是几个教师合伙创办的一所私立中学,由于受地方限制,加上刚开始办学,生源有限,资金不足,所以只开设初中一个班,高中一个班。地方还是租赁的,而且半年以后就到期了,他们想扩大规模,新选校址建校,所以就找到刘来福。他们说:"师资力量你不要担心,资金我们也可以解决一部分。只要你把学校建起,教学工作由我们负责,仍然有你的股份。具体股份根据投入情况咱再商定。"刘来福听了,进退两难,举棋不定。只好模棱两可地说:"我现在资金不足,就看你们资金怎样。你们具体拿个方案出来再说。"几位老师说:"那好,只要你有这个意向,我们回去再商量个方案咱再谈。"就走了。

刘来福建"危楼"的事处理后不久,刘润泽就调出新洲中学,担任了县教育局书记,后来年龄也大了,就被调回新洲中学当了个名誉校长,实际上就是退居二线了。

这一天,从学校下班往回走,路过蛇沟,看见刘来福正在沟口领着工人在搬石头,他就问刘来福:"你在这里干什么哩?"

"嗨,人穷了,干这下三儿的活,给人家帮畔哩嘛。"刘来福头一抬回答老同学。

"这是好事嘛,帮起来就可以盖楼,何乐而不为呢?"刘润泽又鼓励他。

正说着,王永兴和苗元高骑着自行车从县城下来回家路过,看见他俩,也下了车和他们打招呼。

刘来福见几个同学碰到一起就说:"你们都是当官的,搞教育的,我想

向你们请教个问题，大理河中学几个教师想让我和他们合伙办学，让我出地皮，建校舍，他们负责教学。你们看，这事行不行？"

刘润泽一听办学，饶有兴趣地说："你办学，我支持，我也快退下来了，我可以辞了这个名誉校长，来给你当英语教师，也可以连带搞管理。"他接着说，"现在办私立学校，软件、硬件都要比公立学校好，才能吸引生源。只要软件、硬件都上去了，大理河中学搞好了不比新洲中学差。"

刘来福长叹一声说："唉，好我的老同学哩，你没看我现在这个样子，连摊子也守不住了，还敢办学？不说这师资力量，连起码的教学楼，教学设施都投资不起。"

苗元高是他们班的老班长，外号"和事佬"，什么问题到他手里都能化解。他半开玩笑地说："船烂了还有三千钉子哩，你这些摊子，哪个摊子不值几十上百万？地皮，你不成问题，砖，你有砖瓦厂，水泥有人给你送上门，剩下的材料人工工资桌椅板凳再贷点儿款，就凭你的实力，你的信誉度，你还能贷不来吗？"

"摊子早拆卸得卖完了，饭店楼也抵了贷款了，贷款也贷不出来，不是刘润泽给我贷了三十万，早死干了。"刘来福一脸沮丧地说。

王永兴听着他们的议论，给他们分析："现在和以前不同了，一、人们生活条件改善了，对孩子的培养比以前重视得多，舍得花钱，也能花得起钱。二、咱新洲的软硬件教育水平还很一般，有点儿能耐的都到外面上去了，如果你能把教育质量提高，升学率搞上去，就可以把这部分外流的学生吸引回来。"

"教育质量主要在教师，真正搞起来，还可以在教育系统联系一些有水准的退休老教师。另外再在社会上招聘一部分年轻的大学生任教。只要文科、理科有几个好教师能架起梁子，升学率搞上去了，就不愁生源。"刘润泽又接着说。

他们你一言他一语，说得刘来福死水一坑的心底又泛起一层层波澜。他说："照你们说能办？"

"怎么不能办，事在人为。"他们几个异口同声地说。

刘润泽最后又给他吃了个定心丸，说："资金有困难的话，我再给你贷三五十万。"

刘来福想了一下说："如果你再给我贷上三十万，材料款欠上一部分，不够的由学校筹集的话，还可以考虑。"

在同学们的分析和鼓励下，刘来福利用三方资金，和学校的几位教师签订了合同,答应就利用食品厂冷库的地址,新建大理河中学。设计还需要一段时间,他暂时安排了几个工人,在蛇沟砌护坡帮河堤,等设计图出来以后,先建住宅楼,资金转开了再建学校。这样,资金的问题也解决了,工队的人也养住了,多少还能挣一点儿。

　　似乎天无绝人之路,或许也是刘来福的精神感动了上帝,虽然在建大理河中学教学大楼挖地基时又死了一人,但他硬是咬着牙挺过去了。苦苦鏖战了三年以后,合伙办的大理河中学的五层教学大楼,三层办公兼宿舍楼也建起了,当然,这两座楼比起新洲中学的那两座要小得多。但是,规模扩大为两个初中班,两个高中班。刘润泽当了校长兼带英语课。学校占地面积不大却设计新颖别致,整洁而有序。蛇沟的沟畔也砌好,路也修成水泥路面,宽敞平整,砌起的沟畔上两栋漂亮的五层小洋楼竖立村口。不但使乱石林立,寸草不生的蛇沟改变了面貌,而且给新洲县城的东大门也增添了一道亮丽的风景线。他是名利双收,既挣了钱,又得到了领导和老百姓的称赞。那栋六层大楼的房屋全部售完。售房的时候,让刘润泽任意挑选了一套三室两厅的住房,并给他优惠了两万元。还给自己留了一套一百四十平方的住宅房,一大套门面房,准备重新办酒楼。这次的酒楼不带住宿,因为上面是住宅房,但酒楼的档次比原来高,酒楼的名字也起好了,叫聚友酒楼。这三步计划实施下来,刘润泽替他贷的六十万银行贷款也还清了,他的人情债也还了,自己又有了房住。人逢喜事精神爽,他似乎感到身体也没病了,实际上,是他已经坚持吃了三年西安配的药起作用了。他的企业也可以说起死回生,又活了!

第三编

泪涟涟兮 难忘情怀

贺校庆　师生叙情

二〇〇四年十月二日，新洲中学的大操场上人声鼎沸，锣鼓喧天，彩旗飘扬。新洲中学建校五十周年大庆的庆典活动在这里举行。只见新搭建的临时舞台前面摆放着簇簇鲜花，舞台的上方和两边挂着鲜艳夺目的横幅和对联。

上方横幅上写着：

热烈庆祝新洲中学建校五十周年

两边的对联是：

　　五十年 风雨兼程 励精图治 师生孜孜写春秋
　　新世纪 政通人和 教育振兴 人才济济竞风流

两千多名在校师生和上千名校友、师友，满怀激情地云集在这里，欢庆自己的母校五十华诞。

连日来，整个学校，张灯结彩，洋溢着喜庆的气氛，校内外，研讨会、座谈会和自发组织的酒会、诗歌会，频频举行。呈现出一片欢乐的节日气氛。县上党、政、人大、政协四套班子、驼城市教育局领导等都受邀前来参加这次庆典活动。据说，这次校庆，发函邀请了历年来在此任教和就读过的三千名师友校友，凡县处级以上的校友和有影响力的老师都在特邀之列。

上午九点，入场仪式开始，各位领导和特邀嘉宾在主席台就座。排着四路纵队二十排的仪仗队方阵，八十名身穿校服的男女学生挥舞着鲜艳的彩旗，走在最前面。紧接着是身着白衬衣的十五排六十名男生吹着军号，和六十名身着海军式白色衬衣，黑色短裙的女生敲着小洋鼓，踏着鼓点迈着整齐的步伐行进。声势浩大的鼓乐队，敲着震天的威风锣鼓，奏着雄壮欢快的管乐，紧随其后。鼓乐队后面是身着统一校服的学生，按班级排成一个个方阵，喊着口号，唱着歌曲，迈着矫健的步伐前行。教师和前来参加校庆的师友、校友们也身穿节日的盛装，排着整齐的队列，最后压阵，款款走来。整个会场鼓乐声、口号声、歌唱声，此起彼伏，不绝于耳。各个方阵在仪仗队、鼓乐队的带领下，绕场一周后，有序地面向主席台排列站立。

庆典仪式由新洲县县长任怀业主持，队伍站好后，驼城市教育局领导走上前台宣布："新洲中学五十周年庆祝典礼现在开始！"顿时，礼炮齐鸣，锣鼓喧天。紧接着，管弦乐伴奏全场齐唱国歌，全校师生方阵唱校歌，歌声响彻云霄。歌声停息后，主持人县长任怀业宣布："现在由新洲县委书记李海琦致贺词。"李海琦书记走上前台，环视全场后为庆典致辞。他在致辞中列举了国家及新洲教育事业的发展，回顾了新洲中学五十年来走过的坎坷历程和取得的辉煌成就，讴歌了一批呕心沥血，为教育事业做出贡献的优秀教师和学有所成的一大批优秀学子。同时，也展望了当今国力强盛，科学迅猛发展的大好前景、教育面临的新的挑战和国家高度重视教育的良好机遇，向师生们提出了面向社会，面向高科技，面向世界的更高期望。致辞体现了县委书记既有文化底蕴又高瞻远瞩的浩然气概。整个会场掌声雷动。

接下来主持人宣布师友代表沈泽宜老师讲话，沈泽宜老师年过六旬，是二十世纪五十年代的北大学子，二十世纪五六十年代戴着"右派分子"帽子，被发配到陕北，在新洲中学任高三语文课，"文化大革命"中首当其冲受到批斗，打成"黑帮"，"文化大革命"后又调回老家浙江湖州。他一副南方人清秀，风度翩翩地走上主席台，毕恭毕敬地向主席台上的领导和台下的师生们鞠躬施礼后，讲道：

老师们，同学们：大家好！

三十五年前，我是新洲中学的一名语文教师，后来因故回归故乡浙江湖州。人事沧桑，今天能在这里和各位谈心，是我的荣幸。今天我要谈的题目是"让文学为生活导航"，分小说、诗歌，生活三个部分来讲……

他那美妙的文采，深邃的内涵，表达了他对母校、对老师、对同学的一片深情和感激，也抒发了他对那难忘的、苦难而又快乐的中学生活的绵绵情怀。给人以美的享受，深刻的启迪。全场响起一阵热烈的掌声。

因工作等原因未能亲临现场参加校庆的校友：赵英武、曹刚、李向国、

张树兰、纪海亮等发来了贺电、贺信。主持人都安排学校的男女学生和老师一一穿插发言，使庆典仪式高潮迭起，喜庆气氛浓烈。

　　庆典仪式在一片诗情画意、激情荡漾的气氛中告一段落，主持人宣布广场大型文艺活动开始。整个广场又进入了鼓乐齐鸣，歌声荡漾的欢乐气氛中。两百名学生组成的文艺表演方阵，表演了场面热烈的节目，他们的舞蹈和击鼓表演，时而像万马奔腾，时而似涓涓细流，时而又把人们带入喜庆的欢乐气氛。紧接着是大型歌舞表演，整齐绚丽的服装，新颖别致的队形变换，悠扬动听的歌声，跌宕起伏，气势恢宏。八十八名教师表演的陕北大秧歌，正是"打起腰鼓舞起龙，锣鼓唢呐齐出声，欢快的步子扭得欢，绸子扇子扬空中，十二把镰刀九连环，龙腾虎跃闹得红"。一下把文艺活动带入高潮，吸引了众多观众，他们好像在品赏着陕北文化的大餐。整场文艺演出，特邀了驼城民间表演艺术团著名导演孟海平执导，本校校友、驼城市知名作曲家景通玉担任音乐总监，本校教师张增奇撰写的串场词，本校教师张瑜、张雄主持。文艺表演持续了两个多小时，到会的师生校友们，沉浸在一片欢乐的海洋。本来计划晚上还安排有文艺活动，但由于担心安全问题，县公安局责令取消了晚会。给母校半个世纪一遇的庆典留下了喜庆中的一点儿遗憾！

　　庆典结束了，但人们还沉浸在喜庆的气氛中。学校为感谢校友和社会各界的支持，给参会者发放了记载学校发展历程的纪念册和带有校史校庆标志的纪念品。下午，举行了茶话会，畅谈母校的发展变化以及同学之间、师生之间的深厚情谊。

　　这次校庆，对于已离校的师友校友，算是一次盛大的聚会。特别是离开多年的校友师生，如果不是这个机会相遇，可能今生今世也见不上面了！可以看出，那些年过半百和已近古稀的校友师友们，虽然初见面时谁也认不出来谁，但只要互报了姓名，说出当年的班级当年的情景，就立即认出来了。他们犹如久别重逢的亲人，相拥相依，泪水涟涟，倾诉衷肠！

　　高六八届两个班共九十六位同学，这次到会四十六位。值得一提的是，他们这一届同学，平时有刘润泽、刘永清、高常军、曹世荣等几位热心肠的同学当联络员组织，刘来福的东关饭店作为接待站，形成了一定的凝聚力，大凡一联系大都能联系上，而且都能积极参加，所以这次校庆他们这一届同学来得最多。他们在刘永清、刘润泽、高常军等几位同学的组织下，利用这次校庆的机会，搞了一次同学聚会。提前一天相约，每人集资二百元，作为活动经费，有困难的同学免收，不够的他们几个兜底。十月一号，就是校庆的头一天晚上,就在刘来福的东关饭店,由刘来福做东,招待了同学们。他们有的也三十多年没见面了,只有互通姓名后方知对方是谁。二号晚上,在大型校庆活动结束后,到会的四十六位同学,特邀了当年的俄语老师刘丕文,语文老师文静、惠峰,以及"文化大革命"时期挨过整的物理老师吴承溥,语文老师沈泽宜老师。又在刘来福的东关饭店摆了五桌酒席,组织召开了小型酒会。

当年双中的老师,大都来自外地。京冀辽、江浙沪、豫皖湘等,真可谓天南地北,五湖四海,其中陕西关中籍的老师为最多。他们中不少人都是戴着各种政治帽子和背着各种罪名,被惩罚性地发配到这贫困至极,老百姓需吃国家救济粮以糊口度日的穷乡僻壤来的。陕北这块特殊的地方,历史上就是发配或者说流放罪犯的地方。秦代大将蒙恬率军到此抗击匈奴,并屯田戍边,筑城固守,就曾迁徙内地罪人移居陕北。

当时学校的条件也是艰苦。老师们的伙食标准比学生的好一些,但也好不了多少。据说,有些关中平原和外地来的老师,吃惯了细米白面,吃了高粱米面,拉也拉不下来。而居住条件也很简陋,每人一孔集工作、生活为一体的窑洞,仅一炕一桌一椅而已。沈泽宜老师就是浙江人,北大毕业戴着"右派分子"帽子发配来陕北的。吴承溥老师是上海人,据说,也是因为说了一些不合时宜的话,被贬到这没人来的穷乡僻壤的。直至二十世纪八十年代初,他们才被落实了政策,恢复了教育工作。师生们见面后有说不完的故事,大家一边饮酒,一边叙话,一个个大发感慨,倾诉衷肠,同学们频频举杯,给老师敬酒。在大家争先恐后发言,回忆过去那些坎坷岁月时,他们的同学、现在在周家街中学教语文的万尚多即兴发挥,吟诗一首:

母校华诞五十整,
同学兴会新洲城。
共忆双园风华韵,
同叙四方离别情。

满怀激情度青春,
各领风姿近四旬。
至交莫过学友深,
甘苦与共乐其中。

> 桃李岂能忘园丁？
> 师生情谊永世存！
> 满怀深情感师恩，
> 期盼他日再相逢。

一首通俗朴实而满怀深情的七言诗，抑扬顿挫，声情并茂，把同学和老师们带入了刻苦奋进、勤俭求学、甘苦与共的年代。场内顿时响起一片掌声、喝彩声，一阵激动，一阵感慨，热议当年，情不自禁。大家你一言他一语，对这首诗进行点评，刘润泽提议将这首诗再琢磨修改后打印在通信录上作为永久性纪念，得到了大家的赞同。

在好多同学的发言中都表达了在当时的那种特定环境下，伤害了老师的歉疚之意。老师们也都表示了理解，那是历史造成的悲剧，不是谁能左右的，也并非同学、师生之间有什么恩恩怨怨。他们在那样一种不堪忍受的逆境中挺过来了，还能一如既往地把知识无私地传授，把青春毫无保留地奉献给一批又一批的青年学子，仅这一点就足以证明他们的高风亮节，他们的人格魅力！沈老师上午在庆典上的发言，还把自己的屈辱埋藏心底，循循善诱地引导同学们怎样做人，就足以证明了这一点。正如校友马仕林上午在校庆典礼上朗诵的诗中写的一样：

> 在那个荒唐的年代，
> 多少正直之魂惨遭荼毒，
> 多少智慧之星被蒙上污垢，
> 而我们却因此有了恩师。
> 我怎能不深深地感谢上苍，
> 把那么多的英才俊秀，
> 赐给我们为师为父。

"一日为师，终身为父，你们是我们心中最可敬的人。千言万语也表达不完我们对你们的感激和敬仰之情，只有祝你们身体健康，愿世界变得更加阳光，让那些荒唐的历史不再重演！"

给他们教了一年物理课，"文化大革命"中挨了整的吴承溥老师也语重心长地说："同学们的发言都很好，看到同学们都事业有成，特别是刘来福从农村出来，能把事业干到如此程度，实属不易，这让我们敬重起来。时

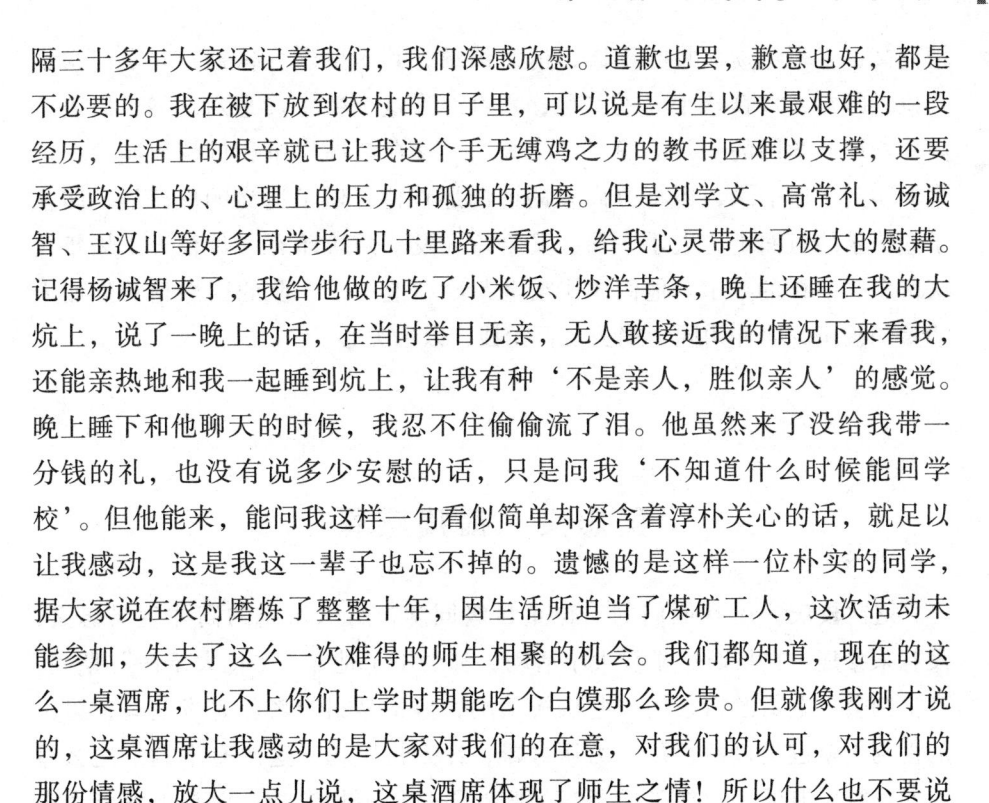

隔三十多年大家还记着我们，我们深感欣慰。道歉也罢，歉意也好，都是不必要的。我在被下放到农村的日子里，可以说是有生以来最艰难的一段经历，生活上的艰辛就已让我这个手无缚鸡之力的教书匠难以支撑，还要承受政治上的、心理上的压力和孤独的折磨。但是刘学文、高常礼、杨诚智、王汉山等好多同学步行几十里路来看我，给我心灵带来了极大的慰藉。记得杨诚智来了，我给他做的吃了小米饭、炒洋芋条，晚上还睡在我的大炕上，说了一晚上的话，在当时举目无亲，无人敢接近我的情况下来看我，还能亲热地和我一起睡到炕上，让我有种'不是亲人，胜似亲人'的感觉。晚上睡下和他聊天的时候，我忍不住偷偷流了泪。他虽然来了没给我带一分钱的礼，也没有说多少安慰的话，只是问我'不知道什么时候能回学校'。但他能来，能问我这样一句看似简单却深含着淳朴关心的话，就足以让我感动，这是我这一辈子也忘不掉的。遗憾的是这样一位朴实的同学，据大家说在农村磨炼了整整十年，因生活所迫当了煤矿工人，这次活动未能参加，失去了这么一次难得的师生相聚的机会。我们都知道，现在的这么一桌酒席，比不上你们上学时期能吃个白馍那么珍贵。但就像我刚才说的，这桌酒席让我感动的是大家对我们的在意，对我们的认可，对我们的那份情感，放大一点儿说，这桌酒席体现了师生之情！所以什么也不要说了，这份情我们领了！感谢大家的一片盛情！"

这时候"半脑壳"马建国也颤巍巍地说："我也作了一首诗，给大家献个丑，表达我对老师们的一点儿敬意。"然后用他稍显迟缓的语气吟道：

同学义，师生情，同窗恩师情义深。
忍饥挨饿求学问，无私无欲传真经。
风雨同舟闹"革命"，岁月沧桑雪染鬓。
三十六载喜相逢，欢聚一堂话别情。

名已就，功已成，坎坷艰辛近半生。
命运对我不公平，自强不息苦攀登。
天生我才必有用，何须叹息路难行。
感谢老师培育恩，愿君健康永安宁。

情真真意切切，在座的老师和同学们听得激动不已，年近七旬的几位老师已经情不自禁，热泪盈眶了。几位老师对同学们不忘教诲之恩，永念师生之情的感恩之心，表示了由衷的感谢。师生们共叙分别之情，共赏激

情诗文，互相勉励，共同祝愿，情意绵绵，其乐融融。临别，同学们送给几位老师每人六百八十元的红包，六百八十这个数字寓意六八届，以表达高六八届同学们的一片心意。第二天，大家在新洲宾馆和母校校园合影留念，印制了通信录，还将万尚多朗诵的那首诗，做了适当的修改后，印在了通信录的封面上，人手一册，又给每人发了两块印有"母校五十周年校庆留念"字样的毛巾。他们还让霍世荣给和他一个大队的因患精神病而未能参加校庆的申仲明同学捎去二百元钱，以示关心。

吴忠义　瘫痪感恩

这次校庆，还有他们的一位重量级同学，高六八届的高才生吴忠义，没有来参加。在校时，学校大小活动，都少不了他。"文化大革命"期间，开批判会、上街游行、搞一些庆祝活动，他不是组织者就是发起者，写出的批判文章也是措辞严厉，力压群雄，让人折服的。这次有幸遇上这么盛大的母校庆典活动，他怎能不参加呢？不是他不想参加，而是他没能力来参加，他已经半身不遂，瘫痪在床十来年了，又住在驼城，以后这些活动，他恐怕是再难以参加了。

吴忠义是个中等身材，大圆脸，给人的感觉既憨厚又直爽。他家人口多，他排行老二，大哥已经成家另过，妹妹排行老三在大队基建工地参加劳动，四个弟弟还小，一家八口人，生活非常困难。一九六九年春节过后，刘学文、高常礼、杨诚智友情之旅去看望他的时候，亲眼看到：一大早他母亲做出一大锅掺着高粱糁糁的稀饭，你一碗他一碗，三下五除二就舀完了。吴忠义和所有回乡知青一样，面朝黄土背朝天，日出而作，日落而息，默默无闻，日复一日地和社员一起劳动，为家里补贴工分。

他父亲也是一个精明能干的人，在生产队当小队长。一九六九年秋后，父母亲就张罗着给他提亲说媒，父亲对他说："你们弟兄多，你大哥虽然成家了，但你是老二，下面还有四个弟弟一个妹妹，你的婚姻问题解决不好，年龄迟大了，影响下面的弟弟妹妹们也不好办，人家就会低看我们。"他本来还想等机会升学或走出农村，寻找自己的生活道路，暂时不考虑个人问题。但看到老人为儿女们这样操劳，想到几个弟弟都在农村，自己的路还不知怎么走，谁知何年何月才能有个定夺？真要因为自己影响了他们，岂不害了他们，给父母带来更大的压力？他还能说什么呢？想到此，他说："家里这么困难，还顾得了考虑我个人的问题？"他父亲铿锵地说："投人借债也必须办。"

他父亲确实是个精明人，农村男娃多的人家，必须注意这一点，家庭越困难越要操这个心，哪怕是投人借债，借窑住，大一个成家一个，这样做，一是给外界人看这家人的正气，农村人说"老人立事柱（就是责任心强）"，家庭整业；二是成一个家分出去一个，减轻负担，都好维持。一旦光脱了，问题越积越多，就积重难返了，有些家庭弟兄四五个，老大老二一旦年龄大了成不了家，就烂干了，没人把女子嫁给他们了，即就是有人给也问（娶）不起了，弟兄几个就都打了光棍了。这种情况在农村是屡见不鲜的。

这样说着，他父亲就找人做媒，媒人找了一家女子，刚一提，人家父母就一口拒绝，说他家娃娃多，太穷，连礼钱也给不起，怎么放心女儿嫁过去呢？吴忠义一听求之不得，他们不想给，我还不想要呢！我正不想过早成家，想找机会出去干点儿事呢。可人世间有鼠目寸光之辈，也有眼光远大之人。他们住的沟对面有一家人家，听说他们张罗着给儿子找对象，就托人主动上门提亲，媒人对他们说："人家不嫌你们穷，人家说穷扎不下根，你们人气好，又有文化，虽然现在穷，但将来有出息，愿意把女儿嫁给你们。"他父母一听大喜过望，满口答应。两家距离不过二百米，早不见晚见，谁还不知道谁，不用调查，不用了解，也不用看家，不用看人，那姑娘小学毕业再没上学，整天在农业社修梯田打坝，也巴不得能找到这样一位有知识有文化的如意郎君！一来二去就定了亲。一九七〇年正月初二，就按农村的风俗举行了婚礼，给他成了亲。

说起来，吴忠义也是个有福之人，结婚以后，婆姨一不嫌家穷，二不怕吃苦，刚过门就参加队里的劳动，挣工分，给家里补贴。穷家薄业的，人口多，都裹在一搭没法过，只好成家一个分出去一个。分家后他婆姨更是省吃俭用，除料理家务，烧火做饭外，天天去队里参加劳动，把光景当光景过。

结婚不到半年，吴忠义幸运地被推荐去新洲电厂当工人，这批新招的工人大都是"老三届"毕业生，脱离穷困的农村，作为回乡务农的一代知青，当上工人等于脱胎换骨了，大家兴致高涨，虽然工厂新上马还在搞土建，但他们在厂长的带领下，工作不分分内分外，活轻活重，指到哪干到哪，盼望着工厂早日建成投产。回乡知青和插队知青是有本质上的区别的，

插队知青是城镇户口，大家都知道锻炼也罢，"接受贫下中农再教育"也好，这是一个过程，还有望回城或被安排工作，用农村人的话说——有个盼头。可农村知青是农村户口，一回去就自然而然地是个农民，国家就不会把你和插队知青一样看待了，说具体一点儿，你最起码还有地种，能安排则安排，安排不了也不是个事，你本身就是农民。

工厂投产后，吴忠义的婆姨就跟着吴忠义到电厂做临时工，用架子车给锅炉拉煤。但因资金和管理等原因，工厂运行没几年，就停产下马了。一九八〇年将他们并入河口氮肥厂。吴忠义调到河口氮肥厂，她又跟着去给河口氮肥厂拉焦炭。

吴忠义也是一个老实人，给他一个官，不但没有升迁，反而招惹了一场牢狱之灾。

他从新洲到河口氮肥厂，参加工作十多年来，踏踏实实，任劳任怨，一九八二年，终于被提拔为厂后勤科科长。工厂新建了一栋职工宿舍楼，这是一栋单身宿舍，主要是为职工提供方便，一些人中午休息一下，有些人晚上下了中班就黑天半夜了，不想回去就可以住下，还有的是家在外地的单身，长期居住。宿舍由后勤科分配，宿舍分配好后的一天，吴忠义正和科室的几个同事，在楼前检查房前屋后的杂物清理情况。突然来了一位女工，走到他跟前不屑地说："吴科长，你给我分的房子在一楼那个后角里，阴暗潮湿，我想调个房子。"

吴忠义不假思索地说："房子都分好了怎么调？"

那位女工一听，脸色唰一下说变就变，说："你是科长，你说了算，你问谁哩？你偏心眼，人家能住好房，就给我分那烂房子，是不是我没给你提东西？"

一句话把吴忠义气得脸色发紫，生气地对那女工说："你看见谁给我拿东西了？都是新房，你说你的是烂房，你嫌不好别人不嫌不好？分得好好的，我怎么把别人调过去？"

说着就掉头想躲开。那女工一看他要走，一扑上去抱住他的腿连喊带哭："你想走，走不成，你给我说不下个明黑休想走！"

吴忠义从来没遇过这样的事，顿感羞愧难当，一边往开推她，一边说："有事好好说嘛，你这是干啥？"

她就哭喊着说："科长打人啦，你看我不顺眼，就把我打死算了，科长打人啦——"一下引来好多围观者，气得吴忠义简直恨不得一头钻到地里。科室里的几个同事一看这情况，赶紧上去，加劝说带拉扯，把她拉开，才使吴忠义脱身。她看没办法，只好气急败坏地口喊："你走是走了，老娘和你没完！"在众人耻笑声中，边骂边走了。

事情过去好久了，那个女人也再没找吴忠义，吴忠义以为这事已经过去了。没想到有一天公安局给他发来一张传票，他去了以后，就把他推上法庭，拿出一纸诉状，说他把那位女工打成重伤，审问他。他感到这里边有问题，就要求他们拿出证据，法庭就拿出医院证明给他看，他一看才知道，是那女工找熟人开的医疗证明。他要申辩，人家说要调查。这一年正是全国性"严打"的一年，公安机关正急得完不成严打任务，送上门的案子焉能不办，就这样把他关入看守所。这一下，"科长被抓"成为爆炸新闻，传得沸沸扬扬，不知情的人，以为他真的把人打了，说他刚好撞在风头上了，这下少说也得判个三年五年的。把婆姨急得捶心祷告，又毫无办法，只有在家默默流泪。吴忠义在监狱里气得大骂公堂，说法庭冤枉好人，他不但不承认他打人，还要法庭拿出证据找出证人来。

吴忠义已在看守所关了整整二十天了，也不给个说法。这一天，看守所的警官又将他提出牢房，他以为又要提审他，心想，反正我肚里没冷病，不怕吃西瓜，我连碰也没碰她一下，怎能把她打成重伤？他们再审，我也不会承认的。我看他们能把我怎么办？他边从牢房往出走边想。可是，这次他们没把他领去审讯室，而是把他领进了一个办公室，念了判决书，宣布将他无罪释放，并给他做了好多解释工作。他对此宣判并不感到突然或有多高兴，反而更激起了他的愤怒。他想和他们争辩，讨个公道：你们有执法权，不分青红皂白，只听一面之词，想关谁就关谁，还有老百姓活的路没有？我被白白关了二十多天，被辱、受罪、家里人着急不说，名誉损失谁给我补偿？但转念一想，家里婆姨娃娃不知急成什么样子了，跟他们能说个什么，还是先回去再说。

关了二十多天的他，一肚子的冤枉无处说，回到家，看到婆姨哭丧的脸，灰暗无光，面黄肌瘦，整个身体消瘦了一圈。婆姨看到他回来了，泪流满面，他看到婆姨这般光景，也情不自禁地流出了酸楚的眼泪，夫妻俩抱头痛哭，泣不成声。结婚十多年来，他们从来也没有这样拥抱过。这是伤心的拥抱，惆怅的拥抱，相互怜悯的拥抱，它的情感交融或许胜过那些恋人情侣的相拥。他从内心深处感到，他这位父母包办成婚的妻子，真够得上一位贤妻良母。旧时代谈婚论嫁都是讲究个门当户对，父母选择定夺。到了新时代虽然不那么包办了，但还是相互简单见个面，见一下人，看一下家就定了。成婚以后才在生活中互相磨合相处，在生活的磨炼相处中慢

慢建立感情,这就被人们称为"先结婚后恋爱"。看来,这种在生活的磨炼中建立起来的感情,要比谈恋爱时建立的感情更要深厚牢固。

出狱后,他还对冤枉坐牢这件事放不下,想联系校友,也是知己好友的新洲律师事务所主任刘学文,咨询一下他白白坐了二十多天牢,相关部门是否应该给他个交代?最后才知道,他的无罪释放,还是他的知己同学刘学文知道他的事后,以此案证据不足为由,几经周折,将案情反映到驼城市中院后,带着中院要求河口法院"证据不足就放人"的指示来到河口法院,河口法院正骑虎难下,无法收场,见到尚方宝剑,见势下坡,这才宣布无罪释放,将他放出。他觉得再不好麻烦老同学了,也不好再追究了,只好认了。

虽然无罪释放了,但给他造成的社会影响是无法挽回的。科长也当不成了,他也没法再在原单位待了,就被调出后勤科当了生产工人。

事有蹊跷,无巧不成书。吴忠义当了工人以后,他们从新洲调来的几个同事对厂里的一些做法不满,认为厂领导对他们有偏见,他就出头露面带头给厂领导提意见,厂里就把他调出河口氮肥厂,调到驼城市氮肥厂。

一九八八年河口氮肥厂也停产关了门,工人都失业回家了。但他因祸得福,在工厂关门的时候,已调到了驼城市氮肥厂。因为他曾经是一介高才生,到了驼城氮肥厂不长时间,就把他调到职中当了教师,后来又调回厂当了工会干事,不长时间就被提拔为车间主任。

吴忠义生有一儿两女,掐指算来,从新洲到河口再到驼城,他已经当了十八年工人,也没好过几天。生活上,他婆姨也跟上他走东闯西,吃苦受罪,才勉强度日。到了驼城,他婆姨还是一如既往,除带孩子,干家务活,还去包装车间干包装化肥的重体力活,小日子将就着,生活慢慢好起来,拉扯几个娃娃长大。仕途上,可可怜怜当了几天小科长,还被冤枉关了二十多天牢房,最后,官也丢得没影了,差点儿把工作也丢了。要说好,那还就数调到驼城氮肥厂这一段时间工作比较顺心。但这顺心的日子不但没有起到好作用,反而使他在生活上养成了不良的习惯。生性豪爽的他,爱结朋交友,有事没事好聚集朋友一起喝两口,慢慢嗜酒成瘾,顿饮一斤不在话下。而且还学会了打麻将,虽然几毛毛钱输赢不大,但有时会通宵达旦。这些都在不经意中给他的身体埋下了疾病的种子。这正如他们的沈泽宜老师,在校庆上的发言中讲的"逆境和顺境"的辩证关系一样,逆境常常给人以警醒,逼着人要付出比常人多几倍的努力,去奋斗;顺境反而会使人消磨意志,忘乎所以!

一九九二年腊月初的一天，一位朋友给儿子娶亲办喜事，请他帮忙记礼账。主人为了感谢来上礼的客人，在礼柜上摆了烟、酒、糖、瓜子，大凡上礼来的人都要给敬酒、发烟。来者好多都是熟人，当然不可能一个人喝，一定要拉他陪着喝，他又豪爽又好酒，就陪着喝，三陪两不陪，一中午大约七八两酒下肚了。晚上主人又设宴相谢帮忙的人，他继续畅饮，直喝得跟跟跄跄回了家。第二天早上，就感觉右腿有些异样，走起路来不听使唤。但他并没在意，仍然一瘸一拐地去上班。到了单位，同事见状劝他去医院检查一下，结果一查就查出问题了，医生说他是脑血栓前兆，再有闪失，就有瘫痪的可能，甚至有生命的危险，必须立即住院治疗。他这才如梦初醒，就住了院。经过半个月的治疗，症状基本消失，正准备出院的时候，左边身子又觉得麻木，医生说病灶转到左面了，只好继续住院治疗，就又住了一个礼拜。眼看到年关了，家里还乱包的连什么也没准备哩，两个女儿还上学，也没人管。就和医生商量出院，医生交代："这种病一时半会儿也好不了，只有在生活上注意，低盐低糖，吃清淡些，适当运动，慢慢休养。"临近年关就出院了。

中国人不管大人小孩，对春节这个传统节日最为看重，再穷也要过好，即就是吃不好，也要玩好。吴忠义出院后，不几天就过年了，本来身体还没有完全恢复，但没引起他的重视，一到正月，你请他他请你，花天酒地，打牌熬夜，没有节制。上班后，领导看他身体不好，厂里修家属院就安排让他照看，其实，就是给他调整了个轻松工作照顾他，这应该说给了他调理锻炼身体的好机会。可他还是经不住酒的诱惑，经常酗酒，朋友弟兄到了一搭，不醉不休。

一九九四年四月的一天下午，他在家休息，在沙发上坐着看电视，刚站起准备解手去，突然感到身体不适，头晕眼花，还没等他反应过来就晕倒在地。儿子在厂里打零工上班不在家，婆姨赶紧叫人将他拉到医院，等到了医院已经失去知觉，人事不省，尿了一裤子。一查，血压升到220。当即进了抢救室，下了病危通知书。这时候儿子也跑来了，把娘儿俩吓得不知所措。他妈给儿子说："你爸不知是死是活，赶紧给你大大打电话，让他们弟兄几个都上来，万一有个三长两短好让他们拿个主意。"已从新洲调到驼城市律师事务所的同学刘学文，得知他病危的消息，就火急火燎地来到医院，来了一看，赶紧请出最好的医生，为他诊治。顷刻间，医生护士进进出出，跑前跑后，忙成一团，量血压的，给他做心电图的，扎针的，鼻子口上罩了个氧气罩，调试氧气的，把床都围满了。他人又胖，一位护士

203

给他手上扎吊针，扎了几下都扎不上血管。这时候又给他脚腕手腕胸口上都卡上了导线，电子监控器屏幕上绿的红的线条不停地波动。整个抢救室挤满了医生护士，空气紧张得像要爆炸了。

老家他大哥接到侄儿打来的电话后，赶紧通知四个兄弟，包了一辆面包车连夜往驼城赶，一路上弟兄几个紧张地没人说一句话。只有他们的大哥和他们商量，万一人没了怎么想办法往回拉。来到医院，看着他浑身插了那么多管子，口上还罩了个罩子，昏迷不醒的样子，急得他们在走道里团团转。抢救室又进不去，只有就在走道里蹲一会儿，站一会儿，走一走，等待着，期盼着……

时间一秒一秒地走着，家人们的心也在急剧地跳动，眼巴巴地盼望他能睁开眼或者动一下，可他一动也不动。护士不停地来病房观察，给他换上吊瓶。弟兄几个就在走廊里，整个一个晚上谁都没合一下眼。

第二天早上九点左右，他终于睁开了那双紧闭的眼睛。在场的婆姨、儿子和五弟兄这才松了一口气。开始人是有意识了，左半身不能动弹，嘴唇微微动弹说不出话，眼睛呆滞。婆姨眨巴着红肿的眼睛，对几个兄弟说："看样子一时半会儿死不了了，你们也有你们的光景日月，吃也吃不上，住也没处住，就回去吧，有事再给你们打电话。"弟兄几个只好留下了三千元钱，怀着像吊着秤锤一样沉重的心情离开了医院。婆姨就和儿女们没明没夜地在抢救室守护，屎一把尿一把地伺候着。一个礼拜后，他终于脱离了危险期。婆姨又对儿女们说："你们有你们的事哩，你们都走吧。"只留下她一个人喂饭喂药，翻身按摩，端屎端尿伺候着他。

一个多月后，他病情有所好转，恢复了语言功能，眼睛也转动灵活了，但左半身还是没有一点儿知觉，成了半身不遂，只好回家养着。医生要求他必须戒烟戒酒，可已经为时太晚。

回家后，婆姨除料理一家人的吃喝拉撒，还为他洗漱按摩，精心地服侍着他，总盼望着他能下地走两步，哪怕是能站立一下也算她的辛苦没有白费。但病情不但没有一点儿好转，一九九五年七月又旧病复发，昏迷不醒住进医院。说起来，他这人还真是命大，这样折腾，阎王爷也没收他。住了二十天又醒了。其实，这应该归功于驼城市第二人民医院的医护人员对他的一次次精心治疗，他贤惠的婆姨对他的悉心照顾，加上他豁达开朗的心态。他还和住院的病友开玩笑说："人活到这份儿上，又要拖累老的又要拖累小的，自己受罪不说，还要拖累别人，还不如死了，可阎王爷不收，说明我的罪孽还没满，老婆娃娃们的罪也没满。"

204

尽管说，现在的医疗条件和医保政策好了，但前后三次住院，花费巨大，按他的工龄，医药费只能报销60%，床位费还不给报，多一半费用都要自理。单位领导看他上不成班了，也给他办了病退，每月只发一百二十元生活费，使本来就拮据的生活到了捉襟见肘的状况了。婆姨看到卧床不起的丈夫，营养又跟不上，心急火燎，只好在照顾他的同时，出去打工挣钱。一天，在下班回家的路上碰见一位游医，自称能治疑难杂症，并说他有一种丸药能治脑血栓，吃了立竿见影，他婆姨心想，只要能治好丈夫的病，花多少都值，就狠下心向老乡借钱，花了七百元买了一大包丸药，兴冲冲地往回赶。当她正低头赶路的时候，碰见一位老乡，问她："你提一包什么？"

她说："刚碰见一位医生，说能治中风病，花了七百元买的丸药。"

老乡大呼："哎呀，你怎么能相信这些游医呢？你上当了！"

她赶忙去找卖药的人，那卖药的人早已逃之夭夭。

要知道，这七百元，她受苦受累两个月才能挣到啊！她欲哭无泪，回到家哭着给丈夫说了上当的经过，吴忠义看到可怜的妻子，没有埋怨她，安慰她说："吃亏上当的人常在，有病乱求医，你也是着急给我治病才上当，我这病就这样了，大医院都治不了，游医还能治了？以后不要相信那些胡言乱语就是了。"说着也流下了凄楚的泪水。

劳累，着急，焦虑，忧愁，婆姨面黄肌瘦，疲惫不堪，超强度的身体透支，终于出问题了。得了子宫肌瘤，要做手术。吴忠义看到自己的妻子因他拖累，受这么大的折磨，觉得自己今后已是一个无用之人了，只有拖累妻子儿女，还不如早早死了算了。在他一筹莫展，想以死来了却一生的时候，单位领导抬着米面油，带着慰问金来看望他了，看到他家的困难情况，又听说他婆姨要做手术，手术费还没着落，并听说他面对如此困境有轻生的念头，都很震惊！他毕竟还是在厂工会干了多年的老职工，领导回单位后振臂一呼，由工会宣传发动职工捐款，大家纷纷解囊，捐了五千元送来，在这五千元捐款的资助下，由儿子儿媳和女儿陪伴服侍，他婆姨这才去医院做了手术。

同学们听说吴忠义得此大病，都纷纷前来看望他。这一天，远在新洲，也是残疾的好友王汉山，专程赶来看望他。他的到来把吴忠义夫妇感动得热泪盈眶，说道："你也那么困难，我们给你帮不上忙，还拖累你！赶这么远的路来看我们！"

他说："你们也知道我帮不上忙，病了这么长时间也不给我说。我还是

在《驼城报》上看到了驼城氮肥厂职工为吴忠义捐款的消息后,才知道情况的。"

　　前面说过,王汉山身有残疾,同学们只要有点儿能力的都想帮他。在二十世纪七十年代中期,由高常礼给他联系,在他教学的,又是自己小时候就读过的母校——清水湾中小学,和他一起当民请教师,那时候,杨诚智也在这里教学。尽管生活穷困潦倒,但几个同学好友在一起教学,那还是十分惬意的。这时候他还没有结婚,连对象都没有,大家就到处打听想给他撮合成个家。最后打听到后山有一位姑娘,大脑不大清畅,就去看了,最后他觉得自己也是个残疾人,哪有十全十美的女人能跟他,就跟她成了。后来还生了两个女孩,可他婆姨不会料理家务,娃娃也招呼不了,老人也年龄大了,只好辞了教师,回到他家马家沟镇办了个家电维修点,间或给人写个契约、合同、协议、诉状什么的,勉强度日。后来那个半憨不精的婆姨也跑了,就他一个人带两个孩子,生活非常困难。他虽然是高六六级的,但和刘学文、高常礼、吴忠义等同学建立了深厚的友谊,看到校友又是挚友遭此不幸,心急如焚,就赶往吴忠义家里去看望。

　　王汉山长叹一声说:"唉!人生坎坷啊,我这一辈子从小就遭到命运的折磨,你好好的一个人,也遭此厄运!真是命苦啊!"

　　一句话说得吴忠义也泪水涟涟,他说:"你这一生也够苦的了!"吴忠义又问了一些王汉山生活近况,愧疚地说:"我也帮不了你,我们就这命,有啥办法。"王汉山说两个女子也没上下学,都嫁人了,现在单身一人,勉强度日……两个同学一个从小就是残疾,一个成了个废人,同病相怜,互诉苦衷,互相勉励:只有认命,苦度余生。

　　自吴忠义第三次出院后,一直出不了门,就蜗居在家,同学们不断地来看望他。在安慰他的同时,慷慨解囊,三千两千,三百五百不等,帮他一次次渡过难关。刘学文不但经常来看望他,看到他的艰难,还把他儿子结婚时借给他的两千元也不要他还了,作为对他的资助。同学们在经济上帮助他的同时,都鼓励他坚持锻炼,争取早日康复。这一切给了他精神上极大的鼓励和支持,他也渐渐树立了对生活的信心,酒也喝不成了,烟也戒了,为了打发时间,他只有整天看电视,看书。后来又开始练习用左手写字。

　　这次校庆,他多么想和同学们一样,高高兴兴地参加,和久别的老师同学聚聚,可他无能为力,没法去,只好在家独自悲伤。在极度孤独下成诗一首:

母校华诞五十整，
新老师生同欢庆。
校友老师喜相逢，
我却独自泪满襟！

六十花甲事无成，
瘫痪在床十年整。
同学亲友鼎力助，
百感交集实感恩。

回眸来路梦初醒，
碌碌无为度光阴。
自毁长城食恶果，
悔恨难当不欲生。

风华正茂求学问，
艰苦岁月奋力争。
母校哺育我成长，
永世难忘培育恩。

校庆后，在驼城生活的乔宏年、马庆文、刘永清、贺尚加、张永这五位同学回驼城前去看望吴忠义，将他们六八届同学聚会发的纪念品和通信录给他带去。更重要的是，要把校庆的盛况通报给他，和他分享。大家你一言他一语地说，沈老师的发言，马仕林的诗，还有歌舞表演。最后又提到他们高六八届邀请几位老师召开的座谈会，听得吴忠义也兴奋起来。他拿出一个小本子，说他也为母校五十大庆写了一首诗。就把他写的那首七言《校庆抒怀》拿给大家看。同学们一个个传阅，发出由衷的感叹，赞美他的诗句，感受到他的真情实感，劝他不要悲观。刘永清看了问："这是你用左手写的？"

他说："嗯。"

大家一听都惊讶地说："你真厉害！"

他忧伤地说："好有好的活法，赖有赖的活法，成这样了，只有看看

书，写写东西，度过后半生。我还写了一篇纪念文章，感恩资助我的组织、领导和亲朋好友，特别是咱们这些同学校友们对我的帮助，使我永世难忘。我要把它记载下来，即使我死了，让后人也不能忘记这些恩人们。"

同学们听了纷纷要求拿出来欣赏，他就用那只能动的左手，在床头边的一摞子书籍稿纸堆里翻出了他的文稿。只见已经揉皱了的几页稿子上，在醒目的大标题《世间有大爱》下写着：

  我本一介性情豪放，体健胸阔，喜好交朋拜友，饮酒诗话之人。但生活不羁，酗酒成瘾，闲来还好玩两把麻将。虽然工资低微，家境困难，不敢大耍，但有时也通宵达旦。终因不注意身体，身患重疾，险些丧命。幸有家人弟兄，妻子儿女，单位同事、领导，以及同学好友相助，还有医生、护士及时抢救，精心治疗护理，得以起死回生，幸存于世。可终究落下脑血栓后遗症，半身不遂。终日蜗居于床上，与世隔绝，痛苦至极，夜不能寐，曾经想以死来了却自己的人生。是同学好友、同事领导的不时看望、安慰，给了我生活的信心。尽管饱尝了人间酸甜苦辣，历经疾病折磨，但我在花甲黄昏，风烛残年之际，仍能平静生活，顺心安逸，不失尊严。从病倒到现在的九年间，一次次的救治，一幕幕的爱心奉献，使我深深感到——人间有真情，世间有大爱！

  此刻，我用只能动弹的左手写下这段歪歪扭扭的文字，除了抒发自己出自内心的感恩之情而外，更重要的是，要让儿女子孙们记住这些恩人们！要让这些人的这种助人为乐，救死扶伤的精神在子孙们的身上传承下去，并发扬光大！

看了这段文字，同学们眼睛都湿润了，无不为之感动，为了写下这段文字，他连坐都坐不稳，还练着用左手写字，这在与病魔做斗争的同时又需要多大的毅力和心境啊！

刘永清深有感触地对吴忠义说："你能静下心来，调整自己的心态，寻求生活的乐趣，充实自己的生活，这一点儿很好，而且对你的身体有好处，希望你再多锻炼。"

吴忠义激动地说："多谢你们经常来看我，这些年来再没犯病，与你们的鼓励支持是分不开的，有你们这样好的同学，我感到自豪。"

陪他聊了一会儿，同学们临走每人拿出一百元共五百元钱递给忠义，

以表慰问。他只有泪水涟涟地目送同学们,内心激起无限的感动!

曹世荣　　感慨人生

　　曹世荣,人高马大,仪表堂堂,风趣幽默,不事张扬。一九六八年,他和同学们一样,带着一把学校发的铁锹和一本《毛主席语录》回到了生他养他的老家——新洲县何家坊人民公社曹家庄大队。当年刚回农村,刘学文、高常礼、杨诚智去他家看他的时候,正值他因血压高而未当上兵,心灰意冷,在家当了放羊小子。当晚他们睡在一个大炕上,曾情意绵绵地谈激情的岁月,谈前途命运。

　　曹世荣在农村也是当民请教师,给生产队放羊,在煤矿上绞把(绞辘轳驴往上吊炭),去外县的玉家湾打短工,轻活重活都干过。哈哈,他还在春节闹社火的时候演过样板戏《沙家浜》。其间,可以说人间的酸甜苦辣,该尝的全部都尝到了。也使他看到生活在最底层的人们为了生存,为了自己的梦想付出的那份艰辛,亲身体验了"受苦人"为了自己心中的那片蓝天而忍受的那些煎熬。

　　在他两次应征入伍都被刷下后,似乎觉得要走出农村,改变命运的希望成为泡影,只好整天默默地重复着日出而作,日落而息……

　　但是,他命运不错,一九七一年八月的一天,公社传来一个消息:要在回乡知青中招收一批接替工,他没有一点儿信心地到他们的何家坊人民公社报了名。没想到,没用多久,他在毫无思想准备的情况下被录用了。从此,他的命运峰回路转,生活出现了转机……

　　事后他才知道,他是沾了祖辈贫农的光,贫下中农子女根正苗红是最大的资本。

　　一九七二年,高校开始招收工农兵学员(由农村或单位推荐),命运之神又一次敲响了他的大门,他那时心气太高,一激动,放弃了已有的工作,放弃了接替工每月三十三元的薪资,报了名。但幸运的是,他被推荐参加考试,而且被录取了。四月二十二日,他提着一个旧提包,带着他工作过的新洲粮食局、城关粮站几十名职工的嘱托,走进了陕西师范大学的校门。

　　他满以为进入了高等学府,就能坐在那宽敞明亮的阶梯式教室,听高级知识分子、教授讲课,享受高等教育。可没想到,大学的第一堂课就是

军宣队组织大拉练,每个学生背着自己的行李包,从学校出发,经铜川步行到延安接受革命传统教育,几天后又从延安徒步返回学校。路上又是演习,又是紧急集合、露营、野炊,整整一个月的"魔鬼训练"把不少体质差的同学甩到学校的"收容车"上。幸亏他在农村锻炼了几年,把这点儿苦没当个啥,一直坚持到回校。那时,大学最响亮的一句口号就是"工农兵学员要上大学,管大学"。事实上,上了大学又进入了一个新的"阶级斗争"营地。"批林批孔""评法批儒",政治活动一个接一个,深入工厂农村,一次接一次地走出课堂"开门办学"……就这样,三年的时间一晃就过去了。一九七五年八月,他们这一批学生按照"从哪里来,再回到那里去"的分配原则,回到新洲文教局报了到。不过,和走的时候相比,现在镀了一层金,自然而然成为一名国家正式干部。一个月后,他被分配到县委宣传部工作,从此开始了他仕途上的苦旅。

在宣传部当了九年干事,自己担任了六年副部长、部长。在这十五年里,他几乎倾注了全部的心血和精力于工作中,同时也使他增长了学识,丰富了阅历,得到了锻炼,为后来的工作积累了一定的人脉资源、文笔资源、政治资源。用他的话就是"那时候用人总体上还讲人品、讲工作、讲才能"。一九八九年元月,在他默默无闻勤勤恳恳工作了十五年后,被提拔为县委副书记。当了县委副书记后,他被县委安排带队在三泉乡搞社教,吃住在乡村近半年,重点解决了两个村的财务问题和违章修建问题。三年后又调任相邻的黄山县县委副书记。

到了黄山,第二年春,他就带领一百多干部下乡搞社教,一住又是四个月。按照县委的要求,在深入群众反复调查的基础上,妥善解决了四次处理未果的,持续时间长达九年之久的一百零五户村民违章修建问题。一九九五年,又带人处理了内蒙古乌审旗纳林河乡和黄山县龙家湾乡的水事纠纷。一九九六年,县内白界乡黑河则村和黑崩村之间因水事纠风剑拔弩张,一百多人去驼城市上访,县委又责成他先处理此事。次年,他带二百人再赴黑河则村执行中院判决,最后在极其困难的情况下,圆满完成了任务,纠纷终告平息。

到二〇〇〇年八月,两县三届一共任了十二年副书记,他又被调到驼城市畜牧局任局长。他这一任可以说是承前启后、继往开来的一任。全市启动了"封山育林、舍饲养羊"这一养殖业上的战略性调整;全市全面实施基层站、所改扩建;全市全面打响了"农田种草,立草为业"这一种植业由二元化向三元化结构转变的革命;全市全面开展了种草养羊"双千万工程"，即到二〇一〇年种草一千万亩，养羊一千万只。

驼城地区地处毛乌素沙漠南部，植被覆盖面积小，沙化严重，属严重的干旱风沙地带，"双千万工程"也就是要彻底改变广种薄收，畜牧放养，破坏植被，气候恶化的恶性循环，在种植业、养殖业结构上进行大调整、大变革，这给畜牧业工作带来了新的挑战和压力。他对这一重大的变革很感兴趣，他觉得，这个"双千万工程"的目标实现后，驼城就要彻底改变了，人们的生活也就会随之而得到改变。新官上任三把火，他跑遍全市十二个县，做动员下达任务，落实计划，推动了全市"双千万工程"的全面开展。先后担任了全国畜牧业协会常务理事、全国羊业分会副会长、全国草业分会理事、驼城市草业协会副会长，受到省委组织部、中国畜牧业协会、农业部的表彰。

"我们这一代人在共和国成立的礼炮声中诞生，属共和国的同龄人。可以说是幸运的一代，因为我们没有经历过大革命时期的白色恐怖和腥风血雨的考验，也没有受过战争年代流血牺牲和炮火硝烟的洗礼。生活之艰辛，道路之曲折，也使我失意过，消沉过，往事不堪回首。但让我欣慰的是，我赶上了伟大的改革年代，中国经济体制的改革，社会主义大锅饭的打破，使我重新认识了世界的未来，重新认识了中国的前景，重新认识了自我价值。投身改革使我一步步走向成熟，跨上了人生轨迹的巅峰！总而言之，从一九八九年到二〇〇九年这二十年，有一半时间是在县委班子里'跑龙套'的。但是，不管是搭班子、'跑龙套'，还是当配角、当助手，我对所承担的工作从来没有敷衍过，可以说是倾心尽力地去完成。"曹世荣曾在领导述职时如是说。

调到驼城市后，他在工作之余，经常和调到驼城市律师事务所任主任的刘学文、市商检局任局长的刘永清在一起聊天、耍笑。有一次，三人在一个小饭馆小酌聊天，刘学文又开他的玩笑，要他老实交代，是不是在黄山还有一个"家"？并说："那次在黄山喝完酒，把我安排在你的宿舍，睡到半晚上有个女的来敲门找曹书记，那是谁？"曹世荣反击他："你还要人说呢，那晚上喝酒的时候电话不断，喝完酒我把你安排到我宿舍睡去了，专门给你留了个机会，明明是来找你的，而且第二天还在床上发现了一根长头发，哈哈！"

刘学文笑得前仰后合地说："哈哈哈，那是你原来和谁留下的，赖我。"

刘永清在一旁笑着说："你们两个是老鸹笑猪黑哩，谁也不要说谁。"

"你想让我们揭发你，是不是？"

"哈哈，老也老了还一个个老骚情，我才不怕你们揭发呢。"

"谁不知道，你是家里红旗不倒，外面彩旗飘飘。"他们两个又把矛头指向刘永清。

说笑间，酒过三巡，曹世荣说："是啊，飘也罢，不飘也罢，都老了。有看法没办法，想飘也飘不起来了啊。光阴如梭，一晃几十年就这样过去了，我们就要退休了。回想起来，庸庸碌碌，这一辈子就这样结束了！孔子云'吾十有五，而志于学，三十而立，四十而不惑，五十而知天命，六十而耳顺，七十而从心所欲'不假啊。转眼，都到耳顺了！还想咋？"

他端起一杯酒和他俩一碰而饮，继续说："细细想，'人生的轨迹就像一条抛物线'。日有晨曦夕晖，月有上弦下弦。宇宙间万事万物都有其运行轨迹。品味人生，亦有生老兴衰，其运行轨迹不就像一条抛物线吗？"

他喝了口茶接着说："生老病死，谁也不会例外。升降离退同样也是仕途之轨迹，不管你父、子、妻'运'多好，花无百日红。因此，我经常给年轻人讲'台下的不要因自己的不得志而怨天尤人，台上的也不要因眼下的手中权而得意忘形'。《红楼梦》中说得好'说甚么脂正浓、粉正香，如何两鬓又成霜……金满箱，银满箱，转眼乞丐人皆谤；正叹他人命不长，哪知自己归来丧……因嫌纱帽小，致使锁枷扛；昨怜破袄寒，今嫌紫蟒长；乱哄哄你方唱罢他登场，反认他乡是故乡'。所以，不管台上台下的都不要因现时的形势而张扬或牢骚太甚。只有踏踏实实做事，本本分分做人，才活得自在，活得坦然。"

"你也敢在'红学专家'跟前说《红楼梦》？"刘永清抢了一句。

"见笑，见笑！喝多了，胡说哩，学文老兄不要笑话。"曹世荣笑着说。

刘学文也笑道："说得好，不管是从生理上还是仕途事业上讲，人生的轨迹就是由低到高，又由高到低，像一条抛物线，你对人生的感悟至深，钦佩，钦佩！"

"不敢当，不管深不深，我就是这样认为的。"

"你说的，谁不是那样，我到明年八月份也到站了。我想在退休的时候搞一个同学聚会，看能不能组织起来，届时请刘老兄也光临。"刘永清插话道。

"你这个想法很好，有的同学自一九六八年分开后再没见过面，能借此机会相聚一次，也是难得的，我一定参加。"刘学文赞同刘永清的想法。

曹世荣感动地对刘永清说："你多风光！从省上直飞下来就给了个副县长，哪像我从一个小科员干起，一步一个实脚印，即使给了个职务也是清

水衙门跑龙套的，无权无势，还要担风险，在乡下一蹲就是几个月，吃苦倒不怕，我们都是过苦日子过来的，关键是那份熬煎，人受不了。为芝麻大点儿的事，村乡之间，户族之间剑拔弩张，动不动就打群架。特别是在解决内蒙古和黄山的水事纠纷问题时，牵扯到隔省隔地区问题和民族问题。一闹，几百人就聚集在一起，刀砍斧杖，你死我活，互不相让。可以说是冒着生命的风险来回调解，做工作。你们两个可能谁也没尝过那种滋味吧？就这还要把工作干好，多难！处理不好说明你无能，出了问题还要担责任。"

"谁让你们爱当官哩，你们看我，他们谁的脸色也不要看。话又说回来，清水衙门也有清水衙门的好处，廉洁。"刘学文开涮他们两个。

他们两个异口同声地说："谁有你那本事，能把死的说成活的，你现在是香饽饽，当官的也怕你。"

曹世荣本来就没酒量，这时候，他们俩一个酒圣一个酒仙，你一杯，他一杯地碰杯，已经把他喝得面红耳赤，有些亢奋了，他激愤地说："我那当的是什么官，表面风光，内心彷徨，纯粹是背了个虚名。不过就像学文说的，廉洁，堂堂正正，我在一九九三年中秋节写了一首中秋有感《自悟》。"说着就背了起来：

年复年，月又逢中秋；
岁接岁，人过不惑日当午。
功不成，业未就，
空白了少年头。

纵然是，
花更红、月更明，
已到秋寒更深时。
只是遮过世人眼，
满足了虚荣心，
落得个金灿灿的荣退休。

叹人间，
水中捞月一场空，
画饼充饥自欺人。

213

到头来平添了华发，
虚度了光阴，
功名利禄虚乌有。

"这是你退居二线了消沉了的时候写的诗，是不是？"刘学文问他。

"嘿嘿，看来你小子官还没当够，还发牢骚哩。"刘永清嘲讽他。

"我那是'自悟'，你听清楚。学文说得对，我就是退居二线后，没事自己写着自己欣赏嘛。"曹世荣辩解。

"要是放在过去又得给你扣个帽子，批判你。"刘永清笑着说。

他又接着说："也许啊。细细想，我们这半辈子经历了三个二十年，大体可分为三个篇章。前二十年为求学编，中间二十年为求职编，后二十年是求名编。不知道老天爷给不给我们下一个二十年，如果给，那应该是求命编了。然而不论人活多少个二十年，要活得有价值，有志气。

"我的感悟是：人皆有爱，只不过有的人爱自己，有的人爱钱财，有的人爱名利，有的人爱事业；有的人兼而爱之，爱得广泛，有的人专而爱之，爱得执着。我爱自己，而且特别注重自己的人格。因此，在这四十多年的职场生涯中，有可能让人倒胃口的事，我从来不干；有可能让我掉价的事，我从来不干；有可能损害自己人格的事，我从来不干。我的做人原则是：宁让人负我，我绝不负人。我的座右铭是：堂堂正正做人，清清白白从政，踏踏实实工作，平平静静生活。问心无愧！呵呵，人活得越简单越好。"

"你这话说对了，人活得越简单越好，想那么多干什么？我的原则是走自己的路，让别人说去。"刘学文给他做了总结。

醉了，晕乎了！越说越说不清楚了……

人生啊！是多么多姿多彩，又是多么曲折而不平静的。也许每个人对它的体验不同，感受不同，看法随之不同。但，它留给人们的冥冥往事是值得回味的，难以忘怀的。

会古城　年逾花甲

二〇〇八年，在市场经济的浪潮中吃了个暗猛（扎了个猛子），又经过几年的折腾，恢复了元气的刘来福，永远也不会忘记，在这一年，他还清了刘润泽帮他贷的银行贷款，也还清了刘润泽帮他起死回生的人情债，又直起了腰杆，用自有资金重整旗鼓，轻松而愉快地投入了企业运营。人们也不会忘记，这一年，在中国大地上发生了一场前所未有的毁灭性灾难，同时也出现了一幕幕惊天动地的伟大创举。

正当倾全国之力修整场馆，完善设施，激情满怀地迎接历史上第一次在中国举行的第二十九届奥林匹克运动会的关键时刻。五月十二日下午，中国西南部四川省境内，天崩地裂的一声巨响，大地一阵颤抖，八级的特大地震，仅九十六秒钟的时间，把阿坝藏族羌族自治州汶川县县城及大部地区夷为平地，同时波及大半个中国以及亚洲多个国家和地区。甘肃的文县、陕西秦岭以南的宁强、略阳、镇巴、南郑县和宝鸡的部分地区也成为重灾区，牵动了亿万人民的心。一时间全国各地、国际上，大量的救灾物资包括救灾人员、志愿者拥向灾区。作为陕西人，又要投入自救又要投入抗震救灾的援助。杨诚智（在煤矿退休后帮他弟弟管理企业，以后我们会看到的）所在的企业地处重灾区的略阳，在自己厂内也被震垮三座大楼、半座厂房，办公楼成了危楼，被迫露天办公的情况下，他弟弟决定，公司为灾区捐款五十万元。作为一个农民企业家，几经折腾刚刚起死回生的刘来福，也为灾区捐款一万元。

这次汶川大地震造成直接经济损失八千四百五十二亿人民币，六万九千多人遇难，一万七千人失踪。国家拨款六百一十五亿元救灾，全国各界捐款五百九十多亿元支援灾区，接受国际捐赠十七亿元人民币，安置灾区人民。就在这种情况下，我国依然顺利圆满地在京举办了奥运会，赢得了国际奥委会和世界各界的赞赏。

当人们正在为获得了五十一枚金牌，一百枚奖牌，我国第一次名列奥运金牌榜首的优异成绩欢呼的时候，又见证了九月二十五日，神舟七号载着三人飞上太空，实现了中国历史上第一次太空行走的壮举。

这一件件伟大的壮举，体现了中国的国力，也展现了中国正在腾飞的经济实力，让国人惊叹，世人注目。

但是，就在这一年，华尔街无限风光的投资银行画上一个惊叹号，"华尔街投资银行"作为一个历史名词消失的同时，美国房地产泡沫破裂，次级贷款的金融危机爆发，席卷全球。这对中国的就业市场带来巨大压力，同时，一些中小企业又遇到破产的必然命运，公司裁员，很多人面临失业；股市暴跌，上证综指从二〇〇七年十月十六日的（6120.04）点跌到二〇〇八年年十月二十八日的（1664.93点）。中国立即采取拉动内需总战

略下的应对措施。调整银行的利率和贷款数量范围；合理控制好房地产的发展；大力扶植中小企业，给予税收优惠；开发新能源，带动经济增长；多方面促进就业；改善教育和医疗的发展速度，以缓解这一全球性的经济危机对中国的冲击。

尽管如此，经经学家，或者说有经济头脑的人，都看到中国的房地产也将面临冬天的到来。但像刘来福所在的这些发展缓慢的小县城，房地产才刚刚在中国经济过热的迅猛发展中兴起，这迅猛发展的惯性冲昏着人们的头脑，一时还没感觉到经济的危机，似乎也没有意识到危机的即将来临。事实上，房子刚性需求的存在，改革开放三十年来经济的迅猛发展，经济过热的势头还一下刹不住车，地价、房价依然一路飙升，县城周围已经没地了，即使有点儿所谓的黄金地段，也是炒来炒去越炒越高，可以说有价无地。

经过几年艰难困苦，又恢复了元气的刘来福，房地产已经成为他的主导产业。虽然电视上天天喊叫经济危机，股市下跌，但他也不可能看到房地产将面临冬天的到来，不会一下子就停下他经过血与火的考验，二次发展起来的这份产业。县城周围已经针扎无空，没法发展了，他就在离县城两三公里远，也就是他住的刘家峪村东边，一河之隔的川道公路边的张家湾，征了一块地，开了个楼盘。十多年来，房地产迅猛发展，从县城一道川下来，公路两边已建设的楼房几乎和刘家峪村、张家湾连到一起了。

这个村子西边就是刘家峪村，中间隔了一条沟，沟里流出一小股清泉，绕村而过，缓缓汇入小里河。由于这一条沟的冲刷，使大里河从南流过来，在这里拐了个弯，又向东流去。大约是这个村张氏姓氏居多，顾名思义叫张家湾。这一条沟里不远处有个村子叫贺家沟，就是前面说的曾经介绍刘来福当民请教师的贺尚有，和在刘来福的小饭馆聊天喝酒的贺尚加住的村庄。这个村还住着刘来福的另一位同学，名叫姬乃至，他一九六八年回村后先在小队当会计，后在大队办的小学教了八年学，又当了大队会计。他诚恳老实，任劳任怨，对领导是言听计从，所以从小队到大队当了三十年会计。农村的会计，并不像企事业单位或者金融界的会计，需要经过专业培训或学习，需要有专业职称或资格证。只要有文化，经过简单的培训，会算账、会填写上面发下来的各种统计报表就行。有时候也给领导或公社写个总结、汇报材料什么的，其实，就是个一揽子文书。作为"老三届"高六八届的回乡知青，姬乃至当这样一个会计，当然是绰绰有余的，所以他从小队会计，被选拔到大队当会计，一直到现在已近花甲之年了还干着。

他这几十年来又没出去搞个别的营生，没有一点儿经济来源，就靠农业社分那点粮食勉强度日。生活一直困难，结婚也晚，一九七四年才生了头一个小孩，是个儿子。一九八一年又生了个儿子，以后计划生育就开始了，再没生。改革开放以来，农村实行责任田，也再不要饿肚子了。两个儿子念书念到高中都没考上大学，就在外打工。大儿子眼看二十大几了，一直东一榔头西一棒子地在外打工，也没谈下个对象，到现在还没成家，把老两口愁得茶饭不思，夜不安寝。二〇〇八年这一年，儿子已经三十出头了，终于经人给介绍了个对象。他们老两口喜出望外，赶紧给儿子修窑。窑修起，就给儿子订婚。可是，修窑花销已经把老两口折腾得力尽汗干了，不但把儿子打工存的钱花完了，而且亲戚们能借的都借下了债。订婚时连给人家女娃娃买几身衣服都买不起，像陕北人说的，"连亲也下不起"，还要置买家具准备结婚的新衣服和铺盖。再要借又没处借。儿子年龄这么大，再不敢推了，一旦有个闪失就要打光棍啦！找不下对象发愁，找下对象更发愁，急得老两口是眉上眼下。实在逼得没办法了，姬乃至晚上睡在炕上睡不着和婆姨说，要么舍个老脸，找一下刘来福，看能不能帮咱这个忙？

婆姨说："人家有钱了，能瞧得起咱吗？敢给咱借吗？"

他说："刘来福前几年也是赔得一干二净，连房都卖了，这几年又翻稍起来了。咱不好意思开口，要是开了口，估计多少给借两个呀。"

"现在还顾好不好意思哩，只要能借下，磕头也得借啊！"婆姨急不可耐地说。

"那就只好试试了，他就在咱沟口建楼着哩，明天去找找。"姬乃至长出了一口气，不无伤感地说了一句，两口子就迷迷糊糊地睡了。

第二天一大早，姬乃至就来到刘来福的工地上，可刘来福还没有来，他就在门口转悠等着。刘来福现在虽然还是个农民，但他已经住到城里了，那几年赔得倾家荡产，也没回村里住。给他们分下的山地都退耕还林，植树种草了，川道里，地段好一点儿的地都让他折腾得建楼开饭馆，建冷库，所剩无几。只有靠河沿的一点儿水地，他父亲种点儿蔬菜，他也几十年没下地了，城里离家也近，时不时抽空回去看看老人，逢年过节给老人提上东西，回去吃顿团圆饭。姬乃至也知道他多年住在县城，就没到他家里去找他，而是来到他的工地找他。等了不大一会儿，刘来福就骑着一辆永久牌自行车，风风火火地来了，他老远就看见姬乃至站在大门口好像有什么事的样子，到了大门口一跳下车子就问："乃至，有什么事哩？这么早站在这儿。"

姬乃至不好意思地说："无事不登三宝殿，逼得不行了，来求你了。"

刘来福边开门边说："什么事，咱进来慢慢说。"

姬乃至跟着进了刘来福临时搭建的办公室，刘来福给他让了座，他坐下说："老同学，我来找你没好事，给你添麻烦来了。我今年修窑给儿子娶媳妇用，力尽汗干了，现在要给儿子订婚都订不起，你知道，儿子年龄这么大，再不敢推了。看你能不能给我帮点儿忙？"刘来福不假思索地说："那是好事嘛，得多少钱？"

姬乃至说："少说也得五六千，看你能给我凑多少嘛，还能说我要多少哩。"

"那有甚问题，不要说我能拿出来哩，即就是拿不出来，找人借债也要帮你这个忙。我在困难时间，刘润泽给我几十万都往出贷哩，帮你几千块算什么？我给我婆姨打电话，让她给你取上七千，够不够？"刘来福干脆地说。

姬乃至一听老同学这么慷慨，感动得不知说什么好，差点儿给他磕头了！他们是同年当岁的老同学，要是年龄比他大的话，他就可能真的跪下给刘来福磕一头。他站起拉住刘来福的手激动地说："哎呀！那就多谢了，你真是菩萨心肠，能心疼穷人哩，你这就给我帮了大忙了，我给你打个条子，只要我缓过这个劲，一定给你还。"

刘来福说："打什么条子哩，你还赖我呀，你先抓紧办事，帮这点儿忙算什么。"

姬乃至就千恩万谢，高高兴兴地直奔县城找刘来福的婆姨去了。

二○○九年清明节，刘永清回新洲老家给老人扫墓，路过张家湾，来到刘来福的工地，顺便来看看刘来福的工程进展得怎样了，而此时刘来福的楼已经接近尾声，也不咋忙，心情也不错，正想联络几个人小酌两口。一看老同学从驼城回来了，就又联系县城周围经常在一起的刘润泽、高常军、马建国、王永兴、李树海等几位同学，晚上到他的聚友酒楼一聚。喝酒叙话间，刘永清引用"三国"里曹操的一句诗句说："人生几何，对酒当歌。一晃四十年过去，我们都已步入花甲之年了啊！我今年六月份就要退休了。上次校庆一聚，又过去四年多了。四年多又有几位同学离开了我们！有的已经倒在病床上了。我想，在我退休之际再组织一次同学聚会，一方面，'革命'也到站了，这一生风风雨雨，坎坎坷坷，总算安全着陆，以后可能就要以另一种生活方式，度过余生了。另一方面，我们都这把年纪了，见一面少一面，有些同学自分别以后再没见过面，在我们有生之年能相聚

一次，叙叙旧，相互了解一下这几十年的酸甜苦辣，倾诉衷肠，放松放松，也不免是一件幸事。"顿了一下，他又说，"上次在驼城和刘学文、曹世荣一起说起此事，他俩都赞同。其实，我的退休只是个引子，关键是想让同学们聚聚。"

他们几个一听都喝彩，说这是好事啊！应该聚一聚。所有在场的人顿时就都兴奋起来了，有的说，在新洲聚，有的说，在驼城聚，有的说，上次校庆在新洲，现在驼城居住的同学也不少，永清也在驼城，这次就放在驼城好。刘永清也有此意，说："我看放到驼城也好，到时候还有外地回来的同学，驼城这几年发展变化也大，好让大家来了看看。"最后决定，由刘润泽、高常军、贺尚加、乔宏年、马庆文五位同学组成组委会，负责资金筹集管理、食宿安排和接待工作，刘永清、曹世荣为顾问。刘润泽负责通知人，时间定在八月三号，地点定在驼城。具体食宿、活动场所由刘永清回驼城选定后，通知刘润泽，然后由刘润泽通知所有能联系上的人。资金筹集和上次校庆聚会一样，每人交三百元，多者不限，少者也行，实在困难的就不要收了，不够的由几个组织者兜底。大体上定下来之后，刘润泽对刘永清说："既然以你的退休组织这次聚会，你是不是应该写一篇回忆性的东西，在会上发言，你毕竟还是咱同学里面混得不错的一个。"在座的几位都说刘润泽的提议很好，应该。刘永清说："那好，我回去准备一下。"

世间万事万物都离不开核心，国家以党中央为核心，父母以你为核心，细胞还有细胞核，原子还有原子核。组织一次活动，特别是大的一些活动，也离不开核心。新洲高六八届这次同学聚会，也是一次不小的活动，可以说，就是以刘永清为核心。

刘永清，貌不惊人，个子虽高，但身体单薄，白皙宽大的四方脸，一对大眼睛，一副鹰嘴鼻子，一张大嘴巴。也许是这副鹰嘴鼻子给他带来的福运官运，在他穷困潦倒，为当个代教而满足的时候，赶上大学扩招了一个专业班的末班车，圆了大学梦，一步步走上仕途。这几年发福了，肚子也挺起了，脸庞也显得丰满圆润，腰板也挺直了，像个官台子了。前面说过，他是一九七七年恢复高考时第一批考入大学的幸运儿。大学毕业以后，就被分配到省科委，后下基层挂职锻炼，轻而易举地给了个副县长，又提拔到驼城市当了商检局局长，成为正处级。他为人随和乐观，诚实憨厚，当了官也没有官架子，同学们称之为"老好人"。在同学圈里虽没有号召力，但有一定的亲和力，同学们都喜欢和他相处。

刘永清回驼城后，就召集曹世荣、贺尚加、乔宏年、马庆文开始筹备，

从经济方便出发，将活动地址选在改革初期建起的、比较陈旧的驼城同济大酒店，时间确定在八月三号。活动程序是：二号报到；三号正式活动，中午会餐，下午召开座谈会；四号参观留影，活动结束。并给刘润泽打电话，让他尽快通知人员，确定人数。

二〇〇九年八月二日，驼城市同济大酒店门口就已经挂起了"热烈祝贺新洲中学高中六八届同学聚会"的横幅。下午，有远路的已经提前赶到，有北京总政政治处当副处长的贺光贵，延大当教授的高常礼，延安做废旧金属回收生意已成百万富翁的、同学们给他起了个"破烂王"外号的王志海，延安师范教学的贺昌加。新洲周围的好些远路的同学也提前赶到。下午三点左右，在煤矿退休后，又去汉中他弟弟杨东智经营的化工企业当总经理的杨诚智进了报到室，在座的七八个人里面只有高常礼一个认识他，张永有在铜川工作见过几次，对他还有点儿印象，其他人他一个也认不出来。高常礼看到他窘迫的样子，就向在座的介绍了他，大家这才都和他打招呼，高常礼又一个一个给他介绍：

"这是刘永清。"

他一一握手："噢——是永清！"

"这是马庆文。"

"噢——是庆文啊！"

"这是贺尚加。"

"噢——是尚加啊！"

……

认识了以后才一个个说杨诚智，你一到煤矿就再没见面，多少年都联系不上，这一晃四十年过去了，都老了啊。

杨诚智半开玩笑地说："到了煤矿，一个人带着婆姨娃娃三个黑户，生活过得艰难，没脸见你们啊！再说，连电话也安不起，又不知道你们的单位地址，怎联系？就这还是婆姨回娘家见到了姜海兴，他的婆姨和我婆姨是叔伯姊妹，捎回来你校庆时印的通信录，才知道些情况。"说话间又来了一些同学，又是一阵激动，寒暄……

晚上已经聚集了二十多位同学，简单就餐后，就安排下榻同济大酒店。从报到时见面，到餐桌上、客房里，同学们都显得格外亲切，有说不完的话。当大家就要就寝的时候，在河北石家庄工作的姜凤青风风火火赶到了。听说他来了，大家又从客房出来见他。又是一阵嘘寒问暖，亲切交谈，一个个兴奋不已，一直到深夜都没有睡意。

第二天上午，已到的同学们，都聚集在酒店互相串房、交谈，没一个人出去逛街。中午时分，新洲的人也到了。他们说笑着，谈论着，问候着，簇拥着，步入宴会厅。他们有的在四年前的校庆时见过面，有的自学校分别后，四十年再没见面，那会儿十八九岁的血性青年，一晃都成了白发苍苍两鬓染霜的老头、老太太了（这次只来了一班的两位女同学），初见面四眼大瞪，谁都认不出谁，只有自己首先报出姓名才相互发出惊讶的叫声："啊！是你呀！一晃四十年，都老了啊！不是在这个场合见面，路上碰见，打上一架也谁都不认得谁呀！"杨诚智就连在被捕前来医院看望他的高全福都认不出来了，他指着前面走的高全福问一块儿进大厅的刘润泽："那是谁？"

"那是高全福嘛。"刘润泽说着就叫了声高全福。

杨诚智对高全福的印象只定格在那年在医院分手时的那个印象，他只记得高全福是一个圆润的脸庞，尖下巴，浓眉大眼，中等个，敦敦实实的英俊小伙子，没想到，他一下衰老得瘦骨伶仃，长吊着脸，背也有些驼了，简直没有原来的一点儿影子了。其实，人都是这样，自己看不到自己老，而不知他自己已是白发苍苍的一副老相了。

刘润泽叫住高全福给他介绍："全福，这是杨诚智。"高全福一听是杨诚智，叫了一声上前一把拉住杨诚智的手，两人激动得泪花在眼圈里打转转，拉着手，一个问一个身体还好吗？都说还好。见到了高全福，杨诚智又打听他的另一位好友王忠友来了没有？刘润泽说没有联系上，反过来问杨诚智："你和他也没有联系？"杨诚智说："没有，十年前，也就是一九九九年，我曾在他就业的厂子找过他，听说他就业后还当了车间主任，但那次我费了好大的周折到他厂里，找到他住的地方，结果他婆姨说，他回老家推销轴承去了，没见上面，他有个儿子，那时候大约有八九岁。看那情况，他也过得很清贫，连个住处也没有，只是住了人家监狱门口的一个废弃了的水泵房，简陋得再不能简陋了，就连做饭的锅也放在地上。眼看天就要黑了，我还要赶车，匆匆忙忙也没留个通信地址，那时候也没有手机。"

进了餐厅，刘润泽又忙着招呼来的同学去了，他和高全福两个就坐在一搭，互相说着分别后的情况。

就在他们两个激动相识的时候，门口还站着一堆人，一个个在惊讶的同时双眼噙满了泪花。真乃久别重逢，特别是另两位坐过牢的李东生、董强，简直是老泪纵横，和初见面的同学一个个问候、相拥。此时无声胜有

声,那激动相拥的场面,新中国成立前漂洋过海的台胞回大陆和亲人见面也不过如此!

这次聚会他们还邀请了经常在一起相处要好的高六七届的刘学文、高六六届的师仰东和初六九届的女校友高红梅作为特邀嘉宾,来为他们助兴。大家见到了他们更显得亲切,都一一和他们打招呼。根据预计的人数,他们选了个中型餐厅,摆了六张大圆桌。一阵激动的相拥过后,大家才陆续入席就座。不大一会儿,六张大圆桌已坐得满满当当,坐着轮椅的吴忠义和因脑梗走路不稳的郭利怀在其爱人的陪伴下,也来到酒席宴上就了座,同学们都热情地和他们打招呼问好。

"请大家安静了!安静了!"在一片嘈杂嬉笑声中,曹世荣拿起话筒连喊了几声,全场才慢慢静下来。等静下来后,他郑重其事地说:"同学们,大家好!经过近四个月的酝酿策划和筹备,我们高六八届同学今天终于相聚古城驼城!岁月沧桑,我们在二十来岁的热血青年时期、在那个特殊的年代分别,一晃四十年,一个个变得白发苍苍,两鬓染霜,能在这里相聚也是难得的。就我们知道,已有五位同学不在了,还有穆凤国、申仲明、丁世平、赵瑞芳几位同学身染重病来不了,有好多同学联系不上或有事没有来,这次到会的只有五十二位。"从话音里可以听出他有些激动,他接着说,"这次聚会是刘永清提议,我们和刘润泽、高常军、乔宏年、贺尚加、马庆文几个组织筹备的,我们几个商量,这次活动经费以每人三百元坐底,多者不限,少者也行,实在困难的就不收了,不够的由我们几个组织者兜底。这次聚会安排了三天时间,昨天是报到时间,有远路的同学昨天已到了,晚上吃了个便饭,在一块儿聊了半晚上。今天是正式聚会时间,中午是酒会,晚上我们将开个座谈会,我们中有几十年没见面的,大家在一起好好叙叙旧,畅谈一下我们这几十年的坎坷心酸,变化发展。明天上午是观光游览,合影照相。这次聚会还特别邀请了我们的老大哥六六届的师仰东、六七届的刘学文,还有初六九届的高红梅同学作为特邀嘉宾,他们没有人组织,想聚一下也聚不起来,所以他们对我们能组织这样一次大型聚会很羡慕,表示很想参加,让我们以掌声对他们的光临表示热烈的欢迎。"掌声过后,他端起一杯酒说,"现在请大家端起酒杯,为我们的久别重逢,为我们的友谊,为我们的身体健康,干杯!"大家一齐立相互碰杯,在一片欢声笑语中饮下了这杯久别重逢的美酒,拉开了酒会的序幕。

这次同学聚会对于每一位同学来说,是一次历史性的、不寻常的、难得的相聚!也是一个互相交流和抒发感情的平台。看得出同学们非常珍惜这次相聚的机会和这个交流的平台，酒席上都频频举杯，互相串台，争取都能见个面，拉上两句，问问过去，谈谈现在，生怕错过这次机会再见不上。

在大家举杯畅饮，相互交流的时候，舞台上已经响起悠扬的歌声，这是他们专门请的音响师和歌手为他们助兴。酒过三巡，都有些兴奋，在学校时就能歌善舞的美男子杜成孝走上台拿起了话筒，也情不自禁唱起激情四射的流行歌曲，把人的情绪一下子提到兴奋状态。刘润泽又拿出了他的拿手戏，唱起了陕北秧歌，他走上台，接过话筒说："同学们今天能相聚在古城驼城，实属不易，也是一件幸事，我给大家唱两首秧歌，以表我对大家的祝愿。"他唱道：

老同学相聚真不易，
今天终于到一起。
各奔前程四十载，
两鬓染霜话别离。

全场齐声接后音：

嗨么呀呼嗨——两鬓染霜话别离。

他又唱道：

岁月沧桑催人老，
世态炎凉乐逍遥。
心未老来情未了，
同窗友情难忘掉。

下面又接后音：

嗨么呀呼嗨——同窗友情难忘掉。

他接着唱：

>　　老同学聚会真高兴，
>　　叙旧话别吐真情。
>　　相见亦难别亦难，
>　　祝愿大家永康宁！

大家齐声接了后音：

>　　嗨么呀呼嗨——祝愿大家永康宁！

场下一片欢呼！刘润泽唱完后大声喊："让老教授来一首好不好？"
"好——"全场齐声响应。

这时候已经轮不上请来的歌手唱了，只是调着音响，让大家唱。高常礼毫不客气地走上台，对他们里边年龄最小的，穿着粉红绸衫的女校友高红梅说："我们合唱一首《敖包相会》怎样？"

"好！"高红梅高兴地响应一声走上台。

高常礼用男中音唱道：

>　　十五的月亮升上了天空哟——
>　　为什么旁边没有云彩，
>　　我等待着美丽的姑娘哟，
>　　你为什么还不到来哟嗬？

紧接着，高红梅清脆悦耳的女高音相配：

>　　如果没有天上的雨水哟——
>　　海棠花儿不会自己开，
>　　只要哥哥你耐心地等待哟，
>　　你心上的人儿就会跑过来哟荷。

这时候，两个人手拉到一起，含情脉脉地合唱道：

>　　只要哥哥我（你）耐心地等待哟，
>　　我（你）心上的人儿就会跑过来哟荷。

> 只要哥哥我（你）耐心地等待哟，
> 我（你）心上的人儿就会跑过来哟——

真可谓悠扬动情，情意悠长。这些哥哥妹妹、情意绵绵的爱情歌曲，在只允许唱样板戏的年代里，是绝对不能唱的。今天在他们步入花甲之年，终于可以一展歌喉，痛痛快快地唱出来了！他们兴奋，他们高兴，他们虽然年逾花甲，但他们的文化底蕴，他们的生活阅历，他们的人生体验，汇集在这荡漾的歌声之中，放射着激情的火焰，让人听了回味无穷。全场响起一阵热烈的掌声和喝彩声。

这时候，有的人已经按捺不住激动的心情，走上前台扭动身躯，互相拉扯相拥跳起了交谊舞，有唱的，有跳的，有看的，有说有笑的，酒会简直变成了歌舞说笑吃喝的"大杂烩"。

刘润泽又喊叫："杨诚智，你是我们的老文体干事，想当初还给我们教歌哩，今天这么热闹的场合不来一首吗？"

杨诚智说："我多年不唱了，唱不好，歌词也记不住，我让我儿子给大家唱一首，也代表了我们的下一代，好不好？"

"好——"大家齐声欢呼。

杨诚智立即拿起手机给儿子打了个电话，他儿子已从部队上复员回来，虽然安排了工作，但没上一天班就下岗了，下岗以后在他们矿上做了几年小生意，就和他父亲一起在公司干着，这次专程开车送他父亲来驼城参加聚会。杨诚智知道他儿子在矿上、部队经常参加演出，在这个场合唱首歌，是不会给他丢面子的。正在混乱的狂欢中，杨诚智的儿子进来了，小伙子中等个儿，长得标致端正，举止大方，在一片酒气烟气的热浪中走上前台，拱手说道："叔叔阿姨们大家好，在今天老前辈们聚会的大喜日子里，我作为晚辈，也替你们高兴，在未唱之前，首先祝叔叔、阿姨们身体健康，生活幸福，阖家欢乐，万事如意！"

一片欢迎的掌声。

"下面，我给大家献上一首刘和刚的《父亲》，以表晚辈对叔叔、阿姨们的一片敬仰之心。"

音乐响起，狂喊的停止了呼喊，喝酒的停下了把盏，认真地听着他们的晚辈给他们送上的这首《父亲》：

> 想起你的背影，

我感受了坚忍。
抚摸你的双手，
我摸到了艰辛。
不知不觉，
你鬓角露出白发，
不声不响，
你眼角上添了皱纹。
我的老父亲，
我最疼爱的人，
人间的甘甜有十分，
你只尝了三分。
这辈子做你的儿女，
我没做够，
央求你呀下辈子，
还做我的父亲。
……

歌声激昂，唱得动情，沁人肺腑，催人泪下。激起了老人们的思绪，勾起了他们的心酸，也带来了些许感动，有的已经热泪盈眶。场内顿时掌声四起，酒（舞）会进入了高潮。刘永清、贺光贵、张永有、郭有权、姜凤青、乔宏年等好多人已经醉意朦胧，情不自禁了，争先恐后地拉着年轻的女校友高红梅跳舞。他们这时候好像忘了自己的年龄，抛弃了一切烦恼，尽情地扭，尽情地唱。说着笑着扭着唱着，有唱跑调的，有唱不上去怪腔怪调胡喊乱叫的，跳舞跳不到一起胡扭乱跳踩了脚尖的，全然不顾。他们想拉一班的李桂芳和陈秀梅两位女同学一起跳，但她们从来没有在这种场合唱过歌，更没有跳过舞，怎敢登台。

醉了，晕了，累了，酒不醉人人自醉。有不爱跳不爱唱的，只是抱着酒瓶子喝着，说着，听着，看着……但是，没有一个人真正喝得酩酊大醉，他们知道晚上还要参加座谈会，有好多话还要在座谈会上说。

看时间差不多了，曹世荣宣布："酒会到此结束，休息一会儿，晚上六点还在这里共进晚餐，八点参加座谈会，希望大家准时参加。"大家这才慢慢散去。

晚上八点，座谈会准时开始了，会场没设主席台，桌椅摆成四方圈，

会议室正面墙上方挂了"新洲中学高中六八届同学聚会座谈会"的横幅。座谈会,除行动不便的吴忠义、郭怀利和两位特邀嘉宾没来,其他都按时到场。特邀嘉宾高红梅依然神采飞扬地来到会场,分享老姐姐、老哥哥们的快乐。大家对面而坐,座无虚席。

刘润泽也是当了多年中学校长的,在同学中最热心,和同学联系最广,对同学们的近况了解最多的人,每次活动他都是积极倡导者、组织者,所以晚上的座谈会又推选由他主持。他在开场白中说道:

> 同学们,大家晚上好!我们这一届同学都不易。家和万事兴,国昌民安宁我们经历了那么多坎坷磨难,步入花甲之年后,还能坐在一起,是我们赶上了好时代,也是我们的福分。试想一下,我们在前二十年能组织起这样一场同学聚会吗?就我们所知,一班的张宝库、杜月喜、张红光,二班的柴生虎、田芳琴五位同学已经和我们永别了,丁世平成了植物人,赵瑞芳得了癌症,申仲明自从毕业回去就得了精神病,吴忠义、郭利怀,今天大家都见到了,行动不便,晚上就来不了了。
>
> 我们同学们大多数都来自农村,一九六八年回农村后都经历了苦难的磨炼,有好多同学至今还在农村,当了一辈子农民。"文化大革命"耽搁了我们,也毁了我们一些同学的青春,有几位同学在牢房里度过了青春的岁月。但是,正如沈老师在四年前的校庆上讲的逆境和顺境的辩证关系,我们这些在逆境中生存、磨炼而又能超越逆境的人,不管到什么地方,到什么环境,都能自强自立,乐观面对,干出一番事业。你们看,我们同学里边可以说有学者,有文豪,有"财主",有"官僚",有企业家,有"资本家"也有农民的带头人。但是,即就是当了一辈子农民的,也用自己辛勤的汗水,带领农民改变农村面貌,或培育出几个大学生。像贺光贵在部队上发展成为副军级干部,高常礼是教授学者,还有刘永清、曹世荣、王永兴,这都是"官僚",刘来福既是农民企业家又是"财主",王志海从一个收破烂的发展成"资本家",大家都叫他"破烂王"。贺尚有、李正生虽然当了一辈子农民,但几个娃娃都培养成高等学府的大学生,特别是李正生在自己的村上当队干负责多年,为老百姓排忧解难,脱贫致富付出了毕生的精力,很了不起。
>
> 大家都想一下,晚上给大家发言的机会,都谈一下各自的工

作、生活、家庭、子女情况，就是叙叙旧，谈谈感受。我这里要说的一点就是，在我们同学之间只有同学情，没有高贵贫贱之分，我想，这一点儿素质，大家还是有的。组织这样一次聚会也是不容易的，希望大家既不藐视他人，也不要鄙贱自己，尽情地发言。因为咱们这次聚会是刘永清提议的，也是以纪念他的退休为契机组织的，所以事前安排他有个回顾自己生涯的一个发言，现在就请刘永清发言。

刘永清郑重其事地从座位上站起来说："不好意思，虽然是简要的回顾，但毕竟几十年了，写得就有点儿长，要占用大家点儿时间了。但我想和大家交流一下，我们这一代人经历了些什么，又是怎样为自己的梦想而努力的。大家叫我'老好人'，我的发言题目就是《做一个好人》。"

我，刘永清，一九四九年六月（乙丑年五月）出生在新洲县双湖驿镇。在这里，我读完了小学，接受了人人应该享受的基础教育。

一九六二年秋，我上了初中。一九六三年，我经历了人生第一次身份的转换。因困难，国家要大力压缩城镇人口。一九四八年就定居双湖驿镇的我家，成了压缩对象。于是，就由城镇回到周圪塔村。

一九六五年秋，我如愿考上了高中，成为农民的我再次吃上了供应粮。正当我们为将来能够成为一名科学家、文学家而奋发读书的时候，一场史无前例的"无产阶级文化大革命"轰轰烈烈地开始了。两年中，我和大多数同学一样，经历观望、冲动、怀疑、消沉等阶段。两年中，一起造反的小将因"保"的对象不同，分化成了所谓的"保守派""造反派"。两年中，我们在看到不少人性光辉一面的同时，也看清了人性中阴暗的一面，使我相信确有铮铮铁骨的不失人格的君子，也有一文不值的卑劣小人。当时我经常想的一个问题是，如果从中央到地方真有那么多叛徒、特务、走资派，我们的革命能成功吗？第一颗原子弹、第一颗氢弹能爆炸成功吗？第一颗人造卫星能上天吗？更使我不解的是，天下还是共产党的天下吗？两年多给我的感受是：与人为善，方是正道。

就在我们饿着肚子读完初中和所谓的高中时，一九六八年秋，我又成了一名回乡知青。此后几年成为一生中最困难的时期，我想，大家也有同样的感受。虽然一九六九年春，我就成了一名民办教师，但粮不够吃是面临的现实问题。为了度日、糊口，我干起了"以贩养吃"的"违法"事，利用星期天多次到佳水湾、柳树湾、驼儿沟等地去背粮。每次都是后半夜三四点起程，翻山越沟，走上四五十里路，赶中午到达目的地。买好八十来斤米或豆，夏天找个背阴处，冬天找个阳湾湾，耐心等到日偏西，公社干部吃晚饭时，走小路绕过检查站（点）往回返，到家里已是晚上九十点钟了，那个累就别提了。令人担心的是，生怕被抓住，一旦被抓住，将血本无归。我们班的刘来福也干过此行当，曾经一起在南川买过粮。苦难的经历，使我养成了勤俭的习惯。

一九七二年底，命运出现了转机，在好心人的帮助支持下，我由民办教师转为公办教师。我本不是一个胆大人，但在此时干起了胆大事，在高中仅上了一年课的我教上了高中课，尽管竭尽全力，仍不敢说自己是一个合格的高中教师。

一九七七年，中断了十年的高考恢复了，圆大学梦的机会终于来了。我与我的学生一起走进了考场，此时唯一担心的是万一考不好，如何面对同学、学生。虽然当时没有被录取，但原因不是成绩不好，而是志愿未报对。所幸中央决定扩招，于是我成了因扩招而新设立的西北大学政治理论系（后更名为经济系）的一名学生，从此改变了我的命运，使我步入了新的人生征途。

从入学到一九八二年毕业，在西北大学，我度过了终生难忘的大学时光。因年长，入学成绩好（班里第一名），入学后就成了党支部组织委员，且一干就是四年。在认真学习的同时，积极开展组织活动，在班里发展了众多党员，成为全校党员最多的班。我也成为班里唯一，全校为数不多的连续四年"三好生"。咱们的高常礼是我入学的第二年考进西北大学的，他经济困难承包卫生间的卫生清理，在他有事的时候，我经常领上我们班的同学替他完成任务。为把政治理论系改为经济系，我出了力，跑了腿。毕业分配时，本来可有多种选择，但，我被确定为直接分配到单位的人。省科教部到学校选人，我被选中了。虽未事先征求我的意见，但实际上这正是我求之不得的事。

一九八二年一月十八日，我便到陕西省科教部报到去了，从此

走上了从政之路。我被分到科教部宣传处当干事,这个部门的主要任务:一是为一年召开的两次高校党委书记会和一次全省教育工作会做准备、搞调研;二是要及时传达党中央的宣传工作会议精神,及时掌握科教系统,主要是高校教师、学生的思想动态。经过短期的锻炼后,我便成了一名称职的干事。在省委工作的三年,最大的感触是,从此不再怕官了。当时机关风气很好,领导对部下工作上严格要求,生活上热情照顾,同志间互相支持、帮助,虽然工作紧张,但心情愉快。

一九八四年初,省委决定在省直属机关挑选五十名干部到地、县挂职锻炼,我报名获得通过,成为我们班第一个提为副处级的人。同年六月,决定我到咱驼城的神泉县任副县长。因当时正值省直机关改革,干部考察工作十分繁重、紧迫,于是我们五十人在七月份全部参加了各厅、局级班子干部考察工作。我先后参加了省卫生厅、水利厅、省委党校等部门领导班子干部考察工作。考察工作结束后,多数人到新岗位报到工作去了,只剩我们十来位同志筹备一九八五年一月召开的陕西省优秀中青年大会。所以,直到次年正月十五日才到驼城地委办了有关手续,于正月十六到神泉县报了到,后经人大通过正式履职。到任后,分管了煤炭、交通、电力、铁路办工作,部门不多,工作不少。一九八八年底,调整为分管工商、税务、审计、商业、粮食、外贸、金融等工作。在神泉县政府工作期间,一是与煤炭局同志一起努力争取到了出口煤炭计划,新建了一批国营、乡办、村办矿,为神泉县煤炭事业发展打下了基础;二是修建了新的驼神二级公路,改造了数条基础公路;三是从省上、中央有关部门争取到数量可观的城建资金,扩建自来水工程和东兴街修建工程。

一九九二年,原驼城商检局由驼城迁到神泉县,缺局长,我被地委推荐为三名候选人之一,省商检局考察后,选中了我任驼城商检局局长,一干就是八年。

回顾几十年的历程,虽无建树,但还算充实;虽未给家乡有什么回报,但绝没给家乡人丢脸,也没给同学们丢脸。虽然自己从未被名利所累,听到别人说自己是个好人,还是很欣慰的。

我就说到这里,谢谢大家!

掌声响起,同学们一个个听得咂舌,原来光环的后面也有这么多的辛酸呀。

"下来大家谈,为了节省时间,就挨着来,我看就先从最大的官,贺光贵开始。"主持人刘润泽宣布。

贺光贵就拿起话筒说:"我们都是苦难中过来的,都经历过坎坷,我有一点儿感受就是机遇很重要,抓住机遇更重要。我们失去了升学的机遇,还有其他机遇,我就是抓住当兵的机遇,在部队上不放过任何学习的机会,把耽误了的时间补回来,不断提高自己。我始终不忘自己是农民的儿子,没有靠山没有实力,更没有优越的条件,只有靠自己。我想我们好多同学都有过这样的经历,就我知道,刘润泽自学英语就是一个很好的例子。时间关系,我也不多说了,我会记住我们每一位同学的,希望大家来北京给我打个电话,能帮上忙的,我一定尽力,祝大家身体健康,家庭幸福!谢谢大家。"

发言简短有力,充满真情实感,迎来一片掌声。

接下来的发言都介绍了各自的一些坎坷经历和家庭情况。像"半脑壳"马建国说,他怎样从树上摔下来,险些丧命,摔成个"半脑壳",又怎样挖土垫硷畔为躲避垮下来的大土块摔下几丈高的土坎,又差点儿见了阎王。现在走路困难说话迟缓,反应迟钝,但他已经用他"半脑壳"仅存的记忆写了一些东西,在《大理河》上发表了,他还写了一部二十多万字的小说,看能否发表。

几个当教师的都讲了他们如何在自学提高自己,拿到了大专或本科文凭,教好弟子,说他们当教师要比当年"臭老九"时代的教师,也就是我们这一代学生的老师们的境地好很多。工资待遇高不说,还得到国家的重视,学生和家长的敬重。最起码没人骂"臭老九""猴儿王"。虽然比不上你们当官的,发了财的"财主""资本家",但生活还能过得去。

轮到两位当了一辈子农民的贺尚有、姬乃至发言了,他们紧挨着坐着,扭扭捏捏不想说。说他们农民有什么好说的,又不会说。姬乃至本来就不爱说话,上学时期家庭困难,离学校近,没有在学校上灶,也没有住校,所以和同学们交往少。他穿着俭朴,衣衫褴褛,默默无闻,但刻苦用功,放学回家的时候,经常夹着一本书,学习成绩很好。贺尚有和姬乃至同住一村,也走读,他性格腼腆,话语不多,说话前总是一笑。他们的学习成绩也不凡,按他们的成绩,如果不被"文化大革命"耽搁,他们考取大学应该不成问题。可是他们老实巴交,不爱言谈,回农村后的第三年,同班

同村的贺尚加被推荐当了工人，姬乃至还在农村。推荐上大学，一直没有被推荐上。恢复高考时，他已经有家有口，拖累大了，家庭困难，根本没有条件上学了，再说，文化课也忘得差不多了，只有认命，当一辈子农民。

在同学们的再三鼓动下，贺尚有这才腼腆地笑着发言了，他说："我本来不想来参加这次聚会，总觉得和你们配不上，儿子和媳妇说：'你去吧，人家都去，你为什么不去，在这山沟里磨炼了几十年，哪里也没去，利用这次机会去驼城转转，和老同学们聚聚多好，路费盘缠我们给你带上。'就这样才来了。来了看到大家对我这么好，钱也少收我的，我很高兴。也许是古人说的'寒门出贵子'吧，家穷，娃娃们都争气，也等上了好机遇，一个儿子两个女儿，儿子中师毕业，现已工作，媳妇也有工作，都教学，他们有个儿子，我的两个女儿也都上了大学。农民哪有钱供几个大学生，只有贷款，亲戚邻里凑。"

大家听得很认真，好像在品尝一个略带苦涩而又甜美的果子，分享着他的快乐。姬乃至只是说："我在农村一直当大队会计，两个儿子，都没有上大学，在外打工。我这里要说的是，大儿子结婚的时候实在没办法了，找到老同学刘来福，他二话没说给我借了七千块钱，帮我渡过了难关，我非常感激，人家刘来福有了钱不忘老同学，还能看得起咱这穷人，我一辈子也忘不了，要让我的儿孙也要记着人家的好！"

还有一直在农村，以农为业的杜国爱、霍启月、胡亮、张东光等同学，都谈到了他们在农村前十几年受了罪，后二十来年，也就是实行农村改革以来，改变了生活状况，有的娃娃们都上了大学，有的出去打工，家庭也没什么负担了，吃穿不愁衣食无忧。

轮到刘来福发言了，经常见不上面的同学们都想听听他是怎样发家致富，成为"财主"的。其实，叫他"财主"是大家对他的调侃，他只不过是搞房地产，征了几亩地，盖了些商品楼，充其量是个小不点儿的"包工头"，在同学的圈子里还算得上是一个人物。说他土，是因为他不善言表，不讲究外表形象。他说："我回家当农民后，一直被卡住没机会出去，偷偷贩粮，倒卖辣面、化肥。改革开放，开始做生意，跑运输，前后死了七个人，挣的两个钱都赔给人家了，之后傍着刘润泽的帮扶修了一座教学楼，还因设计问题，定成危楼，中央二台曝了光。除没挣钱还赔了六十多万，二〇〇二年彻底垮台。这两年才又翻过身来，有个样样了。娃娃们都有了工作，都调到驼城了。"

"你真能折腾，土'财主'也是经历过磨难的啊！"有的人发出感慨。

刘来福下来应该是曹世荣发言了，他说："我也在年初退休了，我曾和学文、永清聊天的时候说过，人生百味，酸甜苦辣应尝的，我们都尝了，人生的轨迹就像一条抛物线，生老病死，谁也不会例外。苦也罢乐也好，人生的巅峰已经过去了，我虽然在县上还算当过几十年领导，但都是跑龙套的，没有什么建树，这一生就这样平平淡淡过来了。我说这些的意思就是，不管是农民还是干部，贫穷的也好，富贵的也罢，吃苦享乐，为官为民，都是一生，希望大家都有个乐观的心态，面对人生，好好活着。"

他的话说到大家的心坎上了，全场报以热烈的掌声。

接下来，经历了牢狱之灾的李东生、高全福、董强也都发了言。他们里面还有王忠友，因没有联系上，这次聚会没有来。前面说了，由于"文化大革命"中的一念之差，参与武斗，出了人命，酿成牢狱之灾，李东生、王忠友都判了二十年，高全福判了十五年，董强判了八年。他们都在监狱里度过了青春的岁月，最后减刑一两年出狱。他们可以说是同学里面最不幸的人。大家都想听听他们出狱后的状况。高全福说："我提前两年出狱，出来时三十三岁，经人介绍与一个大龄姑娘结婚成了个家，回来后发现社会形势大变，没有了'文化大革命'的影子，农村大变样，农民也不饿肚子了，社会也开放自由了，人的观念也发生了翻天覆地的变化。像过去，我们这些坐过牢的人一辈子就完了，子孙后代都要受影响，可现在大不同了，基本上没人歧视，所以我才能与一个大姑娘结婚。我一个舅在绥德开了个砖瓦厂，我一直在这个砖瓦厂打工帮忙。我生了两个儿子一个女子，大儿子考高中时，一氧化碳中毒身亡，二儿子上大学，女儿是研究生。"

"不简单啊！坐了十几年牢，还能有这么好的落脚，让人佩服。"大家听了都赞叹不已。

董强说："我在里面的时间比他们短，出来后还不到三十岁。我坐牢不能害了婆姨，入狱后和婆姨办了离婚手续，回来后，她还在一直等我，就复了婚。两个娃娃都成事了，没有正式工作，在外打工，把他们的婆姨娃娃都领出去了，我们老两口在农村自由自在，挺好的。"

李东生，为人性情豪爽，快言快语，他说："人生苦短，下苦的，享福的，当官的，坐牢的，稀里糊涂一晃四十年过去了，都回到原位上了，这就像曹世荣说的人生就像抛物线，只不过有的是上抛物线，有的是下抛物线，但最后必然回到原点。菩萨说，人生下来就是在世界上吃苦来了，光溜溜地来，吃尽人间之苦，又光溜溜地走了。我在里面整整十八年，大家知道，我上学时已经成家了，苦了婆姨，出来后婆姨已经把两个娃娃拉扯大了，当然也有老人的帮助。小儿子现在还上学。前几年和婆姨在府谷开饭馆做了几年生意，现在婆姨有病了我回家照顾婆姨。我一生最大的遗憾就是愧对了老人和婆姨，我对他们的亏欠今生今世也是弥补不完的。"说着有些哽咽。他家在最边远的山村，十七岁就结婚了，入狱前已经有一男一女两个小孩了。

他的发言简短有力，像他的性格，语气豪放但略带几分伤感，让人听了不由得心酸！

轮到王永兴发言了，他说："比起大家，我这一生都算比较顺当幸运的。我是城镇户口，插了两年队，就当了县农机厂工人，一九七三年推荐到西北大学物理系，一九七六年八月毕业后分配到新洲县计委，二〇〇二年以后从副主任到主任、计划局局长。我这当的都是些小官，跑腿的，但工作还是尽心尽力的，为给县上跑项目跑资金，从市上到省上再到北京，没少跑。在扶贫和水土流失小流域治理上也给新洲出了不少力。李正生那里的小南沟流域，杨诚智那里的干阳沟流域治理，就是我从省上跑的资金，使他们那里受益了，我也受到省市县的奖励。现在就要退休，庸庸碌碌一辈子，但没有给同学们丢脸，没有做过昧良心的事。一个儿子和媳妇都有工作，没有负担，好着哩。还是大家多谈谈。"

紧接着，一个个都发言介绍了各自不同的经历以及感想，座谈会的气氛跌宕起伏。最后，高常礼等几个人的发言又把会议推上新的高潮，高常礼说："听了大家的发言，深有感触，都不易。我的情况应该说，大家都知道，不必细讲。我只想说，能进入大学之门，可以说是老天爷的恩赐，也得益于改革开放。今天，我们在这里抚今忆昔，也无非是倒一下肚子里的苦水，倾诉衷肠，有成绩的大家分享，有困难的相互帮忙。使我们的心情舒畅，友谊地久天长！"

听完他的发言，大家给以热烈的掌声。

下来轮到在农村摸爬滚打一辈子的李正生发言了。他简短地介绍了在当支书期间，为家乡父老建起了抽水站，让村民吃上了自来水，改变了祖祖辈辈用毛驴驮水吃的落后状况；在农业学大寨的年月里，饿着肚子带领社员修梯田打坝，治理了两条沟，三道梁，四面坡。退耕还林后，山坡逐渐变绿，农民也尝到了造林种草，发展苹果、红枣、桃、李、杏等经济林的甜头，可以说农民也富了。村里的水电都通上去了，现在正在争取资金，想给山上把路修通。一个女子在农村，一个儿子大学毕业，在县林业局工作，媳妇教学。

大家对他的介绍都表示了由衷的赞叹，给予了热烈的掌声。杨诚智对李正生带领农民改变穷山恶水，脱贫致富的事迹产生了浓厚的兴趣，激动地对李正生说："我想对你的事迹进行专题采访，写点儿东西。"大家都拍手称赞。

之后刘润泽感慨地说："我们这一代人是相当重感情，重义气的一代人。在王忠友的父母正准备给他办婚事的时候，他入狱了，人家黄花闺女不愿等他，父母亲承受不了这个打击，先后离世。王忠友从监狱出来时已经是快四十岁的人了，是咱们的老大哥刘学文跑前跑后帮着给介绍了一位比王忠友小十来岁的城镇姑娘，帮他成了家。吴忠义被冤关进监狱后，刘学文周旋在驼城与河口之间，逼着河口法院无罪释放。吴忠义高血压住院不省人事，还是他第一时间赶到，请来医术高的医生把吴忠义从死亡线上拉回。高常礼也在延安，乡亲们不知他当了多大的官，大小事都找他，同学和乡亲孩子考学的、上不起大学的、家乡上项目需要资金的，都来找他，包括三轮车把人摔死，也找他，他都尽力而为之。咱们同学吴忠义瘫痪在床，女儿考入延大供不起，他利用市政协副主席的身份，联系私企老板给赞助，帮孩子完成学业。不瞒大家说，咱们的刘'财主'垮台后贷不出来款，我给他从银行贷了三十万，救活了他。还有近几年来有的同学患病，像吴忠义、丁世平等，只要知道了都去看望，或给以经济帮助等。这些都说明了咱们同学间的那份情义和我们这一代人互相帮助的品德。"

掌声雷动，经久不息，可以看得出同学们对他的发言表示赞同。

杨诚智最后一个发言，他不无感伤地说："大家都说农民苦，我是农民加煤矿工人双重身份，大家说苦不苦？就这还是老天有眼，在而立之年，才遇上了个好心的公社书记，把全公社唯一的一个煤矿工人的指标给我，让我当了个炭毛。虽是个正式工，但这个工作可以说是在用生命换钱。一个人带着一家三口没户口，当黑户，生活可想而知。记得临走和高常礼告别时，高常礼鼓励我不放弃，怀抱希望。后来经过努力，沾了咱们在学校学下的那些知识的光，到了机关。机关工作倒是比井下轻松多了，而且又不要担心安全问题，但收入低。没办法，在机关待了七八年，又要求到井下，从机关下去提拔为领导，才解决了婆姨娃娃的户口，但户口解决了，粮食又放开了，羡慕了一辈子的供应粮没吃几天就没有了。煤矿那几年学习环境不好，教育质量又差，更重要的是，自己穷，人穷志短，两个儿子都没培养出来。现在都下岗，和我一起给我弟弟打工。我们这一代人可以说，啥都没赶上。咱们毕业的时候，高考停止了；咱们当农民的时候，农民苦不堪言,羡慕工人旱涝保收;咱们好不容易当上工人,又赶上工人下岗,还不如农民了;咱们的户口解决了,盼望了半辈子的供应粮没有了。我也想通了,社会就是由各个层次构成的,没有老百姓,哪有当官的;没有受苦的,哪有享福的;没有拉车的,哪有坐车的。一句话,没有穷人,哪有富人。正如马克思说的,是穷人养活了富人。我们都想当官坐车坐轿,都想当富人,那谁来拉车谁来抬轿,谁来养活你。尽管如此,我们这里面有好多同学在夹缝里生存,在逆境中拼搏,还又上了大学或自学成才成了上层人,特别是刘来福、贺尚有、李正生等几位在农村摸爬滚打一辈子,还成了气候,培养娃娃们上了大学,无不让人肃然起敬。我还要说一点,我们这里面有好多同学热心肠,乐于助人。像润泽、永清、常军、世荣等几位甘当义务联络员,每次活动都担大头;像咱们的老大哥刘学文,只要同学们有啥困难,他是非帮不可,而且一帮到底。我的儿子两岁时发高烧住院,被护士一针打得抽过去,差点儿没命了,吓得我叫来了他,他把医院医术最好的医生叫到一起会诊,救了孩子。所以我说,同学情某些程度上胜过兄弟姊妹情。我们以后应该多联系,尽量多组织几次聚会,有什么过不去的坎,或许还能帮一把。即就是帮不上,也可以得到一些鼓励或安慰,给我们增添生活的信心。"

他的发言结束了,听得大家产生了共鸣,又是一片热烈的掌声。墙上的时钟已经响了午夜一点的报时声,大家还好像没一点儿倦意。刘润泽从座位上站起来说:

"是啊,看来,我们这些同学,各有千秋,各领风骚。但,有一个共同的特点,就是甘苦自乐,助人为乐,不甘心,不气馁!能忍耐,能折腾!托尔斯泰说过一句话'人生不是一种享乐,而是一桩十分沉重的工作'。德国的歌德还对人生总结了一句话'你若要喜爱自己的价值,你就得给世界创造价值'。我们经历了长身体时挨饿,想读书时停课,该高考时停考,上山下乡的特殊年代,它折磨了我们的躯体,泯灭了我们的理想,耽搁了我们的青春,但也铸就了我们吃苦耐劳,坚韧不拔的韧性,自强不息的意志。我们可以说,是全世界最不寻常、最折腾、也是最乐观的一代人。我们将生命最黄金的几十年,化成了国家及儿女发展所需要的土壤。我们自信,我们自豪!

"同学们,我知道大家还有好多话要说,好多经历和感慨还没有说完。但是时间也不早了,已经过了子夜一点了。我们都这把年纪了,不敢熬得太晚。我想这样一次同学聚会,特别是座谈会的意义远远超过了我们的预期，它将激励我们这些年逾花甲、历经苦难的同学们要积极乐观。道路有崎岖，人生有坎坷，不管怎样，我们都应该用乐观的心态，面对人生。希望大家都好好活着，争取在有生之年再相聚一次、两次或者更多次。最后祝大家都开开心心，快乐生活，健康长寿！"

在一片掌声喝彩声中，座谈会终于结束了。

到此为止，除郭利怀、吴忠义两位同学因行动不便没有来参加座谈会之外，到场的五十位同学基本上都发了言。座谈会整整持续了五个小时，大家好像还意犹未尽，毫无倦意。是的，相聚太少，时间太短，有好多话还未来得及说完呢。

第二天，他们参观了驼城博物馆，领略了驼城的历史风貌和飞速发展的风采，在驼城新修的世纪花园广场照了合影。最后安排乔宏年负责将这次聚会的合影照片写上每个人的名字，将聚会的全程录像刻成光盘，一并寄给每位同学。

相见时难别亦难，这次历史性的同学聚会圆满结束。同学们依依不舍地告别了。

聚会结束时，他们中年龄最大的张光东在来的路上被盗，所以不但没收他的钱，还倒给他了二百元路费。

这次聚会还成立了一个同学基金会。报到的时候，刘永清拿了一张商业报，上面登了一条信息，大致意思是：个人可以集资放贷，保本取利，随时撤资。他让大家看了以后提议，如果有意的话，他负责联系实施，集资之后可以利用利息搞一些同学聚会、小型旅游、庆祝活动等，到时候本钱一分不少，愿者报名。组织会议的几位同学首先响应，每人先入了资。最后决定由刘永清负责资金运作，乔宏年、贺尚加、马庆文具体负责资金建账管理，并拟定章程，加上可以继承的条款。并组成一个同学基金会，名字叫"新洲高六八届同学基金会"，刘永清任会长，曹世荣、刘润泽任副会长，贺尚加任会计，马庆文任出纳，新洲设分会，分会长刘润泽兼任，会计出纳下去自己选定。后来，刘永清、乔宏年、贺尚加、马庆文、刘润泽、高常军、王永兴、李树海、刘来福、曹世荣、崔丁旺、张永有、郭有权、马建国、杜孝成等十五人入了资，形成了同学基金会，并且通过了《新洲高六八届同学基金会章程》。《章程》的总则是：新洲高六八届同学基金会是个人自愿集资放贷，利用利息作为同学们搞活动、看望病人、招待外地回来的老同学的经费。基金会旨在发扬团结友爱，互帮互助之精神，发挥同学之间的凝聚力作用，提供同学们的活动保障，使同学们老有所乐。

泪涟涟　看望同学

同学聚会结束的当天上午，刘润泽、高常军、郭有权、杨诚智、乔宏年、马庆文等几位同学在刘润泽的提议下，先去看望在周家街中学上初中时的班主任祝生祥老师。祝生祥老师是关中人，他是师范学院毕业分配到陕北来的。初中阶段给刘润泽、高常礼、高常军、杨诚智、郭有权、董和平、王忠友、李东生等同学带了三年班主任。学校学习环境不错，学习风气也好，祝生祥老师对他们很严厉，无论是课堂、自习的纪律，还是午休、晚上熄灯后的休息，他都如父母对孩子一样处处操心，时常检查，稍有不老实，说话做小动作，就严加批评。严厉之下，他又经常利用晚饭后的自由活动时间，或每周日下午收假点名时间，给同学们念一些文章，或讲一些科学知识，使同学们受益匪浅。在考高中时，他们班六十多位同学因饥饿或困难等原因退学，退得仅剩二十四位参加考试，最后只有一位没考上。所以，在他们已近花甲的年龄还忘不了看望他。祝生祥老师退休后没回老家，在驼城定居。这次同学聚会，由于大部分同学是双中的，他不认识，所以没有邀请他。同学们提了水果奶品，抱着一个大西瓜，进了祝老师的小院，刘润泽已经给他打了电话，他早就在门口等候。看到同学们的到来，他激动得热泪盈眶，赶紧把同学们请进家，又是泡茶，又是切西瓜，还拿出了饮料让大家喝。

"哎呀，你们几位还经常见面，这一位是？"他指着杨诚智问。

"我是杨诚智，祝老师。"杨诚智抢先回答。

"噢！你自一九六五年考上高中离开周中后，再没见面，已经四十多年了吧？那时候你们都才十几岁啊！"

"是啊，我们这一代人都是苦命人，上学时饿肚子，毕业了回农村，为生存为生计走南闯北，奔波了半辈子，一直没机会见到您，但心里老记着，今天终于有了这个机会，来看望您，见到您，我太高兴了！"杨诚智就是祝老师一手培养起来，从初中到高中一直当文体干事，他特别激动，拉着祝老师的手，站着说着。

待大家坐下后，同学们都一一介绍了他们的情况，祝老师脸上露出了欣慰的笑容。当同学们谈起当年把他们抓得严，给他们人生的道路奠定了坚实的基础时，他激动地说："那时候你们还小，有些事还不一定能理解，有的同学甚至还记恨我，但我知道，总有一天你们会理解的。那时候太困难了！但也磨炼了你们的意志，有些意志软弱的人不是半途而废了吗？你们能出人头地，也是我们的期盼，我们当老师的图的是什么，不就希望自己的弟子能多出几个人才吗？你们的收获就是我们的收获，你们的荣耀就是我们的荣耀！你们来了，我很高兴，这说明你们理解了老师的良苦用心。"同学们和祝老师畅谈了初中时的那段艰苦而愉快的学习生活情景，再三感谢祝老师的教诲之恩，希望祝老师生活愉快，身体健康。祝老师要请他们吃饭，他们齐声谢绝，说他们还要看望一个瘫痪的双中同学。祝老师只好难舍难分地送同学们出了门，十分留恋地说："好不容易见一次，连口饭也不吃，坐了一会儿就走了，以后再来啊！"大家就一一和他握手告别了。

离开祝老师的家门，他们又火急火燎地驱车来到几乎成了植物人的丁世平家，来看望丁世平。

丁世平，身材魁梧，五官端正，皮肤白净，一表人才。为人正直谦和，诚实善良，性格直爽，典型的陕北汉子，年轻时也是多少妙龄女子心目中的偶像。他家住在双中东五里路的王坪镇，上学时经常骑着自行车，那时候，能骑着自行车上学的学生少之又少。上高中时，他们班上一共有三四个同学有自行车，其他同学把自行车视若珍宝，一般不让别人动，唯有他的自行车，在课间活动时间，同学们抢着骑，好多同学就是用他的自行车学会骑车的。

一九六八年，他和同学们一起回了家。一九七〇年参军，一九七四年复员，他们是城镇户口，复员回去的下半年就分配到新洲电厂工作，一九七六年调到县市管所。他工作踏实，人缘又好，一九八五年被提拔为王坪镇工商所所长。

改革开放以后，社会主义经济由过去的计划经济进入了市场经济，个体工商户如雨后春笋，工商管理的工作量迅猛增大，这时候他已经成为所长了，相应的应酬也逐渐频繁起来。时间长了，朋友弟兄别人请他两三次，他也得请人家一次，久而久之，酒量大增，酒瘾也惯上了。

前面说了，他年轻的时候长得帅气，有多少姑娘对他暗送秋波，想得到他的青睐。当兵回来又有了一份稳定而体面的工作，更吸引了不少女孩的注意，最后终于被年轻漂亮的小学教师高艳芬抢到手。当然，丁世平对这位既有工作又漂亮的姑娘也是情有独钟的。那时候能有这样珠联璧合的

婚姻，那真是百里挑一，凤毛麟角，不但同学们羡慕，社会上也是赞叹不已。同学们在聚会时都想听一段浪漫的恋爱故事，却有好多人说："老婆一字不识，都是做媒而成的，先结婚后恋爱，哪有浪漫可言？"所以他们这样一对很令人羡慕。两人婚后也是情投意合，相敬如宾，一年后就有了一个小宝宝。

到后来，两个儿子都成家立业，婆姨高艳芬也退休了，家里也没负担了，他更是经常在外面喝酒，为此高艳芬经常絮叨，还埋怨他不注意身体，但年龄大了习惯也改不了了，高艳芬也只好找自己的朋友聊个天，打打牌，解心焦。

王坪镇对面大理河畔的一架高山顶上有座寺院叫南峰寺，年代久远。每年农历七月初二是南峰寺的庙会，提前几天就开始唱戏了。周围村庄的男女老少几乎都云集山上，敬香的，看戏的，也有看杂耍、转小吃杂货摊的，还有聚赌耍钱的。

二〇〇五年七月初二正会这一天，丁世平也领着手下几个工作人员上了山，庙会上外地来的各样商贩货物鱼目混珠，比较凌乱，是他们检查的对象，他在所有摊位上转了一圈，对手下工作人员安排了一下，就来到戏场看戏。看了一会儿已近中午，几个朋友就又凑到一起，拉开了酒摊子，一直喝到晚上才踉踉跄跄回到了家，直接和衣躺下睡了。高艳芬看他喝成那样，气得没理他。

第二天早上太阳已经冒花了，他还睡得不起来，高艳芬叫他起来吃饭，他说头疼得很，不想吃。最后勉强吃了点儿，又睡下了。就这样昏昏沉沉睡了一天，再没吃一口饭没喝一口水。高艳芬以为他喝多了，酒劲过去就没事了，也没管他。到第三天早上起来，发现他发高烧、呕吐，最后，一口黑水吐出，人就昏迷不醒了。高艳芬这才觉得问题严重，赶紧叫来单位的同事把他拉到县医院，给他做了脑电图。脑电图出来，医生一看，一片昏暗，说生命有危险，下了病危通知书。高艳芬和娃娃们一见病危通知书，吓得战战兢兢，不知所措。医院打了一天吊针，施了多种手段，体温都降不下来。一晚上人都处于昏迷状态，不停地说胡话。挨到天明，实在没办法，他们只好商量转到惠德二康医院。惠德二康医院是贯彻毛主席"把医疗卫生的重点放到农村去"的指示，从省城整体搬来的一所技术精良设备先进的现代化医院，这一医院的搬来给陕北人民带来了天大的福祉，不知道救活了多少人的性命，马建国两次开颅手术，刘润泽的车祸都是及时到二康抢救获得重生的。

到二康后立即进入抢救室，一天抢救了三四次，体温始终降不下来。最后确诊为乙型脑炎，主治医生将高艳芬叫去问："你是病人家属吧？"

高艳芬说："是的，他是我老公。"

医生说："发现太晚了，这种病一般两三天就不行了，每天抢救三四次花两千多，意义也不是多大的，不行就拉回去吧。"

高艳芬一听如五雷轰顶，差点儿晕过去，她声泪俱下地说："我们来到你们这好医院是为了救命，不治就拉回去让他等死？我绝不能拉回去！"

"你们也不宽裕啊！"医生有些难为地说。

"我们没钱，世上人也没钱？你们不想办法，人死到医院，我就往你们家里抬！"高艳芬已经是泪流满面声嘶力竭了。

医生一看这阵势，这才下了决心，"三堂会诊"，拟订治疗方案，上了呼吸机，该用的药都用上。采用冰块降温，他们八九个人轮流换班伺候。但人还是处于昏迷状态。

就在医院轮番伺候一个月以后的一天，他们发现他眼皮翻了一下，第二天又看见他脚趾动了一下，都欣喜若狂，以为他快醒了。高艳芬高兴得眼泪都掉下了，扒住床沿呼叫他的名字，但千呼万唤没有一点儿反应，人始终没有醒来。

婆姨高艳芬已经力尽汗干了，但她强忍着，苦苦煎熬伺候着他，盼望他能醒过来，哪怕和她说上一句话。熬到四十多天的时候，体温终于退下来了，医生说，病情已经稳定没有生命危险了，下来就是慢慢恢复，可以带上药回去打针，这才出了院。

回家后天天在家打吊针；用鼻饲的办法灌流食，一个鸡蛋要喂三次，才能给他喂进去；由于呼吸功能也失去了，在喉咙上安个气管，每隔十五分钟要滴一次药水；每天坚持三次按摩。

三个月过去了，丁世平依然昏迷不醒。高艳芬一百三十斤的体重，已瘦成九十八斤了，但她还是坚持着给他喂饭喂药，擦洗按摩，盼望着他能睁开眼睛。四个月后，能咽饭了，终于取下了喉咙上安的管子，这才减轻了她的负担。儿子们都在驼城，他们后来就搬到驼城。

"我不想拖累儿子，自己租房住，只不过住在跟前，万一有个三长两短，好招呼些，所以从新洲搬过来。现在他能认识人，也能听懂话，就是不会说，脚手都动不了，只能坐到轮椅上，让他看看电视，大部分时间在床上躺着。雇了一个人，负责每天三次按摩，上下午两次把他抬到轮椅上，一两个小时又把他抬回床上。四五年了，就这样伺候着。"高艳芬流着泪给

同学们诉说。

丁世平坐在轮椅上说不出来话，一个劲地哭泣，抽搐着。看着这样的场景，同学们拿出大家凑的五百元钱，递到他妻子高艳芬的手里，一个个走到他跟前，安慰他："老同学，同学们看你来了，你安心养病，我们会经常来看你的。"

听到同学们的安慰，他抽搐得更厉害了。

杨诚智情不自禁地说："好人啊，那时候只有他的自行车让我们学，我就是在他的自行车上学会骑车的。"丁世平听了又是一阵抽搐哭泣，口水都流出来了，高艳芬给他擦着口水，泪水涟涟。

同学们不无伤感地对高艳芬说："你吃苦了，吃喝拉撒都要管，四五年了，太不容易了啊！"

话说到了伤心处，又激起了高艳芬的心酸伤感，她泣不成声地说："这就是命啊，有什么办法。谢谢你们有这份心，经常来看他。"

告别了丁世平，出了院门，高艳芬跟随着出来送同学们。同学们回头向她打招呼告别时才发现，年轻时亭亭玉立，活泼洒脱的她，现如今已两鬓染霜，面黄肌瘦，像瘦骨伶仃的祥林嫂，站在大门口，显得苍老，凄凉，恓惶……

本来应该看一下赵瑞芳，听说她在家静养，不愿见人，所以也就没有打扰她。

下午返回新洲的时候，刘润泽、高常军、贺尚加、姬乃至、王永兴、李树海、马建国等包了一辆面包车，一路上大家又议论刘来福帮姬乃至的事，高常军说："刘'财主'还是个善'财主'，给老同学帮了这么大的忙，给儿孙们交代，以后斗财主，就说刘来福是个善'财主'，不要斗。"

"哈哈……"

刘来福对他们这些调侃不屑一顾，对姬乃至说："你们媳妇也迎过啦，不忙的话，来给我看场子，亏不了你，再帮你一把。"

姬乃至高兴地说："那好嘛，只要你给我寻活，我咋能不干呢？挣点儿钱好给你还账嘛。"

"刚说你是个'善财主'，你就又让老同学给你当长工抵债哩。"

"看你们说的，我不用乃至还得用别人，用别人还能少花些钱，用他我能少给他吗？"刘来福不屑地说。

从驼城回来，姬乃至就和婆姨两个人，白天晚上轮着给刘来福看场子，一直看到工程结束，一共看了八个月，刘来福给了他们两万元工资。姬乃至说:"太多了,就看个场子,活又不重,怎么好意思拿你这么多的钱哩。"刘来福说:"拿着吧,即就是给你点儿,有啥哩,还不要说白天晚上给我操心呢。"

姬乃至感动得已是热泪盈眶,一句话也说不出来。就拿出七千元还给了刘来福,说:"这么长时间了,应该给你点儿利息哩。""说哪里话,为取利息的话,我当初借也不会给你借的。"刘来福慷慨地说。

"连一分钱利息都不要,我真不知说什么好!"姬乃至显得有些不好意思。

后来,姬乃至逢人便说:"人家刘来福没把咱这穷同学当外人,在我困难得走投无路的时候,能给我借七千块钱,那时候的钱多值钱,七千块钱足以帮我给儿子成了家。还照顾我给他看场子,给我发了两万块钱,使我自此走出了困境,翻了身,我这辈子也忘不了,儿孙们也要记着人家的好。"

念刘君 "巨星"陨落

就在这一年十二月的一天,杨诚智正忙着组织公司班子和财务人员,测算制订下一年度生产计划、生产成本和承包指标的时候,突然接到高常礼打来的电话。在电话里,他听到高常礼用低沉的语气说:

"告诉你一个不幸的消息,刘学文去世了!"

杨诚智一听,顿时打了个冷战,觉得头皮一阵紧缩,急切地问:"怎么回事,上次聚会还好好的,又没听说有病,咋突然间就不行了?"

高常礼在电话里说:"我还在西安开会,我也不知道,可能还是因为他的心脏问题,他心脏上以前安了个起搏器,已经出现过几次毛病了。"

杨诚智听了以后沉痛地说:"噢!我还不知道他安了起搏器,那现在说啥都晚了,你去得了去不了?"

高常礼说:"我说啥也得去啊,你路太远了,去不了就不去了,我去代表了就行了。"

"太不巧了,这几天刚好到年底了,我弟他们从西安过来了,正在制订下年度的计划指标,我离不开呀!路远倒不是关键,关键是我走不了,要不,再远也得去啊!那就只好请你代表了,去了后你们咋办我咋办,回来

了再说。"杨诚智急切地向高常礼解释。话音未落,只听到高常礼在电话里一声长叹说:"唉——好好的一个人,说没就没了,那就这样,你先忙。"

挂了电话,杨诚智心里一片茫然,半天缓不过神来,多好的人啊!说没就没了。虽然他们不是一届的同学,但在"文化大革命"中结下了深厚的友谊,加上他多次给同学们出力帮忙,同学们哪一个敢说他的一个不字!如今阴阳两隔,从此再也见不上面!那一幕幕一件件感人肺腑、刻骨铭心的往事,就如昨天发生过的一样,在脑海里浮现,使他百感交集,痛心不已。

杨诚智现在干的这个企业是他弟杨东智的私人独资企业。

他弟弟就是前面说的,经常给他和高常礼来回捎信的杨东智。杨东智从小爱读书,家里虽然穷,但他们的父母亲拼尽全力供他们上学。一九七一年夏,考完高中后,他就回到队里给生产队放羊,等待着考试结果。他天天赶着羊群,站在山峁上瞭望着自己的母校,盼望着给他们毕业班带语文课的高常礼高老师,能从官道过来给他报个信。高老师对他很亲切,而且经常关心他的学习成绩。他想,只要考试成绩一出来,高老师肯定会来告诉他的。

这一天,他在山上放羊的时候,隐约看见前川的官道过来一个人,好像是高老师,他目不转睛地看着,人越来越近,果真是高老师。他赶紧把羊赶到沟渠里,欣喜若狂地从山峁上跑下去,问高老师,考试结果出来了没有,他考上了没。结果使他万万没想到的是,高老师说他考是考上了,但被公社干部给刷掉了。他一听,顿感头晕目眩,两腿酥软,眼泪像断了线的珠子,不断地往下掉。高老师看着他伤心的样子,只好安慰他:"不要伤心,我和你哥连大学都没考成,还不是就这样过着,不要灰心,只有再等机会。"他只好灰溜溜地离开了关心他的高老师,赶着羊群上了山,面对着羊群哭泣……正式高中没被录取,他只好在公社办的戴帽中学,也就是他上初中的清水湾小学,开办的高中班上高中。一九七二年,父母亲带着他二姐和小弟去荒塬安户,把他留下了继续上学。那时候,初高中都按毛主席"学制要缩短"的指示改为两年制。一九七三年高中毕业当年,他哥诚智就给他办了迁移手续,到父母亲落户的荒塬县落了户,参加了劳动,之后年底就参了军。这就有了高常礼考进西北大学,他从部队上去给他的老师高常礼送去三十块钱,高常礼感动得泪流满面的故事。他在部队上当义务兵三年满了,后转为志愿兵,一直干到八十年代中期,转到军工企业,刚好赶上改革开放,就尝试着下海经商。

二〇〇三年底,他由商贸开始向实体发展,租赁了一家因资金链断裂被迫停产四个月的省属化工企业,就让在煤矿退休的他哥杨诚智帮忙给他管理企业。

现在,已经是杨诚智在他弟的企业搞管理的第六个年头了。六年来,他和另一位同事密切配合,团结原厂的管理人员,在国有企业向民营企业转型中,面对国有企业职工的逆反心理、抵触情绪,以及艰苦的工作岗位没人去等诸多问题,请上级领导来厂,讲国家改革开放的政策和企业改制的大趋势,动员职工解放思想,转变观念;并进行工资改革、成本核算、经济承包,制定管理制度,严格考核。改革论资排辈的等级工资制,为岗位、技能加工龄补贴的三合一工资制,工资向一线倾斜。调动了大多数职工的积极性,艰苦的岗位也有人去了,但也触动了部分职工的利益,这些人时常拥进办公室闹工资,闹待遇,讲条件,摆困难,有时候晚上都睡了还上门要求和他商讨工资待遇问题。闹得他寝食不安,以至于腹胀嗳气,吃不下饭,只好去医院诊治,边喝中药边开展工作。企业内部的矛盾还一大堆,外围又是危机四起,在企业刚起步的时候,就遭遇了老百姓封堵大门的事件,原因是国企时给他们赔过款,民企也要赔。当时,企业改制是大势所趋,县、镇政府出面协调,按照原国企协议赔了款,才使事件得以平息。经过三个月的整顿,在政府及原企业留守处领导的支持协助下,公司投入资金,购进了大量原材料,工厂恢复生产,才使职工逐步转变思想观念,稳定了情绪,企业得以稳步发展,走上良性循环的轨道。自二〇〇六年以来,又先后改制租赁了一个省属磷矿,打包收购了一个市属磷矿、两个破产企业和一个县办磷肥厂,使企业达到一定规模。在这六年里,除大的改制、策划、营销、铁路发运和外围的工作由他弟运作以外,几个厂子内部的生产经营、人事管理,就由他团结原国企留用的管理技术人员负责,吃住在厂、矿,用尽了在煤矿上二十多年积累的管理知识和经验。他深入到工区和车间的每一个岗位,熟悉每个环节,倾心管理,使企业实现平稳过渡,有序发展,达到拥有三厂三矿,职工近千人的规模。这次遇上老校友又是患难之交的朋友病故,这么大的事,他本应该前去吊唁祭奠,但正遇上年底,公司事务繁忙,再说,马上新的一个年度就要开始,拿不出方案直接影响几个厂矿的运行。所以他只好让高常礼代表,心里十分内疚!

一周以后,高常礼从驼城回到延安,给杨诚智打来电话说,他已参加完刘学文的葬礼回到了延安。他在电话里说:"追悼会特别隆重,参加追悼

会和发来唁电送花圈的近千人,光我们'老三届'就去了百十号人。追悼会上,挽幛、挽联挂满了吊唁大厅,花圈数也数不清。驼城市司法局副局长致了悼词,高度赞扬了他的一生。担任过陕西省重要职务的老领导,原地委书记,还有驼城市政府、向阳区政府、新洲县政协、驼城市检察分院、市中级人民法院、司法局、省律师协会,都发来唁电或送了花圈。我代表你送了花圈,我也给送了一副挽联,并代表同学们讲了话。我一会儿将挽联发给你。"他一口气向杨诚智讲述了刘学文追悼会的场面。杨诚智回话说:"他这人确实非同一般,是一位有一定影响力的人物,太可惜了啊!"并顺便问他随了多少礼,说,"等以后有机会见了面,我把礼钱给你,你把挽联和致辞内容发过来,让我们共同悼念他,记住他。"电话挂了不大一会儿,杨诚智的手机就响起了短信声,他打开一看,是高常礼发来的一副挽联:

修身弘法 仗天下大义 且留肝胆照桑梓
文心友朋 笃人间纯情 无论生死映乾坤

横批是:

风范长存

他一看,不由得发出赞叹,不愧是个有文采之人,上下对仗,前呼后应,上下联的开头修文二字刚好组成他的字号。同时发来的还有七言诗两首:

其一

哭文兄
忽闻塞上文君逝,
难抑悲情泪满襟。
六旬乍过情何堪,
四十回首谊更深。
君无片言留同侪,
我有大憾诉何人?
曾约他年重相聚,
岂料今日断肠分。

其二

祭文君
细说身世一草根，
传奇人生幻亦真。
吐哺握发称五魁，
仗义陈词言九鼎。
情怜身边少裙带，
襟怀天下皆弟兄。
满目殷泪忆从前，
天国续缘待故人。

杨诚智看罢手机上发来的挽联和悼念诗，心里有说不尽的悲痛和忧伤，他想，刘学文真是一位仗义豪爽的英才，忠义肝胆的好友啊！不难看出，高常礼对他的深切怀念和难舍难分之情！特别是"天国续缘待故人"这一句的字里行间，浸透着他纵然到阴间也要续上这份友缘的切切之心！想了一会儿，他觉得高常礼受刘学文猝然离去的刺激太深，就回了一首，安慰他：

人生在世谁无死，
刘兄离世实堪悲。
纵然断肠人已去，
肝肠寸断亦分离。

友情至深难舍弃，
恩情仗义永铭记。
悲伤过重方伤体，
劝君莫要太悲戚。

发完诗稿后，他就将高常礼发来的那副挽联、两首诗和自己回复他的诗句抄于笔记本上，以作永久纪念。

刘学文出生在新洲周家街镇的一位老中医家庭，祖籍山西，他父亲行医，新中国成立前就定居于此，并买下一处临街老宅院，与小里河一个山

村的女子成了家。他父亲叫刘泽民，医术高明，医德厚崇，其人像其名，在当时中国医药很不发达的年代，用自己的医术润泽了一方百姓，方圆几十里大人小孩都知道刘泽民这个名字，疑难杂症都来求他医治。杨诚智记得他小时候就经常听大人们提说刘泽民这个名字，他父亲还领着他，让这位戴着老花镜的老中医号脉看过病。刘学文他母亲只生了他一个男孩，不知什么原因再没生，所以，他没姐没妹，没哥没弟,。他从小长得虎眉睁眼，白白胖胖，聪明伶俐，惹人喜爱。长大以后，结朋好友，玩世不恭，爱看武侠、外国小说，在周家街中学上初中时，就学会了抽烟喝酒，号称自己是"铁板道人"，有时又说他是景阳冈武松，经常在课间模仿小说里的武侠动作打打闹闹，在同学里有人称他是"刘侠客"。老师在全校师生大会上点名批评他崇洋复古，不务正业，他听了漠然置之。上高中时他更是博览群书，中外名著几乎都有接触，特别是对《红楼梦》一书情有独钟，书中的一些诗句和爱情故事他能倒背如流。在二十世纪六十年代，人们还不曾想到要化妆烫发的年月，他就不知用什么办法把自己的头发搞成蓬松状，像西方音乐家、演员一样洋气时髦。他本身又长得帅气，经这一打扮，更引人注目。他在当时男女生都不敢单独接触的年代，就与驼城中学一位老教师的女儿谈恋爱。那女孩对他一见钟情，两人如胶似漆，发展到同床共枕，云雨风月，这些个人隐私，恋爱经过，他都会不时地给好友高常礼透露。最后，这一对有情人冲破了世俗的羁绊终成眷属。

　　那个时代的人用现在的眼光看，真是不可思议的。高常礼谈恋爱的时候，不和恋人写恋爱信（因为在一个单位），反而和好友同学杨诚智书信往来不断，适时汇报进展情况。而刘学文谈恋爱的时候，又将私密情况适时透露给好友高常礼。这只有一种解释，那就是那时候的人纯朴善良，崇尚人格，注重友情。"文化大革命"结束后，刘学文被结合进县革委会常委任副主任，相当于现在的副县长。但那只是过渡组织，他毕竟没有干部身份，恢复政府建制后就什么也不是了。恢复高考后，不知什么原因，他也没有考学，从商业接替工干起，最后进入仕途。但他看破红尘，厌恶官场的阿谀奉承，钩心斗角，就刻苦攻学法律，成为一名律师。他秉公执法，仗义肝胆，赢得公众好评。以至于他在离开人世时，受到社会各界人士的沉痛哀悼和祭奠。了解他的人莫过于校友、挚友高常礼，他的离世无疑对高常礼是一个莫大的打击，跋山涉水，赶去为他送行，在追悼会上泪流满面，代表生前友好致悼词中发出"我失刘君如断臂剜心"的哀叹，在悼念他的诗句中唱出了"天国续缘待故人"的绝句！

到了中国人的传统节日春节来临之际，杨诚智又收到高常礼发来的新年献词：

年夜长吟

亲朋或余悲，他人亦已歌。
我辈熬年夜，文君在天国。
别梦尚依稀，天地好空阔。
把盏问星斗，伊人可快活？
星辰似闪烁，天堂何其乐。
王母瑶台会，诗酒一怡若。
生死两重天，各自善斟酌。
缅思寄河汉，好自为生活。
一年又复始，祝福共你我。

这一首首充满忧伤的诗，一句句发自内心的哀叹，表达了他对老同学的思念，对挚友难以割舍的心情。每逢佳节倍思亲，过节了，同学之间抒发一下怀念之情，是可以理解的。可杨诚智似乎感到他有些神不守舍，到了走火入魔的程度。他想了一想，再没敢往下想，只是回了个问候的短信。

二〇一〇年"五一"前夕，杨诚智携家带口，由儿子开车，驱车从汉中出发，上驼城参加亲戚娃的婚礼，路过延安，专门在延安停留一晚，打算和高常礼见一面，顺便将代他行的礼钱还给他。吃过晚饭，安顿好家眷，他只身来到高常礼家。杨诚智被高常礼接进家以后，发现家中就他一人，开口就问："怎么就你一个人在家？"

他说："现在的社会不得了，上一年级的娃娃就要到西安交大附小去上，老婆去给孙子陪读去了。"

说着，他一边给杨诚智让座泡茶，一边问杨诚智："这次去驼城是业务上的事还是私事？"

杨诚智说："私事，娃他姨嫁女儿，老婆想去一下，厂里到淡季放假，我也想顺便见你一面，絮叨絮叨。"

高常礼说："这几天市上正开政协会走不了，要不然，我也跟你一块儿去给学文烧两张纸。几个月了，我咋一直觉得他好像没有死，还活着！"

"相处时间太长了，太熟，感情太深了，就放不下。"杨诚智说，"烧纸是尽心哩，或许也是了却哀思的一种办法，说不定烧了纸就能放得下啦！

有空了烧一下也好。话说回来,他这个人豪情仗义,气度不凡,没有他办不了的事,一生给多少人帮了忙,太遗憾了,都觉得和他没处够!但又有什么办法呢,老天爷不让他活了嘛。"

高常礼不无感触地说:"说的也是,本来他还正给我帮忙办一个案子。说起话就长了,我们老家那些人,不知是认为咱好用还是出于无奈,沾亲的带故的,大小事都来找我,好像我是万能的。不帮吧,好像架子大用不动,帮吧,没完没了。再说了,咱能帮个啥。这次又是我们儿媳妇她舅给移动公司拉光缆线,雇了个人上杆子不慎掉下来摔死了。后事已处理过了,人家又起诉他,亲家就找我,我有什么办法,只有找他。事情还没个眉目,人就走了。"

"这倒无所谓,关键是可惜这个人才了啊!"他接着补充了一句。

"是啊,他的去世是我们的一大损失啊!不管怎么样,说一千道一万,人已经没了,人死不能复活,我们还是应该从悲痛中解脱出来,再不要无谓地折磨自己了。"杨诚智又解劝他。

一句"解脱"的话又勾起了高常礼的心事,他若有所思地说:"我这个人,就这命,多少年来一直被家庭之遭遇困扰,还没从这个阴影中解脱出来,又遇上这件让人伤感的事!"说话间,高常礼站起身来,说,"我给你看一下我给他致的悼词。"就走进了书房。

与学文　再话沧桑

二〇一二年十二月十二日上午十时许,驼城公墓的一座墓碑前肃立着十多位长者。三年前的今天,他们和刘学文的家人亲属及生前友好,将自己的挚友安葬在这里。三年后的今天,他们怀着思念的心情,带着鲜花、美酒、香烟、香纸,带着冥冥的怀念,来到他的墓前,在他的夫人、子女们的陪伴下,祭奠他。他们中有他生前经常在一起相聚的刘永清、刘润泽、曹世荣、乔宏年、贺尚加等同学和他的生前友好,还有他的一位同乡校友周延林。他们顶着凛冽的寒风,向他献上鲜花美酒,点上香烟、香、纸,肃立默哀。

默哀后,刘润泽上前一步,在碑前的供桌上洒了酒,缓缓说道:"学文,你生前爱喝酒,今天,在你离去三周年的时候,我们给你送酒,和你

叙旧来了。可惜你的挚友高常礼没有来，但如果在天有灵的话，这时候他也许就在你身边，与你饮酒叙话，说天道地，谈古论今。他在你走后不到一年，就跟你在天国续缘了。现在，就由你的同乡校友周延林，代表大家，与你叙叙旧。"

刘润泽退后一步，周延林上前一步，说道："学文兄，今天，在你离开我们三周年的时候，我代表同学朋友与你拉拉话，叙叙旧，以表达弟兄们对你的深切怀念！"接着，他打开手稿深情地念道：

刘学文，你祖上本是山西人士，一九四八年，呱呱坠地于新洲周家街镇，从此和我们成了同乡、同学、好友，和我们结下了不解之缘。"文化大革命"中你以中学生身份，进入革委会常委，任县革委会副主任。你一生坚持反对任何形式的暴力行为，主张给摘帽右派彻底平反。你的胆识和担当，备受各方肯定。改革开放后，你长期担任驼城市第二律师事务所主任兼书记，是本市律师事业的开拓者、领军者，曾荣获"全国优秀律师"称号。你一生聪明好学，涉猎中外文学、哲学、历史、政治、法学诸多领域。你善思考且多有独特见解，令同辈及后起才俊叹服！你，为人重情尚义，有胆有识，行事从容大度，合天顺理顺人情而不落俗套。

而今，你仙逝三周年，余以其总角之交，柬诸友之意，谨具此文。

学文，三年前的今天，在我们眼中依然神采奕奕的你，竟在旦夕之间猝然离去，给我们留下的则是惊愕、惋惜和难以抚平的伤痛！今天，我们这几个和你风雨相伴，共同走过了半个世纪的朋友，同时也代表那些不能前来的朋友，怀着深深的思念来到这里，和你再聚聚，再说说，说说我们的挚友之谊，说说我们共同经历过的人世沧桑。

学文，从大理河旁的周家街古镇，到榆溪畔的塞上古城，从咿呀学童到夕阳白首。或披清风戴明月，或踏寒霜拥红炉，我们曾多少次相聚。我们说李白杜甫，道雨果雪莱；评三侠五义，论人间喜剧；叹宝玉情殇，赞娜拉出走；诵庄周逍遥游，读卢俊契约论；解析林肯华盛顿，探究马列毛泽东。你争我辩，奇思妙想，珠落泉突，顿悟升华，心领神会，意气风发。其景其情，至今犹历历在目。对传统文化中仁爱、济世、侠义，现代文明中民主、自由、法

制的共同崇尚；在读书、思考、交流时的彼此欣赏；在社会震荡、身体力行的相互关切，使我们从相识到相知，从相交到相惜，成为守望相持、终身不渝的朋友。这使我们每一个人，都有了一份凝聚着我们共同心血的激情和睿智，而且成为时代滋养着我们心田的甘泉，消烦解忧，提神聚气！

学文，回首我们走过的半个世纪，翻过那一抹又一抹、五光十色、喧嚣一时的浮光掠影，我们经历了既一脉相承却又各具特色的两个时代。东方文明与西方文化在中国这块大地上的撞击、交融、博弈、纠结、演化、消长。从建国初期到"文革"，可以说是一个为梦想而狂热的时代；从改革开放到如今，则可以说是一个为欲望而疯狂的时代。时至今日，我们大都年过花甲，没有拥有世人称羡的荣华富贵，甚至或多或少比同代人还多经历了一些生活的艰辛和心灵的煎熬。但是，让我们欣慰的是，在那个狂热的时代，我们没有迷失；在这个疯狂的时代，我们没有沉沦。虽然我们身处边远基层，或为偏官小吏，或为布衣草根，也要奉养父母妻儿，也要操持柴米油盐，但我们继承了忧国忧民的传统信义，继承了公平正义的理念，且信守不渝，因而造就了自己的人生亮点。而你，学文，则始终是我们的凝聚点，也更是我们共同引以为傲的亮点！

学文，每个人的生命都是一个有起点也有终点的过程。人生的核心价值在于使这个世界更美好一些，对于一个曾经有所作为的人来说，生命的终结和生命的延续，其实并没有多大的差异。辞世者和我们之间相差的，只不过是多看或少看几幕别人的演出而已，况且属于我们演出的剧目已经或将要结束。而我们的演出，或多或少也是精彩的。因此，不管是辞世安息也罢，再看几幕别人的演出也罢，我们理应更从容、更坦然，我们也会更从容、更坦然！

学文，假如另外还有一个世界，在那边你依然还是那个才华横溢、激情澎湃、志存高远、魅力十足的学文。你依然会呼朋唤友、沽酒割肉、谈诗论文、针砭时弊；依然会敢作敢为、冲折决荡、革故鼎新，破破天堂那亘古不变的沉寂。在这边，我们肯定还会感同身受，心驰神往。待到它日我们重聚齐，说阴道阳，评优论劣，则更能多出几份独特的话题。

学文，假如还有来世，假如到那时，东方文化和西方文明之间的纠结和博弈还在延续的话，我们肯定还会走到一起，我们肯定还是好朋友。

　　学文，日影而移，倦鸟将归，告辞了，咱们下次再聚。

此时，大家都泪水盈盈，默默无语地肃立着，呆呆地凝望着，凝望着刘学文的墓碑，久久不肯离去。

第四编

乐融融兮　补回青春

心未老　补回青春

　　从那次在延安和"破烂王"聚会以后，新洲中学高六八届的这帮同学相聚更频繁了，他们像一组分子一样，从一种组合形式中分离出来，又以另一种形式结合到了一起，而且结合得更加紧密了。以刘永清、刘润泽为首的基金会会员经常联系大家，谁的生日到了，就召集到一起，小聚一下，谈天说地，谈论社会，谈论人生，谈论同学们的生活情况，回味他们的坎坷岁月；外地回来的同学到驼城或新洲，同学们都是用基金会的积蓄招待他们。同学们都积极展示自己的才艺，培养自己的兴趣爱好：热心于舞文弄墨的吴铭瑞、马庆文上了老年书法美术大学，经常外出参加书法采风写生展览等活动，不时地给同学们送幅字画；文学爱好者"半脑壳"马建国也在聚会上即兴发挥小诗不断，又一部四十多万字的长篇已经完成；乔宏年继续着他的嗜好——摄影，出外旅游，同学聚会，他都不停地拍摄，甚至制成光盘，给大家发；杨诚智也利用业余时间搞起了文学创作，据说，一部二十多万字的小说已快脱稿，即将发表。用他们的话说，就是"生活更充实啦！"

　　他们中不管是退休下来的，还是在农村的，有不少同学已去北京、上海、西安、延安等大中城市帮儿女们带孩子，或者跟儿女们一块儿生活去了，但只要一联系，就都聚到一起了。以至于他们的家属经常在他们聚会出去的时候说："你们怎么有那么多聚会？"

　　今天是高常军的生日聚会，他们又乐开了，高常军首先发出感慨："感谢老同学们给我庆贺生日！今天，我想说个'缘'字。人生在世，有存有亡，有聚有散，其中契机，全系于一个缘字。共衾同枕、耳鬓厮磨的夫妻自不必说了，师生、同学、战友、邻居、搭档，甚至火车上的邻座能聚在一起，不全有赖于缘？茫茫人海中本来天各一方，怎么会萍水相逢，这不是缘，又是什么？高常礼在悼刘学文的诗中'天国续缘待故人'一句，道破了我们同学之间的至深缘分。"

　　"特别是我们六八届，无论校庆还是同学聚会，都能聚在一起，平时谁有个疾病或难处都能互相帮助，他们其他班就未必能做到。"刘润泽又插话。

"有缘千里来相会，无缘对面不相逢。我们从孩童起就相守到了一起，几十年了，聚聚散散，分分合合，一九六八年把我们全部打散，后来又慢慢联系到了一起，好像有一条无形的线牵连着我们，说明我们有这个缘分。平时相互照应，每次相聚都给我们带来快乐，这也许就是我们后半辈子生活不可缺失的一部分，所以，我们应该为此而庆幸，为此而自豪，为此而骄傲。一句话，应该快乐生活，好好活着！"高常军结束了他的谈论，他酒后显得有些兴奋。

刘永清拍手大笑："好啊！高常军说得比唱得还好，虽然我们老之将至，但我们的心不老，为了养家糊口奔波了半辈子，现在卸了套，无官一身轻，即就是在农村的，负担也减轻了，应该开始享受生活了。常军说得对，我们这些老'知青'就是有这个缘分，我们能够互相照应，经常一块儿聚聚，出去转转，各取所好，快乐生活，我概括一句：知青万岁，青春无悔。年轻时没有享受上的，老了该享受的都应该享受了。把我们青春的空白补回来，这叫堤内损失堤外补。你们说，对不对啊？"

"对啊！补回我们的青春——"全场一齐呐喊拍手称快。

说笑间，乔宏年就唱开陕北民歌了：

你要拉我的手，
我要亲你的口，
拉手手亲口口，
咱们两个圪崂里走。

众人一听他唱，也跟着唱开了：

拉手手亲口口，
咱们两个圪崂里走。

乔宏年又唱：

这个我难开口，
拉住我妹妹的手，
拉手手（这个）亲口口，
咱们两个圪崂里走，

有人又跟着唱：

> 拉手手（那个）亲口口，
> 咱们两个圪崂里走。

这时候就乱唱开了，争着抢着唱道：

> 你要拉我的手，
> 哎，我要亲你的口，
> 拉手手，
> 哎，亲口口，
> 咱们两个圪崂里走，
> 拉手手，
> 亲口口，
> 咱们两个圪崂里走，
> 拉手手，
> 亲口口，
> 咱们两个一搭里走——

在一阵激情乱唱中，马庆文说，我给你们唱一首《一对对鸳鸯水上漂》。

"好——"又是一阵鼓掌呐喊。

这时候马庆文唱，大家才静下来，静静地听：

> 一对对鸳鸯水上漂，
> 人家都说咱们两个好，
> 谁要是有那心思咱就慢慢交，
> 没有那心思就呀么就拉倒。
>
> 你说拉倒就拉倒，
> 世上的好人就有多少，
> 谁要是有良心咱一辈辈好，
> 谁没有那良心叫鸦鹊鹊掏。

你对我好来我知道,
就像老羊疼羊羔,
墙头上跑马还嫌低,
我忘了我的娘老子我忘不了你。

想你想成个泪人人,
我抽签算卦我还问神仙,
山在水在人常在,
咱二人甚时候把天地拜,
山在水在人常在,
咱二人甚时候把天地拜。

"好——"在呐喊鼓掌声中,高常军喊叫,贺尚加来一首。众人都喊贺尚加来一首,贺尚加来一首,贺尚加咧着大嘴笑着说:"今天是老鳖常军的六十五大寿,我给大家唱上一首《圪梁梁》:

对畔畔那个圪梁梁上那是一个谁,
那就是咱那个要命的二妹妹,
你在你的那个圪梁梁上哥哥我在那沟,
看中了哥哥妹妹你就招一招手,
白领领的布衫衫穿在妹妹的身,
哥哥要出门想你见不上个人,
你在你的那个圪梁梁上哥哥我在那沟,
看中了哥哥妹妹你就招一招手。

唱着唱着大家又抢着唱开了:

满天天的那个星星一颗颗明,
有两颗颗最明那就是咱二人,
你在你的那个圪梁梁上哥哥我在那沟,
看中了那个哥哥妹妹你就招一招手,
对畔畔那个圪梁梁上那是一个谁,

那就是咱那个要命的二妹妹，
你有你的那个情来我有意，
咱二人那个永远也不分离，
咱二人那个永远也不分离。

喊哩叫哩，唱哩闹哩，直唱得酒也忘喝了。在这时候，高常军站起来说："今天太高兴了，我敬大家一杯。"这才刹住了歌声，共同举杯又喝开了酒。

酒不醉人人自醉，他们喝着说着，你一杯他一杯地喝着，你一句他一句地感叹着……

心未老，情未了。看来，他们这份缘，是难解难分了，激情越来越高了。年轻时候压抑的情绪在这一次次聚会中，一次次活动中尽情地释放，他们越活越年轻、越活跃了，真的是要补回青春的岁月。

这时候，在一阵拍手呐喊声中，刘来福也端酒和大家碰杯说："你们这些当官的，当干部的，都退了休没事了，似乎失落了？要我看，只有调整心态，放下架子，回归自然，能做点儿其他事的就不应该闲下来，像马建国写诗写小说，吴铭瑞、马庆文写字画画儿，崔丁旺行医，董和平'考古'，王志海收破烂，杨诚智继续在他弟的企业发挥余热，还搞业余创作等等，这就是补回青春。我现在身体还能行，还准备继续干，你们谁愿给我来帮忙，我需要一个站场的（现场监督管理），还有一个会计。"

高常军自告奋勇说："我给你当会计。"

刘润泽退下来后，一直在大理河中学当校长，他说："县上要求学校停办也没事干了，你看上我的话，我给你站场，保证比你管得还要细。"

刘来福笑道："你能放下架子，来给我站场？"

刘润泽说："嗨，那有什么，铁打的衙门流水的官，官是个什么，人家抬举你是抬举共产党给你那个权哩，没有权谁抬举你哩，我从来也没把那当一回事。别人不知道，你刘来福还不知道我？"

刘来福高兴地两手一拍大腿说："那好啊！你二位办事，我放心。"

其他几位同学看到此情此景也都打趣地说："我们也给你打工，混碗饭吃嘛，哈哈！"大家都笑得前仰后合……

刘来福在刘润泽两次为他贷款的扶持下，经过三年的艰苦奋斗，企业起死回生，得到稳步发展，而且越做越大。他除了经营酒店和砖瓦厂外，主攻房地产。他已经在县城东至刘家峪、张家湾建起了六栋大楼，又设计

出一栋十八层高的住宅楼，现已经进入紧张的施工阶段。经过几次挫折以及随着企业的发展，他感到管理的重要性，后来就邀请高常军给他当了会计，刘润泽给他搞现场管理，用时髦的话说，就是成了他这个企业的"白领"。但他俩到了刘来福的企业后，从不把自己当"白领"。不说工资待遇，不论工作条件，每天早出晚归，不遗余力，把他的事当自己的事干。高常军除整理好账务，还给他帮忙搞采购，有空还和刘润泽一起到工地搞现场清理，给工人进行安全教育。刘润泽还给公司制作了安全管理制度牌和安全标语牌，主抓质量安全。过去刘来福只有几个零星小摊摊，是个眉毛胡子一把抓的"土财主"，现在刘来福拥有酒店、砖厂、建筑队三个分支机构，分级管理，财务集中管理，收支两条线，整整齐齐，有条不紊。他也感到轻松多了，他这才像一个企业家了。

社会就是这样的，当物质水平提高以后，精神上的需求也就随着提高。刘来福这时候也体味到了身体比金钱更重要的真谛，他每年一次把老伴带上，让老伴陪他到西安四医大住上十天半月，保养调理一次身体，身子骨好像越来越硬朗了，生活的情趣也浓了。

这一天，在办公室无事闲聊，他对高常军、刘润泽说："我们年轻的时候吃苦受罪，中年又为事业为生计奔波，没消停过一天，我们是不是应该出去旅游放松一下？上次给高常军过生日聚会时，都说要补回青春，咋补？这不是以实际行动补回我们青春的空白么。"

话音未落，高常军笑道："你终于开化了！脑子里就知道挣钱，怎舍得花钱去旅游？"

刘润泽也说："都这把年纪了，还不享受等什么哩？趁现在身子骨还硬朗，还不转转，更待何时，再过几年，想出去也跑不动了。"

就这样你一句他一句，一会儿说去青海湖，一会儿说去西藏，一会儿又说去南方，一会儿又说去内蒙古领略草原的风光。最后经过权衡利弊都觉得内蒙古近，先去内蒙古转一下，南方冬天去比较好。他们还议论说，以前都为工作为事业前程奔波，冷落了婆姨，他们上为老人，下为儿女操劳了一辈子，这次应该把婆姨也带上，让他们也享受一下人间的快乐，看一下外面的世界，开开眼界。话拉到这儿，刘润泽就从怀里掏出手机，给驼城的刘永清打电话："喂，永清，我们和来福、常军商量去旅游，你去不去？"

刘永清在电话中大声喊道："好啊，去嘛，你再联系一下，看还有谁去，驼城的有我联系。到时候好好组织一下，看去哪里，费用多少。"

"那好，我先联系，我们商量到内蒙古看呼伦贝尔草原去，等你啥时候回来后，咱再具体商量。"刘润泽在电话里和刘永清初步做了商定。

几天以后，刘永清联系好驼城的同学就专程回到新州，和大家商量旅游之事。在议论中，刘永清说："咱们还有基金会，可以解决部分费用。去内蒙古主要是看草原，我们先坐火车到呼和浩特，然后坐飞机到呼伦贝尔大草原。这次就还是由刘润泽给咱组织，把情况说清楚，自愿报名，看人数多少，联系好后，根据人多少，再决定。"

刘润泽说："这没问题，我给咱联系。"刘润泽当即就将旅游的地点路线、费用及带家属的情况，编了一条短信，给同学群发出去，让他们想好了报名。

尽情游　呼伦贝尔

刘润泽经过几天的联系，确定去旅游的有基金会的乔宏年、刘永清、高常军、曹世荣，他们都带家属，还有贺尚加、马庆文、李树海、张永有、郭有权、杜孝成、吴铭瑞七位不带家属。其他五位会员，马建国行动不便，杨诚智工作离不开，崔丁旺开诊所走不了，王永兴老两口围着孙子转没法去，刘来福的工地不敢离人，让他婆姨跟上出去转转。这样加上他自己总共确定十八个人。

在秋高气爽的季节里，他们一行十八人带着行囊兴高采烈地踏上了旅游的行程，他们在驼城集中，乘坐驼城开往呼和浩特的快车。陕北驼城地区九十年代后期开发出大煤田以后才修通火车和内蒙古接通，要不然除了干部工人，大多数老百姓连火车见都没见过，不用说坐了。记得后来说起当年串联的时候，杨诚智、王永兴、穆奋国、杜国爱等几个同学步行到铜川，第一次见到火车还好奇地偷偷溜进火车站看火车哩，结果刚走到烧煤的蒸汽机火车头跟前，看着火车司机一锹一锹地往车头里加煤，车头像老牛一样喷气发呆，突然，火车司机将汽笛一拉，嘟——的一声长鸣，震得他们头昏耳炸，晕头转向，无处躲藏。现在对火车虽然不那么好奇了，但他们一上火车依然显得格外兴奋，说的说笑的笑。几个家属在新洲的时候就经常见面，后来乔宏年、刘永清、曹世荣离开新洲后，家属们再没见过面。这次到了一搭，家长里短，儿女情长，互相盘问，显得格外亲切，那些男人们经常在一起聚会，又是一个开一个的玩笑。

贺尚加叽叽咕咕说刘永清："你这次有婆姨监督，不方便了，也不敢说话了。嘻嘻。"

刘永清立即反击："怪不得你小子不带婆姨，原来是为出去寻花问柳方便哩哟！"惹得大家一阵嬉笑。

贺尚加又反过来对刘永清的婆姨说："永清家婆姨，你可要盯紧一点儿，永清可一点儿都不老实，我在大柳塔工作了几年了（九十年代后期，国家对陕北进行煤炭开发后，新洲在大柳塔也搞开发，将他调到大柳塔煤矿），经常见内蒙古的女娃娃哩，内蒙古的女娃娃扑闪闪的大眼睛，高高的鼻梁，黑黑的头发，又能歌善舞，走起路就像水上漂，可漂亮哩，能把人的魂勾走，小心他跟上年轻漂亮的内蒙古姑娘跑了！"

刘永清的婆姨笑着说："你这个死鬼，就没一句正经话。他死老头子了，看他能做甚呀？"

刘永清不等贺尚加说完就攻击贺尚加："看来，你小子不知挂了多少内蒙古的女娃娃了。"

刘来福的婆姨经常参加他们的聚会，和他们都很熟悉，说："你们男人家，到了一搭就知道说女人，老也老了还一个个老不正经，就不能说点儿别的？"

"那就说一说男人的事嘛。"笑得前仰后合的乔宏年说，"你们知道不知道咱们曹书记（指曹世荣）撒面袋子的事啊？"

贺尚加抢着说："我知道，他在粮站当营业员的时候，人们都穷，供应的细粮标准只有20%，谁能买起整袋子面？所以每天要把整袋子面打开倒进面箱里零售。这就给他带来了投机的机会了，你们知道他是怎样投机的吗？"

"撒面袋子嘛。"高常军抢着说。

"对，他每次往出倒面的时候，两手攥在面袋子的两个底角上，攥两把面，往起一提把面倒进面箱，还像耍魔术一样，装着撒几下，以示倒干净了，其实，两把面就在人们不知不觉中留在他手里了，下午买粮的人都走了以后，他就把面袋子一个一个再撒一遍，把他留在面袋子里的面撒出来占为己有。哈哈！你们算一下，他一年下来能贪污多少面？"

没等贺尚加说完，刘永清就抢着附和："那时候人穷嘛，嘻嘻嘻！"

"哈哈！"惹得大家都笑了。

把曹世荣气得想要解释，又一下解释不清，只有笑着说："这纯属杜

撰，你让谁相信？"

乔宏年的婆姨经常出去旅游，显得老练，说："你们几个不带家属一起出来，光顾自己寻欢作乐，大男子主义，不顾婆姨死活！你们看人家刘来福，自己不来都把家属打发出来转来了。"

他们几个没带家属的就说开了，有的说，婆姨一辈子不爱出门，有的说，婆姨怕晕车，有的说，婆姨嫌费钱不来。

贺尚加又瞅空抢了一句："刘来福是个财迷，撂不下那个摊子，他把婆姨一个打发出来，还不知道在家里搞甚哩？说不定又找他哪个相好的去了，嘻嘻！"并对刘来福的婆姨说："他不要你，咱来照顾你。"

刘来福的婆姨气得脸通红，探着在他肩胛上捣了一拳说："狗嘴吐不出象牙，尿下泡尿把你照一照，还吃着碗里看着锅里的，有本事找个年轻的去。"

贺尚加脖子一缩嬉笑着，大家又是一阵哈哈大笑……

他们有开玩笑的，有嬉戏的，也有经常不出门贪婪地观看窗外景色的，在火车上度过了愉快的五个多小时。下午两点左右就到达呼和浩特市。他们这次的目的地是呼伦贝尔大草原，为了节省费用多看几个地方，他们是自组团，大体上是由刘永清和刘润泽负责，贺尚加跑腿。呼市，刘永清、贺尚加来过多次，比较熟悉，到了呼市以后，他们给大家安排好住宿，就定了第二天飞往呼伦贝尔大草原的中心，海拉尔的机票。一切安顿就绪后，包了个中巴，利用下午的时间，到昭君墓、五塔寺转了一下，回到宾馆就各回各房，洗漱休息了。

第二天一大早，仍然让那辆中巴把他们送到机场。他们十八个人里面，除刘永清、曹世荣以外，其他人从来都没坐过飞机。进了候机大楼，人山人海，一块块电子屏幕翻滚显示着各航班起飞到达的时间地点，耀得他们眼花缭乱，不知东南西北。他们在刘永清和曹世荣的带领下，一会儿托运行李，一会儿到进站口接受安检。安检人员手持仪器一个个全身上下扫描，甚至要把裤带都解下来，把那几个家属羞得战战兢兢不敢解，又怕影响后面的人，只有硬着头皮把裤带解下来，手提着裤子，生怕裤子掉下来。有的兜里的打火机也被查出来收走了，有的杯子里剩了没喝完的水也要倒掉，弄得手忙脚乱，生怕丢上一件东西。吴铭瑞钥匙链上挂一个水果刀也被查出来，要求取下来扔到回收栏里，把他心疼得走老远了还看他那把小刀。

好不容易过了各道关口，到了候机厅，看到机场停着一架架银白色的飞机，他们感到很新奇，刚放下包，想到窗口看个仔细，可因为在进站口

折腾的时间太长，又到了登机时间，只好赶紧跟上队伍往登机口走。进了登机口下了舷梯又上了没有坐过的机场摆渡车，走了好一阵才来到一架飞机跟前，他们就跟在大队人马后面登上飞机舷梯。乔宏年是他们的摄影师，每次搞活动都是他摄像照相，在他们这伙人踏上舷梯的时候，他给大家照了几张，就赶紧跟上队伍上了飞机。他们这伙人有好些进了机舱找不到座位，找到座位了又打不开行李架的盖板，刘永清、曹世荣一一给他们指点。又是一阵紧张慌乱，好不容易找到座位放好行李，这才松了一口气坐到座位上。还没缓过来气，又看见一个个穿着短裙的漂亮姑娘，在走道里来回走动，检查安全带系好了没有。只见一位漂亮的姑娘一边做手势，一边讲系安全带的方法，要求乘客都关掉手机，还讲英语，一句也听不懂。有的系安全带怎么也打不开带扣，直至乘务员来了给他们亲手教了才扣上带扣。这时候飞机终于起飞了，开始慢慢悠悠地像汽车一样在地上行驶，之后越跑越快，腾空而起，一个个坐在座位上身子向后仰。开始还能看到地面上的建筑，他们显得那么兴奋，不停地往外瞭望，但是飞机越飞越高，一会儿就进入云层，看不见地面了。他们又显得有些失望："唉，原来还以为飞机上能看到地面，这连什么也看不到，有什么意思。"又过了一会儿，飞机穿过云层，进入高空，只见远处漫无边际的云海变化多端，一会儿像茫茫雪原，一会儿像湛蓝的大海。飞机平稳地飞行，如果不往外看，还以为飞机定在空中了。正在欣赏着奇妙的云景，感受着坐飞机的感觉的时候，乘务员推着餐车送来了咖啡饮料和热茶，带着微笑一个个问他们需要什么，帮他们打开座椅背上的餐桌，给他们递上茶杯。他们这才发现座椅背上还安了个小板，平时翻上去，用的时候翻下来就是个餐桌，他们感到这一切都是那么的新奇和温馨。过了一会儿，又送来了午餐，乘务员给每一个人送上盒饭，说一声"请用餐"。打开精致的饭盒，香喷喷的大米饭，荤素搭配的蔬菜，小巧别致的餐具，又给了他们一种新鲜感。吃完午餐，喝着热茶或咖啡，心旷神怡。这时候，他们才看到机舱上方打开的屏幕上显示着飞机的高度、速度和进程，以及地面温度。他们正在欣赏着这些神奇的玩意儿，享受着这高空之旅的美妙与快乐的时候，广播里传来女播音员柔和而亲切的声音："旅客朋友们，飞机已经飞到了世界级的旅游胜地，呼伦贝尔大草原的上空，呼伦贝尔大草原总面积九万三千平方公里，是我国东北地区最大的原生态草原，这里有美不胜收的绿色的海洋，有美丽的呼伦湖和贝尔湖，有古老而神奇的中俄蒙三国交界、我国最大的陆路口岸城市——满洲里，有异国情调的中俄边陲俄罗斯民族小镇室韦古镇，有……"

听着这详细的介绍，大家伙儿又是一阵激动。

　　过了一会儿，飞机开始下降，渐渐地看到了地面那一片绿色的海洋，他们这才看到了真正的大草原，无边无际的草原如同一幅巨大的画布铺展在天地间，那么纯粹。渐渐地，星星点点的帐篷，一簇簇羊群进入视野。"草原好像绿色的海，牛羊就像彩云飞。"德德玛优美的歌声仿佛在耳边响起。飞机高度越来越低，草原的美景清楚可见，广播里又传来播音员清脆柔和的声音："旅客朋友们，飞机将按时抵达海拉尔机场，就要降落了，请大家系好安全带，待飞机降落停稳后再解开安全带，带好自己的行李，按顺序出舱。谢谢合作！祝大家旅途愉快！"他们多么想让航程再远一点儿，再多看一会儿草原的美景，多享受一会儿坐飞机的感觉。可飞机掠过城市的上空，斜着翅膀，一个大幅度的侧转，连续下降，只感觉到身子不停地往下沉，两个耳膜好像要胀破了一样，还没反应过来的时候，飞机就平稳地降落在机场，在跑道上滑行了一会儿，又和起飞前一样慢慢悠悠地向候机大楼滑行。他们在意犹未尽中，顺着下飞机的人流出了机舱，通过一个走廊，进了候机大楼，乘着电梯下了一楼，来到行李传送带旁等待取行李。等到大家都把行李取到出了候机楼，他们乘坐了一辆大巴，来到海拉尔区内，两个多小时的航程，从到达机场到海拉尔区就折腾了四五个小时，他们需要休息，还要选定旅游路线，就登记了酒店住宿。最后又打听到可以包车自己选定路线和行程，就包了一辆中巴，按四日游的路线全程服务，定了第二天八点出发。

　　他们运气不错，包的这辆中巴师傅姓王，是汉族人，三十多岁，据他介绍，他爷爷是困难时期从陕西的府谷迁移到内蒙古的，见了陕西人显得格外亲切。他既是司机又是导游，他看到这一车老年人是初次出来旅游，就说："你们不要担心，我可以一路上边走边给你们介绍，尽量让你们多看几个景点。"

　　他们的行程，第一天是海拉尔—呼伦贝尔草原—呼伦湖—满洲里。

　　吃过早饭，一上车，他们又兴奋起来，不停地询问司机小王几点能到，牧民是不是经常搬家，草原的人种不种庄稼？小王师傅就一边回答他们，一边给他们介绍草原上的风土人情，生活习惯。在小王的介绍和互相交流中，他们不知不觉就来到了中国最美的草原——呼伦贝尔大草原，小王师傅把车停好后，就领着他们游玩。远处传来布仁巴雅尔的"呼伦贝尔大草原"悠扬的歌声：

童声	我的心爱在天边，
	天边有一片辽阔的大草原。
独唱	我的心爱在天边，
	天边有一片辽阔的大草原。
	草原茫茫天地间，
	洁白的蒙古包散落在河边；
	我的心爱在高山，
	高山深处是金色的大兴安。
	林海茫茫云雾间，
	矫健的雄鹰俯瞰着草原；
	呼伦贝尔大草原，
	白云朵朵飘在飘在我心间。
	呼伦贝尔大草原，
	我的心爱，
	我的思恋；
合唱	呼伦贝尔大草原，
	白云朵朵飘在飘在我心间。
	呼伦贝尔大草原，
	我的心爱，
	我的思恋；
独唱	我的心爱在河湾，
	额尔古纳河穿过大草原。
	草原母亲我爱你，
	深深地河水深深地祝愿。
	呼伦贝尔大草原……

　　漫步在这广阔的大草原，伴随着悠扬的歌声，四下望去，蓝天白云，碧野千里，无遮无拦。将视野投射过去竟然找不到一个可以聚焦的点，无边无际，令人陶醉，让人不由得产生无限的遐想，使他们放飞心情。他们看到一对对情侣自由自在地骑在马背上，漫游在碧绿的草原，一群群牛羊悠闲自得地吃着肥嫩的青草，远处白色的蒙古包升起袅袅炊烟，这大自然的美景形成了一幅美丽的画卷，美不胜收，让他们流连忘返。他们都自带照相机，贪婪地摁着镜头，尽量地把这美景留住，又都互相照相留影。不

知不觉一个多小时过去了，小王说，还要到草原牧民家去看，就催促大家上车，他们让小王给他们照了个合影，就上车赶赴中国北方第一大湖——呼伦湖。

上了车，小王介绍，呼伦湖方圆八百里，碧波万顷，像一颗晶莹硕大的明珠，镶嵌在呼伦贝尔草原上，万年历史积淀，孕育八方生灵，吸引了无数的摄影爱好者和游客。她同贝尔湖被称为姊妹湖，是呼伦贝尔草原的象征，呼伦贝尔草原也是由此得名的。小王侃侃而谈，激情洋溢的介绍，把他们听得心里痒痒的，恨不得一下子飞到目的地。

坐了将近两个小时的车，听着小王的介绍，一路观景，来到呼伦湖，这里果真是方圆百里，水天一色的另一番景象。随着旅游的人群，漫步在湖边。山坡上，一顶顶白色的蒙古包，星罗棋布，坡下一望无际的湖面，碧波荡漾，他们买了船票，乘坐游轮，欣赏呼伦湖的美景。船舱里挤满了穿着各色民族服装的游客，还有外国人。作为北方的旱鸭子，从来没见过这么宽阔的水面，更没坐过轮船的他们更是兴奋不已，一会儿在船舱里趴到窗口观看湖面，享受坐船的滋味，一会儿爬上楼梯站在甲板上，贪婪地观景照相，领略山水秀色和湖面上漂荡的一艘艘游轮和穿梭的汽艇。游了一个来回，游轮靠岸，下了游船上了岸。他们顺着步行长廊走着，又被五彩缤纷，琳琅满目的各色工艺品、纪念品、皮毛、服饰、牛角制品吸引了。一个个这儿瞅瞅那儿看看，有的已经挡不住诱惑，开始挑选自己心爱的东西，有的给孙子孙女买了小玩意儿，有的给自己或婆姨买了首饰，不经意游玩了两小时。该吃午饭了，在小王的催促指引下，来到一家饭馆，品尝了闻名遐迩的呼伦湖鱼。

午饭后，他们马不停蹄，上了车，不一会儿，就来到了中、俄、蒙三国交界的、我国最大的陆运口岸城市——满洲里。小王说，在这里主要是欣赏异国情调的建筑，体验异国情调的生活，参观中俄两国"国门景区"。他们边走边看，在小王的指引下，远眺俄罗斯国门、俄罗斯贝加尔小镇，饱览中俄边境风光。接着又参观"红色旅游路线"——早期中共赴俄罗斯秘密边界通道、中俄边境四十一号界碑、中俄两国会晤室。在蒸汽机火车头广场，还参观了毛泽东曾经乘坐过的专列火车头，战斗机广场参观了"米格"15型战斗机。小王师傅一处不漏地领他们参观，给他们介绍，使他们兴奋不已。晚餐，品尝了俄罗斯风味餐。晚餐后观看了金发碧眼的俄罗斯姑娘的纯正俄罗斯歌舞表演，使他们大饱眼福。晚上住宿在这中、俄、蒙三国交界的满洲里市。

第四编　乐融融兮　补回青春

　　第二天行程是满洲里—巴尔虎蒙古部落和牧民家，然后返回海拉尔。
　　早餐后，从满洲里出发，赴呼伦贝尔大草原巴尔虎蒙古部落景区。抵达后进牧民家，体验牧民生活。当他们来到一户牧民家时，首先接受蒙古族最隆重的迎宾仪式——下马酒礼仪，这是草原人民对你最热情的接待和最诚挚的祝福，美丽的蒙古族姑娘身穿民族服装，手捧银碗、哈达，唱着"下马酒之歌"——

　　　　　　远方的朋友，一路风尘，
　　　　　　请你喝一碗下马酒，
　　　　　　洗去一路风尘，
　　　　　　来看看美丽的草原。
　　　　　　远方的朋友，一路风尘，
　　　　　　请你喝一碗下马酒，
　　　　　　草原就是你的家，
　　　　　　来尝尝香甜的美酒，
　　　　　　远方的朋友，尊贵的客人，
　　　　　　献上洁白的哈达，
　　　　　　献上草原一片盛情，
　　　　　　请你喝一杯下马酒，
　　　　　　请你喝一杯下马酒，
　　　　　　请你喝一杯下马酒，
　　　　　　……

　　她们边唱边向客人敬酒、献哈达，随着优美动听又亲切的歌声，捧上一碗美酒，"献上洁白的哈达，献上一片盛情"，他们已经陶醉了，不喝也不由你。司机兼导游小王事先已经教了他们，一定要接过银碗，不胜酒力也要点唇示意，以示尊重民族风俗规矩，所以他们都恭恭敬敬地接过银碗，喝下这碗饱含盛情的美酒。有几个不会喝酒的家属也只好接过银碗抿了一下或用中指在酒碗里蘸一下弹一下，在嘴唇上点一下，递给自己的丈夫。受到隆重的礼仪接待后，他们被邀请参加了蒙古游牧民族传统的"祭祀敖包"活动。
　　"敖包"是蒙古语，意为堆子或鼓包。"敖包"亦作"鄂博"，即用人工堆积起来的石堆、土堆。祭祀敖包是蒙古民族盛大的祭祀活动之一。敖

269

包通常设在高山或丘陵上，用石头堆成一座圆锥形的实心塔，顶端插着一根长杆，杆头上系着牲畜毛角和经文布条，四面放着烧柏香的垫石；在敖包旁还插满树枝，供有整羊、马奶酒、黄油和奶酪，等等。在古代，祭祀时，由萨满教巫师击鼓念咒，膜拜祈祷；在近代，由喇嘛焚香点火，诵词念经。牧民们都围绕着敖包，从左向右转三遭，求神降福。蒙古族牧民沿袭祖先的原始宗教信仰，认为山高大雄伟，便有通往天堂的道路，高山又是幻想中神灵居住的地方，因而便以祭敖包的形式来表达对高山的崇拜，对神灵的祈祷。

蒙古民族祭敖包的习俗源远流长，其祭祀的内容十分丰富。在蒙古人的心目中，确有一个至高无上的神灵，就是"长生天"，蒙古人赋予它极大的神力。《元史》有关于祭天习俗的记载：元兴朔漠，代有拜天之礼。衣冠尚质，祭器尚纯，帝后亲之，宗戚助祭，其意幽深古远，报本反始，出于自然，而非强为之也。在古代蒙古人的观念里，天和地是浑然一体的，认为天赋予人生命，地赋予人形体，因此，他们尊称天为"慈悲仁爱的父亲"，尊称大地为"乐善的母亲"。他们还崇拜山岳，崇拜河流，认为这一切都是由神灵掌管着。

蒙古语中姓氏一词，就是由敖包一词演绎来的。内蒙古乌审旗的哈德亨、艾古尔斤、赫赖德、察哈尔等以氏族为单位供奉的敖包，就是以乌审旗的十三个氏族的名义供奉的，因此，敖包也是氏族的标志，是旗徽的变形。

关于敖包的起源还有一种说法，古时候，茫茫草原，辽阔无边，天地相连，方向不好辨别，道路难以确认，边界容易模糊，于是人们就想了个办法，垒石成堆，当作标志。敖包原是指在游牧交界之处及道路上用石块或泥土堆积起来以作标记的石堆或土堆。正如《清会典》所记：蒙古"游牧交界之所，无山无河为志者，垒石为志，谓之敖包"。后来逐渐被视为神灵的居所，被作为崇拜物加以祭祀和供奉。于是，原来的界标、路标就变成了祭祀山神、路神、村落保护神等神灵的场所，而且可以根据需要选址建造。

敖包所祭，最初是自然的神灵，之后又包括祖先的神灵。总之，敖包成为神灵所栖之场所，敖包成为某一氏族，某一苏木、某一区域的保护神，所以它是人们顶礼膜拜的圣地。

由于蒙古族牧民各地区的风俗习惯不同，祭敖包的形式各异，一般都是在农历五月下旬六月上旬，有的地方在七八月份。此时正值水草丰美、

牛羊肥壮的季节。有一个旗、一个苏木独祭,也有几个苏木、几个旗联合祭祀的。祭祀非常隆重,几十里、上百里远的牧民们都要坐着勒勒车,骑马或乘汽车、拖拉机携带着哈达、整羊肉、奶酒和奶食品等祭品赶来敖包处。有条件的地方,还要请上喇嘛穿起法衣戴上法帽,摆成阵势,焚香点火、诵经。先献上哈达和供祭品,再由喇嘛诵经祈祷,众人跪拜,然后往敖包上添加石块或以柳条进行修补,并悬挂新的经幡、五色绸布条等。最后参加祭祀仪式的人都要围绕敖包,从左向右顺时针转三圈,祈求降福,保佑人畜两旺,并将带来的牛奶、酒、奶油、点心、糖块等祭品撒向敖包,然后在敖包正前方叩拜,将带来的石头添加在敖包上,并用柳条、哈达、彩旗等将敖包装饰一新。

祭典仪式结束后,举行传统的赛马、射箭、投布鲁、摔跤、唱歌、跳舞等文体活动。有的青年男女则偷偷地从人群中溜出,登山游玩,倾诉衷肠,谈情说爱,相约再见的时日。这就是所谓的"敖包相会"。

蒙古族早期信仰萨满教,明末清初,藏传佛教逐渐取代萨满教,成为蒙古族的全民信仰,因此,喇嘛和诵经便成为敖包祭祀活动中的重要内容。此外,藏传佛教法事活动还遍及蒙古族日常生产、生活的各个方面。

随着社会的发展、科学的进步、牧民观念的更新,今天的祭敖包,在其内容、形式方面都有了变化。祭敖包也成为蒙古族古老文化的缩影,与此有关的一系列活动和礼仪,体现了蒙古民族的创造力。祭敖包作为一种文化空间,包含了许多蒙古族的传统文化和习俗,对研究游牧文化、蒙古民族发展史具有重要价值。发掘、抢救、保护祭敖包,对促进中华民族文化的认同,增强社会凝聚力,增进民族团结和社会稳定具有重要意义。国家非常重视非物质文化遗产的保护,二〇〇六年五月二十日,该民俗经国务院批准列入第一批国家级非物质文化遗产。

大家从来没见过也没参加过这样的活动,起初还有些拘谨,只有跟在人群中观看、聆听,后来听小王简单介绍了敖包及祭敖包的来历,才渐渐明白了祭祀活动的含义,也跟着一起参拜、烧香,跟上人群绕着敖包转了三圈,并将人家送的哈达挂在了敖包上。

参加完祭敖包活动已近中午,他们来到一家蒙古包里,访问牧民家庭。只见墙上挂满了各色地毯,地下也全铺着织有各色花纹图案的地毯,偌大的茶几上摆满了特色面点奶茶等食品,大家围着茶几席地而坐,品尝了纯正的蒙古族风味餐手抓肉。从蒙古包出来,自由漫步呼伦贝尔大草原,尽情地投入草原的怀抱,感受到了大自然和草原的无穷魅力。然后乘车返回

海拉尔城区北部，参观被专家、中央电视台称为东方马其诺防线的，爱国主义教育基地世界反法西斯海拉尔纪念园，接受了一次爱国主义教育。晚饭后散步，领略了海拉尔的夜景。晚上就住在美丽的海拉尔，又结束了一天的行程。

第三天早餐后集合，从海拉尔出发，乘车来到内蒙古自治区纬度最高的城市额尔古纳市。抵达额尔古纳后，登上额尔古纳西山，额尔古纳拉布大林全景尽收眼底，小王指着一大片低洼的草地，让他们观看亚洲最美的湿地——根河湿地。他们站在高处，尽情地观赏拍照。游览一小时后，在额尔古纳共进午餐。午餐后乘车赴我国唯一一个俄罗斯族民族乡——室韦俄罗斯民族乡。沿途经过大兴安岭森林白桦林长廊时，小王专门把车停下，让他们拍摄并欣赏车窗外的成片白桦林。而后又乘船游览了中俄界河额尔古纳河，隔河远望对岸的俄罗斯村庄，欣赏魅力名镇欧式田园风光，体味到了浓郁的异域风情。然后参观了俄罗斯桑拿房，俄罗斯百年民居。这可以说是他们活了六十多岁从来没见过的，古老而带有欧洲风格的民间建筑。傍晚品尝了俄罗斯风味餐后，观看乡村俄罗斯歌舞表演，在表演接近尾声的时候，演员们一起出场邀请他们手挽手跳起了安代舞。中间还夹杂着黄头发、黑皮肤的异国男女，虽然跳得不协调，但激起了他们的激情，他们同俄罗斯、内蒙古青年男女手拉手，尽情地跳，尽情地唱，这是他们有生以来和这么多的少数民族、外国人一起跳舞唱歌，他们沉浸在一片兴奋欢乐的气氛之中。晚上在蒙古族的发祥地室韦的一个俄罗斯民族家庭入住，他们又亲身感受了俄罗斯民族风情。

第四天的行程是室韦—莫尔道嘎—海拉尔。

早餐后，乘车一小时，来到莫尔道嘎，游览生态多样性最完整的莫尔道嘎森林公园。小王又给他们介绍，莫尔道嘎森林公园是内蒙古大兴安岭首家国家森林公园，占地面积四十五点五万公顷，是目前国内面积最大的森林公园，也是我国最后一片寒温带明亮针叶原始林景观。这里植被丰富，溪流密布，处处展现幽、野、秀、新的风采，林海、松风、蓝天、白云。生活在干旱黄沙的陕北，他们怎能知道世界上竟然有这样美丽的地方。他们尽情地观赏，赞叹不已；他们不停地照相留影，留下这世界级的奇观异景。最后乘车返回草原之都海拉尔，在成吉思汗广场照了最后一张合影。小王把他们送到机场，乘坐飞机，连夜返回呼和浩特。第二天，也就是这次行程的第七天，就坐火车回到驼城，结束了这次愉快的草原之旅！

登山始知宇宙之大，观海方觉天地之阔。这次草原之旅总共七天时间，

行程六千多公里，高空之旅（坐飞机）四千公里，领略了草原风景，民族风情，异国情调；品尝了特色食品；欣赏了俄罗斯歌舞；感受了坐飞机的舒适，享受了飞机上漂亮的空姐的热情服务，使几位家属大开眼界，也使他们增添了生活的情趣。贺尚加在返程的火车上说："你看这世事美不美！我们还不再活几十年，这么好的世事我咋丢下（陕北民歌有句歌词是'这么好的妹子我咋丢下'），这真的是要'向天再借五百年'！"惹得大家一阵大笑。

回故里　赠书会友

二〇一三年秋，杨诚智利用业余时间创作的二十万字的长篇小说《初秋的晚霞》出版了，这是他为了纪念母亲坎坷的一生，歌颂陕北母亲淳朴善良、坚韧不拔，将一生都奉献给了子女的那种博大的母爱。他构思了十多年，利用一年多的业余时间，熬了多少个不眠之夜，倾注了多少泪水和汗水，浇注出来的心血之作！为什么说是他用泪水和汗水浇注出来的心血之作？因为他在写作的时候，不时地被母亲在那样艰难困苦的环境中，吃苦受累，讨吃要饭抚养他们，供他们上学的苦难经历所感动，一次次被泪水模糊了双眼；再则，他从来没写过小说，但他又想把他多少年来深藏在内心的那份情感表达出来，所以，他只有用超出专业作家几倍的心血和精力来完成自己这部小说。

同年十一月二十五日，在上驼城办事的时候，杨诚智带了一百多本自己的书，要给同学们赠送，他把他的想法给刘润泽在电话上说了一下，刘润泽说，他给驼城的同学打招呼。到了驼城，在驼城居住的基金会会员刘永清、乔宏年、贺尚加、曹世荣、马庆文、崔银怀等同学早就等候着，热情地接待了他，大家对杨诚智能写出一部长篇，给予了赞扬，并说除高常礼出了几本历史读本以外，这是同学里面问世的第一部长篇，值得庆贺，一定认真拜读。杨诚智说，初次尝试等于是习作，还望大家多提意见。说话间就给同学们一一签名赠书，并给他们的周中班主任祝生祥老师留下一本，签了名，让他们转交给祝老师。马庆文打开手机让大家看他的绘画作品照片，大家对马庆文的画作赞叹不已，杨诚智看着马庆文的一幅幅工笔重彩画，好奇地问："你什么时候学的画画儿，画得很地道啊，专业画家的

水平也不过如此嘛。"

马庆文说："退休没事，上了老年书画大学，天天跟专家们一起学、练，听他们的指点。"

"怪不得这么专业！很好，退休了就要寻点儿事干干哩，待到家里老得快。我这十来年就没感觉到我已退休了，心里也没感觉到我已老了。"杨诚智深有感触地说。

马庆文拿了一幅他的作品递给杨诚智说："我还给你带了一幅。"

杨诚智接过画顺手打开一看，是一幅青松鹤寿图，连声道谢说："画得真好，要好好收藏。"

喝酒叙话间，大家说，应该给吴忠义也送一本，最后决定，第二天由乔宏年、贺尚加、马庆文代表基金会，带上慰问品一起去。于是第二天一大早，他们就带着基金会买的米面油，和杨诚智一起看望了吴忠义，了解了他的近况，给他送了慰问品和杨诚智的书。吴忠义和婆姨再三挽留他们在家里吃了饭再走，他的婆姨又拿出一瓶酒给同学们喝。在吃饭喝酒当中，乔宏年对杨诚智说："吴忠义还学会了用左手写字，写的诗和文章，我们都看过。"杨诚智看了吴忠义用左手写的《校庆抒怀》和《人间有大爱》的诗、文，赞不绝口，并对吴忠义说："你静下心来，看书写东西，这能调节你的心情，消除寂寞，去除烦恼，对你的身体有好处。坚持下去，说不定一部巨著就出来了。"吴忠义深有感触地说："是啊，这都是同学们给我的支持关心和鼓励，才使我有了生活的信心。"他婆姨也在一旁再三感谢同学们在他们最困难的时候给予了极大的帮助，并经常来看望他。同学们都说那是应该的，安慰他安心养病，乐观面对。他们边聊边吃饭，吃完饭又和他聊了一会儿，临走时每人拿出一百元表示了慰问，送上了祝福，吴忠义十分感激，并对杨诚智说："我一定认真拜读你的大作。"

杨诚智笑着说："你是咱同学里面的大文豪，在你跟前真是班门弄斧哩，还请你多提宝贵意见，多多指正。"

苦难的经历铸就了人们的一种感恩的秉性，杨诚智用自己的心，感恩赞扬自己的母亲，歌颂母爱，并将这种精神奉献给天下母亲，奉送于社会。当他的作品正式出版的时候，他怎能忘记他的启蒙老师和送他当煤矿工人，使他改变了生活轨迹的恩人呢？他在给同学们送完书之后，就请来了帮助他考入初中的小学班主任老师韩秀柯，和在他极度贫困的时候送他当煤矿工人的恩人蔡华德两位老人。又请同学们来陪他俩吃饭、喝酒、叙话。在酒席上，杨诚智频频举杯向两位恩人敬酒，表达对他们的敬仰和感谢之心。

在书的扉页上，一本写上赠恩师，一本写上赠恩人，送给他们，并深情地对两位恩人说："你们犹如我的再生父母，没有你们的栽培和恩德，就没有我的今天，滴水之恩，当涌泉相报。几十年来一直埋藏在心底的感恩之情，都凝聚在我的作品里，我想送书不在于本身，而在于表达我的感恩之心，也了却了我几十年来的这份儿心愿。"两位年逾七旬的老人激动地接过书并表示了欣慰。

离开了驼城，也了却了他的心愿，杨诚智又来到了新洲，和在新洲的刘润泽、高常军、刘来福、马建国、李树海等同学欢聚一堂。

王永兴在家里，孙子闹得他抽不开身，刘润泽不停地打电话催他。

婆姨忙着做饭，问："什么事，催了一次又一次？"

他说："同学聚会。"

婆姨说："你们咋有那么多的聚会，我们咋连一次都不聚？"

"杨诚智从汉中回来了，我们有基金会，你们有吗？"王永兴自豪地对婆姨说着就出了门。

同学们已经端起酒杯准备开始，王永兴才急急火火赶来，一进门就说："孙子闹得走不了，婆姨说，你们怎么有那多聚会，我说，我们有基金会，你们有吗？"马建国说，他婆姨也是这样说的。在座的都发出自豪的笑声。

说笑间，刘润泽说："人到齐了，我提议为咱老同学的大作出版干杯。"大家一齐起立和杨诚智碰杯共饮，同声祝贺杨诚智的小说出版。杨诚智端起酒杯，对大家的热情接待和祝贺表示由衷的感谢。接着给大家现场签名赠书，这时候，刘润泽又想好了一首秧歌，站起身来说："为了祝贺诚智，我给他唱个秧歌。"大家静下来听他唱：

> 设宴把诚智来欢迎，
> 老同学相聚真高兴。
> 诚智出了书一本，
> 这是一件大事情。
> 虽然诚智你没文凭，
> 但是敢向文坛去攀登。
> 箍漏匠钢铡刀大工程，
> 门缝里看你我小瞧了人。
> 今天你终于成了功，
> 无限风光在险峰！

大家又是接后音：

嗨么呀呼嗨——无限风光在险峰！

一阵拍手称快。

杨诚智对"虽然诚智你没文凭，但是敢向文坛去攀登"一句非常认同，说："这一句唱到我心坎上了。没文凭是我一生最大的缺憾，几十年的积累，费了好大的劲，书是写出来了，但总觉得文章深度和语言功底不够，大家看了还要多提意见。"大家都说，一定认真拜读。

就在这喜庆的气氛中，你一句他一句地议论："我们同学们也有好多值得写的素材，像刘来福、高常礼，还有在农村滚打了一辈子的李正生，哪一个的经历都值得你一写，光我们六八届，你都写不完。"

高常军激动地说："光我的经历写一本书绰绰有余，刘来福这个人物更突出，更有写头。"

杨诚智说："那好，我和你们接触少，对你们后来的情况不太了解，只要大家能提供素材，我给咱组织。人家写插队知青，写北大荒，我就写咱陕北回乡的农村知青。"

说着，大家都有些激动，都说，只要你能费下这份心，素材多得是。

李树海听着大家的议论，已经想好了一个题目，说："就叫《我的高六八届兄弟姐妹们》。"

刘润泽说，叫个《沧桑岁月》。

大家你一言我一语谈得不亦乐乎。

最后，杨诚智说："那就让刘润泽给咱当联络员，联系搜集资料素材，到时候，我和你们联系，看素材搜集的情况再说。"

这时候，王永兴端起一杯酒，慢条斯理地说："这些事就是诚智的事了，让他慢慢琢磨去，我们还是喝酒，我也敬诚智一杯。"说着站起身来和杨诚智碰杯而饮。话题又转到酒上了，杨诚智又起立给大家一一敬酒以示感谢。

敬酒的同时，杨诚智又说："我还有个心愿，想给母校送些书，我想，我的书对于学生来说，也是一本忆苦思甜的好教材，不管水平高与低，也是对母校的一种回馈吧，应该是一件有意义的事。"大家听了齐声称赞说好。

刘润泽说："那是好事，我给你联系，让他们举行个赠书仪式。"说着

就拿起手机给校党委书记打通了电话,说明了意图,校党委书记满口答应,说明天上午他安排。

第二天上午,他们同学一行七人,就带着杨诚智仅剩的八十多本书,来到他们的母校新洲中学。校党委书记热情地将他们迎接到他的办公室,刘润泽向杨诚智一一介绍了在办公室等候的校党委书记和一名副校长、办公室主任和一位高二的班主任老师,又向他们介绍了杨诚智。杨诚智和他们一一握手问好,书记说:"为了不影响上课,我们安排在文科尖子班高二二班举行赠书仪式。"

杨诚智说:"好,那就打扰你们了,我的这本书应该说对孩子们是有教育意义的,不会有什么坏处的。我想给母校送一些,也是作为一名学子的一点儿心意。"

书记和副校长同声赞许:"好好好,这是一个很有意义的活动,也有纪念意义,我们非常欢迎。"

刘润泽说:"那就给你们领导每人先送一本。"

于是,书记就拿出签字笔让杨诚智坐在他的办公桌上签名,给校领导签名赠书,办公室主任立即拿出照相机给他们拍照。给领导赠书结束后,校党委书记就领着大家来到高中二年级的一个班的教室,同学们一见他们进来,就一齐起立鼓掌,表示欢迎。

同学们坐下后,校党委书记首先向同学们介绍,说:"他们是咱们学校的老校友,'文革'中返乡到农村,后来又参加工作,经历坎坷。杨诚智老师也是你们的前辈,写了一部二十万字纪念母亲的小说,现在来给母校赠书。咱们高二二班是全校的文科尖子班,代表学校接受赠书,让我们对他们的到来表示热烈的欢迎。"教室里响起热烈的掌声。

在一片掌声中,校党委书记说:"现在,请杨老师给同学们讲话。"

杨诚智简单地介绍了他们高六八届"文化大革命"返乡后的经历和他写的书的中心思想,他特别讲道:"母爱,是一个永恒的话题,每个人对母爱都有独特的感受。大家看了我的这本书就会感到,它所表达的母爱是一种质朴的爱、严肃的爱、深藏心底的爱,而不是溺爱。同时,也从一个家庭、一个人的坎坷经历,折射出时代的变迁,社会的发展,告诉我们今天的幸福生活是怎样来的,希望同学们能从中得到启发。"他还深有感触地继续说,"我今天给母校赠书,并不是卖弄自己,说我写的书有多好。我没有上过大学,肯定与大作家的水平相差甚远,但我觉得,就我这点儿知识也是母校给的,写得好与不好,也是弟子不忘母校的培育之恩,表示一点儿

感谢之情,也是对母校的一点儿回馈,对同学们的一点儿启迪吧。希望同学们牢记父母的养育之恩和老师的谆谆教诲,珍惜幸福生活,珍惜美好时光,好好学习,成为一名对社会有用的人才。"

他的话讲完了,响起了一阵热烈的掌声。从这掌声和学生们的表情中,可以看出,学生们对他的话语的赞许和认可。掌声平息后,校领导安排,每个学习小组小组长上来,接受赠书。杨诚智亲手将自己的书,发给同学们,并和同学们合影留念。

赠书仪式结束后,校领导设宴招待了他们。对杨诚智给母校赠书的举动给予了高度的评价,同时,也对他们这些年逾花甲的"老三届"知青,表示了由衷的钦佩和赞扬。

从学校出来,刘来福、刘润泽、高常军都到工地上忙去了,想采访他们也没有时间。杨诚智就来到刘来福的建筑工地上,参观了刘来福正在建的十八层大楼,工地上两台高大的吊塔竖立在大楼的两边,大楼的负二层已经封顶。由于冬天气温太低,不敢浇筑混凝土,刘来福又忙着安排工人们回收零星设备和辅助材料,准备来年开春开工。一位工队的老板正在等着结账给工人们发工资。一会儿,出纳取回一包现金,给老板付款。看得出老板对刘来福给他结的账很满意,邀请刘来福吃饭,刘来福说:"饭就不吃了,你赶快给工人发工资,准备回家过年,来年我们再好好合作。"年轻的老板高高兴兴地背着十几万现金离开了办公室。还有几个干零工的也领到了工资,脸上露出了笑容,高高兴兴地离去了……

晚上,杨诚智采访了他们。高常军说,他有现成的资料,晚上回去整理一下明天拿来。第二天一大早,同学们就将搜集的资料拿来,马建国也拖着不利索的腿,拿来了他和其他几位同学的资料,刘润泽也将他连夜赶写的一些经历拿来交给杨诚智。看得出来,他们对杨诚智的创作给予了极大的支持。收集好资料,杨诚智就要返回了,临行前,刘润泽又送杨诚智诗一首:

乡党同学聚一起,
谈天论地尽开颜。
诚智你是个大孝子,
母亲的恩情记心间。
克服困难苦钻研,
写书把母亲来怀念。

母亲升天成了仙,

时时刻刻保佑你!

杨诚智将刘润泽送的诗句记录下来,和同学们一一告别,踏上了返程的路。

这次赠书从驼城到新洲,共举行了四次活动,所到之处都受到了欢迎。杨诚智带着同学们的材料,带着同学们的嘱托,带着同学们的期望,返回了汉中。

访同学　山村奇遇

回到汉中后,同学们不停地通过邮寄和网络方式,将一些资料、照片、视频和讲话稿传来。杨诚智在工作之余,翻着那一张张发黄的老照片,一页页历史记载,他心潮起伏,思绪万千,产生了强烈的创作欲望和激情。但是,尽管如此,要完成一部著作,一些事件的时间、地点、人物,以及细节梗概还相差甚远,有些东西必须去亲自了解落实。为此,他决定带着问题再专程回陕北一趟。

在第二年初秋的季节,刘来福建的大楼正在紧张施工,第五层已经封顶。这一天,刘润泽正在工地上忙活着,杨诚智突然来到工地,说他这次回来要了解一些情况,专程采访李正生,还需要和刘来福详细谈一下。

刘润泽说:"哎呀,刘来福去西安疗养去了。"

杨诚智说:"不要紧,我先到驼城去,回来再说,他回不来,我回头去西安找他。"就驱车去驼城。

来到驼城,在同学们的陪伴下,再次来到瘫痪在床的吴忠义和丁世平家,重点走访了他们的家属,亲临现场看了他们的生活状况。又按事先列好的提纲,了解了一些事情的时间、地点和细节,收集了一些资料,就急急忙忙离开驼城往新洲赶。

离开驼城来到新洲,杨诚智仍然下榻在刘来福的聚友酒楼,又是刘润泽、高常军、王永兴、马建国、李树海几位基金会的同学接待他,刘来福这次不在,去西安复查调养身体去了。高常军和刘润泽给他坚守看管工地,大楼在继续施工。他将需要了解的人和事,以及时间、地点都做了进一步

了解核实。他对同学们说:"刘来福不在没关系,我回去的时候到西安找他,我这次重点采访的对象是他和李正生,上次同学聚会时说要采访李正生,还一直没见到他。"

听同学们说李正生已经从村支书的位子上退下来,又到延安做生意去了,他就说:"不管李正生在不在,我想去他的家乡看看。"

刘润泽说:"那有什么说的,他儿子李强就在政府工作,让他带你去就行了。"说着就给李正生的儿子李强打了个电话。片刻,李强就风风火火地来到了酒店。小伙子个头不高,白白净净,四方脸,高鼻梁,浓眉大眼,西装革履,还打着领带。一来就和叔叔们一一打了招呼,显得落落大方,彬彬有礼。刘润泽向他介绍了杨诚智,说:"我们和你父亲都是同级同学,上次同学聚会,听说你父亲返乡后一直在农村,后来当了大队书记,改天造地为父老乡亲办实事,他想去你们村子看一看。"小伙子爽快地答应了带杨诚智去。

第二天一大早,杨诚智就离开了酒店,在李强的带领下,让司机驾车沿着刘来福当年偷着背粮的那条路线,向淮宁河川(即南川)方向开去。现在的这条路已不是当年那条只能走个架子车的土路了,都是打了混凝土能跑大卡车的公路了。大理河桥上也不再是原来用木椽搭建,上面铺着秸秆和黄沙土的小土桥了,一座路面平整笔直而又漂亮的石拱桥,连接了两边的水泥公路,从大理河上腾空而过。行进在这平展展的水泥公路上,杨诚智产生了不尽的感慨。社会的发展,时代的变迁,真是让人目不暇接。

一路上,杨诚智不停地向李强询问他父亲的情况,小李给他介绍说:"我们姐弟两个,我姐没有工作,嫁在农村,我是西北农林科技大学毕业,现在,在县林业局工作,婆姨在双(湖驿)完小教学,有一个儿子上小学五年级。我爸爸年轻的时候在农村吃苦受罪的经过,我们只有一点儿模糊的印象,大部分是听老人们说的。"

他继续说:"我是一九七八年出生的,自我记事的时候,我爸就在队里当会计,家里吃的都是糠窝窝酸白菜,给我和我姐吃的是不搅糠的细窝窝。我爸经常给社员开会,半夜才回来,那时候,我们住的是烂土窑,炕上连毡也不铺,只铺一块破席,晚上睡觉或在炕上玩的时候,经常让席刺扎得连哭带喊。穿的衣服和盖的被子都是补着补丁的。我爸爸有时候到县上去开会几天不回来,我们住在山上,还要和姐姐下沟去驮水,我们那时候还小,爸爸不回来,晚上很害怕。"他顿了一下说,"我们初中在几十里以外的老庙坪中学上,要住校。我和我姐两个同时上中学,不但带不起口粮,

连铺盖都带不起,我考上初中,我姐就不上了,在队里劳动,供我上学。到现在心里都过意不去,老觉得欠我姐的。"

"是啊,哪个年代都一样,我和你爸上学那时候才困难哩,有好多同学都上到初中退学了。"杨诚智深有感触地说。

"到我上大学的时候就好了,土地承包后,农民就富起来了。上面要求退耕还林,山也变绿了。这几年,村里也接上了电,吃上了自来水,改变了祖祖辈辈点煤油灯驮水吃的状况,前几年村里又修通了水泥路。"

"这都是你爸爸当队干的时候改变的吧?"

"是啊,现在爷爷、奶奶都去世了,我们也在外头工作,没拖累了,队里也不负责了,我父亲和母亲就到延安做生意去了。"

说着就穿过了南山山岭,来到南川淮宁河畔。淮宁河上也修起了石拱桥,跨过了淮宁河,又进了一条沟,沟越来越窄,但一直是水泥路面,车子跑起来并不费劲。一会儿,就看见了一座大坝,土坝梁上依稀可见残缺不齐的"农业学大寨 锁住小南沟"几个大字。杨诚智一看就想起他在农村时,农业学大寨,改天造地的情景,情不自禁地说:"好气派的一座大坝啊!"翻过土坝梁,看不到头的一道坝滩里,一片茂密的苞谷地展现在眼前,顺着坝滩走了一会儿,拐进一条小沟,又是一道坝梁,翻过坝梁,顺着大坝的右侧爬上山坡,山势越来越陡,盘了几个"之"字形的盘山道上去,又顺着一道修了梯田的山梁绕过去,一个村庄映入眼帘,只见一排排新的旧的砖窑,散落在面南而向的山湾里,窑洞的垴畔上,硷畔上,院子里长满了枣树。小李指了一下说:"那就是我们庄,叫枣树塬。"

杨诚智问:"看来,你们庄栽枣树的历史久远了?"

小李说:"自我们记事的时候,庄里就有很多枣树,每年秋里打枣,像过节一样热闹,娃娃们最喜欢打枣季节的到来。在老庄子的塬口有一棵老枣树不知道多少年了,树根都在外面露着,我们小时候经常在树根上玩骑马哩。"

他们翻过山塬又上了一道坡,在村口,小李叫停了车子,说到了,他们这才下了车。杨诚智估计走了足足有两个小时。

下了车,杨诚智想看看李正生治理的山梁,就没有进村,向南边更高的山顶上爬去,小李紧随其后说:"这道山梁叫高脊梁,是我父亲他们治理的三梁里其中一道。"山上一层层梯田一直盘到山顶,顺着修梯田时留下的通道爬上梁顶,他汗流浃背,一丝凉风刮来,顿感凉爽了许多。他擦了把汗,站在山顶,登高远眺,天高云淡,群山环绕。远远望去,只见视野四周,馒头似的山峁鳞次栉比,茫茫如海,天地相连。使他情不自禁地想起毛主席的诗句"天高云淡，望断南飞雁，不到长城非好汉，屈指行程二万……"近处一看，山山峁峁都披上了绿装，周围的一层层梯田里，出了穗的糜子谷子和正在开花的洋芋秧子，随风摇曳；陡坡上斜顺成行的鱼鳞坑里栽的树木已成林；沟底一片坝地里，齐刷刷的玉米，像一片绿色的地毯。他转过身向村庄看去，周围的山坡陡洼上一片片枣树上，青绿的枣子挂满了枝头，山峁上栽的水泥电杆蜿蜒曲折地将电线送到每家每户。小李指着村庄上面山坡上一个小薄壳窑，说那就是村里的自来水塔。"噢，那就是水塔？不简单啊！"他被这一切惊呆了，"变了！变了！变得没有老山村的模样了。"一首电影插曲"星星还是那颗星星哟，月亮还是那个月亮，山也还是那座山哟，梁也还是那道梁，碾子是碾子，缸是缸哟，爹是爹来娘是娘……星星怎不像那颗星星哟，月亮也不像那个月亮，河也不像那条河哟，房也不像那座房，骡子下了个小马驹，乌鸡变成了彩凤凰，麻油灯断了油，乡村的夜色怎么这么亮"回响在耳边。小时候"黄土峁峁，黄土洼，黄土坡上过家家"的情景，出现在脑际里……在他极力寻找小时候的记忆的时候，小李指着面前村庄后背的那道层层梯田的大梁说："那是他们治理的第二道梁。"又向后一指说："沟对面那道梁叫刀背梁，是他们治理的第三道梁，梁背后就是秀塬地了，我们是以沟为界。"杨诚智看着脚下一条山梁沟壑和对面的山丛说："噢——到了秀塬边界了，够偏远的了。"说着，他们走下山坡，向村子里走去。

村子里人烟稀疏，冷冷清清，没有小孩子们的打闹喊叫声，也听不见妇女们呼叫小孩和打狗叫猪的嘈杂声。有些院落，大门紧闭，杂草丛生，全村悄无声息，只有几声公鸡叫鸣声不时地打破村庄的宁静。他们进村后引来了一阵看家狗的狂叫，一位老大爷应声出来给他们挡狗，站在硷畔上惊奇地看着他们，小李忙上前给他打招呼："大爷，在家啊？身体还好吧？我叔叔婶婶锄地去了？"

"哦，好，好，他们去后山砍苜蓿去了，现在不让放羊了，把苜蓿砍回来在家里喂哩，你们回来看看？"老大爷回答他。

小李就给他说："哦，我爸的同学来咱庄里看看。"

说着转过一个弯，小李领着他们来到他家。一座坐北面南的院落，灰蓬蓬的四孔生墩砖窑一线排列，窑洞上面是青砖错齿，层层伸出的檐头，檐头上面铺着绿色的琉璃瓦，取代了过去的窑檐石。檐头后面是一米多高的雪白的砖砌花栏，这绿色的琉璃瓦青砖檐头，把一排窑洞装点得清秀端庄。他正在欣赏着这窑面的装饰时，小李打开了高大的门楼里的两扇棕红色的铁皮大门。进了大门，只见每一孔窑洞上安着乳黄色的大圆拱形窗户，雕花套格的窗棂子和双扇木门，门框两边的小方耳窗，油漆发亮，窗户里面不再糊的是麻纸了，都安的是玻璃，明晃晃的。正面窑洞的东西两侧各有两孔薄壳窑洞，一个薄壳窑没有安门窗，里面整齐地码放着柴和炭。整个院落宽敞整洁，和这陡峭深邃的高山沟壑形成不协调的统一。小李把他和司机领进中间的正屋，窑洞里从顶到底都粉刷了一遍，炕围、炕墙和锅台后面的墙上都贴着白色拼花瓷砖。屋内一台二十九寸大彩电、老式的磁带录音机、新式的DVD、立体音响与沙发茶几相对摆放。窑洞右侧留有过洞，过洞上安着板式油漆木门。他知道，这是陕北的建筑风格，正窑，过去叫堂屋，现在叫客厅，过洞里面就相当于套间卧室。他推开门进了过洞一看，又是同样装饰的一套卧室，沙发、茶几、电视、衣柜，一应俱全。杨诚智在欣赏着这新式华丽的窑洞装饰风格和家具电器的时候，简直有些妒忌，心里在想：在这些穷乡僻壤，能把院落窑洞修饰的这么豪华，莫非是老同学当了多年队干，有多吃多占的贪污行为？如果是这样，那我采访他还有什么意义？正在他忐忑不安，陷入沉思，心里产生一丝担忧之时，小李看到了他的表情，边打扫沙发和地上的灰尘，边向他解释说："这都是我结婚的时候置买的。"

他"哦"了一声，欲言又止。

这时候，那位给他们挡狗的老大爷和几位老头、老太太进了门。小李赶紧接待他们，给他们让座，搂了柴生了火，给他们烧水。他们有的坐到炕沿上，有的靠着柜子站着。

小李他大娘赶忙帮小李烧火擦洗锅台和锅碗茶杯，说："你们吃什么，我给你们做。"

杨诚智急切地说："不用了，我们转一转就走。"

说着就坐在沙发上，从包里掏出笔和笔记本，准备记下他们的谈话。在他打开笔记本时，不小心把笔记本里夹的，张爱爱给他送的那张黑白半身照片掉到了地上，他赶紧弯腰捡照片，就听到站在烧火的老太太旁边的一位妇女"哎"了一声。他抬头一看，是刚才那位一进门就引人注目的，一副城里人打扮的中年妇女，一只手遮住嘴巴，一对大花眼放出惊讶的目光，这目光刚好和他打量她的目光相撞，瞬间产生了一种激情的火花，这火花是那么的热烈，即刻通过视网膜穿透到他的脑际，脑子里顿时闪出一个人的影子，确切地说，是掉到地上的那张黑白半身照片上的女青年的影子。莫非是她？他转念一想，咋可能呢，她咋能来到这个偏僻的高山上呢？

他随即打消了这个猜测，不好意思地收回了目光，低头捡起那张照片，强行掩饰住他内心的不安，不露声色地和大家攀谈起来。这一微妙的过程其他人都没有察觉到。我们知道他年轻的时候在家庭极其贫困的情况下写信谢绝了张爱爱，这给他还有她的内心留下的遗憾，是一辈子也消除不掉的，他只有把她送给他的那张相片珍藏在身边，聊以慰藉。

他对进来的这些老人们说："你们这么偏僻的山区建设得这么好，不容易啊！你们的窑洞也这么漂亮吗？"

那位大爷捋了一下不长的胡子说："哎呀——现在的世事好到哪儿去了！我们这地方山高路远，祖祖辈辈，不是背就是驮，我没想到这一辈子还能赶上这么好的世事，点上了电灯，还吃上了自来水，修通了汽车路，再不要黑天半夜去驮水驮炭了。你问我们的地方（房屋），不用说，你看看哪一家的地方不是这样？一家比一家拾掇得好，他这还是一般的。"

"噢——"杨诚智这才松了一口气，放下了悬着的心。

烧火大娘的年龄大概比杨诚智和李正生大上几岁，烧好了水，和那位中年妇女给他们每人倒了一杯水说："我们庄的变化全凭了我们那兄弟啦，就是强强（指李强）他爸，那时候那么穷，吃都吃不上，他那时候年轻，给我们动员开会，带领我们农业学大寨，打坝修梯田，治山治水，几道沟都打了坝，可长庄稼啦！你们看，这电也拉上了，水也抽上来了，路也修通了，那洋灰、沙子一车一车就拉上来了，可方便啦。"

另一位老大爷说："唉——如今什么都好，就是人太少了，我们庄最多的时候有二百多号人，修梯田打坝，植树造林，都是我们一点水一滴汗干出来的。现在年轻人都在这山里待不住，连老带小全庄也不过五十来口人，就靠这七老八小几十个劳力能干什么？"

杨诚智不解地问："那这么多地，庄稼长得这么好，是谁种的？"

"庄里还有十来个稍微年轻的人，也都是五十来岁了，加上我们这些老茬子，能帮的帮一点儿。"

小李补充说："现在条件好了，国家要求封山育林，山坡地都栽树种草了，坝地梯田地，用手扶拖拉机都耕种了。出去的人都把地包给了他们。到了秋底，我爸他们就回来把枣子、豆子收走，到延安卖去了。"

"噢——原来如此啊！"听着他们的介绍，杨诚智全明白了，他说："你们这真是走上了专业化的产销一条龙市场经济轨道了"。

杨诚智又问他们："那这拉电抽水的钱是哪来的？"他们都七嘴八舌地争着说："这都是人家李正生当书记的时候，跑县上要的，社员每户只收了

二百元。"

"那他向你们收钱,你们愿意吗?"杨诚智又问。

"满意嘛,给群众办好事还能不愿意呢!人家能承这个头,跑这个腿,求爷爷告奶奶要来钱就不错了,还有什么不满意的。"

"指望我们收那点儿钱垫面醭(擀面时撒的干面)都不够。"他们又都抢着说。

"那到你们家也看看?"杨诚智试图证实一下全村的窑洞是否都和李正生的一样好,还有一个私密的想法,就是能否到那位烫发头的大妹子家看看,就笑着向他们提出请求。他们高兴地答应了,就领上杨诚智挨家挨户地看。他们住得比较分散,随山就势,几乎是一家一院,由于树头遮挡,刚才没看清。杨诚智看了几家,几乎都是一样的格局,即就是旧窑洞也粉刷一新,做了琉璃瓦的新檐头。他很想去那位烫发女人的家里看一下,看能不能找到一点儿蛛丝马迹,证实他隐隐约约的那个感觉,可一直没人领到她家,她也不主动领到她家去看,他也不便再问,或许人家是谁家的亲戚。说着走着就来到了那棵老枣树跟前,多年的冲刷,老树已经到了土崖畔上了,只见裸露在外面的老树根,已经被人们踩踏得掉了皮,有的已经架到了空中,但依然紧紧地扒着土地,巩固着它的树干,并给他的树干吸纳输送着水分和营养。略微倾斜的水桶一样粗的树干也有一小半没有了树皮,他抬头仰望,一枝主干已经没有了枝叶,只靠有皮的这边派生出来一些新的枝条。有一根树枝长得最长,在高高的树梢上依然挂了稀疏的一些枣子,好像在瞭望着群山、瞭望着村庄、瞭望着这个千变万化的世界……

杨诚智问那位年长的老大爷:"大叔,你知道这棵枣树有多少年了吗?"

老大爷捋着胡子想了半天说:"哎呀!没有一百年也有八九十年了,赶我记事的时候就有了这棵树了,我今年已经七十六岁了。"

"哦——应该是,要不你们村咋叫枣树塌。"杨诚智回应了老人。

啊!家乡在发生着深刻的变迁,这老树,这老窑,老碾子,老磨,这些历史的印记,给人们留下的是苦难岁月的记忆……

告别了老乡,杨诚智离开了老枣树,从坡里下来准备上车的时候一回首,看见那位像城里人装束的大妹子,一个人站在那棵老枣树下目送着他,他礼节性地向她招了招手,说了声:"大妹子,再见啦——"只见她将右手抬到胸前向他摆着,呆呆地站着,一直看着他上了车……

踏上了返回的征程,他思绪万千,心潮澎湃。

下了山,车子渐渐走得平稳了,他下意识地问:"小李,那位像城里人

285

的女人，是你们村里的吗？"

小李说："是的，她是我们村的军属，我们叫婶子哩，是我二爷的二儿媳妇，一直和我二叔在部队上，很少回来，退休以后，看农村条件好了，有水有电，就回来了，我二叔回来承包了些地和枣园，他到地里做活去了。"

"她姓什么，叫什么，你知道吗？"

"她姓张，不知叫什么。"

"噢——"

姓张的人太多了，他开始从记忆里极力地寻找着他心目中的她，和这位女人相似的地方，个头，眼睛，鼻子，嘴巴，他没敢细看。只是从第六神经感觉到她的个头、嘴唇和那双含情脉脉的眼睛，似乎有隐约的印象。如果是萍水相逢，那在照片掉到地上的一瞬间，她为什么是那种反应呢？又为什么一直目送我离开呢？他陷入了沉思之中……

沉思了半会儿，他又问小李："那刚才咋没到她家看看？"

小李说："他们一直在外面，回来就住着旧窑洞，没有收拾。"

他这才明白了。

离开新洲，杨诚智又马不停蹄地返向延安，去会见驼城聚会后再没见面的李正生。他的笔记本记得密密麻麻，脑子里也是密密麻麻，一片浑浊，关键是那个女人把他搅得昏昏沉沉。要抹去她的影子，只能到了延安，问了李正生，才能清楚。

李正生已经接到儿子和刘润泽打来的电话，听说他要来，早已叫来在延安的"破烂王"王志海、已退休的刘飞和贺昌加几位同学等候，在延安最高最豪华的圣亚大酒店接待他。

"几年没见面，又老了一圈啊！"杨诚智一进门就和大家一一握手。

刘飞、贺昌加都是推荐的工农兵大学生，一直在政府和教育部门工作，身体有些发福，白白净净，温文尔雅；"破烂王"王志海依然红光满面，身体也有些发福，手脚显得粗笨；唯有李正生身体干瘦，焦黑的脸庞上，一条条皱纹像刀子刻出来似的，一看就给人以饱经风霜的感觉，可不管怎样都还显得精神。入座以后，李正生问大家喝什么酒？刘飞说，高血糖，吃不成喝不成，贺昌加说，他血脂血压有点儿高，不敢喝，李正生也说，他是滴酒不沾。杨诚智看这阵势还怎么喝？只好说那就不喝了，聊一聊更好。就这样边吃边聊，刘飞和贺昌加说他们退休以后的生活，是晨练夕走，下象棋，打门球，自娱自乐，自找乐趣。"破烂王"和李正生不外乎是谈他们的生意，说这几年的生意不好做了，竞争激烈，房租、人工费用越来越高，

利润越来越薄……

"这都是金融危机带来的，整个世界经济都萧条，各行各业都不行，不是光你们不行。"刘飞说。

杨诚智说："就是的，我们这几年也是，销量下降，一年不如一年了。"

"就是嘛，这几年退耕还林，年轻人都出去打工去了，种地的越来越少了，用肥量肯定要减少。"李正生深有感触地说。

不喝酒，吃饭也快，他们边吃边聊，不到一个小时就结束了。

晚饭后，杨诚智又给同学们签名赠送了他的著作，他们都已知道杨诚智出了一部小说，但就是没见到，这次见到了他的著作，在惊讶之余都发出赞叹，说一定细细拜读。分别时都争着抢着要第二天招待杨诚智，杨诚智一一谢绝，说他明天一定要返回，到了西安还要找刘来福了解一些情况，已经离开一个礼拜了，工作上的事还不敢耽搁。送走了同学们，杨诚智就下榻在圣亚大酒店，请李正生进了房，泡了茶，拉开了几十年的绵绵往事，几十年的辛酸苦辣。

坐下以后，杨诚智说："上次榆林一别又是四年，想采访你，一直见不上面，这次我只好在你儿子的带领下，去你的家乡看了看。变化很大呀！不见其人胜过见其人，酸甜苦辣尽在其中。我的酸甜苦辣都反映在书里了，你以后慢慢品味去，我这次来就是想尝尝你的酸甜苦辣！"

李正生长叹一声说："唉——不能提，苦受扎了啊！"说着泪水汪汪。他向杨诚智娓娓道来："我们庄离县城远，在秀㙒县的边界，文化人很少，一九六八年一回去，庄里就拉住我不放，一直让我当会计。饿了十几年肚子，住在那干山上，人家吞糠咽菜，我们连菜都吃不上。受的什么罪，给谁说呢！我们去一趟县城要从沟里出去步行十几里，到柳树湾公社坐车顺着淮宁河下去，绕到绥德，然后拐到大理河川才能到新洲县城。有时候开个会或去办事，天不明就起身，要颠簸一整天。"

杨诚智说："我这次去，走的是你们修下的新水泥路，没绕绥德，开着车还走了将近两个小时哩。"

"那路是前年才修的。"他说，"一九七二年，我已经在队里负责了，那时候咱年轻，县上号召农业学大寨，组织我们队干去大寨参观，大队书记说我有文化，就派我去了。回来后就带领男女老少，治山治沟。苦战了四五年，两条大沟都打了坝，造田一百多亩，三道大梁都修成梯田平整土地，四面陡坡上都打了鱼鳞坑，栽上了槐树、杨树，种上了柠条。大寨陈永贵、郭凤莲治理了七沟八梁一面坡，我们治理了两沟三梁四面坡，其他山山峁

崩修的梯田还不算。那时候，咱新洲树立的典型就是我们柳树湾的裴家沟大队，后来把裴家沟大队的书记都提拔成县委副书记了。我们庄舍小，又偏僻，没树为典型，但也得到了县上的奖励。"杨诚智不停地询问细节，问治山治沟的经过，他一一道来，杨诚智一字不漏地在笔记本上记着。听着李正生的叙说，他显得有些兴奋，他给杯子里添了热水，让李正生喝水。

李正生喝了口水接着说："改革开放后，也就是八十年代初，实行土地承包，要解放思想，我开始也吃不准，我们经历了'文化大革命'，批过'包产到户'，也担心害怕。"

"具体是哪一年？"杨诚智问。

"是一九八二年，那年我三十四岁。我早就看出来了，农业社、大锅饭，都不好好干，混工分，地越种越薄，牲畜越养越瘦，粮食越打越少。但没办法，只能喊空口号，饿肚子。你也知道，当时外面有关系的人都迁移出去了。"

"是啊，我们家就是一九七二年由父母亲带着弟弟妹妹迁移到荒塬的，这才改变了生活状况。"杨诚智插话说。

他接着说："当时斗争很激烈，老书记坚决反对，后来老书记看挡不住了，就退到后台，让我给社员分土地。有人把我告到县上，说我是走资本主义道路，县上也是两派，有支持的，有反对的，差点儿把我关了禁闭。但农民高兴，地一包到个人手里，都上心了，土地承包的当年就见了效，粮食增了产。在农村改革的浪潮中，老书记自动退位，担子落到了我头上。后来政策明朗化了，农民积极性越高了，坡坡洼洼都栽上了枣树，能种的地都种了庄稼，几年产量就翻了番。枣子、豆颗卖了钱，农民不但解决了常年饿肚子的问题，手头也有了零花钱。"

杨诚智给他加了热水，他喝了口继续说："当时最头疼的是，我们偏僻，打下的五谷杂粮和红枣卖不掉，我就带上人跑市场，跑延安、西安，找熟人，托关系，最后看延安旅游来的外地人多，当地的土特产好卖，就在延安设点卖红枣、粉条捎带卖杂粮。新枣上来卖鲜枣，价格又好出手又快，秋后开始卖干枣和醉枣，解决了农民的一大难题。"

"在你的带领下，农民都富了。"杨诚智插话。

"你看那修起的窑。"他说。

"起初，你儿子领我到你家参观，我一看那阵势，心想，是不是我老同学当了官，多吃多占发财了，把窑洞装饰得这么豪华。最后听老人们介绍，我又亲眼看了他们的窑洞才放下了心。"

杨诚智的一句话激起了他的伤感，他激动地说："不瞒你说，我们出去联系卖枣，都是在火车站和汽车站候车室将就过夜，没住过一回旅馆，咱都是穷人出身，咋可能侵占农民那点血汗钱。为了拉电抽水修路跑县上争取资金，到县城住的都是咱老同学曹世荣、张尚子的办公室，或者是在县委组织部工作的我二舅家里，不敢住旅馆。说到这里，我还给你说个事，老同学就是不一样，王永兴当计划局局长的时候，还给我们治理小南沟小流域报'坡改田''旱坝排洪渠'项目，争取资金，帮了不少忙。虽然这是几个大队的事，但我们也受了益。搞责任田那阵子，书记不敢分地，我也不敢做主，就跑县上，还是在宣传部工作的曹世荣懂政策，给我吃了定心丸，我才回来和书记商量开始搞的。从那以后，书记就慢慢退下来了，担子全压在我肩上了。"

"什么都不需要说，你干出的成绩都能看出来，群众的口碑，我也听到了，事实会替你说话的。我为有你这样的同学骄傲，为你的光辉业绩而自豪！"杨诚智不无感慨地说。

他长叹一声说："唉——农村太苦了，当初返乡，谁不想脱离那个不毛之地，把你逼到那位子上，不干能行吗？农业学大寨，修梯田打坝，植树造林，群众不接受，说风凉话，有的人还在背后戳脊梁骨，说我'出风头'。每往前走一步，都是那么的艰辛，可是看着二百多号人那消瘦的脸庞，那期盼的目光，只有拼着命往前闯，干出个样子给他们看。当然，也赶上了好政策，前几年，国家实行'村村通'（村村通水泥路），电力农网改造，前后大概花了一百多万，在拉电抽水工程上每户收了二百元，加上队里的坝地收入还有些积累，能抵垫二十来万，其他的都是县上争取的，搞了水、电、路这三大工程。将近四十年啊，在那高山深沟里拼命，整天和土疙瘩打交道，你看，把我折腾成什么了？看七十多岁的人不多吧？"

"看得出来有些老面，但精气神很好。"杨诚智回答他。

"现在老了，跑不动了，也跟不上年轻人的思路，就退下来让年轻人干去吧。只有利用以前这些销售网络，把家乡的红枣、豆颗、粉条等土特产卖一卖，一方面，给家乡的父老乡亲解决些销路，另一方面，也给自己增加点收入。"

"你是哪一年退下来的？"

他想了一下说："是大前年吧，路修通，新班子组建起后，我就退下来了"

"看得出来艰辛岁月在你脸上刻出的印记，可你的付出有了回报，应该感到欣慰。站在你们村对面的高山之巅，看到你治理的两沟三梁四面坡以

及村里新修的水泥路和抽水站，新架起的一根根电线杆，我心潮澎湃，感慨万千。昨晚在新洲住了一晚，想了一首词送给你。"

沁园春·秋

杨诚智

独立初秋，淮宁东去，枣树塬上。
望晴空万里，山海茫茫；
梯田层层，绿草茵茵；
谷穗摇曳，枣花芬芳，
欲比江南好风光。
曾记否，看漫天黄沙，满目沧桑？

山村如此荒凉，引多少家庭走他乡。
恰同学少年，风华正茂。
知青回乡，大寨榜样。
改天换地，荒山变绿，
水电入户路通畅。
看如今，带农民致富，又奔小康。

李正生一听，连连称赞："好诗！好诗！没想到，你现在成了大文豪了，不但能写书，而且还能作诗。"

杨诚智笑着说："哪里，哪里，这就是同学之间，不怕你笑话，借此抒发一下感情，也表达我对你的钦佩之心，难登大雅之堂。"他将诗词又抄了一遍，落了款，从笔记本上撕下来，递给李正生说："手稿给你留下，你可以找个人，用毛笔字写好，挂到墙上。唉，高常礼如果在的话，人家那把刷子，让他再润色一下写出来就好了！可惜他已离开我们快三年了！"

"唉——那么有才的人，'文革'中就因为他毛笔字写得好，抄了一份大字报就被打成反革命，挨批。"李正生若有所思地说。

"是啊，往事不堪回首啊！"杨诚智有些伤感。

"那时候我们都年轻，太幼稚了。"

"一晃都老了啊！"这时候，杨诚智好像想起什么似的问，"哎！你们村的那位军属，那应该是你兄弟媳妇吧？我看她咋不像一个农村人。"

李正生不假思索地说："就是，她是咱双中的初三同学，你应该认识。"

"我看有点儿像，但没敢问，她叫什么名字？"

"叫张爱爱"。

"啊？真是她啊！何止是认识！"杨诚智一听，顿感后悔莫及，露出十分遗憾的表情，惊讶地说，"我说呢！我想她是河口人，咋可能来到这个地方。这真是'山不转水转，水不转路转'啊！"

"是啊，我那个兄弟是在绥德上的学，也是初六六级，人家是高才生，要不是'文化大革命'，考个驼城中学都没问题。回来后在嘉峪关当兵，在部队上提拔为连长，转业到石油上工作。我二婶的兄弟在县委组织部，和她爸关系好，给介绍的。军干可以带家属，结婚后就跟着去了嘉峪关，在那里工作，所以没在村里待几天。"

"那他们是哪一年结的婚？"

"好像是一九七三年底。这几年看农村条件好了，也退休了，那里气候条件不好，就回来了。我那兄弟也闲不住，就包了几亩地和枣园，也累不着，权当是消遣锻炼身体哩，过着田园生活。"

"噢——是这样，四十多年了啊！不说怎么能认得嘛！就像咱们上次在驼城聚会一样，不说谁能认得谁？想不到她会在这里，想不到，想不到啊！我几次想问又没敢问。"杨诚智显得十分懊悔。他恨不得再重返一趟那个枣树塌，这么奇妙的相遇，怎么就失之交臂，错过了？他沉思了半会儿，对李正生说："人生啊，不堪回首！"

"是啊，一晃大半辈子都过去了，见面都不敢认了。"

"那时候虽然生活不好，饿肚子，穿补丁衣服，可现在回想起那时候，相处还是快乐的，是一段难忘的岁月啊！"

"回来后就不一样了，穷乡僻壤，饥饿，劳累，寂寞难熬，哪有快乐可言……"

"一切美丽的憧憬、希望都泯灭了，还有什么想头。"杨诚智一语双关地说。

李正生也没听出他说的真实含义，以为是说他们的人生经历，顺口应声："人生就这么一回事，我们都一样，怎么会让你那么顺心。"

他真想说，他给张爱爱写的最后一封信，但话到口边又咽了回去。

夜已经很深了，他俩还在你一句他一句地回忆、感慨。

送走了李正生以后，杨诚智辗转反侧怎么也睡不着。原来想问一下李正生，如果她不是张爱爱，就抹掉了这个纠结，什么也不想了。可她偏偏就是，这使得他更纠结了。心想：她肯定认出我来了，我怎么就没敢多问她一句呢？她似乎恨我？可从她看到掉在地上的那张照片时候的反应，以

及站在老枣树下含情脉脉的眼神来看，对我是没有恨的。可既然认出了我又不恨我，为什么连一句话都没说呢？他怎么也理不清头绪。不管怎样，虽然没说一句话，但知道她有了个好的归宿，也算是心灵上的一点儿慰藉。他又极力地回忆他写给她的最后一封信……

他也不知什么时候睡着的，醒来天已经大亮了。匆匆忙忙吃了早饭，告别了李正生，就驱车赶往西安。

到了西安，在四医大见到了刘来福，刘来福依然包了个单间病房，带着老伴住下，边复查边调理，他就掏出笔记本，在病房和刘来福攀谈起来，向刘来福询问一些事件的细节、时间和历史梗概。到第二天中午，刘来福就和在西安退休了的王子锐、柴仲生和在西安居住的姚平安，还有给儿女们看娃娃的苗元高、崔丁旺、郭有权等几位同学联系，说杨诚智到了西安，大家一起聚聚。郭有权在电话里说："那好，我来招待，我们儿子开着饭店，就在大雁塔跟前，我马上安排。"于是，他们就陆陆续续来到郭有权儿子开办的酒店。

到了酒店，郭有权的儿子热情地招待他们，毕恭毕敬地给大家敬酒，同学们都为郭有权有这么个能干的儿子表示羡慕，说能在西安这么繁华的地段又是名胜古迹旅游胜地的地方开这么大的酒店，不简单啊！

郭有权说："是和他们同学们合伙办的，以后到了西安一定要打招呼，到了新洲有刘来福，到了西安就由我来招待。"

大家你一句他一句又开玩笑："那你儿子这个酒店有你这么大方的老爹，就等着关门吧！"

"我给他清账哩，又不是白吃。"郭有权干脆地说。

"哈哈！"大家都笑了。

这时候，他们的老班长苗元高笑着对杨诚智说："听说你写了一本书，是不是让我们也学习学习？"

杨诚智不好意思地说："对不起，这次过来带的书少，在延安都给他们几个了。没想到在这里能见到你们，下次过来给你们带。"

"看来，你到汉中住了几年不但身体好了，显得年轻了，而且还出大作了。"他又调侃杨诚智。

刘来福说："我们已经商量好了，准备去四川、重庆旅游一次，顺便到汉中看看，你们谁愿意去，就早点儿给刘润泽报名。"

郭有权抢着说："我去，现在不转，还等什么时候呢。"

杨诚智说："好啊，来了我全程接待。汉中确实是个好地方，原来咱们还不甚了解，这几年才了解到，汉中自古就被称为'天府之国''鱼米之乡'，现在是国家历史文化名城、国家级优秀旅游城市、国家生态示范区建设试点地区。汉中也是汉王朝的发祥地，长江第一大支流汉江的源头，有'汉家发祥地，中华聚宝盆'的美誉。汉中境内有大熊猫、金丝猴、羚牛、朱鹮等珍稀动物，可以说，四季常青，冬天的蔬菜都长得绿油油的。汉中境内还拥有长青、佛坪、宁强青木川和米仓山几个国家级自然保护区，还有略阳大鲵国家级自然保护区、略阳珍稀水生动物国家级自然保护区和四个国家级森林公园，被公认为地球上同一纬度生态最好和最适宜人类居住的地区之一。高常礼在地震后那年，还和省政协的人来汉中考察青木川古镇，省上准备批准开发旅游项目，我和我弟还在勉县的武侯祠宾馆招待了他，陪他游览了武侯祠。汉中还有汉文化和三国文化的历史底蕴，叫'两汉三国'，诸葛亮墓就在汉中的勉县，还有汉刘邦'明修栈道，暗度陈仓'的褒河栈道遗址。无论从自然风景，名胜古迹，还是历史文化，都值得一看。特别是近几年打造开发的油菜花旅游节，每年都由省上组织开幕式，盛况空前。你们要来就在明年四月份油菜花节来，整个汉中平原上油菜花一开，金黄一片，漫无边际，号称油菜花海，十分壮观。来了转上几天，好好看看。"

"汉中真是个养老的好地方。"大家都羡慕他住了个好地方。

他说："是啊，我已定居汉中了，希望你们常来。郭有权说，新洲有刘来福，西安有他，那汉中就有我接待。吃住行全程服务。"

他们聊着，喝着，不知不觉一个多小时过去了，吃完饭就在大雁塔南广场合影留念，一一告别了。

杨诚智的驼城之行，采访了老同学，亲身领略了家乡农村的巨变，硕果累累，满载而归。他和分别了四十多年的女友奇迹般地相遇了，虽然没说上一句话，但知道她有了幸福的归宿。他心情愉悦地坐在疾驰在西汉高速公路上的大巴车里，穿越秦岭，驶向美丽富饶的汉中……

酒席宴　来福落泪

不几天，刘来福从西安回去了。经过一番休息调养，他又精神抖擞地来到了他在建的十八层大楼的建筑工地上，刘润泽和高常军正戴着安全帽，

在工地上巡视检查。

"哎呀！回来啦？身体没问题吧？"

"见杨诚智了没有？"

刘润泽和高常军看见他回来了，都来到他跟前，向他打招呼。

他咧着大嘴笑着说："身体没问题，血脂高了一点儿，看来，以后这酒是要少喝，烟也是抽不成了。杨诚智来医院找到我，我们谈了好多，我又联系在西安的同学们聚了一下，郭有权在他儿子开办的酒店招待了我们，还在大雁塔照了相。"说着，他就拿出他们在大雁塔的合影照片给他俩看。

说话间，他们来到办公室，高常军拿出个批文说："告诉你个好消息，那两个小高层批下来了。"

刘来福笑着说："那好，我们将来要把它打造成一个花园小区。"

刘润泽把照片递给他说："还有一个好消息，你要请客哩。公司通知叫你办出国护照哩，说要在适当的时候组织一次出国考察。"

刘来福说："那你们也办一个，到时候咱们一起去，红火些。"

他们两个异口同声地说："上次内蒙古草原你没去，让我们去了，这次你去，我们给你在家招呼，你就放心地去，好好开开眼界。"

从工地出来，刘来福又来到砖瓦厂，他看到砖瓦厂的轮窑上，一边在装窑，一边在出窑，制砖机正在运行，一排排方方正正的砖坯，从砖机的输送带送出。他向厂长询问了生产销售情况，感到很满意。酒楼是由他老伴主管，他老伴一早就去了酒楼。

晚上，他们三个和王永兴、马建国、李树海几个同学又聚到了一起，这次小聚是高常军组织的，他邀请大家来，一为给刘来福安康出院接风洗尘，二为对刘来福将要出国考察表示祝贺。酒过三巡，大家你也敬他一杯，我也敬他一杯，都祝愿他身体健康，事业兴旺，祝愿友缘地久天长！刘润泽即兴发挥，又给他编了一首秧歌唱道：

各位老同学都来听，
听我给大家唱几声：
一唱咱同学们情谊深，
苦苦乐乐近半生，
有高有低有成功，
也有一辈子当农民。
吃苦享乐都一生，

何必叹息路难行？
相聚相守相帮衬，
相惜相依乐其中。

再唱来福事业兴：
来之不易都知情，
农村奋斗十年整，
受苦受难受艰辛。
改革开放你前行，
经商办厂企业兴。
连连受挫跌亏空，
企垮身病产荡尽。
堂堂正正好为人，
抵楼还债人为邻。
同学相助（起）死回生，
二次创业成了功。
如今企业稳步进，
十八层大楼将完工！
新建项目已获准，
出国考察公司定。
身体康复好精神，
祝愿你越活越年轻！

在一句句美好的祝愿声中，看着同学们那一张张饱经风霜的脸庞，听着刘润泽唱的秧歌，刘来福哭了，这条硬汉子在今天这样一个双喜临门的喜悦气氛中哭了，哭得泪流满面。

他脸上抹了一把，深情地说："我们都不易啊！"

……

后 记

　　本书旨在通过描写陕北新洲县一所中学的某一届学生，在"上山下乡"运动中到农村后当知青的坎坷经历，以及他们自强不息，与命运抗争的故事。反映了二十世纪四十年代末五十年代初出生的一代农村知识青年奋发图强，在艰难困苦中挣扎，在时代的变迁中与时俱进、奋斗不息的顽强精神。体现出他们面对时代的变化，不甘心、不消沉，孜孜以求，乐观向上的精神面貌和老之将至的绵绵情怀。

　　二十世纪六十年代中叶到七十年代的十年间，在中国大地上经历了一段史无前例的不寻常时期，我们不敢对这段历史妄加评论，但从那个时代过来的初、高中毕业生所经历的磨难让人刻骨铭心，难以忘怀。全国近两千万初、高中毕业生"上山下乡，接受贫下中农再教育"，而后在农村摸爬滚打，推荐招工、上大学到恢复高考进入大学深造，或在农村当农民，娶妻生子，成家立业。他们中一部分是来自城市的市民或国家职工、干部子女，一部分是农村出生的农民子女。来自城市的市民或高干子女，"上山下乡"叫插队知青，后来通过各种途径基本都参加了工作或上大学返城了。但农村户口的就回到自己的村庄又成了农民，他们中只有少量的人参加了工作，或在恢复高考后考入大学，而后步入仕途，大部分人在农村当了一辈子农民。

　　笔者试图让世人知道，在那个年代回乡的农村知识青年所经历的磨炼，和他们是怎样以忍耐、等待、坚守、奋斗的态度与命运抗争的，从而让读者感受到他们那一代人的那种奋斗精神。

　　作品以叙事、回忆、谈论等形式，以他们中最能折腾的刘来福为主线，展开一个个泪水播种，喜悦收获；团结友爱，互相帮助；卧薪尝胆，报效社会和他们老有所乐，乐观向上的故事。与当今社会上一些金钱至上，人心浮躁；唯利是图，人情淡薄；贪图安逸，私欲膨胀；助人为乐反被嘲，见义勇为竟遭宰的不良现象形成了鲜明的对比。弘扬了社会正气，推崇了

后 记

一种正能量。

作品构思的起因,是在一次作者给同学们赠书时,大家从此书歌颂母爱的故事梗概谈及现今社会风气,都感到有些无奈、沮丧,觉得他们这一代人经历的那个年代条件虽然艰苦,但社会风气好,人的精神面貌好,有一定的道德规范。很多有震撼或传奇色彩的人生经历,深深地感染激励着笔者,使笔者产生了创作的动力和构想。但这些人天各一方,素材不好收集,又无法平铺直叙,只有以某人某事为原型,以文中的刘来福的"折腾"为主线,按时间顺序,通过直叙、倒叙、交谈、讲话、追忆、聚会、旅游等形式,将人物性格、故事情节,以及当时的社会形态、人文地域、伦理道德等表现出来。

作品的结构可能有些松散,但笔者觉得,不把一些东西记载下来是一种缺憾。一代知青以不同的形式铸造了共和国的灵魂,他们不应该被忘记!在那艰苦的岁月里,他们把自己最美好的青春时光,献给了一个时代,把汗水和热血洒在了共和国贫瘠的土地上。时代的痕迹,岁月的风雨,他们的足迹不应该被磨灭。时光荏苒,这一代人有的已经老了,有些甚至已经离我们而去了,但有的还服务于共和国的各个岗位,有的还尽情地发挥着自己的特长爱好。有些文章、作品、讲话和场景,人物和事件,时代的变迁,值得回味。故此,笔者不厌其烦地向同学们询问了解情况,多次往返与陕南、陕北之间,实地考察,寻根探源,采访个人。尽量使一些事件不失原型,又使每个章节,每个人物的经历和故事之间,或有联系,或自成一体,以留住这些历史的印痕。

作品起初想采用文中马建国建议的"岁月风尘"为名,但后来作品完成后,觉得"岁月风尘"远远不足以反映这部作品的主题思想。因为作品所反映的故事情节虽然都是每个人的岁月风尘,但最后是归结到了他们这一代人,以及他们这一代人与时代与社会与国家的情结上。他们的奋争,他们的折腾,他们的苦苦求索,他们一个个以顽强的毅力,与命运抗争的岁月,不就像一团团扑不灭的火焰,在熊熊燃烧吗?以至于到他们步入老年,胸中仍然燃烧着激情的火焰,魅力四射,不服老,不甘心,不沉沦,乐观向上,寻求快乐,为社会做着力所能及的贡献,用他们的话说,就是"补回青春的岁月"。这一个个历史镜头,不就是一曲曲赞歌吗?最后就以《如歌岁月》命名。

作品虽然遵循历史,尊重客观,但文中人物、故事纯属虚构,切勿对号入座。

作品创作过程中，得到了乔鹏、高长俊、刘治福、刘海波等同学的大力支持和协助。为了更生动真实地反映当时的历史背景，作品中吸收了沈泽宜老师和马仕林校友，高长天（已故）、马建章、周延林等同学的讲话、诗作、文稿。初稿形成后又得到老校友张俊宜和曹瑞元等同学的指点，做了一些内容、细节的增加。在这里一并表示深深的感谢！

　　这里还要说的一点是，远在南方的沈泽宜老师，在医院治疗期间，听到他的学生搞创作，给予了热情的鼓励和支持，表示期待作品的出版。遗憾的是，去年秋天得到他已去世的消息，使笔者万分悲痛！深感怀想！

　　本来打算完稿以后首先给老师发过去，得到他的指点修改后再出版，可惜由于资料搜集、人物采访等诸多方面的不便，再加上忙于事务，业余之作，使作品一拖再拖、不能脱稿，没有让他看上！笔者多么想听到老师的指导啊！多么再想叫他一声老师啊！然而，子欲敬而师不待！学生只好说一声"沈老师，您期待的书稿经过一年的努力，终于出版了"。

　　　　二〇一四年八月十六日凌晨二点三十分　第一稿落笔于略阳
　　　　　　二〇一五年一月十五日晚十八点　第二稿于汉中
　　　　　　二〇一五年十一月八日　定稿于略阳